.ook must be returned immed-
it is asked for by the Librarian,
~~~ case by the last date

D1419861

Y GAEAF SYDD UNIG

MARION EAMES

GWASG GOMER
LLANDYSUL
1986

Argraffiad Cyntaf — Gorffennaf 1982
Argraffiad Newydd — Medi 1986
Trydydd Argraffiad — Chwefror 1996

ISBN 0 86383 226 1

*Dymuna'r cyhoeddwyr gydnabod cymorth a chyfarwyddyd
Adrannau'r Cyngor Llyfrau Cymraeg a noddir gan Gyngor
Celfyddydau Cymru.*

ARGRAFFWYD GAN
J. D. LEWIS A'I FEIBION CYF., GWASG GOMER, LLANDYSUL

I Doss

Ac i Goffadwriaeth Phyl

DIOLCHIADAU

Bydd nofelydd hanesyddol, yn anad unrhyw fath o nofelydd arall, yn ddyledus i eraill am wybodaeth arbenigol cyn dechrau ar ei waith sgrifennu. Bu hyn yn neilltuol o wir amdanaf i wrth sgrifennu *Y Gaeaf Sydd Unig*. Bûm yn ffodus tu hwnt i gael cymorth parod a hael gŵr a gwraig sydd, ond odid, yn gwybod cymaint â neb am gyfnod y Llyw Olaf, sef Llinos a Beverley Smith. 'Rwy'n falch iawn o'r cyfle hwn i gydnabod eu caredigrwydd a'u cefnogaeth.

Hoffwn ddiolch hefyd i'r Dr. John Cule, yr hanesydd, am ei barodrwydd i ateb fy nghwestiynau meddygol, ac i'r Athro Brynley Roberts am ei gyngor ynghylch dull uchelwyr yr oes o gyfarch ei gilydd.

Diolch i Nesta Wyn Jones am fod yn olygydd mor ofalus ac, yn olaf, i Gyngor Celfyddydau Cymru am yr ysgoloriaeth a'm rhyddhaodd i ganolbwyntio ar sgrifennu'r nofel hon.

Y mae hyn wedi digwydd o'r blaen, ond nid o flaen pawb fel heddiw. Y tro diwethaf, dim ond fy nhad a Heilyn a gafodd chwerthin am ben fy nghyfrinach. Ond heddiw mae Hi wedi gofalu fod y gynulleidfa'n helaethach, ac y mae'n fwy nag y gallaf ei oddef. Mae gwaed fy nghywilydd yn dal i ffrydio'n boeth drwy fy nghorff, er bod y gaeaf yn chwipio 'ngruddiau. Mae fy ngwaedd "Ymlaen, Fflamddwyn!" yn ymladd gyda'r gwynt, ond y mae'r gaseg yn deall poen y sbardunau, ac nid oes angen yr archiad pellach "Cyflymach! Cyflymach!" i'w gyrru ar garlam gorffwyll ar draws y morfa. I ffwrdd, i ffwrdd . . .

O, na bai modd i mi ddianc dros Darren y Gesail o olwg y Castell a phawb sydd ynddo. Ie, hyd yn oed o olwg Peryf a 'nhad. Nid oes gan fy nhad lygad i neb ond iddi Hi, ac fe chwarddodd Peryf gyda'r lleill.

Ond yn ôl atyn nhw y bydd yn rhaid i mi fynd ; ati Hi â'i chasineb trahaus a'i bachu ar bob cyfle i'm bychanu. Ac mor fendigedig y daeth y cyfle wedi iddi ddarganfod Lwl yn fy ngwely.

Gyrraf y gaseg i mewn i'r afon, ac mae'r dŵr rhewllyd yn tasgu yn fy wyneb, digon i dorri peth ar fy nigofaint, ac yn ei le daw'r dagrau. Hunan-dosturi, efallai, ond pam lai ?

Yr oedd Hi wedi dal Lwl i fyny o flaen pawb. Pawb ! Nid yn unig o flaen fy nhad a'm brodyr, ond hefyd o flaen y Brawd Anian a'r milwyr i gyd. Edrychai Lwl mor llipa a gwirion, ei hungoes yn hongian yn chwerthinllyd wrth y corff pren, a'i hwyneb yn loywddu gan mor fynych ei chyffwrdd a'i chusanu gennyf ar hyd y blynyddoedd.

Teimlaf eto'r llygaid lu wedi eu troi tuag ataf, rhai'n gwenu'n faldodus nawddoglyd, rhai'n sarhaus, eraill â syndod, wynebau'n ymdoddi i'w gilydd, a'm dal yn fflam o gywilydd. Ac yna Honno, y bûm yn f'unigrwydd yn dyheu am ei charu, yn codi ei llais cyfoethog, gwawdlyd, clir fel cloch, a dal Lwl i fyny i bawb gael gweld :

'Edrychwch . . . Baban Mabli! '

1

DAETHANT i ben y Bwlch, y bachgen a'r mynach. Safodd
march Tegerin yn stond fel pe'n synhwyro ei fod ef,
megis ei berchennog, yn sefyll rhwng deufyd.
' Na, paid ag edrych yn ôl.'
Er na lefarwyd y geiriau, yr oedd llygaid y Brawd
Sulien yn eu dweud yn huawdl. Ond nid oedd rhaid i
Degerin edrych yn ôl. Gwelai llygaid ei ddychymyg
Graig y Benglog a chopa'r Aran a godai uwchben ei
gartref yn Abereiddon. Clywai ei glustiau chwerthin
ei dair chwaer yn galw ar ei gilydd oddi ar lannau afon
Eiddon, ac yn sydyn hiraethai am y plagio a fuasai hyd
y bore hwnnw mor gas ganddo. Gwyddai fod ei blen-
tyndod o'i ôl.
Ceisiai'r Brawd Sulien bontio'r blynyddoedd rhyng-
ddynt yn ei feddwl, a chofio fel y teimlai ef yn llencyn
pedair ar ddeg oed wrth adael lloches ei gartref. Ond
ar ei waethaf, y cyfan y gallai ei deimlo y munud hwnnw
oedd cnofa o eiddigedd at gefn meinsyth a gwrid plen-
tyndod y bachgen. Un siriol a hapus oedd y Brawd
Sulien, neu dyna fyddai pawb yn ei ddweud, ond fe
deimlai ef ei hun yn dew ac yn drwm, a chrafangai'r
crydcymalau yn ei goes dde unwaith eto.
Hanner dydd, yn ôl haul Ionawr a ymddangosai am
rai munudau i chwarae mig rhwng y cymylau carlamus.
Tua hanner y ffordd hefyd, yn ôl fel y cofiai Sulien,
er nad ar hyd y ffordd hon yr arferai ef ei hun dramwyo
ers talwm rhwng Cymer a'r Bere. Y Ffordd Ddu dros
lechwedd Cadair Idris iddo ef, bob cynnig, y ffordd
gyfarwydd rhwng ei hen gartref yn Llanllwydau a'r

fynachlog. Ond heddiw yr oedd o fwriad wedi dewis y ffordd hon a oedd yn gynt o Abereiddon, ffordd a nadreddai rhwng y Brithdir ac Ysbyty Gwanas, ac yna ar hyd yr ochr isaf i Gadair y Cawr.

Cyfeiriodd â'i law at graig ysgythrog ar y chwith iddynt, craig a godai'n fygythiol fel pe am rwystro pob teithiwr.

' Craig y Llam.'

Gwthiodd ei gwfl yn ôl o'i lygaid i weld yn well.

' Aeth llawer i leidr i'w burdan drwy gael ei hyrddio dros ochr honna! Duw â'u gwaredo.' A gwnaeth arwydd y groes. ' Craig y Diafol, yn wir.'

' Ydyn nhw'n dal i gosbi fel yna? '

Rhythai Tegerin ar y düwch uwch eu pennau, a'i ddychymyg yn gyrru iasau i lawr ei gefn. Gwenodd Sulien. Llwyddasai yn ei amcan. Nid yw'r ifanc iach yn aros yn hir yn ei hiraeth, a hawdd denu meddwl bywiog i ymateb i'r munud byw o'i gwmpas.

' Mae'n well gan rai ddial ar unwaith yn ôl yr hen drefn oesol nag aros am olwynion araf y gyfraith newydd.'

' Cyfraith newydd? 'Dydi Cyfraith Hywel ddim yn newydd.'

' Nac ydi,' cytunodd Sulien. Ac yna, ar ôl saib, ' Digon hen i gael ei glastwreiddio gan gyfraith estron erbyn hyn.'

Aeth y ddau rhagddynt mewn distawrwydd am ychydig, y distawrwydd cysurlon sy'n tyfu o barch a chariad y naill ochr a'r llall. Ochneidiodd Sulien. Crydcymalau fyddai ei ran bellach. Edrychodd y bachgen arno'n bryderus. A oedd y daith yn ormod i'r hen fynach? Ceisiai ddyfalu unwaith eto pa reswm oedd dros i Sulien fod mor awyddus i'w hebrwng i'r Bere. Gwyddai mai rhan o'i neges oedd mynd i farchnad newydd Tywyn i drafod prisiau cnufiau o wlân, cynnyrch diadelloedd praff y fynachlog. Ond yn wir, er mai mynd yn ôl i'w hen ardal enedigol yr oedd, gallai rhywun iau fel y Brawd Illtyd neu'r Brawd Arthen fod wedi gwneud y gwaith hwnnw yn burion. Yr oedd yna reswm arall, ond ni wyddai Tegerin beth ydoedd.

' 'Roedd y Brawd Arthen yn dweud fod pob un o'r arglwyddi yn eu tro'n barod i anwybyddu cyfraith Hywel yn ôl eu mympwy a'u lles eu hunain, ac yn barod i erfyn cyfraith Loegr pan fyddo'n fanteisiol.'

Daeth cysgod dros wyneb rhadlon y mynach.

' Fe all hynny fod.'

Nid oedd yn barod i drafod ymhellach. Gwyddai beth fyddai'n dod nesaf, ac nid oedd atal ar y bachgen.

' Mae Tywysog Gwynedd, hyd yn oed, yn euog o hyn, meddai'r Brawd Arthen.'

Mwmiodd Sulien yn anghyfforddus. ' Rhaid i ti beidio â dweud pethau fel hyn yn y Bere,' meddai. ' Nid swydd milwr ydi holi. Nac amau.'

Yn sydyn cododd eryr o'r brwyn ac ehedeg i fyny uwchben Craig y Llam, yn barod i ddisgyn ar ei ysglyfaeth nesaf. Syllai'r ddau ar yr adenydd araf, didostur.

' Mae gan y tywysog ei weledigaeth ei hun,' ebe Sulien. ' A ninnau'n byw mewn byd cythryblus. Cofia ei fod wedi cyflawni gwyrthie yn ystod y flwyddyn ddiwethaf. Daeth hen freuddwydion ei daid yn nes at gael eu gwireddu.'

I lawr wrth droed y bwlch gorweddai Llyn Myngul bron wedi'i orchuddio gan niwl. Cychwynnodd y bachgen droedio drwy'r coed trwchus oddi tanynt, ond rhwystrodd Sulien ef.

' Fe gadwn ni mor agos ag y gallwn i grib y mynydd uwchben Cwm Rhwyddfor. Haws gweld ein ffordd uwchben y goedwig felly, a bydd llai o berygl oddi wrth gŵn gwyllt.'

Gwaith gweddol hawdd oedd dringo yn awr, ac am ei bod hi mor agored, nid oedd y gwynt i'w glywed lawn mor fain. Gwisgai Sulien fantell gynnes o wlân am ben ei abid wen. Cawsai anogaeth i wneud hynny gan yr abad a ofidiai am ei esgyrn crydcymalog. Yr oedd yr abad wedi ceisio ei gymell i adael i rywun arall wneud neges y distain drosto, ond pan welodd mor siomedig oedd yr hen fynach, ni phwysodd arno. Dim ond Sulien, wedi'r cwbl, a allai siarad ag arddeliad dros y bachgen, a phurion oedd gadael iddo ymweld â'i hen gynefin.

' Sut un yw castellydd y Bere ? '

Yr oedd Tegerin wedi gofyn y cwestiwn ugeiniau o weithiau o'r blaen, byth ers iddo gael ar ddeall mai yno y gwnâi ei wasanaeth milwrol i'r tywysog, ond yr oedd yn amlwg na wyddai Sulien yr ateb yn iawn.

' Mae un peth yn sicr, fy mab. Bydd Goronwy ap Hywel yn ymffrostio mai ei gastellwyr ef yn y Bere fydd y rhai mwyaf disgybledig yng Ngwynedd. Ac ni ddaw hynny o ganlyniad i ganu grwndi iddyn nhw bob nos.'

Byseddodd Tegerin ei gawell saethau newydd sbon. Nid am y tro cyntaf, gofidiai nad cawell o lyfrau a gariai. Ond ni chymerai'r byd am fradychu'r fath ddyhead, hyd yn oed i'w hen athro. Ef oedd ail fab Hywel ab Einion, arglwydd Abereiddon, newydd ei urddo â safle bonheddig cynhwynol. Ei anrhydedd yn awr oedd cael dysgu crefft arfau er mwyn gwasanaethu ar alwad ei dywysog. O leiaf, dyna fu neges ei dad iddo o'r gwersyll yn Nyffryn Hafren. Mawr oedd edmygedd

Tegerin o gampau rhyfel ei dad. Trueni na allai deimlo'r un brwdfrydedd i ddilyn ôl ei droed. Tynnodd Sulien ei fantell yn dynnach amdano. Gyrrai'r meirch ymlaen, i fyny ac i lawr, gan groesi nentydd, osgoi rhaeadrau, ac o'r diwedd yr oeddynt wedi cyrraedd y trum uchaf. O'u blaen, ymhell oddi tanynt, ymdroellai rhimyn arian tua gwastadedd yr arfordir. Draw ar y gorwel ymrannodd y cymylau a goleuwyd y dyffryn newydd gan heulwen denau. Craffodd y Brawd Sulien drwy lygaid pŵl am ennyd neu ddau, yna cyfeiriodd â'i fys at borfeydd glas ar yr ochr ddeheuol i'r afon. Ynghanol y glesni gwastad codai clogwyn, ac ar ei ben, fel pe'n tyfu allan ohono, gastell.

'Dacw fo,' ebe'r Brawd Sulien. 'Dacw'r Bere.'

Nid oedd yn fawr. Yr argraff gyntaf ar Tegerin oedd syndod o weld pa mor fychan ydoedd. Arferai glywed gan ei dad am gastell Cricieth a chastell Dinas Brân, ac yn sicr disgwyliai i unrhyw gastell fod ganwaith yn fwy na'r maenordy yn Abereiddon. Ond o'r fan hyn, o leiaf, nid oedd y Bere i'w weld fawr mwy na'r maenordy.

Bu Sulien yn craffu arno braidd yn fingam. 'Meddwl ei fod braidd yn bitw? Aros di, mi gei di weld athrylith yr hen dywysog. O'r fan hyn, ac o'r môr, mae'r Bere bron o'r golwg. Ond y mae ar glogwyn hirgul, weldi. I'r gelyn yn cyrchu o'r mynyddoedd hyn neu o'r môr fan draw, mae'n gamarweiniol o ddi-nod. Ond cer di i'r bryncyn acw ar y chwith, ac mae'r stori'n wahanol.'

Yr oedd goleuni prynhawn o aeaf yn araf ddiffodd. Ymddangosai golau llusern mewn hollt ffenestr, a chodai sŵn cloch ar draws y dyffryn.

'Yr hwyrgan. Dyna'r capel.'

Ond nid oedd Tegerin yn edrych i gyfeiriad y capel. Tynnwyd ei sylw gan rywbeth yn symud yn gyflym ar draws y ffridd wrth droed y clogwyn. Yn y gwyll tybiai mai un o'r gwartheg duon oedd yn carlamu dros y maes. Ond ar ôl hir graffu gwelodd mai ceffyl du oedd yn cael ei yrru ar garlam gwyllt mewn cylch eang. Yr oedd y marchog wedi'i wisgo mewn du o'i gorun i'w sawdl, ac a barnu oddi wrth y ffordd y pwysai ymlaen, gellid dychmygu fod y sbardunau'n cael eu defnyddio'n ddidrugaredd.

Yn sydyn cododd y ceffyl ar ei draed ôl fel pe bai wedi derbyn saeth. Taflwyd y marchog yn ôl ac er iddo geisio'n wrol gadw ei sedd, yr oedd yr anifail wedi dychryn gormod. Hyrddiwyd y marchog i'r llawr a charlamodd y ceffyl i ddiogelwch y coed. Gorweddai ei feistr yn llipryn llonydd.

Yr oedd Tegerin wedi ei gyrraedd o flaen y Brawd Sulien. Neidiodd i lawr oddi ar ei farch a phlygu wrth y ffigur du. Yna ymsythodd mewn syndod.

' Sulien! Tyrd! Edrych! '

Merch a orweddai yno, ei gŵn a'i mantell ddu wedi eu taflu dros ei phen gan ei chodwm. Gorweddai mewn ystum annaturiol.

Plygodd Sulien yn ei hymyl a thynnu'r dillad i lawr yn weddus. Hyd yn oed yn y gwyll, gallai weld mor wyn oedd yr wyneb, mor llonydd yr amrannau.

' Ydi hi wedi marw? ' sibrydodd Tegerin.

Rhoddodd Sulien ei glust wrth fron y ferch. ' Nac ydi.'

' Be wnawn ni? '

Cododd Sulien ei ben a chyffwrdd arlais y ferch â'i law. ' Peth peryglus fyddai ei symud heb i ni wybod a oes yna esgyrn wedi'u torri.'

Diolchai Tegerin mai Sulien oedd gydag ef. Yr oedd iddo enw rhyfeddol yn yr Abaty fel iachawr.

' Wyt ti mewn poen, 'ngeneth i? '

Agorodd hithau ei llygaid yn araf a'u cau ar unwaith. Daliai Sulien i anwesu ei hwyneb, ac agorodd ei llygaid yn llawn y tro hwn.

' Fflamddwyn . . . ble mae Fflamddwyn? '

Yn ddiamynedd ysgydwodd ei phen i'w ryddhau o afael yr hen ŵr. ' 'Rydw i'n iawn. Ble mae'r gaseg? '

' Hidia befo'r gaseg.'

' 'Roedd rhywbeth wedi'i dychryn hi. Mae hi wedi dianc. Rhaid i mi— '

Ceisiodd godi ar ei heistedd, ond ni allai atal y waedd.

' Os ydi dy gaseg di'n bwysicach nag asgwrn dy gefn— ' Yr oedd min anghyfarwydd ar lais Sulien. ' Gorwedd di'n llonydd, 'merch i, i mi gael gweld lle mae dy ddolur.'

Rhedodd ei ddwylo'n gyflym dros gorff yr eneth, a bu rhaid iddi oddef iddo wneud.

Bu Tegerin yn sefyll ychydig o'r neilltu. Sylwodd fod talcen yr eneth braidd yn uchel, ei hwyneb yn rhy fain, a'r geg yn ymddangos yn rhy lydan, ond hwyrach mai poen oedd yn gyfrifol am hynny. Yr oedd y wimpl o dan y fantell wedi datod, a gwallt lliw rhedyn y gaeaf yn ymwthio i'r golwg. Clywai ebychiadau yn dianc o'i hanfodd wrth i Sulien gyffwrdd â'r mannau poenus.

' Dim wedi'i dorri hyd y gwela' i. Wyt ti'n meddwl y gelli di sefyll ar dy draed, os helpa' i di? '

Yr oedd Tegerin yn teimlo'i phoen gyda hi. Yn arteithiol o araf, llwyddodd i godi, ond bu bron iddi lewygu unwaith eto. Tynhaodd ei cheg yn un llinell rhag iddi weiddi yn ei gofid.

' Rŵan 'te, fe wnaiff Tegerin a minnau dy godi di ar fy march.'

Erbyn hyn yr oedd hi mewn gormod o boen i ofyn hynt ei chaseg ond gwyddai Sulien beth oedd ar ei meddwl.

' Os wyt ti'n dal i boeni am yr hen gaseg yna, dacw hi yn y coed o dan y castell. 'Aiff hi ddim yn bell o fan'no. Fe ofala Tegerin amdani i ti.' Edrychai'r ferch yn amheus, nid ar y Brawd Sulien eithr ar Degerin. Ond yr oedd hwnnw eisoes wedi cychwyn tua'r coed. Yn yr hanner tywyllwch clywodd lais Sulien yn pwyso arni: ' I ble? ' A hithau'n ateb ' I'r castell.'

Fe gymerodd beth amser i Degerin ddod o hyd i'r gaseg. Fe'i gwelodd o'r diwedd yn swatio'n grynedig yn erbyn derwen ifanc yng nghesail y darren. Gweryrodd ychydig wrth weld dieithryn, ond ni cheisiodd ddianc. Chwibanodd Tegerin yn isel a symudodd yn araf tuag ati gan ei galw wrth ei henw. Daliai Fflamddwyn i grynu ond o'r diwedd dioddefodd i'r bachgen ei chyffwrdd yn ofalus. Anadlodd Tegerin yn ddwfn. Yn araf bach, fe'i rhybuddiodd ei hun, cymer bwyll. Ni chymerai fawr i beri iddi ddianc eto. Yr oedd yn ymwybodol iawn fod ei farch ef ei hun wedi'i glymu wrth goeden ryw ganllath i ffwrdd. 'Alla' i ddim mynd â'r ddau, a hon yn y cyflwr yma, meddyliai. Gyda pheth gofid penderfynodd adael Rhirid ar ôl, am y tro, a chanolbwyntio ar Fflamddwyn.

Nid oedd wedi dychmygu gorfod mynd i mewn i'r castell ar ei ben ei hun, a theimlodd ei swildod arferol yn tonni drosto. Sut y byddai'n cyhoeddi ei ddyfodiad wrth y porth? Hyn oedd yn ei boeni wrth arwain Fflamddwyn yn ofalus i fyny'r llwybr troellog tua'r castell. Dychmygai weld y garsiwn i gyd yn atal ei

17

fynediad. ' Pwy wyt ti? ' ' Tegerin ap Hywel.' ' Beth yw dy neges di? ' ' Hebrwng y gaseg Fflamddwyn i'w meistres.' ' Pwy yw ei meistres? ' Beth oedd yr ateb i'r cwestiwn hwnnw, tybed?

Fel y digwyddodd nid oedd un creadur byw o gwmpas. Arweiniodd Fflamddwyn dros y bont a thrwy'r rhagfur, ac yna fe'i cyfarchwyd gan ddau filwr a safai ar ben grisiau carreg o'i flaen.

' Daw un o'r gweision i lawr i drwsio Fflamddwyn,' gwaeddodd un. ' 'Rwyt ti i fynd i'r neuadd.'

Eglurodd Tegerin fod yn rhaid iddo'n gyntaf fynd i nôl ei farch ei hun, a rhedodd i wneud hynny cyn i'r milwyr allu ei nacáu. Wedi iddo ddod â Rhirid, yr oedd llawer mwy o filwyr wedi ymgasglu, ond ni rwystrwyd ef pan ddringodd y grisiau yn ddigon petrus, yn ymwybodol iawn fod y dynion yn ei lygadu'n chwilfrydig. Am y Brawd Sulien—nid oedd golwg ohono ef yn unman.

Arweiniai'r grisiau i'r beili. Ar y chwith yr oedd twr crwn ac o'i flaen ffynnon wedi'i chloddio yn y ddaear. Y tu ôl i'r twr codai mwg o simdde'r efail. Edrychai Tegerin o'i gwmpas mewn penbleth. Y tu mewn i'r beili yr oedd nifer o adeiladau bychain, cytiau crefftwyr o bob math. Yn y pen draw arweiniai rhagor o risiau llydain at dŵr hirsgwar. Ar y dde iddo yr oedd twr arall, mwy na'r llall. Daeth y ffarier allan o'r efail a'r fflamau i'w gweld y tu ôl iddo. Yr oedd Tegerin wrthi'n ceisio magu hyder i ofyn iddo ymhle 'roedd y neuadd pan glywodd lais y Brawd Sulien yn ei alw wrth ei enw. Safai'r mynach ym mhorth y twr mawr, a llusern yn ei law.

' Tyrd, mae'r castellydd yn barod i'th dderbyn.'

Wrth ddringo'r grisiau, a Sulien yn dal y llusern yn uchel uwch ei ben, ni allai Tegerin beidio â sylwi ar y cerfluniau carreg wedi eu gosod yn y mur o bobtu'r porth, cerfluniau o wŷr traed yn dal gwaywffyn. I mewn â nhw i'r neuadd a oedd ar y llawr cyntaf. Goleuid yr ystafell gan ryw ddwsin o ganhwyllau brwyn a grogai wrth y waliau, a chan fflamau'r tân a losgai ar ganol y llawr. Eisteddai tua deg ar hugain o ddynion wrth ddau fwrdd hir, ond ni chymerai neb fawr o sylw o'r bachgen nac o'r mynach. Gwaith mawr y funud oedd gwneud cyfiawnder â'r bwydydd oedd o'u blaenau. Wrth fwrdd arall ar lwyfan bach ym mhen draw'r neuadd eisteddai'r castellydd, ei wraig a'i blant. Amneidiodd ar yr ymwelwyr i ddod i eistedd wrth y bwrdd gyferbyn ag ef. Synnai Tegerin o weld mor fyr o gorffolaeth ydoedd. Eisteddai ei wraig fel piler, yn dalach nag ef o gryn led pen. Ond nid oedd maint Goronwy ap Hywel wedi amharu ar ei ddawn fel milwr. Gwyddai Gwynedd i gyd amdano, am ei wrhydri ac am ei gampau milwrol a barai ddryswch i Norman a Sais fel ei gilydd. Nid oedd na phais arfau na helm na march Ffrengig yn ddim yn erbyn cyfrwystra Goronwy.

' Croeso i ti, fab Hywel ab Einion,' meddai. ' Llenwa dy fol, gynta. Cawn siarad wedyn.'

Aed ymlaen â'r pryd heb ragor o seremoni. Mwmiodd y Brawd Sulien ei ras bwyd, ond yr oedd yntau hefyd yn barod i fwrw iddi gydag awch. Gan nad oedd neb yn yngan gair, fe deimlai Tegerin ei hun yn ôl gyda'r mynachod yn Abaty Cymer. Eithr nid rhywbeth ysbrydol a barai'r tawelwch yma ond pleser digymysg yn y bwyd a'r diod o'u blaen. Fe gafodd yntau gyfle i edrych o'i gwmpas wrth fwyta.

Gŵr ifanc golygus yn ei ugeiniau cynnar a eisteddai ar y chwith i'r castellydd, a bachgen tua'r un oed â Thegerin ei hun ar y dde i'r wraig. Sylwodd fod un lle gwag, a phlât a ffiol wedi eu gosod yno. Y farchogwraig, yn sicr. Yr oedd am ofyn ei hynt i Sulien ond ni feiddiai yn y tawelwch. Dim ond sŵn cnoi a symud llestri oedd i'w clywed.

Yn union fel pe bai wedi synhwyro'r cwestiwn yn ei feddwl, gwthiodd Goronwy ap Hywel ei lestri gweigion o'r neilltu ac eisteddodd yn ôl gan syllu'n dreiddgar ar ei ymwelydd ifanc. Toc meddai :
' Rhaid i mi ddiolch i tithe, hefyd, am weini ar fy merch.'

Ni wyddai Tegerin sut i ateb, ond nid oedd raid iddo boeni. Wedi hir dawelwch yr oedd y castellydd yn barod i siarad.

' Dim esgyrn wedi'u torri, clod i Dduw. Nid iddi hi, bid siŵr. Hen bryd iddi gael codwm. Rhy wyllt o'r hanner. Dysgu gwers iddi hwyrach. Fflamddwyn yn iawn? '

' Ydi, arglwydd.'

' Ha! ' Yr oedd y llygadrythu'n fwy miniog fyth.

' Faint ydi d'oed ti? '

' Pedair ar ddeg.'

' Ifanc on'd wyt ti? '

' 'Roedd 'nhad yn tybio mod i'n ddigon hen, arglwydd.'

' Dy dad, ie? Beth amdanat ti? '

Petrusodd Tegerin. Ateb gonest fuasai: ' Byddai'n well gennyf barhau â'm gwersi yn y Cymer,' ond yr oedd parch i'w dad yn gofyn ateb amgenach. Ciledrychodd ar Sulien, ond yr oedd hwnnw â'i ben i lawr. Yr oedd un atebiad cywir arall y gallai ei roi.

' Yr wyf yn awyddus i wasanaethu'r tywysog.'
Clywodd ochenaid fach dawel gan Sulien wrth ei
ochr. Chwarddodd y castellydd ac edrych ar y mynach.
' Gwir a ddywedaist, y Brawd Sulien. Cyfreithiwr
yw hwn. Diplomydd hefyd, myn Mair.'
Gwridodd Tegerin a theimlo pigyn anghysurus yn ei
fynwes. Ai dweud y gwir yr oedd?
Nid pawb oedd mor amharod i feirniadu Llywelyn ap
Gruffudd â'r Brawd Sulien. Gwyddai Tegerin hynny o
wrando ar ddadleuon isel y Brodyr yn Abaty Cymer. Bu'r
pwnc yn un llosg byth oddi ar frwydr Bryn Derwin, yn
agos i ddwy flynedd yn ôl, brwydr a osodasai Llywelyn
uwchlaw ei frodyr. Bu'r hen fyneich yn ysgwyd eu
pennau. Nid dyna oedd Cyfraith Hywel. Fe ddylai
pob un o'r brodyr etifeddu'n gyfartal ar ôl eu hewythr,
y Tywysog Dafydd ap Llywelyn; yn enwedig gan nad
y brawd hynaf, Owain, ond hwn, yr ail frawd, Llywelyn,
oedd wedi mynnu anwybyddu'r hen gyfraith o rannu
cyfartal ymhlith etifeddion. Pe bai'r brawd hynaf wedi
erfyn cyfraith Loegr yn hynny o beth, byddai pawb yn
deall, ond nid oedd hwnnw wedi dangos unrhyw awydd
i fod yn ben. Gwaeth na hynny, cedwid Owain Goch
yn garcharor gan ei frawd, ac nid oedd Dafydd, y
brawd iau, ond newydd ei ryddhau. Nid oedd cyfiawn-
had dros i dywysog Gwynedd ddisodli hen gyfraith y
wlad.
Ond ochrai'r mynachod iau â'r tywysog. Onid ef
a ddewisodd ei ewythr Dafydd yn edling? Rhaid bod
rheswm da dros hynny. Onid Owain Goch a Dafydd
oedd wedi ymosod gyntaf, drwy gynllwynio i drechu
Llywelyn? Modd i atal hynny oedd brwydr Bryn
Derwin. Yn bwysicach na hynny, onid oedd Owain
wedi dangos arwyddion clir mai gyda'r Norman yr oedd

ei gydymdeimlad yn y gwraidd? Wedi treulio blynydd-oedd o'i ieuenctid gyda'i dad, Gruffudd, yn Nhŵr Llundain, nid rhyfedd iddo ddysgu moesau ac arferion y gelyn, a dangos parodrwydd i gynnal breichiau ar-glwyddi'r mers. Ai dyn felly a fyddai'n debyg o wireddu breuddwydion eu taid, Llywelyn Fawr?

Bu Tegerin yn gwrando'n astud ar y ddwy ochr, weithiau'n sicr, fel y mynachod iau, fod llwyddo i or-esgyn gormes yn cyfiawnhau unrhyw ddull, cyfreithiol neu beidio. Dro arall, bu ei wersi ar Gyfraith Hywel yn peri iddo ofni gweld unrhyw wanhau ar yr hen gyfraith a fuasai yn dŵr cadarn cyhyd i'w gymdeithas.

Cododd y castellydd ar ei draed. Yr oedd hyn yn arwydd ar i bawb arall symud. Trodd y castellydd at ei wraig a moesymgrymu iddi. Nid defod beiriannol oedd hyn. Daethai rhyw feddalwch i'w lygaid ac aethai ei wefus isaf yn llac. Er i Degerin fod yn eistedd gyferbyn â hi, edrychodd arni'n awr â diddordeb newydd. Ymatebodd i ymgrymiad ei gŵr drwy blygu ei phen ychydig tra'n dal i edrych arno o dan ei hamrannau. Teimlai Tegerin yn anghysurus, ond mewn eiliad yr oedd hi wedi gafael ym mhlygiadau ei sgert ac wedi mynd heibio iddynt allan o'r neuadd. Synhwyrai fod y Dâm Geinor lawer yn iau na'r castellydd.

' 'Wnaiff deugain niwrnod o ddysgu trin gwaywffon ddim niwed i ti, Tegerin ap Hywel. Disgyblaeth nad aiff fyth yn ofer. Tyrd i eistedd wrth y tân.'

Rhoddodd ei law ar ysgwydd y bachgen a'i arwain i ganol y neuadd lle 'roedd gwas eisoes wedi gosod mainc isel.

' Tithe hefyd, y Brawd Sulien. Ni ddaeth awr complin eto.'

Eisteddai'r tri—y milwr, y mynach a'r bachgen—a chysgodion y fflamau'n aflonydd ar eu hwynebau, tra ciliai pawb arall o'r ystafell.

'Bu adeg pan nad oedd milwyr o Gymry yn enwog am ddim namyn eu blerwch. Ond fe ddaeth tro ar fyd. Mae gennym dywysog sy'n barod i ddysgu gan ei elyn yn ogystal â defnyddio'i athrylith gynhenid ef ei hun. Ha! Nid y dulliau a welodd Gerallt de Barri yw ein dulliau ni bellach. Gyda'r tywysog y mae dy dad ar hyn o bryd, mae'n debyg?'

Yr oedd ganddo ffordd sydyn, a ddaeth yn gyfarwydd iawn i Tegerin yn ystod yr wythnosau nesaf, o saethu cwestiwn digyswllt.

'Ie. Tua Dyffryn Hafren.'

Disgleiriai llygaid Goronwy ap Hywel. 'Y Berfeddwlad, Ceredigion, Meirionnydd— ' Rhestrai'r enwau'n edmygus. 'A hyn oll yn ei gôl mewn llai na blwyddyn. Sut y dywedi di, Frawd? Ydi'r Brodyr Gwynion yn cytuno erbyn hyn mai da oedd Bryn Derwin?'

'Yn sicr,' ebe Sulien yn bendant. Ond gwyddai yn ei galon nad pawb ohonynt oedd mor barod â'i gilydd i gymeradwyo'r dulliau.

'Mae'r anoddaf eto i ddod. Daw arglwyddi'r mers yn un haid i gynnal breichiau Gruffudd ap Gwenwynwyn pan ddaw'r cyrch ar Bowys. Os cipiwn ni'r Castell Coch ac yna fwrw ymlaen i Went a Morgannwg, bydd yn rhaid i Henri ei hun gydnabod mai ef, Llywelyn, yw Tywysog Cymru oll, ac nid Gwynedd yn unig.'

Dyn wedi ymgolli yn ei bethau, meddyliodd Tegerin. Yn ei frwdfrydedd, disgleiriai ei lygaid fel y fflamau o'i flaen ac ymdebygai ei lais i lais gŵr ifanc. 'Roedd hyd yn oed ei gorff yn ymddangos yn dalach.

23

'Mae sôn y bydd cryn gefnogaeth i'r barwniaid yn Lloegr,' dechreuodd Sulien. Ond gorffennodd Goronwy y frawddeg drosto yn orfoleddus :
' Ac os felly, bydd gwaith y tywysog gymaint yn haws. Mi fydd dwylo arglwyddi busneslyd y mers yn rhy lawn i swcro arglwydd De Powys.' Ac yna, yn ei ffordd sydyn: ' Mae'r Brawd Anian wrth ei baderau. Bydd yn rhaid i'r bachgen aros tan yfory cyn ei weld, ond fe fyddi di am fynd i'r capel ato, mae'n siŵr. Tyrd, Tegerin, mae'n bryd i ti noswylio.'

Dyn oedd hwn wedi arfer rhoi gorchmynion, hyd yn oed i fynach, ac nid oedd modd nacáu'r llais brathog.

Cysgai'r milwyr ar y llawr isaf, pob un yn hwylio ei wely o frwyn ac yn gorwedd i lawr yn ei ddillad fel yr oedd, ei fwa a'i saethau yn ymyl rhag ofn digwydd cyrch annisgwyl ar y castell. Ond i'r llawr uchaf lle y cysgai ef a'i deulu yr aeth y castellydd â Thegerin. Yr oedd i gael rhannu ystafell â meibion Goronwy, sef Peryf a Heilyn.

Croesawyd ef â gwên gan Beryf, bachgen tua'r un oed ag ef, ond yr oedd y brawd hŷn eisoes wedi mynd i gysgu, neu o leiaf gorweddai ar ei hyd â'i gefn atynt.

' Fyddi di'n hela'r dryw yn Abereiddon?'

Gofynnodd Peryf y cwestiwn mewn llais isel rhag aflonyddu ar ei frawd.

' Byddaf. . . weithiau.' Rhy fuan i egluro wrth neb mai llyfrau ac nid hela oedd ei hoffter.

' 'Rydan ni'n mynd i hela mochyn daear fory. Ond mae'n well gen i heboca. Pa fath o hela sydd orau gen ti?'

' Y . . . carw.' Ond dweud celwydd yr oedd. ' Am wn i . . .'

24

Synnai Peryf. 'Ydi helwyr Abereiddon yn rhydd i hela carw felly?'

Sylweddolodd Tegerin iddo wneud cam gwag. Dim ond brenin Lloegr oedd yn rhoi hawl i ddyledogion hela carw.

'Ers talwm oedd hyn,' meddai'n frysiog.

'O,' meddai Peryf, yn ystyriol. 'Wyt ti'n edrych ymlaen at dy wasanaeth milwrol?'

'Ydw.' Gobeithiai y byddai Peryf yn rhoi taw ar ei siarad. Y cwbl oedd arno ei eisiau'n awr oedd cael suddo ar y gwely a chysgu am oriau ac oriau. Ond ni chafodd ddianc mor hawdd.

'Ti achubodd Mabli, yntê?'

'Wel, na—'

'Ti a'r Brawd Sulien. Un wyllt ydi hi. Am brofi ei bod hi cystal â ni'r dynion. Ond sut gall hi fod?'

Tynnodd Peryf ei esgidiau a'u lluchio'n ddiofal ar y llawr. 'Wyddost ti ei bod hi'n dal i fynd â doli bren i'r gwely? Bydd 'nhad yn ei cheryddu'n llym, ond mae'n falch ohoni yn y bôn. Ein mam wen a hi fydd yn ffraeo'n gandryll. Mae hi'n treulio gormod o amser efo'r gwragedd yn y golchdai gan y Dâm Geinor. Ond chwarae teg, dynion ydi bron pawb arall yn y castell. Mae rhai'n dweud mai puteiniaid ydi'r golchwragedd.'

Ni chlywodd Tegerin ran olaf y sgwrs hon. Cysgai yn llonydd ac yn llwyr.

Deffrowyd ef gan Beryf yn ei ysgwyd.

'Mae'r offeren ar y bumed awr. Glywi di'r gloch? Brysia!'

Wrth ddadebru o'i gwsg trwm, clywai ruthro mawr o'i gwmpas. Ymlusgodd o'i wely â'i lygaid hanner ynghau. Yr oedd hi'n dywyll o hyd, a'r caeadau'n dal

25

ar y ffenestri. Daliai Peryf gannwyll yn ei law, gan aros yn ddiamynedd i Degerin gymhennu ei ddillad.

Gwelai eisiau'r piser o ddŵr y byddai ei chwiorydd ac yntau yn ei gael gan y morynion y peth cyntaf yn y bore, ond 'roedd yn amlwg nad oedd neb yma'n poeni am ryw fanion bethau felly.

Ymunasant â gweddill y teulu a'r milwyr yn cyrchu tua'r capel. Wedi croesi'r beili rhaid oedd dringo'r grisiau llydain a oleuid y naill ochr a'r llall gan lusernau'n crogi bob ochr i borth y capel.

Erbyn hyn yr oedd y barrug wedi clirio ymennydd Tegerin, ac edrychai o'i gwmpas â diddordeb petrus. Gwarchodid y porth yma eto gan gerfluniau carreg, nid o filwyr y tro hwn, eithr o seintiau'r hen Geltiaid. Y tu mewn, gorchuddid y llawr gan deils, a hyd yn oed yng ngolau cannwyll gallai weld ac edmygu lliwiau disglair y melyn a'r oren ar gefndir coch. Fe'u ffurfiwyd yn batrymau o ddail derw ar lun croes, a meillionen ymhob chwarter cylch.

Ond yr hyn a dynnodd ei sylw fwyaf oedd y ffenestri, un o ryfeddodau Llywelyn Fawr, ffenestri gwydr. Yr oeddynt ar ffurf bwa, ac fe'u fframiwyd gan rigolau wedi'u cerfio'n gelfydd yn y wal garreg.

Penliniai'r Brawd Sulien wrth yr allor, ond nid ef a wasanaethai'r Offeren. Rhythai Tegerin ar y ffigur arall yn ei ymyl. Hwn, felly, oedd y Brawd Anian. Y Mynach Du.

Clywsai lawer o sôn am y Dominiciad hwn, oblegid nid oedd Nannau'n bell o'i gartref ef. Ond yr oedd sôn am Anian ymhell y tu hwnt i'r rhan honno o Feirionnydd. Ef oedd un o ddysgedigion amlycaf Gwynedd, gŵr a fu yn ei dro mewn *studia generalia* yn Rhydychen, Paris a Chwlen. Nid yn unig yr oedd yn ddiwinydd disglair ond yr oedd hefyd yn hyddysg yn y gyfraith, cyfraith yr hen Rufeiniaid a Chyfraith Lloegr yn ogystal â Chyfraith Hywel. Main a gwelw oedd ei wyneb, p'un ai oherwydd cysgodion y canhwyllau ynteu o ran ei natur gynhenid ni allai Tegerin farnu. Pan godai ei ddwylo fry i fendithio yr oedd ei fysedd i'w gweld yn annaturiol o hir a gwyn. Mor annhebyg i fysedd garw'r Sistersiad Sulien. Trin y tir, magu'r da, bugeilio'u preiddiau a thrafod y gwlân, dyna oedd moliant y Sistersiaid. *Laborare est orare.* Darllen a dysgu oedd gwaith y Dominiciaid.

Mor drawiadol oedd personoliaeth y Mynach Du, fel y cymerodd beth amser iddo ddod yn ymwybodol o'r bobl eraill yn y capel. Edrychent fel rhithiau yn yr hanner tywyllwch: y castellydd byr, miniog, a'i wraig dal, drahaus. Ond prydferth, O, 'roedd hi'n brydferth, sylweddolodd Tegerin mewn syndod.

Teimlodd bwniad yn ei ochr a throdd i weld Peryf yn gwenu arno'n gyfeillgar ac yn cau un llygad direidus. Teimlai'n gynnes iawn tuag at hwn yn barod er mor barablus ydoedd. A dyna Heilyn, y brawd hynaf, yn hardd mewn côt werdd i lawr at ei fferau, yn wahanol i'r dynion eraill, yn cynnwys Tegerin ei hun, a wisgai diwnig lledr at y pen-glin. Dyn golygus oedd Heilyn, ar wahân i'w drwyn a'i gwnâi braidd yn debyg i eryr.

' Mochyn daear. Cofia! Heddiw . . .' sibrydodd Peryf cyn gynted ag oedd yr Offeren drosodd.

' Yma i ddysgu bod yn filwr y mae'r bachgen.'

Dyma'r tro cyntaf iddo glywed llais Heilyn. Rywsut fe lwyddai i droi'r geiriau'n watwar, yn union fel pe bai'n synhwyro amharodrwydd Tegerin i adael ei lyfrau. Torrwyd ar eu traws gan y Brawd Sulien.

' Tegerin, dychwel yma ar ôl dy bryd bwyd. Mae gan y Brawd Anian a minnau rywbeth i'w ddweud wrthyt ti.'

Yr oedd Tegerin yn dal i edrych ar Heilyn. Cododd hwnnw ei aeliau a'r wên fach ddirmygus honno'n fwy huawdl na geiriau. 'Dydi hwn ddim yn fy hoffi i, meddyliai. Ac eto, hwyrach mai dyna ei natur ac mai fel hyn yr oedd gyda phawb.

Yn y capel eisteddai Sulien a'r Mynach Du o dan y ffenestr, y naill yn ei abid wen a'r llall yn ei ddu. Ni ellid dychmygu dau mor wahanol i'w gilydd. Cododd Sulien wrth weld Tegerin yn y porth.

' A! dyma fo, y Brawd Anian. Dyma Degerin. Tyrd yma, fachgen.'

Nid cysgodion canhwyllau'r bore oedd achos gwelwder y Mynach Du. Yr oedd ei groen mor ddisgleirwyn â chorff un newydd farw. Eithr nid marw ei lygaid. Llosgent fel cleddyf ar eira.

' Tangnefedd yr Iesu a fo gyda thi, fy mab.'

' Ac â thithe,' mwmiodd y bachgen â'i ben yn isel. Teimlai fwy o barchedig ofn gerbron y Brawd Anian na phe bai o flaen y tywysog ei hun.

' Tegerin— ' meddai Sulien, ond cododd Anian ei law.

' Gad i mi siarad ag ef yn gyntaf, Frawd. Tyrd yn nes i mi gael dy weld di.'

Edrychodd arno'n ofalus o'i gorun i'w sawdl.

' Faint ydi d'oed di? '

' Pedair ar ddeg, arglwydd.'

' Ac 'rwyt ti'n hyddysg, mi glywaf, yn elfennau Cyfraith Hywel.'

' Dim ond yn yr elfennau, arglwydd. Mi—mi hoffwn wybod mwy.'

' Pam? '

Edrychodd y bachgen arno yn hurt. Oedd raid cael rheswm? Onid oedd casglu gwybodaeth yn fwyd ac yn ddiod iddo? Fe ddylai Anian o bawb gydymdeimlo â'r angen hwn.

' Pam mae gwybod Cyfraith Hywel yn bwysig? '

' Nid Cyfraith Hywel yn unig. Mi hoffwn wybod am bethau eraill hefyd. Am . . . am Wledydd Cred, am ramadeg, cerdd dafod, cerddoriaeth, am y sêr, athroniaeth— '

Cloffodd wrth weld y ddau fynach yn troi at ei gilydd gan wenu.

' Uchelgais nid mân,' mwmiodd y Brawd Anian, gan roi arwydd i'r llall fynd ymlaen â'i neges.

' Wyt ti'n cofio Gŵyl Fair Medi pan ddaeth Goronwy ab Ednyfed i'r Abaty? '

' Synysgal y Tywysog? '

' Hwnnw.'

Cofiai'r amser yn dda. Gyda'r synysgal yr oedd rhyw hanner dwsin o glerigwyr a dreuliai eu hamser yn gofyn cwestiynau ac yn ysgrifennu'r atebion yn eu llyfrau. Cawsai ef a'r disgyblion eraill, yn ogystal â'r mynachod, eu holi'n fanwl. Ni wyddai pam.

' Bu llawer o siarad am Dywysog Gwynedd, Tegerin, am ei ddelfrydau a'i ddyheadau,' ebe Sulien. ' Gŵr yn edrych y tu hwnt i ffiniau Gwynedd ydi Llywelyn ap Gruffudd, fel ei daid o'i flaen. Yn wir, mae ei olygon y tu hwnt i ffiniau Lloegr ac yn ymestyn at Rufain ei hun.'

Syllai'r ddau fynach yn ofalus arno fel pe'n gofyn yn eu meddyliau: ' A yw'r llanc yma'n rhy ifanc i ddeall? ' Ar ôl ennyd o oedi aeth Sulien yn ei flaen.

' Fe wyddost fod ymraniadau rhwng mân dywysogion

y wlad hon wedi ein darostwng yn y gorffennol. Bwriad y tywysog yw dymchwel yr ymraniadau, ac uno Cymru.'

' Mi wn i hynny,' ebe Tegerin yn eiddgar.

Daeth saib unwaith eto, ac yna, wedi ciledrych ar Anian, mwmiodd Sulien yn gyflym, ' Hwyrach nad yw pawb yn cyd-fynd bob amser â'i ffordd o gyflawni— '

Daeth o flaen llygaid Tegerin ddarlun sydyn o'r Tywysog Owain Goch yn un o garcharau castell Dol-badarn, a'i wŷr arfog yn gelain. Y Tywysog Dafydd hefyd. Ond dywedid na ddangosai Llywelyn yr un caledwch tuag at ei frawd ieuengaf; fod calon Llywelyn ap Gruffudd yn curo'n gynnes tuag at y gŵr ifanc nwydwyllt, golygus hwnnw. Ond beth oedd a wnelo hyn i gyd ag ef, Tegerin? Daeth llais Sulien eto, yn uwch.

' Y mae eisoes wedi meddiannu llawer o diroedd, ac os syrth Powys yn fuan, ni fydd yn hir yn ymdreiddio i'r de, a bydd yn dywysog ar Gymru gyfan. Ond nid yw ymfyddino'n ddigon. Pan fydd y Gymru hon yn deyrnas a gaiff ei chydnabod yn gyfartal â'r Alban . . .'

Torrodd Anian ar ei draws. ' Oll o dan arglwydd-iaeth coron San Steffan, wrth gwrs.'

Gwyrodd Sulien ei ben i gydnabod yr atodiad. Yna aeth ymlaen:

' Fe wyddost sut y bydd adeilad da yn cael ei godi, garreg ar garreg, y cwbl wedi ei drefnu'n ofalus ar sylfaen gadarn. Fel hyn y bydd y tywysog yn gweld ei deyrnas. Rhaid cael byddin ac arfau. Ond dim ond trefn a chyfraith fydd yn sicrhau heddwch parhaol.'

Cymerodd anadl hir. ' At hyn y down ni, Tegerin. Fe ddywedodd Goronwy ab Ednyfed fod y tywysog am feithrin nifer o ddynion dysgedig i fod yn gwnslwyr, yn glercod, yn gyfreithwyr, a maes o law yn llysgenhadon drosto. Ond fe gymer amser. Rhaid dechrau addysgu'r rhain yn ifanc.'

Bu distawrwydd. ' Oes gen ti amgyffred yn awr beth yw ein neges â thi?'

Llifodd gwrid i wyneb y bachgen. Ofnai yngan gair rhag ofn ei fod wedi camgymryd ystyr geiriau Sulien.

' 'Roedd Goronwy wedi sylwi arnat ti'n arbennig, ond 'roedd o am i ti gwblhau'r tymor cyn i ti gael dy ddewis yn derfynol i fod yn un i ddod o dan nawdd tiwtor arbennig.'

Unwaith eto gwyrodd ei ben i gydnabod rhagoriaeth y mynach arall. ' Un amgenach na fi.'

Astudio? O dan y Brawd Anian? Cynhyrfwyd y bachgen drwyddo. Ni allai gredu i'r fath gyfle ddod i'w ran.

' Ond— '

Edrychodd y ddau yn ymholgar arno.

' Beth am y castellydd? A'r gwasanaeth milwrol yma yn y Bere?'

' Fe ŵyr Goronwy ap Hywel am hyn. Fe ŵyr y tywysog hefyd. Ond mae'n awyddus i'r bechgyn a ddewisir gael dysgu crefft arfau i ddechrau. Fe wna hynny fonheddig cyflawn ohonynt.'

Cofiodd Tegerin rywbeth yn sydyn. ' Beth am 'nhad? Ydi o'n fodlon?'

Chwarddodd Sulien. ' Nid yn unig yn fodlon, fy mab; y mae wrth ei fodd.'

Daeth ton o ryddhad dros y bachgen. Gwyddai fod ei dad wedi disgwyl iddo ddilyn ôl ei droed, a bu ofn ei siomi'n hunllef arno ers rhai blynyddoedd bellach.

' Felly, Tegerin, am y deugain niwrnod hyn fe fyddi di'n rhannu d'amser rhwng y waywffon hir a mainc yr ysgolhaig.'

'Ac—ac wedyn?' sibrydodd Tegerin.

Anian a'i atebodd. 'Ac wedyn gyda mi. Fuost ti yn Rhuddlan, fachgen?'

'Naddo, erioed.'

'Fe fyddaf yn mynd yn Brior ar Dŷ Rhuddlan, gyda hyn. Cei ddod yno ataf. Bendith Duw fyddo ar dy waith, fy mab.'

A gwnaeth arwydd y groes uwchben Tegerin.

2

Gwyddai Mabli fod ei mam wen yn aros amdani yn y siamber. Gwyddai hefyd, unwaith yr âi hi yno, mai caethiwed weddill y dydd gyda nodwydd a llieiniau fyddai ei thynged. Tybed a oedd ganddi amser i bicio i'r stablau yn gyntaf i weld Fflamddwyn? Os nad âi hi ar gyfyl y gaseg ar ôl digwyddiadau echdoe, fe fyddai hi wedi colli pob meistrolaeth arni.

Tynnodd ei mantell yn dynn amdani rhag y barrug, a cheisiodd symud orau y gallai ar draws y beili, ond dal i frifo'n arw yr oedd gwaelod ei chefn, ac yr oedd hi'n ymwybodol iawn o'r cleisiau hyll rhwng ei choesau.

Y tu allan i ddrws y stablau yr oedd Heilyn wrthi'n dringo ar gefn ei geffyl. 'Mynd i Dywyn ar neges,' meddai.

Synnodd braidd. Nid oedd yn arfer gan Heilyn ymboeni i egluro wrthi i ble y byddai'n mynd. Ond anghofiodd am y peth ar unwaith wrth nesáu at Fflamddwyn. Teimlai'n euog. Gwyddai iddi fod yn rhy wyllt gyda'r anifail, a gorddefnyddio'r sbardunau. Ni wyddai sut dderbyniad a gâi ganddi heddiw. Caseg newydd iddi oedd hon, ac fe'i rhybuddiwyd yn ddigon clir gan y prif wastrawd mai un ofnus ydoedd. Ond nid oedd wedi bwriadu ei brifo â'r sbardunau. Dyna beth sydd i'w gael o farchogaeth mewn tymer ddrwg, meddai llais bach y tu mewn iddi. Nid oedd hi wedi anghofio'r rheswm dros y dymer ddrwg. Bob rhyw hyn a hyn deuai'r gwrid i'w hwyneb. Gwrid casineb yn hytrach na chywilydd erbyn hyn. Rhaid dysgu maddau, meddai ei chyffesydd wrthi, wedi iddi sibrwd ei phechod drwy farrau'r gell. Sut y gallai hi egluro wrtho fod y cariad a roisai hi i'r ddoli bren wedi ei gynnig yn gyntaf i wraig newydd ei thad, ac wedi cael ei wrthod? Sut y gallai unrhyw ddyn ddeall ei hunigrwydd a'i hangen am rywun i'w garu?

' Fflamddwyn! '

Sibrydodd yr enw. Symudai'r ceffylau eraill ychydig, ond clywai gynnwrf ym mhen draw'r stabl, a sŵn gweryru isel. Wrth i'w llygaid gynefino â'r tywyllwch, gwelodd fod rhywun arall yno o'i blaen. Safai'r bachgen dieithr yn anwesu pen y gaseg. Daeth ton o ddicter drosti. Pa hawl oedd gan hwn i gyffwrdd â'i chaseg hi?

' Fflamddwyn! '

Crynai'r gaseg fel pe'n clywed y llais miniog yn chwip drosti. Daeth y bachgen allan o'r tywyllwch i'w hwynebu.

' Mae hi'n dal yn ofnus. Fe fyddwn i'n gadael iddi am y tro.'

Rhythodd Mabli arno. Haerllugrwydd yr hogyn! Heb ym boeni i'w ateb, tynnodd y cyfrwy i lawr oddi ar y bachyn a cheisio ei daflu dros y gaseg, ond bu bron iddi sigo gan y boen yn ei chefn. Brysiodd Tegerin i'w helpu. Ei hymateb cyntaf oedd gwrthod, ond yr oedd hi'n falch o'i gymorth. Nid oedd wedi bwriadu mynd â

Fflamddwyn allan, dim ond edrych i weld a oedd hi'n iawn. Ond rhaid iddi ddangos i'r bachgen busneslyd mai hi, nid ef, oedd piau gorchymyn.

Neidiodd ar gefn Fflamddwyn, ac ni welodd Tegerin y boen a groesodd ei hwyneb. Carlamodd i ffwrdd tua phorth allanol y castell. Yn ei thymer, ni faliai fod cwfl ei mantell wedi disgyn ar ei gwar. Gwyliai Tegerin hi â theimladau dieithr yn ei gynhyrfu. Ni welsai erioed o'r blaen wallt mor ddisglair—disglair fel machlud haul. Yr oedd arno ofn y llygaid gwyrdd a oedd weithiau'n danbaid, weithiau'n oer. Ond yr oedd rhyw bleser yn yr ofn hwnnw na allai roi enw arno.

Yng Ngwent a Morgannwg yr oedd y saethyddion bwa hir gorau yn y wlad, ond ym mynyddoedd y Gogledd a'u fforestydd trwchus, gwaywffon hir oedd piau hi. Dangosodd y castellydd iddo ddarn hir o bren ag iddo big o haearn. Gwneid cryn ddefnydd hefyd o'r bwa byr. Wrth gwrs yr oedd y bwa croes i'w gael, ond dim ond milwyr o Gasgwyn a'r Loire a ddefnyddiai hwnnw. Yr oedd yr arf trwsgl a chreulon hwn yn wrthun hyd yn oed gan y Sais.

Yr oedd y Tywysog Llywelyn, eglurodd y castellydd, yn awyddus i'w wŷr ddysgu dulliau'r Norman a'r Sais o ymladd, nid yn gymaint i'w dynwared eithr i ganfod eu gwendidau. Ni wisgai'r milwr o Gymro arfwisg. Sut y gallai ymguddio a rhuthro'n annisgwyl ar y gelyn, ac yntau wedi ei lethu gan bwysau dur? 'Roedd yn addas i'r gelyn ar wastadeddau Lloegr, ond nid yma yn y mynyddoedd coediog, lle gallai chwimder a chyfrwystra un drechu ugain o wŷr a ymlwybrai ymlaen yn hanner dall mewn helm ac arfwisg.

Fel hyn y dysgodd Tegerin grefft ryfel y Cymro yn ystod y dyddiau nesaf. Er syndod iddo, cymerai ddiddordeb ym manylion ymgyrchoedd y tywysog a chynyddai ei edmygedd o'i fedrusrwydd. Yr oedd dilyn ei ymresymu a'i symudiadau rhyfel fel dilyn gêm gyffrous o wyddbwyll. Pan glywodd y byddai Llywelyn a'i osgordd yn debyg o ddod i Ystumanner cyn i'w wasanaeth ef yno ddod i ben, llamodd ei galon.

Mabli ddaeth â'r newydd i Beryf ac yntau, ac ni allai lai na rhyfeddu at y newid ynddi. Ers dyddiau bu golwg wael iawn arni, ond ni chlywodd neb mohoni'n cwyno, a gwrthodai'n lân â galw ar yr apothecari. Yr unig arwydd o'i salwch, ar wahân i ryw gloffni a chysgodion o dan y llygaid llosg, oedd fod Fflamddwyn yn aros yn segur o fewn ei chlwydi.

Ond fe ddaeth y newydd am ymweliad arfaethedig y tywysog â gwrid i'r wyneb llwyd, a bu bron iddi redeg wrth groesi'r buarth i ddweud wrth y bechgyn. Rhyw Fabli newydd oedd hon, ac am y tro cyntaf ni theimlai ofn yn ei chwmni. Synhwyrai mor ddiflas oedd ei dyddiau yma yn y castell a neb ond ei mam wen a'r merched golchi'n gwmni benywaidd iddi.

Ond iddo ef, Tegerin, yr oedd bywyd yn llawn difyrrwch. Yn ogystal â'i ddiddordeb newydd mewn campau milwrol, yr oedd ei wersi gyda'r Brawd Anian. Hyn oedd coron ei ddydd. Aros am ddyfodiad ei gefnder y tywysog, a wnâi Anian, ac yr oedd dysgu Tegerin yn help i dreulio'r amser. Ei ddull oedd rhoi sylfaen o athroniaeth i'w efrydwyr cyn cyffwrdd â phynciau eraill. Dechreuodd y bachgen, felly, ddysgu am Blaton ac Aristotlys a Phlotinus yn ogystal ag am Awstin Sant a gwaith Prior yr Almaen, Albert. Bu Anian unwaith yn efrydydd i'r olaf, a'i wers fawr iddo fu peidio ag

35

anwybyddu'r rhan o'r gwirionedd a roddwyd i'r Iddew ac i'r Arab yn ogystal ag i'r Cristion. Fe apeliai hyn yn fawr ato. Syniad newydd a chynhyrfus oedd clywed gan fynach nad gan y Cristion yr oedd y gwirionedd i gyd. Yr oedd yn sicr na fyddai'r Brawd Sulien wedi cytuno. Ond prin gyffwrdd â'r pynciau mawr hyn a wnâi'r Mynach Du. Tamaid i aros pryd, meddai, gan addo y câi wybod mwy yn Rhuddlan.

Ond trwy'r cwbl i gyd, yng nghwmni Peryf, bachgen ifanc ydoedd o hyd. Gwyddai hwnnw i'r blewyn lle y gellid dal ffwlbart neu saethu cigfran. Buont yn dilyn ôl pawennau cath wyllt yn yr eira dros Graig y Delyn, yn gwylio campau'r gwalch bach yn sboncio ar Graig yr Aderyn, ac yn dal brithyll yn Afon Llaethnant o dan y castell. Ni ddeallai Peryf awch Tegerin am lyfrau, ond ni byddai byth yn monni os gwrthodai hwnnw fynd yn gwmni iddo. Mor wahanol ydoedd i'w frawd hŷn, meddyliai Tegerin. A pharai gonestrwydd iddo ychwanegu—ac i'w chwaer.

Ni siaradai Heilyn fawr ag ef o gwbl, ond pan wnâi, ei gyfarch yn wawdlyd fel 'clerc' neu 'sgriblwr' a wnâi ac unwaith 'swci mami'. Nid oedd yr ensyniad yn deg. Dysgasai Tegerin saethu targed ac ymaflyd codwm cystal â brawd iau Heilyn. Y drwg oedd iddo guro Heilyn un noson wrth chwarae gwyddbwyll.

'Mae'n gas gen i Heilyn,' ebe Peryf, ond â rhyw syndod yn hytrach na chasineb yn ei lais, fel pe bai wedi darganfod rhywbeth rhyfedd a newydd. 'Am mai hanner brawd ydi o i mi, falle.'

'Hanner brawd?'

'Ie. Wyddost ti ddim? Mab gordderch 'nhad ydi o. Lleucu oedd ei fam, ond mae hi wedi marw.'

'Nid y Dâm Geinor ydi'i fam o, felly?'

36

Chwarddodd Peryf. ' O, na. Mae hi'n llawer rhy
ifanc. Dim llawer hŷn na Heilyn. Gweddw y Barwn
Maudsley ydi hi.'
' Sais?'
' Ie. O ochr Amwythig. Fyddi di'n casáu dy frawd?'
Ystyriodd Tegerin hyn cyn ateb. ' Na fydda',' meddai
toc. ' Ond 'dydw i ddim yn ei nabod o'n dda iawn.
Mae o'n llawer hŷn.'
' Mae Heilyn ddeng mlynedd yn hŷn na mi.' Ac yna:
' A Mabli bedair.'
Dyheai Tegerin bob amser am i Beryf grybwyll enw
Mabli, ac ni allai rwystro'r gwaed rhag llifo i'w wyneb.
Dyna faint oedd ei hoed hi felly—deunaw. Ni sylwodd
Peryf ar y gwrid, ac aeth yn ei flaen. ' 'Fydd hi ddim
yma'n hir, ond bydd Heilyn yma am byth, decini.'
Clywai Tegerin siom afresymol yn ei gnoi. ' Mabli
ddim yma'n hir?'
' Mae hi wedi'i dyweddïo. Er pan oedd hi'n wyth.
Efo Ynyr ap Iorwerth o Nannau.' Trodd Peryf ato'n
sydyn. ' Fe wyddost amdano fo. Brawd y Mynach
Du sydd yma—Anian. 'Dydi Nannau ddim yn bell o
Abereiddon.'
Am y tro cyntaf yn ei fywyd clywodd Tegerin genfigen
yn ei dagu. Hwnnw! Hen ŵr yn tynnu am ei ddeugain!
' Ydi—ydi dy chwaer yn fodlon?'
' 'Dwn i ddim,' atebodd Peryf yn ddi-hid. ' 'Dydw i
ddim yn credu ei bod hi'n meddwl am y peth. 'Dydi hi
byth yn ei weld o, beth bynnag. Ond mae'n hen bryd
iddi briodi. Mae'n debyg ei fod o'n o lew o gefnog?'
Anwybyddodd Tegerin y cwestiwn. ' Ble mae o
rŵan?'
' Lle bynnag y bydd y Tywysog Llywelyn yn brwydro,
weldi. Mae o'n enwog am ei wrhydri.'

Diflannodd llyfrau o feddwl Tegerin. Pryd y caf *i*
fynd? meddyliai. Pryd y caf *i* ddangos ehofndra yn
wyneb y gelyn? Synhwyrai na fyddai Mabli'n malio
rhyw lawer pe câi ef holl olud dysg Rhydychen. Ond
stori wahanol fyddai iddo farchogaeth gyda'r tywysog
â chleddyf yn ei law, a dod â sidanau a thlysau'r
Dwyrain yn ôl iddi o'r Groesgad (er na chlywsai i Ynyr
ap Iorwerth fod ar Groesgad erioed).
'Bydd pawb yn mynd i'r farchnad yn Nhywyn yfory.
Wyt ti am ddod? Neu efo dy lyfrau fyddi di?'
'Hwyrach y bydd dy dad am i mi ymarfer saethu.'
Chwarddodd Peryf. 'Ar dy ben dy hun? 'Choelia'i
fawr. 'Fydd 'na neb yma ond y gwylwyr i warchod.'
Na. 'Fyddai neb am golli'r farchnad. Dim ond y
llynedd y cawsant ganiatâd y tywysog i gynnal march-
nad achlysurol ac un ffair flynyddol yn Nhywyn. Yr
oedd Llywelyn yn awyddus i weld ei ddeiliaid yn dysgu
cyfnewid arian yn lle ffeirio nwyddau ymhlith ei gilydd
ac â masnachwyr tramor. Ar wahân i'r tywysog, prif
symbylwyr y marchnadoedd hyn oedd y Sistersiaid o
Gymer a chwiliai am brynwyr gwlân. Fe sefydlwyd yn
Nhywyn eisoes naw o deuluoedd yn unswydd er mwyn
trefnu a chynnal y marchnadoedd, ac un o negeseuon
y Brawd Sulien oedd trafod prisiau a thelerau â'r rhain
cyn dychwelyd i'r fynachlog.
Drannoeth, felly, ar Ŵyl Fair y Canhwyllau, am awr
cyn hanner dydd, diflannodd y cyfan bron o drigolion
y castell. Yr oedd rhai eisoes wedi mynd ar doriad
gwawr, ond fe aeth y rhelyw ar ôl cwblhau eu gwaith
beunyddiol a chael pryd da o fwyd. Ymunasant ag
eraill o'r gymdogaeth, ac fe'u gwelid, yn stiward ac yn
wastrawd, yn filwr ac yn fonesig, yn hwsmon, yn

grefftwr, yn daeog, yn marchogaeth ar hyd glannau Dysynni tua gwastadeddau Tywyn.

Yr oedd hi'n fore braf, ond oer. Nid oedd yr haul wedi llwyddo i feirioli'r llwydrew, hyd yn oed erbyn hanner dydd. Chwiliodd Tegerin yn awchus am Fabli wrth iddynt adael porth y castell. Fe'i gwelai ryw ganllath o'i flaen, ar gefn Fflamddwyn, oedd yn llawer dofach erbyn hyn. Yr oedd ar fin cyflymu er mwyn ei goddiweddyd pan welodd y Brawd Anian yn gwneud arwydd iddo aros. Yn groes i bawb arall, cerdded i gyfeiriad y castell yr oedd y Mynach Du, gan ddal ei frefiari yn ei law. Amlwg nad oedd am y farchnad.

' Gobeithio nad wyt am golli'r wers resymeg heddiw, Meistr Tegerin? '

Cochodd hwnnw. Nid oedd neb arall erioed wedi ei alw'n ' Feistr '. Gwnaeth y mynach iddo gywilyddio am chwennych rhedeg ar ôl pethau'r byd. Ond lol oedd hynny. Ni theimlai neb arall yn euog, ac onid oedd hi'n ddydd gŵyl? Er mai ar y mynach yr edrychai, gwelai yn ei feddwl y gaseg Fflamddwyn yn diflannu yn y pellter.

' Os—os dof fi'n ôl yn gynnar . . .' mentrodd. Dyma'r tro cyntaf iddo ddangos amharodrwydd i ddilyn gwers, ac ofnai'r effaith ar ei athro. Bu distawrwydd hir, yna daeth rhywbeth y gellid ei alw'n wên dros wyneb marmor yr ysgolhaig. Cododd ei law fel pe mewn bendith.

' Fel y mynni. Cyn machlud haul, ynteu.'

Bu raid i'r llanc fodloni ar y cyfaddawd. Gwyddai y byddai Peryf am ymuno yn y chwaraeon ar ôl y gwerthu a gallai'r rheiny fynd ymlaen yn hwyr wedi iddi dywyllu, ac am y tro cyntaf teimlai fymryn o wrthryfel yn ei gnoi. Ond fe'i mygodd ar unwaith. Yr oedd Peryf a phawb wedi mynd o'i flaen, a bu raid iddo beri i Ririd garlamu.

39

Yn y dref yr oedd byrddau pren wedi'u codi y tu allan i bebyll a sŵn byddarol ym mhobman. Clywai Tegerin acenion a hyd yn oed ieithoedd dieithr, yn gymysg â'r Gymraeg—llawer o Ffrangeg, ychydig o Saesneg, ac iaith annealladwy o enau dyn â chroen tywyll, a geisiai dynnu sylw hwn a'r llall at rolyn o sidan yn ei ddwylo. Ar un o'r byrddau gwerthid eli hen wraig at wella'r ddafad ddu a theisennau at atal cenhedlu plentyn. Yr oedd ganddi hefyd, meddai hi, ddarnau o bren gwyrthiol o groes Crist, a gariwyd drosodd i wlad y Brython gan Sant Joseff o Arimathea. Yr oedd gwerthu mawr ar y rhain.

Ni welodd Tegerin erioed y fath gymysgfa o bobl, rhai ohonynt mewn mentyll ffwr, rhai mewn carpiau llwyd, ysgwydd wrth ysgwydd yn ymwthio drwy'i gilydd. A barnu oddi wrth y sŵn a'r canu, yr oedd cynifer y tu mewn i'r tafarndai ag oedd y tu allan—mwy, efallai—oherwydd yr oedd yr oerni'n gafael.

Ond nid oedd yn rhy oer i'r plant chwarae pêl gyda phledren mochyn ar lain o dir glas gerbron yr eglwys. Safai Tegerin yno'n gwenu'n dadol ar gampau bechgyn ryw dair neu bedair blynedd yn iau nag ef.

' 'Lusen, myn y Wyryf, arglwydd ifanc,' crawciodd cardotyn ungoes ar ffon fagl, gan ddal bysedd crafangllyd yn ei wyneb. Yn ddryslyd, tynnodd Tegerin ddimai o'i logell a'i rhoi i'r creadur, a'i cymerodd heb ddiolch, yn ei awch am fynd ymlaen at ei ysglyfaeth nesaf.

' Os rhoddi di arian i bob cardotyn weli di yma, mi fyddi di'n dlawd iawn cyn nos.'

Neidiodd y gwaed drwy ei wythiennau wrth glywed ei llais. Dyma hi o'r diwedd wedi torri gair ag ef heb fod angen, gair caredig hefyd.

' Mae Tegerin *yn* un ffeind. On'd oeddwn i'n deud wrthyt ti? '

Yr oedd Peryf yn chwerthin hefyd, a'i lygaid yn disgleirio wrth weld swildod y bachgen arall. Llifodd ton o gynhesrwydd drosto. Mabli oedd hon, nid duwies falch. Ond iddo fod yn ddigon hy, gallai estyn allan a'i chyffwrdd â'i law.

' Rŵan, paid â sefyllian yn fan'ma,' ebe Peryf. ' Mae 'na lawer mwy i'w weld. Ond yn gyntaf tyrd i chwilio am fara achos 'rydw i bron â chlemio.'

A rhedodd ar draws y comin lle 'roedd wedi sylwi ar stondin y pobydd. Ni ddilynodd Mabli ef, ac yr oedd Tegerin yn amharod i'w gadael.

' Dyna i ti warchodwr boneddiges llawn sifalri,' ebe hi, ' Rhaid i *ti* fy ngwarchod i nawr, Tegerin.'

Ni chofiai iddi erioed ddweud ei enw o'r blaen. Gweddïai y byddai ei hwyliau cyfeillgar yn parhau, ond ni allai fod yn sicr. Gwelsai o'r blaen fel y gallai gair chwithig ddod â'r oerni trahaus yn ôl.

' Dyna fy mraint.'

Ond mor isel oedd ei lais ni allai fod yn sicr iddi glywed. P'run bynnag, yr oedd hi wedi troi o'r neilltu fel pe'n chwilio am rywbeth neu rywun, a suddodd ei galon. Mae hi wedi blino arna' i'n barod, meddyliai.

Ond tynnwyd sylw Mabli at blentyn bach yn cropian i ganol y chwaraewyr pêl. Ni chymerai'r plant eraill fwy o sylw ohono na phe bai'n ddraenog bach wedi crwydro i'w maes chwarae.

' Gwyliwch y plentyn! ' gwaeddodd. Ond yr oedd hi'n rhy hwyr. Ciciwyd y bêl yn syth at y bychan gan ei fwrw ar wastad ei gefn. Nid oedd ei sgrechiadau'n ddigon i rwystro'r plant hyd yn oed wedyn. Aethant ymlaen â'u chwarae'n gwbl ddi-hid o'r brefiadau ingol yn eu mysg.

Rhedodd Tegerin i afael yn y plentyn a'i gipio allan o'r sgarmes. Nid oedd golwg o'r fam yn unman, ac os oedd brawd iddo ymhlith y chwaraewyr, yr oedd hwnnw wedi colli'i ben ormod ar y chwarae i gymryd sylw.

' Dewch â fo i mi,' ebe Mabli, gan gymryd y plentyn yn ei breichiau. ' Dyna ti, fy mabi annwyl i. Iawn rŵan, dyna ti . . .'

Yr oedd rhyw dynerwch newydd yn ei llygaid a'i llais wrth iddi fwmian y geiriau anwes. Am ychydig aeth sgrechiadau'r bychan yn uwch, fel y gwnant ar ôl y sioc gyntaf, ond yn raddol, wrth i Fabli ddal i'w suo, ymdawelodd.

' 'Rwyt ti'n dda efo plant.'

Unig ateb Mabli oedd rhyw hanner gwên, a gafael yn dynnach yn y plentyn. Ar hyn, daeth y fam i'r golwg, yn ddryswch i gyd.

' Y bachgen drwg! ' gwaeddodd ar y baban, a'i gipio gan Fabli heb air o ddiolch.

Digwyddodd y cyfan mewn llai na phum munud, ond fe wnaeth y cyfan argraff ar Degerin oedd i barhau weddill ei oes. Sylwodd ei bod hi braidd yn llwyd. Gwelodd foncyff yn erbyn y mur a amgylchynai'r eglwys.

' Tyrd . . . eisteddwn am ychydig.'

Yr oedd ei gwelwder yn dyfnhau. Erbyn iddynt gyrraedd y boncyff yr oedd pob defnyn o waed wedi ei sugno ymaith a'i cheg yn gam gan boen.

' Mabli— '

Ond ysgydwodd ei phen yn ddiamynedd, ac eisteddodd yn ddiolchgar gan gau ei llygaid.

' Mabli, be sy'n bod? '

' Dim . . . 'rydw i'n iawn rŵan.'

Ac yn wir yr oedd y gwaed yn llifo'n ôl yn raddol.
Ofnai Tegerin ddweud dim, gan iddo synhwyro mai
dyna oedd ei dymuniad, ond ni allai beidio â syllu arni
â llygaid pryderus. Yn sydyn, chwarddodd hithau.
' Paid â *phoeni*. Mae'n digwydd weithiau. Ers i mi
gael y codwm hwnnw. 'Rydw i'n iawn rŵan. Edrych,
dyma Beryf yn dod â thorth newydd bob un i ni.'

Cyn i'w brawd eu cyrraedd, trodd yn ffyrnig ato:
' Paid â dweud dim am hyn wrth neb . . . *cofia*.'

Ni sylwodd Peryf fod dim o'i le, ac yn wir nid oedd
dim o'i le ar archwaeth yr un o'r tri. Wrth edrych
arni o dro i dro trwy gil ei lygaid a'i chlywed yn chwer-
thin ac yn parablu dechreuodd Tegerin dybio mai
breuddwydio'r munudau hynny a wnaethai. Ond yr
oedd y gwelwder yn dal o gwmpas ei thrwyn, ac ambell
waith deuai crych rhwng ei haeliau.

' Wyt ti am fynd yn grefyddwr, Tegerin? '

Dyna hi wedi dweud ei enw eto, a'i chwestiwn yn
dangos diddordeb personol ynddo am y tro cyntaf.

' Ynteu am fod yn filwr fel dy dad? ' gofynnodd Peryf
yn eiddgar.

' Yr un o'r ddau.'

Bod yn fynach, a chael ei wahardd am byth rhag
priodi? Y munud hwnnw, y syniad mwyaf gwrthun
yn y byd oedd bod yn fynach, bod yn anghydweddog,
ei glymu ei hun mewn cell fel Sulien, neu yn wir bod
yn un o'r brodyr fel Anian. Gwelai yn ei ddychymyg
groen oer fel memrwn y Brawd Anian, a'i geg denau,
arallfydol. Yr oedd yn sicr ddigon o un peth. Ni bu
raid i hwn erioed orfod ei fflangellu ei hun i fwrw allan
gythreuliaid y cnawd fel y bu raid i'r Brawd Sulien ei
wneud, hyd yn oed yn ei henaint.

43

A heddiw, yma, yn eistedd ar y boncyff y tu allan i eglwys Cadfan, nid brenhines i'w haddoli o bell oedd y Fabli hon oedd gydag ef, ond merch o gig a gwaed a fedrai ennyn ynddo deimladau cynhyrfus.

' Beth, ynteu? '

Clywodd ei llais yn ddiog ac yn isel fel gwenyn.

' Beth, ynteu? Beth wyt ti am fod? '

Yr oedd Peryf wedi mynd i chwarae pêl gyda'r plant. Eisteddai Mabli'n agos ato ar y boncyff. Daeth ei llaw i orffwys yn ysgafn ar ei law ef ac aeth ias ryfedd drwy ei gorff.

' 'Rydw i am fod yn ŵr cyfraith.'

Ond sibrydodd yr ateb. Yr oedd ei bysedd yn pwyso'n dynnach ar ei gnawd yn awr ac yn dechrau cerdded i fyny ei fraich. Ni allai edrych arni ond gwyddai ei bod hi'n gwenu. Yr oedd hi'n ei blagio, fe wyddai hynny'n iawn, ond mor fawr oedd y cynnwrf a deimlai fel na allai symud gewyn. Dim ond pan welodd Peryf yn cychwyn yn ôl atynt y symudodd hi ei llaw yn ôl.

' Mae pleser yn d'aros, Tegerin ap Hywel,'' murmurodd.

Yr oedd y llanc wedi sylwi ei bod hithau hefyd yn crynu.

Machludai'r haul yn goch uwchben bae Ceredigion pan ddaeth Tegerin heibio i Graig yr Aderyn, a maes o law, i olwg y Bere. Gwyddai fod Peryf yn tybio ei fod o'n rhy ufudd o'r hanner, ond yr oedd yn ei natur ryw barch cynhenid i awdurdod. Llwfrdra, efallai, hefyd, meddai wrtho'i hun. Yr oedd arno ofn geiriau cas gan y rhai yr oedd yn eu parchu, a gallai tafod y Brawd Anian frathu'n finiog. Parch o fath arall oedd ganddo at Sulien. Daeth i'w feddwl mor wahanol oedd y ddau grefyddwr, y naill yn arw, yn gyfyng ei ddysg (fe welai Tegerin hyn yn glir erbyn hyn) ond yn syml, yn oddefgar ac yn frwd o deyrngar i'r hyn a gredai; y llall, Anian, a'i wynepryd esthetig, yn llym ei feirniadaeth, yn hunandybus.

Ar wahân i'w hen ddysgawdwyr yn ninasoedd y byd, ni chlywsai Tegerin ef yn dangos na pharch na chlod oddigerth at un, sef archesgob Caergaint; nid hyd yn oed i'r Tywysog Llywelyn. Ai am ei fod yn gefnder iddo? Yr oedd teuluoedd mor ddrwgdybus o'i gilydd. Fe glywsai'r bachgen ef yn ceisio pwysleisio wrth Sulien bwysigrwydd ufuddhau i Gaergaint yn hytrach nag i weddillion disberod yr hen Eglwys Geltaidd. Ond ni fynnai Sulien glywed hyn. Fel y rhan fwyaf o'i frodyr Sistersaidd, ymyrraeth â hen hawliau oedd cais yr archesgob a'i ddeiliaid i roi terfyn ar rai hen arferion yng Nghymru.

Synhwyrai Tegerin fod y gwahaniaethau barn rhwng y ddau grefyddwr wedi dyfnhau yn ystod arhosiad Sulien yn y Bere, ond fod yr olaf yn rhy siriol i ddadlau'n agored. Dyn dewr, p'run bynnag, fyddai hwnnw a feiddiai ddadlau â rhesymeg miniog Anian.

Yr oedd tawelwch mawr yn y castell, ar wahân i sŵn achlysurol gorymdeithio'r gwylwyr ar rodfa'r sentri. Wrth y tŵr bach ar y dde ar ben y grisiau cyntaf sylwodd Tegerin ar farch wedi ei glymu'n anghelfydd a brysiog wrth fachyn mawr yn y mur. Codai anwedd o'i gorff, a thynnai'n gynhyrfus wrth yr afwynau fel pe bai heb ymdawelu ar ôl cynnwrf carlamu gwyllt. Tynnodd gymaint nes i'r bachyn, na fwriadwyd ar gyfer y gwaith hwn yn y lle cyntaf, syrthio o'i le. Nid oedd Tegerin ond mewn pryd i afael yn yr afwynau cyn i'r ceffyl ymryddhau a chychwyn am y porth.

Ar hynny, clywodd leisiau isel a brysiog, a llw sydyn. Ymddangosodd dau ddyn o'r tu ôl i fur pella'r tŵr, a gwelodd Tegerin mai Heilyn oedd un ohonynt. Yr oedd y llall yn hollol ddieithr iddo. Camodd Heilyn ato a rhoi bonclust iddo nes iddo syrthio ar ei hyd.

'Be wnei di yma, y diawl bach?'

Cydiodd y dyn arall yn yr afwynau, neidiodd ar gefn y march, ac i ffwrdd ag ef yn ddiseremoni heb ddweud gair.

'Be oeddet ti'n ei wneud i'r ceffyl 'na, fflamio di?'

Cododd Tegerin yn boenus. ''Wnes i ddim byd. 'Roedd y bachyn wedi dod yn rhydd a'r ceffyl ar ddianc. Ei rwystro fo wnes i.'

'Taw â'th gelwydd, y cnaf!'

Rhyfeddai at dymer Heilyn. Fel rheol rhyw oerni trahaus ac ambell sylw sarrug a'i nodweddai. Ond yn awr yr oedd ei wyneb golygus wedi ei ystumio gan lid. Cydiodd yn ysgwydd y bachgen a'i ysgwyd fel pe am ysgwyd cyfaddefiad allan ohono. Ni wyddai Tegerin beth fyddai wedi digwydd oni bai i Heilyn weld y Brawd Anian yn cerdded ar draws y beili. Gollyngodd ei afael a chamodd yn stormus i lawr y grisiau a thros y bont.

Bore trannoeth yr oedd si fawr drwy'r lle fod Tywysog Gwynedd ar ei ffordd o Ddinefwr ar ôl ymgyrchoedd llwyddiannus yng Ngŵyr a Chydweli. Yn wir yr oedd y Llyw yn carlamu drwy Gymru benbaladr, ac fel y dôi hanesion am ei lwyddiant o'i flaen, yr oedd awyrgylch gynhyrfus, ddisgwylgar yn cyniwair drwy'r wlad.

O'r diwedd gellid gweld ffrwyth y paratoadau gofalus a fu ar droed ar hyd y misoedd. Yr oedd goleuni newydd yn llygaid ei ddeiliaid, a gobaith, yn hytrach nag ofn, o'u blaen. Adroddid yn agored yn awr stori ar ôl stori am sarhad y Norman a'i gynffonwyr, storïau a gadwyd yn ddirgel hyd yn hyn. Ers blynyddoedd bu digofaint cudd yn llechu mewn llawer mynwes, ac yn awr yr oedd yn cael mynegiant. Lle bu mân arglwyddi'n aros yn ofalus i weld ai doethach fyddai dilyn baner Brenin Lloegr, yr oedd mwy a mwy ohonynt yn awr yn mentro dilyn esiampl Maredudd ap Rhys a bwrw coelbren yn agored gyda Llywelyn yn erbyn Henri. Un yn unig oedd yn aros o'r arglwyddi Cymreig na fynnai blygu i'w gâr, sef Gruffudd ap Gwenwynwyn o Dde Powys. Ond hen, hen elyniaeth oedd hon rhwng dau dylwyth, yn mynd yn ôl ymhellach nag amser Llywelyn ap Iorwerth ei hun, ac nid oedd disgwyl iddi ddiflannu dros nos. Os bu arwydd pall ar fflamau'r elyniaeth, yr oedd gwraig Gruffudd, Hawys Lestrange, yno i fwrw ei ffaglau ei hun ar y tân. Wel, yr oedd eu hamser hwy'n dod i ben, a chystal i Ruffudd a'i wŷr yn y Trallwng gydnabod hynny.

Yr oedd Llywelyn wedi nodi ei awydd i fynd i hela yn fforestydd Ystumanner, i ddadebru ar ôl ei ymgyrchoedd, ac wedi anfon ei helwyr a'i wastrodion ymlaen llaw i ddweud pa nifer i'w ddisgwyl. Byddai rhai'n cysgu yn y castell ac eraill yn gwersyllu ar y ffriddoedd y tu allan.

Rholiwyd bareli o win a chwrw i'r neuadd fawr; codwyd ych ar gigwain anferth uwchben y tân; deuai arogleuon pobi bara o gwt y pobydd; a gwelid gweision yn cludo paliasau o'r naill ystafell i'r llall gan weddïo na fyddai neb yn cael achos cwyno oherwydd gwely anghysurus. Yr oedd y cyffro a'r cynnwrf yn heintus, a llygaid a chlustiau Tegerin yn effro fel rhai pawb arall, pawb â nerfau tyn yn aros am yr arwydd cyntaf ei fod ar gyrraedd.

Ac o'r diwedd fe ddaeth. Clywid corn hir o gyfeiriad Cwm Nant yr Eira dan y Foel Ddu a rhuthrodd trigolion y castell i'r ffenestri ac i'r bylchau uchaf i groesawu eu tywysog.

Ar y blaen marchogai gŵr yn cario baner y tywysog. Ychydig lathenni o'i ôl, o flaen ei osgordd luosog, wele Lywelyn ei hun, ei ben yn uchel a'i ysgwyddau'n llydain. Yr oedd yn rhy bell i Degerin allu gweld ei wyneb yn iawn, ond yr oedd rhyw arwahanrwydd digamsyniol o'i gwmpas. Ychydig lathenni y tu ôl iddo, marchogai'r distain, Goronwy ab Ednyfed, a chastellydd y Bere a aethai allan i'w gyfarfod, a'r tu ôl iddynt hwy, delynor y tywysog a rhyw chwech o'i brif ddyledogion a'u gwŷr. Dilynai'r gwŷr traed a gweision yn cludo offer y siwrnai ar wagenni. Yr oedd rhyw drefn ac urddas i'r osgordd, ond eto heb fod yn rhy ffurfiol. Nid byddin yn cychwyn i ryfel oedd yma, eithr concwerwyr yn dod adre i gymryd hoe, heb anghofio'r ddisgyblaeth oedd yn sylfaen i'w llwyddiant.

Yr oedd Llywelyn yn ddigon agos yn awr i Degerin allu gweld ei wyneb yn glir. Aeth cynnwrf drwyddo. Ni welsai erioed o'r blaen lygaid mor las ac mor loyw. Yr oeddynt fel pe'n tremio i'r pellter tua'r môr ac ar yr un pryd yn treiddio i galonnau'r distadlaf o'i ddilynwyr. Yr oedd ei wyneb yn fain a braidd yn hir, ei wefusau'n dynn, ond llawnder y wefus isaf hwyrach yn bradychu natur feddalach nag y gellid ei dybio ar yr olwg gyntaf. Gwisgai diwnig o borffor, a throsto fantell werdd wedi'i hymylu â phatrwm hanner cylchoedd melyn. Cyrhaeddai ei fotasau gwyrdd dros grothau ei goesau noeth.

Mor ysblennydd oedd yr olygfa, ac eto mor syml yn ei hurddas, nes y daeth dagrau i lygaid Tegerin, ac awydd angerddol drosto i redeg i lawr y grisiau ac allan ar y ffridd a'i daflu ei hun wrth droed y tywysog.

Yn awr yr oeddynt yn dod i mewn i'r castell, a sŵn bonllefau o groeso'n llenwi'r awyr. Arweiniwyd Llywelyn i'r neuadd fawr a daeth y gweision â phiseri o ddŵr yn barod i olchi ei draed a thraed yr arglwyddi. Gwelodd Tegerin fod Mabli'n sefyll wrth law gyda llieiniau. Byddai hi yno'n barod i weini ar ei harglwydd, ei dyweddi, Ynyr ap Iorwerth. Dywedodd Tegerin hyn wrtho'i hun yn bendant. Rhaid iddo ddysgu cydnabod ffeithiau.

Edrychodd yn fanylach ar Ynyr. Dyn golygus, rhaid cyfaddef, ond yr oedd arwyddion braster ar y dagell yn barod a'r cnawd yn llenwi am ei ganol. Dywedid fod ei diroedd yn Nannau wedi cynyddu'n ddirfawr ar ôl iddo ddod i'w etifeddiaeth, ond nid oedd wiw i neb holi gormod pa fodd. Dyn uchelgeisiol, felly. Ond nid oedd gwadu ei deyrngarwch i Lywelyn. Edrychodd i fyny'n ddisgwylgar pan welodd Fabli'n nesáu, ond aeth hi heibio iddo gan sefyll gerbron y tywysog.

' F'arglwydd,' meddai'n isel a phlygu ger ei fron. Tynnodd ei esgidiau a gwlychodd un o'r cadachau. Yna, a llygaid pawb arni, dechreuodd olchi'r llaid a'r llwch oddi ar y coesau cyhyrog.

' Beth yw dy enw di? ' gofynnodd Llywelyn. Yr oedd ei lais yn ddwfn, ond yr oedd rhyw addfwynder rhyfeddol ynddo.

' Mabli.'

' Fy merch yw hi, f'arglwydd,' ebe'r castellydd.

' Mabli.'

Ailadroddodd Llywelyn yr enw'n fyfyrgar, a rhoes ei law allan i gyffwrdd â'r tresi eurgoch a ddisgynnai fel llen dros ei draed.

Edrychai Ynyr yn hanner-balch, hanner-digofus o'r sylw a gâi ei ddyweddi. Teimlai mai'r Dâm Geinor ddylai fod wedi gwneud y swydd a fynnai Mabli iddi ei hun, ac mai ef a ddylai fod wedi derbyn ei gwasanaeth hi. Ond penderfynodd mai doethach tewi am y tro. Câi ei rhybuddio yn nes ymlaen am ei hyfdra.

Daeth telynor ifanc i mewn, wedi'i wisgo mewn tiwnig gwyrdd a hosanau o'r un lliw.

' A! Bleddyn,' galwodd y tywysog, ' fe ddaethost mewn pryd i ganu cân newydd. Cân i wallt Mabli! '

Chwarddodd pawb, a gwridodd Mabli â phleser. Cwblhaodd ei gorchwyl a symudwyd y piseri ymaith. Yr oedd hi'n amser bwyta.

Fe'i cafodd Tegerin ei hun yn eistedd gyda Pheryf ar waelod y bwrdd isaf. Mewn un ffordd yr oedd yn falch, oblegid ni allai feddwl llyncu'r un dernyn o gig yng ngŵydd y tywysog. Ar y llaw arall, yr oedd yn rhy bell oddi wrtho i fedru gweld na chlywed dim. O amgylch Llywelyn eisteddai ei ddyledogion, yn cynnwys Ynyr ap Iorwerth, a'r tro hwn eisteddai Mabli wrth ochr hwnnw. Sylwodd Tegerin fod Heilyn hefyd ymhlith yr etholedigion ar y bwrdd uchaf, ac am ryw reswm teimlai ryw anniddigrwydd anodd ei esbonio. Pwy oedd y dieithryn hwnnw gyda Heilyn ddoe? A wyddai'r castellydd amdano? Beth oedd ei ddyletswydd ef? Dweud wrth rywun ynteu cadw'n dawel? Os mai dweud, rhaid oedd gwneud hynny cyn i'r tywysog a'i wŷr gael cyfle i drafod eu cynlluniau.

Fe wyddai pawb yn burion mai rhan yn unig o amcan y tywysog yn dod i Gastell y Bere oedd i ymddadebru ar ôl y brwydro. Yr oedd y Bere, ar ffin isaf cantref Meirionnydd yn dactegol bwysig i symudiadau nesaf ymgyrchoedd Llywelyn. Yma yr oedd y gaer agosaf i'r Trallwng, cadarnle'r Arglwydd Gruffudd ap Gwenwynwyn. Ond pe penderfynai Tegerin ddweud, â phwy y siaradai? Nid y castellydd, yn sicr. Ei fab ef oedd Heilyn. Llywelyn ei hun? Aeth yn wan drosto wrth feddwl am y posibilrwydd. P'run bynnag, pa gyfle a gâi ef, disgybl ifanc a di-nod, i fynnu gair â'i arglwydd? Penderfynodd gadw'n dawel.

Ond nid oedd Tegerin mor ddi-nod ag y tybiai. Pan oedd y wledd ar ben a phawb yn gorffwys o gwmpas y tân, wedi'u suo gan y gwin a nodau pêr y telynor ifanc, Gruffudd ab yr Ynad Goch, sibrydodd y synysgal, Goronwy ab Ednyfed, rywbeth yng nghlust Llywelyn, ac ymsythodd hwnnw â diddordeb.

' Yma? ' meddai. ' Ble mae o? '

Edrychodd y synysgal o'i gwmpas a disgynnodd ei lygaid ar Degerin. Gwnaeth arwydd ar ei was i fynd i gyrchu'r bachgen i ŵydd y tywysog. Dan grynu, croesodd y bachgen y neuadd, a daeth i benlinio'n fud wrth draed y tywysog.

' Tegerin yw d'enw di? ' Amneidiodd y bachgen ei ben.

' Ie, f'arglwydd.'

' Edrych arna' i, fachgen.'

Cododd Tegerin ei ben ac edrychodd i fyw'r llygaid glas hynny. Yr oedd fel pe bai rhywun wedi'i ddwysbigo â gwaywffon.

' Fe glywais amdanat ti.'

Arhosodd Tegerin yn fud, ond clywai'r gwaed yn curo yn ei ben. Daliwyd ef gan gynhesrwydd y dyn o'i flaen.

' A da oedd yr hyn a glywais. Hoffet ti fy ngwasan-aethu i, Tegerin ap Hywel? '

' Yn fwy na dim, f'arglwydd.'

51

Gwenodd y tywysog. ' Ryw ddydd . . . cyn bo hir . . .'
Pwysodd ei law ar ben y bachgen. ' Yn y cyfamser . . .
At y Brodyr yn Rhuddlan yr ei di oddi yma?'
   ' Felly y deallaf, arglwydd.'
   ' Byddant yn agor dy lygaid ar y byd. Ond,
Tegerin—'
   Bu saib fechan, a difrifolodd wyneb y tywysog.
' Paid ag anghofio mai Cymro wyt.'
   Y tro hwn, nid ar Degerin yr edrychai, ond ar y
Brawd Anian.

Wythnos yn ddiweddarach, yn hollol ddisymwth, yr
oedd y castell yn hanner gwag. Awr o rybudd a gawsant
gan y tywysog fod y cyrch mawr ar y Trallwng ar
gerdded. Gwyddai Llywelyn fod ysbïwyr yn llechu
mewn lleoedd annhebygol ac felly cadwodd fanylion ei
gynlluniau'n gyfrinach tan y funud olaf. Dim ond y
castellydd a'r synysgal a wyddai o'r cychwyn beth oedd
ei fwriadau.
   ' Beth sy'n bod? Beth sy'n digwydd?' holai'r bechgyn
mewn syndod wrth weld y rhuthro i drwsio meirch a
lluchio arfau a sacheidiau o fwyd ar y wagenni a'r
troliau. Sylwodd fod y gwŷr meirch yn hogi blaenau
eu gwaywffyn a'r gwŷr traed yn clymu eu saethau'n
dynn yn eu gwregys. A dyna lle 'roedd y Tywysog
Llywelyn, yn ei arfwisg y tro hwn, ar gefn ei farch yn
arwain ei fintai allan o'r Bere i gyfeiriad afon Ddyfi.
   ' Pam na chawn ninnau ddod hefyd?' gwaeddodd
Peryf ar ôl ei dad, ond ni chlywodd hwnnw, neu ni
chymerodd arno glywed. Ond fe glywodd Heilyn.
   ' Ewch ymlaen â'ch nyddu gyda'r gwragedd, blantos
bach!'

Daeth bloedd o chwerthin oddi wrth ei gydymaith, Ynyr ap Iorwerth, a thynnodd ei afwynau'n orchestol fel bod coesau blaen ei farch yn pawennu'r awyr. Cochodd Peryf at ei glustiau a gwaeddodd rywbeth ar ôl ei hanner-brawd, ond ni chlywodd neb oherwydd boddwyd pob sŵn arall gan y meirch a sŵn traed y milwyr.

Ac yn awr nid oedd dim ar ôl iddynt ond aros. I Degerin golygai hyn geisio ymgolli yn ei lyfrau, ond anodd iawn oedd hoelio meddwl ar athroniaeth Plotinus tra marchogai ei ddychymyg gyda Llywelyn tua'r Trallwng. Yr oedd hi'n waeth ar Beryf, oblegid nid oedd gan hwnnw ddim arall i fynd â'i fryd. Chwaraeai'n ddi-baid â'i fwa a'i saethau, a phob saeth wedi'i anelu yn ei feddwl at Gruffudd ap Gwenwynwyn, arglwydd De Powys.

Manteisiodd y Dâm Geinor ar absenoldeb y dynion i wneud cyfrif manwl o bopeth yn y castell, ac fe'i clywid hi'n arthio ar y cogydd am daflu gweddillion y cig eidion i'r cŵn yn lle gwneud potes ohonynt. A pham, mynnai wybod, yr oedd cyn lleied o ganhwyllau pan oedd yn agos i hanner blwyddyn i fynd cyn cael y cyflenwad nesaf o wêr?

Yn ei hystafell y llechai Mabli yn amlach na heb y dyddiau hyn. Ceisiai anwybyddu ei phryder cynyddol ynghylch ei phoenau. Fe ddylai'r anaf fod wedi gwella ar ôl chwech wythnos. Fe'i cleisiwyd hi'n ddifrifol rhwng ei choesau gan gorf ei chyfrwy wrth iddi gael ei hyrddio ymlaen dros ei chaseg y diwrnod hwnnw, ond erbyn hyn yr oedd y cleisiau wedi troi'n felyn ac felly ar eu ffordd i gilio'n llwyr. Nid hyn a'i poenai ond y boen a'r llosgi oddi mewn.

Yr oedd hi wedi dysgu yn y gorffennol y byddai poen bob amser yn cilio dim ond iddi droi ei meddwl

53

at rywbeth arall. Ceisiai feddwl felly am Nannau a fyddai'n gartref iddi ar ôl ei phriodas. Yr oedd Ynyr yn pwyso am i hyn ddigwydd yn fuan—ddechrau'r haf, efallai.

Bu'n ofni y byddai ei mam wen yn dod o hyd i Lwl unwaith eto a'i bradychu i'w darpar ŵr. Oherwydd hyn yr oedd wedi cuddio'r ddoli yng ngwaelod ei chist gan ymatal rhag dod â hi allan i'w hanwesu ond am funud neu ddau'n unig cyn dringo i'w gwely. Ond, o ystyried, nid oedd y Dâm Geinor yn debyg o wneud dim i beryglu'r briodas a fyddai'n cael gwared â merch ei gŵr, felly gwyddai Mabli ei bod hi'n bur ddiogel.

Un waith erioed y bu hi yn ei gartref, pan oedd ei fam yn fyw, a rywsut nid oedd hi wedi meddwl rhyw lawer am y lle braf hwnnw yng nghesail Moel Offrwm tan y dyddiau diwethaf yma a'r tebygolrwydd y byddai hi'n feistres ar ei chartref ei hun wedi cryfhau.

Byddai hi'n cael hela a heboca pan fynnai, heb fod ar alwad y Dâm Geinor byth a beunydd. Dychmygai glywed y tŷ bob amser yn llawn chwerthin a chanu a chwedl. Yn sicr byddai ei phlant yn cael maldod a theganau fel y cafodd hi a Pheryf gan y fam a fu farw o'r pla. Ni welai y byddai'n anodd cael ei ffordd ei hun gan Ynyr. Am y tro cyntaf erioed yr oedd hi wedi teimlo ei lygaid yn crwydro dros ei chorff, ac yr oedd wedi trafod dydd eu priodas o ddifri. Nid oedd wedi cymryd llawer o sylw ohoni tan yn ddiweddar iawn. Synhwyrai mai ymweliad y tywysog a'r sylw a gawsai ganddo ef oedd wedi agor ei lygaid i ddarganfod nad plentyn mohoni, mwyach. O'i rhan hi, nid oedd wedi meddwl o ddifri amdano fel gŵr y byddai'n rhaid iddi gyd-fyw ag ef weddill ei hoes. Cytundeb rhwng dau deulu fu eu dyweddïad, yn agos i ddeng mlynedd cyn hynny, a phan ymwelai'r milwr cyhyrog â'r Bere o dro i dro, pan glywai ei lais uchel, garw, ei weld yn yfed yn drwm ac weithiau'n chwydu, ni allai amgyffred unrhyw berthynas rhyngddynt. Gwyddai Mabli mai priodas oedd priodas ac nid oedd disgwyl i ferch deimlo serch rhamantus tuag at yr un a ddyweddïwyd iddi'n blentyn. Rhywbeth i sicrhau llinach ac eiddo oedd priodas ac fe wyddai hithau ei dyletswydd. Tan yn ddiweddar nid oedd wedi meddwl am gartref Ynyr fel dihangfa. Ar ôl marw ei mam, unig fu hi yn y Bere, a phan ddaethai ei thad â'i wraig newydd, y weddw Geinor, adre'n ôl gydag ef o Amwythig, mor falch oedd hi o gael cwmni dynes arall o'r un gradd â hi, mor barod i'w charu, mor barod i edmygu ei phrydferthwch.

Ond ni fynnai'r Dâm Geinor mo'i chariad. Diflastod iddi oedd merch iau a hawliai gyfran dda o serch ei gŵr, a rhyddhad iddi fu deall am y dyweddïad. Gorau po gyntaf iddo gael ei droi'n gyfamod. Gorau po gyntaf gan Fabli hefyd. Oherwydd syndod iddi oedd darganfod fod edrychiad trachwantus Ynyr, yn lle codi braw arni, wedi rhoi gwefr o bŵer iddi. Coleddai'r pŵer hwnnw'n dawel ddirgel yn y nos wedi iddi ddiffodd ei channwyll, ac am y tro cyntaf dyheai am ddydd ei phriodas.

Yr oedd rhywbeth arall hefyd. Pan fydd dwy wraig yn gorfod byw'n agos at ei gilydd anodd iawn i'r naill beidio â sylwi ar symudiadau'r llall. Yn fuan ar ôl i'w mam wen ddod i'r Bere yr oedd hi wedi dechrau dangos ffafriaeth arbennig i Heilyn. Digon naturiol, hwyrach. Wedi'r cwbl rhyw bum mlynedd yn hŷn na'i llysfab oedd hi. Yr oedd Mabli wedi hen gynefino â dod ar eu traws yn chwerthin yn isel gyda'i gilydd ac yn cyfnewid edrychiad llawn deall cyfrin. Nid oedd wedi meddwl llawer

55

am y peth tan y noson honno y gwelodd Heilyn yn gadael siamber ei thad, a hithau'n gwybod fod y castellydd ymhell i ffwrdd ym Môn. Hyd yn oed wedyn hwyrach na fyddai wedi amau unrhyw gamymddygiad oni bai fod Heilyn wedi rhuthro heibio iddi, ei diwnig ar agor a'i wyneb yn goch. Fflamiai ei dicter ynddi o blaid ei thad. Rhedodd i mewn i'r siamber a safodd yno'n rhythu ar y wraig a eisteddai ar erchwyn y gwely yn cribo'i gwallt. Daliodd y grib yn llonydd wrth weld Mabli a chododd ei haeliau'n oeraidd.

' Ie? '

Yr oedd wyneb Mabli'n fflamgoch, ond teimlai ei thafod wedi'i glymu. Ni allai yngan yr un gair. Trodd ar ei sawdl a rhedodd allan o'r siamber.

Ni ddywedwyd gair am hyn gan y naill na'r llall, ond os bu angen ffagl ar gasineb Mabli fe gafodd dan-llwyth ohono y noson honno.

Ond y boen oedd uchaf yn ei meddwl yn awr, ar ei gwaethaf. Un noson, ni allai atal gwaedd a rwygodd dawelwch y tywyllwch ac a yrrodd ei mam wen ar frys i mewn i'w hystafell. Penliniai Mabli wrth erchwyn y gwely yn gafael yn dynn yn un o'r pyst a'r dagrau'n gymysg â chwys ar ei hwyneb gwelw. Nid arhosodd y wraig hŷn i holi beth oedd yn bod. Anfonodd ar unwaith am y meddyg. Wedi clywed hanes y cwymp, archwiliodd hwnnw anafiadau'r ferch. Ar ôl iddo orffen, ymsythodd, a gwnaeth arwydd ar y Dâm Geinor i'w hebrwng allan o'r ystafell.

Hyd yn oed yn ei phoen yr oedd clyw anarferol o dda gan Fabli. Gallai glywed geiriau yma ac acw, ond prin ddigon i wneud synnwyr o ddedfryd y meddyg. Ond gwrandawai'r Dâm Geinor â golwg ddifrifol ar ei hwyneb.

' Mae'n rhaid bod y gorf wedi ei hanafu o'r tu mewn. Mae'r cleisiau wedi troi'n heintus ac mae'r llawes goch wedi crebachu.'

Arhosodd y meddyg i arwyddocâd hyn daro'r wraig.

' Oes gwellhad i hyn?'

Yr oedd y meddyg yn syllu'n fanwl ar ei ewinedd. Aeth eiliad neu ddwy heibio cyn iddo ateb.

' Oes, mi gredaf. Hynny yw . . . nid oes perygl i'w bywyd—ar hyn o bryd.'

' Ond?' Yr oedd ei llygaid fel llygaid eryr.

' Ond— ' Cododd y meddyg ei olygon oddi ar ei ewinedd a rhythu arni. ' Mae Mabli wedi dyweddïo ag Ynyr ap Iorwerth?'

' Ydi.'

' Mae'n rhaid i mi eich rhybuddio, arglwyddes. Hyd yn oed pe câi ei hun yn feichiog—ac mae hynny'n amheus—mwy na thebyg y byddai esgor ar blentyn yn angau iddi.'

Bron yn reddfol estynnodd y meddyg ei law i gysuro'r wraig o'i flaen, ond ysgydwodd ei phen yn ddiamynedd. Yr oedd ei meddwl wedi gwibio ymlaen i gwmpasu holl oblygiadau'r newydd. Trwy wefusau tyn daeth y sibrwd:

' Dim gair am hyn wrth neb. Ddim hyd yn oed wrth Mabli.'

Yr oedd golwg wedi ei syfrdanu ar y meddyg.

' Arglwyddes— ' protestiodd.

' Mi gei di dy dâl. Yn hael, hefyd.'

Newidiodd y meddyg ei dôn ychydig. ' Ond fe ddylai hi wybod am y peryglon.'

' Fe ddown ni at hynny yn nes ymlaen,' oedd yr ateb brysiog. ' Ond *rhaid* cynnal y briodas. Cawn ofalu na chaiff y ferch mo'i niweidio . . . wedyn.'

57

Yn y cysgodion yr ochr draw i ddrws ei hystafell lle 'roedd hi wedi ymlusgo i gael clywed yn well, syrthiodd Mabli i'r llawr.

3

Hanner llwyddiannus oedd y cyrch ar y Trallwng. Llwyddwyd i feddiannu'r tir o gylch y Castell Coch, a gwersyllai milwyr Llywelyn yn gaer o'i amgylch. Ond am y castell ei hun, yr oedd yr amddiffynfa'n llwyr, a'r Arglwydd Gruffudd ap Gwenwynwyn, ei wraig, ei blant a'i deulu i gyd yn ddiogel oddi mewn i'r pyrth. Synnai gwŷr Llywelyn at hyn. Rhaid bod ysbïwyr Gruffudd yn fwy cyfrwys nag a dybiasent, a'i fod ef, Gruffudd, wedi cael rhybudd o fwriad y tywysog. Yr oedd rhai o'i wŷr yn daer am gael tyllu o dan y castell ac ysigo'r seiliau, ond ni fynnai Llywelyn hyn.

' Yr unig un ar ôl o holl arglwyddi Cymru,' meddai'n ffyddiog. ' Fe ddaw at ei goed yn hwyr neu'n hwyrach.'

Ond edrychai'n fyfyrgar ar y rhai agosaf ato. Pa un o'r rhain oedd wedi rhybuddio Gruffudd? Gwyddai, po fwyaf y cynyddai ei nerth, mwyaf niferus fyddai ei elynion a mwyaf gwyliadwrus yr oedd gofyn iddo fod.

Daeth negesydd â'r newydd i Gastell y Bere. Ceisiai pawb guddio'u siom, ond yr oedd hi'n anodd ar ôl y llwyddiannau cyson dderbyn y gallai unrhyw beth lesteirio marchogaeth buddugoliaethus Llywelyn. Rhaid cael ambell gwymp, cysurai'r naill y llall, 'fedrwch chi ddim ennill bob tro, ac wedi'r cwbl, 'fu hyn ddim yn gyflafan fawr. Ni chollwyd bywydau a chymerwyd yn garcharorion rai o wŷr Gruffudd a ddigwyddai fod y tu allan i'r castell ar y pryd.

Ond lledai'r si i rywun ei fradychu, a'r tebyg oedd fod hwnnw ymhlith y penaethiaid, oblegid cadwyd manylion y cyrch yn gyfrinach glós tan y munud olaf. Ni wyddai'r milwyr cyffredin i ble 'roeddynt yn mynd, na pham, nes eu bod yng ngolwg y Castell Coch. Yr oedd Tegerin wedi dianc i lawr at yr afon i gael bod ar ei ben ei hun. Beth a wnâi ef? Dweud, ynteu cadw'n dawel? Os dywedai, pwy fyddai'n ei gredu? Ei air ef yn erbyn gair mab y castellydd. Chwaraeai â'r syniad o herio Heilyn ei hun, ond na, nid oedd yn ddigon dewr i hynny. Byddai cleddyf Heilyn yn barod i herio crwt, hyd yn oed, am unrhyw sarhad ar ei anrhydedd, a neb yn gweld bai arno. Oedd yna rywun y gallai ymddiried ynddo i ofyn ei gyngor? Peryf? Na. Er mai hanner brawd iddo oedd Heilyn ac ond ychydig o gariad rhwng y ddau, ni allai wynebu hynny; oherwydd amheuaeth yn unig oedd ganddo, dim pendant, dim y gallai ei brofi. Pa angen iddo fynd i dynnu helynt yn ei ben? Cyn bo hir byddai'n dilyn y Brawd Anian i Ruddlan. Onid gwell anghofio'r cwbl?

Sylweddolodd yn sydyn ei fod yn dechrau gwlychu at ei groen. Bu'r glaw'n disgyn ers meityn ac yntau heb sylwi. Plygai'r gwynt y canghennau du, beichiog, a chwipio'r ewyn dros gerrig yr afon. Gwelai'r glaw'n ysgubo i lawr o'r niwloedd uwchben Nant yr Eira. Yr oedd y diwrnod yn argoeli bod yn un stormus. Cystal iddo ddychwelyd i'r castell ac at ei lyfrau.

Ac yna gwelodd rywbeth a'i synnodd. Yn croesi'r ffridd yn araf yr oedd ffigur mewn du yn arwain caseg. Ond yn sâl yn ei gwely 'roedd Mabli i fod. Beth yn y byd mawr 'roedd hi'n ei wneud allan ar dywydd mor enbyd? Yr oedd yn amlwg iawn iddo ei bod hi'n cael trafferth fawr i gerdded, a phwysai'n drwm yn erbyn

Fflamddwyn. Methai Tegerin â deall pam na farchogai'r gaseg yn lle ei llusgo ei hun wysg ei hochr.

' Mabli! '

Ond un ai fe'i rhwystrwyd rhag clywed gan sŵn y gwynt neu ni ddymunai glywed. Daliai i ymlwybro ymlaen ar draws y ffridd. Rhedodd Tegerin nerth ei draed i'w chyfarfod, a chafodd fraw wrth weld yr olwg oedd arni. Hongiai'r gwallt a fu mor llachar yn stribedi llipa o dan rhyw fath o gwfl du am ei phen. Yr oedd ei llygaid yn hanner cau a chysgodion fel cleisiau duon odanynt.

' Mabli, be wnei di allan ar dywydd fel yma? '

Syllai arno fel pe na bai'n deall dim. Heb holi rhagor rhoddodd ei fraich amdani a chyfeirio ei chamau'n ôl tua'r castell. Ni cheisiodd hi ei rwystro. Yn hytrach gafaelodd yn dynn yn ei ganol, a gadawodd iddo arwain Fflamddwyn â'i law rydd.

' Tegerin . . . diolch.'

Yr oedd cynifer o gwestiynau'n corddi yn ei feddwl, ond ymataliodd. Gwyddai pawb na fu llawer o hwyl ar Fabli ers tro a'i bod wedi cadw i'w llofft ers rhyw wythnos, ond ni wyddai neb beth oedd yn bod arni, hyd yn oed y gweision, gan y mynnai ei mam wen weini arni ei hun.

' Mi hebrynga' i di i lofft dy fam.'

' Na! '

Daeth bywyd yn ôl i'w llygaid a fflach o'r hen Fabli yn dwyn atgof am y noson gyntaf yn y Bere.

' Ddim ati *hi*.'

Yr oedd cynddaredd isel yn ei llais. Ni wyddai beth i'w ddweud, ac aethant ymlaen mewn distawrwydd. Yn awr yr oeddynt wedi dringo i ben y grisiau allanol. Safodd Mabli'n llonydd gan edrych arno, a gwelai rywbeth yn ei llygaid a oedd yn fwy na phoen corfforol, rhyw dristwch affwysol.

' 'Roedd arna' i angen cwmni Fflamddwyn . . . a chael bod y tu allan i'r muriau hyn. Diolch, Tegerin.' Rhoddodd ei breichiau am ei wddf a'i gusanu. ' 'Rwyt ti'n garedig . . . ac yn annwyl iawn.' Yna fe'i gadawodd. Safai yntau yno'n ei gwylio'n dringo'r grisiau i'w llofft yn boenus o araf.

Daeth y castellydd a'i wŷr yn ôl o'r Trallwng ymhen deuddydd, heb fod wedi digalonni'n ormodol. Wedi'r cwbl yr oedd pob man ond y castell ei hun yn eu meddiant a'r gefnogaeth bitw i Ruffudd yn y wlad yn gwarantu ildio maes o law. Aethai'r tywysog yn ei flaen i'r gogledd gan farnu nad oedd diben gwastraffu gormod o adnoddau a dynion ar warchae pellach. Cydnabu iddo ef ei hun na fedrai fforddio talu milwyr dros gyfnod amhenodol.

Ond yr oedd y Dâm Geinor wedi paratoi gwledd i'r rhai a ddisgwylid yn ôl, yn arbennig felly am y gwyddai y byddai Ynyr ap Iorwerth yn eu plith. Dod yn ôl i gwblhau'r trefniadau ar gyfer y briodas yr oedd ef, a rhaid felly oedd mynnu fod pob dim yn hwylus ac yn ddeniadol yn ei olwg. Dyma'r wledd olaf cyn y Grawys, a dyma ei chyfle olaf tan ar ôl y Pasg i arddangos haelioni'r Bere.

Petris mewn saws a sinsir, saffrwn a mêl, cig eidion gyda nionod a ffa, capryniaid, perchyll gyda chnau almon a ffigys, gwin a medd a bareli o gwrw. Syllai'r Dâm Geinor yn foddhaus ar y paratoadau. Ar y bwrdd uchaf gosodwyd llestri arian, cwpanau, llwyau a chyllyll; ar y byrddau eraill lestri pridd. Wrth y drws gosodwyd piseri o ddŵr a dysglau i bawb gael golchi eu dwylo cyn bwyta. Gwell darpariaeth hyd yn oed nag ar gyfer ymweliad y tywysog, meddyliodd Tegerin, wrth roi ei ben i mewn yn chwilfrydig wrth fynd heibio.

Gwyddai beth oedd amcan yr holl rodres, ond go brin fod golwg priodasferch ddedwydd ar Fabli. Yr oedd hi wedi gwella'n ddigon da yn ystod y ddeuddydd hyn i fynd o gwmpas y castell. Ond symudai fel rhyw rith o'r hyn ydoedd ychydig wythnosau ynghynt. Ni allai Tegerin fygu'r cwestiwn a godai yn ei feddwl. Beth fyddai adwaith y dyn croch, cyhyrog hwnnw, Ynyr ap Iorwerth, pan welai wendid ei ddyweddi?

Pan gyrhaeddodd y castellydd a'i wahoddedigion dethol, daeth y Dâm Geinor i'w cyfarfod, yn ysblennydd mewn ysgarlad. Mor firain oedd esgyrn ei hwyneb, meddyliai Tegerin, ac mor osgeiddig y symudai. Gwelodd lygaid y castellydd yn gloywi wrth edrych ar ei wraig. Yr oedd hwyliau anarferol o dda arni heno fel yr arweiniai Ynyr ap Iorwerth at y bwrdd uchaf. Yr oedd golwg ar hwnnw fel pe bai wedi pesgi ar y sgarmesau diweddar. Rhyfeddai Tegerin o ystyried ei fod yn frawd i Anian, oblegid ni ellid dychmygu i unrhyw syniad ysbrydol groesi ei feddwl.

' Ble mae Mabli? ' oedd ei gwestiwn cyntaf.

Atebodd y Dâm Geinor yn llyfn. ' Mae hi wedi bod dan annwyd, ond mae hi'n gwella'n dda. Bydd i lawr toc.'

Ond yr oedd pawb wedi eistedd cyn iddi gyrraedd. Daeth distawrwydd rhyfedd dros y gwesteion pan ymddangosodd wrth y drws. Yn lle'r lliwiau llachar—y gwyrdd neu felyn arferol, yr oedd amdani diwnig hir o wlân du, heb na gem na thlws i'w addurno. Yr oedd hyd yn oed y gwregys am ei chanol o'r un defnydd plaen. Am ei phen gwisgai orchudd o lês du heb wynder gwimpl i oleuo ei gwedd, dim ond y gwallt eurgoch na fedrai na salwch na thristwch ei bylu. Syllai pawb arni mewn syndod, ond ni chymerai sylw o neb, dim ond symud tuag at y lle gwag a adawyd iddi rhwng ei thad ac Ynyr ap Iorwerth.

' Tebycach i arwyl nag i briodas,' sibrydodd Peryf. ' Be ddaeth dros ei phen i wisgo du? 'Drycha ar wyneb y Dâm Geinor! '

Ac yn wir, yr oedd gwrid hyll wedi llifo dros wyneb honno. Gwelai'r bechgyn hi'n gwneud ymdrech i atal ei thafod, ond cafodd rywfaint o ollyngdod i'w theimladau drwy weiddi'n awdurdodol ar y gweision i ddechrau gweini'r bwyd.

Edrychai Ynyr ar goll. Ni allai'r creadur mwyaf ansensitif beidio â bod yn ymwybodol o'r tyndra.

Yr oedd wedi codi pan ddaethai Mabli at y bwrdd a'i helpu i eistedd, ond syllai'n hurt ar ei gwisg angladdol. Cysgod o wên a gafodd ganddi.

' Gefaist ti annwyd go ddrwg, arglwyddes? '

' Nid annwyd gefais i.'

Os oedd hi'n ddistawrwydd cynt, yr oedd yn llethol yn awr.

' Nid annwyd? '

' Na. Oni ddywedodd y Dâm Geinor wrthyt ti? '

Cododd gwraig y castellydd gan wthio'i stôl yn ôl â'r fath hergwd nes peri iddi syrthio'n swnllyd ar lawr. Croesodd at Fabli a rhoi ei breichiau amdani.

' Mae'r dwymyn yn dal arni. Tyrd, fy mechan, fe awn ni i'r llofft. Mae'n ddrwg gen i, f'arglwydd. 'Dydi ei meddwl hi ddim yn glir iawn heddiw.'

Trodd Mabli i wynebu ei mam wen. ' Mae fy meddwl yn glir iawn. Yn gliriach nag y bu ers dyddiau.'

Gwelodd Tegerin yr un edrychiad o gasineb yn ei

63

llygaid ag a welsai allan ar y ffridd. Yna trodd i siarad â'i thad gan anwybyddu'r wraig. ' 'Nhad, 'wna i ddim rhwystro gwledd y bobl dda hyn. Dywedwch wrth y gweision am fynd ymlaen.'

Rhyw wledd ryfedd oedd honno i'r sawl oedd ar y bwrdd uchaf. Prin bod y rhai oedd ar y byrddau eraill wedi sylwi fod llawer o'i le, oherwydd yn isel y bu'r deufel llafar rhwng y wraig a'r ferch, ac yr oedd yn swnllyd amlwg eu bod hwy, y milwyr a'r is-swyddogion, yn mwynhau'r pryd ardderchog. Ceisiai'r lleill wneud yr un modd, ond yr oedd presenoldeb oer y ferch a wrthodai bob dysgl yn ddigon i dynnu archwaeth y mwyaf newynog. I geisio lleddfu tipyn ar yr awyrgylch yfai'r castellydd ac Ynyr lawer mwy nag arfer, a chyn bo hir yr oedd y siarad a'r chwerthin yn groch a byddarol. Ceisiai Tegerin ddal llygad Mabli, ond yn ofer.

O'r diwedd yr oedd drosodd, ac amneidiodd y Dâm Geinor ar y telynor i ddod ymlaen i'w difyrru. Yr oedd eisoes wedi cael rhybudd ganddi i ganu cân neithior.

Ond rhoes Mabli ei llaw ar lawes ei thad. ' 'Nhad, mae yna rywbeth y dylet ti a'r Arglwydd Ynyr ei glywed.'

Yr oedd ei llais yn isel, ond hyd yn oed drwy'r holl gyfeddach clywai'r castellydd ei angerdd. Sylwodd llygaid eryr y Dâm Geinor ei bod hi'n siarad â'i thad, ond nid oedd ei chlustiau'n ddigon main i glywed y geiriau. Daeth ei llais yn annaturiol o uchel, wrth dorri ar draws cyn i'w gŵr fedru ateb.

' F'arglwydd, dyro glust i'r gerdd neithior y mae Rhodri wedi'i chyfansoddi er anrhydedd i'r ddeuddyn.'

Gyda pheth rhyddhad tarawodd y castellydd ei law ar ei glun, a chwarddodd ar Fabli drwy niwloedd gwin.

' Debyg iawn. 'Does dim mor bwysig na all aros tan ar ôl y gân. Beth ddywedi di, Ynyr? '

Pwysai hwnnw'n ôl yn ei gadair yn llond ei groen a golwg hunan-foddhaus arno. Mor fras ac mor ffôl yr edrychai, meddyliai Tegerin. ' Os bydd clywed cân yn dod â gwên yn ôl i wyneb fy Mabli,' meddai'n floesg, ' yna cân amdani, yntê? '

Er mai cellwair yr oedd, goslef ansicr oedd i'w lais. Dyn wedi arfer meddwl ei fod yn deall merched i'r dim oedd hwn, ac yn disgwyl i bob un ohonynt ymateb yn yr un modd, sef llawenhau fod Arglwydd Nannau'n cymryd sylw ohonynt. Hyd heno bu Mabli'n ddigon tebyg i'r lleill, neu, o leiaf, nid oedd ef wedi sylwi ei bod hi mor wahanol. Ond heno yr oedd ei dieithrwch wedi peri anesmwythdra iddo. Ni hoffai'r hyn na allai ei ddeall. Yna fe'i cysurai ei hun wrth gofio bod merched yn cael cyfnodau anhwylus, a rhaid bod ei hannwyd wedi gadael iselder ysbryd a fyddai'n sicr o glirio ymhen ychydig ddyddiau.

Wrth i Rodri agor ei gân disgynnodd distawrwydd swrth, cyffyrddus dros y gwleddwyr. Canai gywydd i haelioni gŵr a gwraig y Bere, i orchestion eu tywysog ac i'r llawenydd a ddeuai'n fuan o uniad dau deulu anrhydeddus, fel y byddai eu disgynyddion yn flodau i flaguro ar ganghennau meibion Cynan a Bleddyn ap Cynfyn.

Gwrandawai Ynyr â gwên yn lledu'n foddhaus dros wyneb a gochwyd ymhellach gan win. Tarawai ei law yn erbyn y bwrdd gan gadw amser â'r canwr. Ond yr oedd pob gewyn o gorff y Dâm Geinor mor dynn â thannau'r telynor. O dan amrannau trymion daliai'r castellydd i giledrych ar ei ferch. Ac am honno, hoelio ei golwg ar y cwpan llawn o'i blaen a wnaeth drwy gydol y gân.

Pan orffennodd y telynor cafodd gymeradwyaeth frwd a phawb yn ymroi drachefn i yfed i iechyd y ddau. Ond yr oedd Mabli wedi codi. Y tro hwn yr oedd ei llais yn bendant a chlir.

' 'Nhad, mynnaf air â thi a'r Arglwydd Ynyr yn y siamber.'

Ystafell y gallai'r castellydd a'i deulu agos ymneilltuo iddi i gael llonydd oedd y siamber. Yr oedd y Dâm Geinor wedi codi hefyd.

' A pham na chaf innau ddod? '

Yr oedd ateb Mabli mor oer â chloch iâ.

' 'Alla' i mo dy rwystro di, madam.'

Llwyddodd y cyfarchiad Ffrengig i ddwysáu'r dieithrwch rhwng y ddwy wraig. Heb gymryd rhagor o sylw o neb, cychwynnodd Mabli tua'r siamber. Syllai'r ddau ddyn ar ei gilydd yn niwlog, cyn ei dilyn. Eithr yr oedd y Dâm Geinor wedi achub y blaen arnynt a gellid ei chlywed yn tafodi'r ferch o dan ei gwynt yr holl ffordd i fyny'r grisiau.

' Beth ydi hyn, ynteu? ' holodd y castellydd wedi iddynt gyrraedd, gan geisio ailfeddiannu ei awdurdod.

Ond ar Ynyr yr edrychai Mabli.

' F'Arglwydd Ynyr, mae'n iawn i ti gael gwybod. Nid annwyd oedd arna' i. Mi fûm i'n bur wael wedi i'r cleisiau a gefais ar ôl y codwm droi'n heintus oddi mewn. Mae'r meddyg yn dweud y bydd hi'n anodd os nad yn amhosibl i mi esgor ar blentyn.'

Yr oedd distawrwydd syfrdan am ychydig cyn iddi fynd yn ei blaen: ' Ni fyddai'n anrhydeddus i mi dy dwyllo di.'

Aeth rhai eiliadau heibio cyn i'r Dâm Geinor roi chwerthiniad annaturiol o uchel. ' O, ffei! 'Dydi pethau ddim mor ddifrifol â hynny. Mae'n anodd i'r rhan

66

fwyaf o wragedd. P'run bynnag, faint ŵyr eilliwr o feddyg am anhwylderau gwraig? 'Dydw i'n rhoi dim coel ar ei farn. Mae mor gyfnewidiol â'r gwynt. Gofyn di iddo dy hun, Ynyr. Mi gei di weld mai camgymeriad oedd y dyfarniad cyntaf.'

Ond ni chymerai Ynyr sylw ohoni. Croesodd at Fabli a chan gymryd ei llaw yn ei law ei hun fe'i cododd at ei wefusau. Am y tro cyntaf yn eu perthynas, a hwythau'n gwybod eu bod ar wahanu, teimlent yn agos iawn at ei gilydd.

'Diolch am ddweud, Mabli. Bydd gennyf barch tuag atat tra byddwyf.' Yna trodd at y castellydd. 'Arglwydd, fe fyddi'n cytuno fod y newydd hwn yn fy rhyddhau oddi wrth f'ymrwymiad. Mae parhad llinach Nannau—'

Torrodd y castellydd ar ei draws yn frysiog. 'Purion. Purion. Siom ofnadwy. Mabli . . . fe wnaethost yn iawn. Anrhydedd yn gofyn . . .'

Ond ni allai orffen y frawddeg. Moesymgrymodd Ynyr ap Iorwerth i'r ddwy wraig, trodd ar ei sawdl ac allan ag ef, y castellydd yn ei ddilyn.

'Diolch i ti,' meddai'r Dâm Geinor rhwng ei dannedd, 'am ddifetha'r cwbl.' 'Chei di ddim cyfle cystal byth eto.' A brysiodd allan am na fedrai wynebu'r cyhuddiad distaw yn llygaid y ferch.

'Diolch i ti,' sibrydodd Mabli ar ôl iddi fynd, 'am fod yn barod i aberthu fy mywyd i.'

O'r diwedd toddodd yr iâ a dechreuodd y dagrau lifo. Wylai, nid am y tiroedd a'r safle a gollwyd iddi fel gwraig i un o ddynion pwerus Meirionnydd, eithr am y plant na châi eu hanwesu ac am y groth a fyddai'n wag hyd ddiwedd ei hoes.

4

Y flwyddyn ddilynol gwireddwyd y rhan gyntaf o freuddwyd Llywelyn ap Gruffudd. Daeth cynulleidfa o wŷr mawr Cymru at ei gilydd a thyngu llw o ffyddlondeb iddo fel Tywysog Cymru, ac yn eu plith, ei frawd, Dafydd. Ei fwriad yn awr oedd i Gymru gael ei chydnabod drwy Wledydd Cred yn undod gwleidyddol ar wahân, er ei bod yn cael ei dal dan goron Lloegr.

Bu pedair blynedd o heddwch tra ceisiai'r tywysog gasglu adnoddau, yn arfau ac yn ddynion, a gosod seiliau cadarn i'w weinyddiaeth. Gwyddai, er iddo gael ei gydnabod yn Dywysog Cymru gan y rhan fwyaf o'r arglwyddi, mai bregus oedd ei afael oni châi goron Lloegr i'w gydnabod hefyd. Ar gyfer hyn yr oedd ei baratoadau.

Ei foddhad pennaf oedd gwybod fod Dafydd gydag ef, yn barod i ymladd ochr yn ochr. Saith mlynedd ynghynt, ym Mryn Derwin, dysgasai beth oedd loes pan ymunodd Dafydd â'r ddau frawd arall i gynllwynio yn ei erbyn. Yr oedd wedi credu fod ei frawd iau yn gyfrannog o freuddwyd eu taid ac yn barod i'w ddilyn i'r eithaf. Ni ddisgwyliai hyn gan na Rhodri nac Owain a rhaid felly fu eu ffrwyno. Brodyr iddo oeddynt, ond nid oedd unrhyw ystyriaeth felly i ddyfod rhyngddo ef a'i freuddwyd fawr. Os mai eu carcharu oedd pris uno Cymru, yna ni ddylai wingo rhag y ddyletswydd gas. Cyfaill y Brenin Henri fu Owain, a chyfaill i'w fab, yr Arglwydd Edwart. Ni chawsai drafferth â Rhodri. Gŵr tawel yn caru'r encilion oedd hwn, ac os câi ddigon o fodd i gyflawni anghenion syml ei fywyd, 'roedd yn ddigon balch o gael bod allan o'r heldrin. Ond gŵr o natur wahanol oedd Owain. Yn un peth, ef oedd y brawd hynaf, ac yn ôl Cyfraith Loegr, y gwir etifedd. Ond pe disgynnai'r afwynau i ddwylo Owain, dyna ddiwedd ar freuddwyd Llywelyn Fawr, oblegid gwŷr llys Henri oedd ei gyfeillion ac ni chodai yn eu herbyn fyth. Ond Dafydd—ei anwylyn oedd Dafydd. Llonnai ei galon wrth weld teyrngarwch newydd ei frawd. Rhyng-ddynt gallai cadernid Gwynedd lifo i bob rhan o Gymru, hwyrach yn wir i ranbarthau Normanaidd y De. Cryf-hawyd hyder yr arglwyddi yn barod a chiliodd ofn gormes o'r wlad. Er bod llawer o ymgyrchoedd eto yn yr arfaeth, yr oedd ysbryd unol yn treiddio i bob man.

Yn Nhŷ'r Dominiciaid yn Rhuddlan yr oedd Tegerin yn ymwybodol iawn o'r hyn oedd yn digwydd y tu allan. Cawsai bum mlynedd wrth draed ysgolheigion, Anian yn bennaf, ond hefyd yr ynad Rhys Fychan a roes iddo bob newydd am lwyddiannau'r tywysog.

Gwyddai fod Goronwy ab Ednyfed yn gwylio hynt ei addysg yn ddyfal, felly ni synnwyd ef yn ormodol pan alwyd arno gan y prior ryw ddiwrnod i ddod gerbron y synysgal. Erbyn hyn yr oedd Tegerin wedi tyfu'n llanc pedair ar bymtheg oed. Ni allai hyd yn oed gwisg lom y *clerici* guddio rhyw osgeiddrwydd gwrywaidd a balchder rhodiad a'i gosodai ar wahân. Syllodd Goronwy arno'n gymeradwyol pan ymddangosodd wrth ddrws ystafell y prior. Ni wnaethai gamgymeriad bum mlynedd ynghynt. Byddai hwn yn wasanaethwr da i'r tywysog, yn deilwng i fynd yn gennad drosto i Loegr neu dros y môr.

Moesymgrymodd Tegerin i'r ddau ŵr a gwnaeth y prior arwydd arno i ddod ymlaen.

' Buost yma am dymor hir, fy mab, ac fe elwaist ar yr hyn oedd gan y Tŷ hwn i'w roi i ti. Nid yw cyfnod dysgu fyth yn dod i ben ar y daith hon drwy'r byd. Fe wyddost hynny'n burion. Ond daeth yr amser yn awr i ti ddefnyddio'r hyn o ddysg sydd gennyt er budd eraill.' Teimlai Tegerin ryw gynnwrf cyffrous yn gafael ynddo. Ers tro bu cymdeithas glòs y brodyr yn cau amdano. Bu ei feddwl yn crwydro fwyfwy i'r tu allan i'r clwysty; i'w hen gartref yn Abereiddon, i Gastell y Bere, ac at Fabli. Ni chlywsai air o'i hynt ers y diwrnod hwnnw pan ymadawsai Ynyr Fychan mor ddisymwth. Gwyddai fod y dyweddïad wedi'i ddiddymu, ond ni wyddai pam, er i bob math o straeon rhyfedd fynd ar led. Yr oedd ef ei hun wedi ymadael â'r Bere am Rhuddlan wythnos yn ddiweddarach, ac yn ystod yr amser hwnnw, ni bu siw na miw amdani. Ceisiodd gael gwybod gan Beryf cyn ffarwelio, ond am unwaith yr oedd ceg hwnnw fel pe wedi'i chlymu. Ynghanol y cynnwrf o symud i Ruddlan daeth mwy na digon am y tro o bethau eraill i lenwi meddwl y dyn ifanc.

Weithiau deuai atgof am y dyddiau hynny yn Ystumanner yn fyw iawn o flaen ei lygaid. Ym min yr hwyr, wrth syllu ar fachlud haul drwy chwareli ffenestri'r mynachdy, a seiniau pell y cwmplin yn ei glustiau, gwelai unwaith eto ffenestr capel y Bere, a chlywai lais uchel y castellydd yn cyfarth ei atebion i'r paderau. Lawer tro bu hyn yn achos chwerthin yn eu dyrnau i Beryf ac yntau. ' Yn union fel pe bai Duw'n cael dysgu ymarfer saethu ganddo,' sibrydodd y mab.

A phob tro deuai pigiad o euogrwydd wrth gofio am Heilyn. Dylai fod wedi sôn wrth rywun am ei amheuon yn ei gylch. Llwfrdra fu cadw'n dawel. Ni wnâi byth eto pe câi ei hun yn y fath sefyllfa. Ond yr oedd Tegerin yn dechrau ei adnabod ei hun, ac fe wyddai fod yr elfen oedi rhag penderfynu yn gryf yn ei natur. Fel 'roedd hi'n digwydd ni ddaethai llawer o ddrwg o'r peth y tro hwnnw. Pa rybudd bynnag yr oedd Heilyn wedi ei roi i Ruffudd ap Gwenwynwyn, ni lesteiriwyd fawr ar ymgyrch Llywelyn ar wahân i fethu â chipio'r Castell Coch. Ond yr oedd cestyll eraill yn syrthio i'w ddwylo. Y diweddaraf oedd castell newydd Rhosier Mortimer ym Maeliennydd, eithr nid heb ysgarmes a lladd a llosgi a cholledion lawer. Pa ran a gymerai Heilyn erbyn hyn, tybed?

Yr oedd wedi gwneud ymdrech deg i fygu ei awydd i feddwl am Fabli. Ar y dechrau, gwaith anodd oedd hyn. Lle bynnag yr âi, yno yr oedd hi gydag ef, yn chwerthin, yn chwareus, yn syllu arno â'r wyneb glaswyn ond bob amser â'r gwallt hwnnw'n dianc o dan ei phenwisg.

Ond fel yr âi'r misoedd a'r blynyddoedd heibio a thrysorau newydd o ddysg yn ymagor iddo, pylu peth a wnâi'r darlun, a dim ond yn achlysurol y cofiai amdani ac am y castell. Amser hir yw pedair blynedd yng nghalendr ieuenctid. Yn wir, gyda pheth rhyddhad yn gymysg â rhyw chwithdod y clywai Fabli'n dechrau cilio o'i feddyliau gan adael iddo hoelio ei sylw ar ei waith.

Ond yn ddiweddar, am ryw reswm, yr oedd hi yno, yn ôl gydag ef. Hwyrach ei bod hithau'n meddwl amdano ef; nid anghyffredin oedd cyd-ddigwyddiad fel hyn. Hwyrach ei bod hi wedi priodi erbyn hyn, neu ar fin gwneud. Ychwanegai'r meddyliau hyn at ei deimlad o aflonyddwch. Yr oedd yn hen bryd iddo ymarfer ei adenydd. Daeth ei lygaid yn fwy byw fyth wrth glywed geiriau'r prior.

Dywedodd y synysgal ei neges heb oedi. 'Mae gan y tywysog waith i ti, Tegerin ap Hywel.'

Y tywysog? Ni ddisgwyliai Tegerin hyn. Rhyw waith, hwyrach, yn helpu ynad i ddatod ymrafael ynghylch tir, neu fynd yn gennad i Fangor neu Ystrad Fflur. Gwelodd Goronwy ei syndod a gwenodd.

'Bu'r tywysog yn dilyn hynt dy addysg, ac fe gest ffafr yn ei olwg. Mae'r neges yn un gyfrinachol iawn, ac o bosibl yn beryglus.'

Nid atebodd Tegerin, ond yr oedd ei wyneb yn huawdl.

'Glywaist ti sôn am ŵr o'r enw Simon de Montfort?'

Wrth gwrs iddo glywed. Ers rhai blynyddoedd bu'r gŵr hwn, Iarll Caerlŷr, yn uchel ei gondemniad o'i frawd-yng-nghyfraith, y Brenin Henri, ac yr oedd wedi llwyddo i ennill cefnogaeth nifer fawr o farwniaid y mers. Hyd yn hyn ni bu gwrthryfel agored, ond dywedai'r rhai a wyddai am y pethau hyn fod Lloegr yn mynd ar ei phen i ryfel cartref. Ni welai Tegerin beth oedd a wnelo hyn ag ef.

'Ar hyn o bryd yng Nghastell Kenilworth y mae'n byw. Mae'r tywysog yn awyddus i rywun sydd heb fod â chysylltiad amlwg ag ef fynd â llythyr i'r iarll.' Yna, wrth weld yr anghrediniaeth ar wyneb y bachgen, 'Ie, ti.'

Gwenodd Goronwy eto, a rhoi ei law ar ysgwydd Tegerin. 'Ar gyfer hyn y bu dy addysg di. Ond nid negesydd cyffredin fyddi di. Mae'r tywysog am i ti gadw llygaid a chlustiau'n agored a rhoi iddo gyfrif o'th argraffiadau. Yn bennaf oll y mae am i ti ddargan-fod faint o gefnogaeth sydd ymhlith y bobl gyffredin i Simon de Montfort, oherwydd mae'r taeogion yn adlewyrchu barn eu harglwyddi. Ond rhaid i ti beidio â thynnu sylw atat dy hun.'

Bu saib am ychydig ac edrychodd y synysgal ar y prior. Yna aeth ymlaen. ' Mae pobl wedi arfer gweld y Dominiciaid yn crwydro'r wlad, ac maen nhw'n cael mynediad digwestiwn weithiau i ddirgel leoedd. 'Rydw i wedi gofyn caniatâd y prior i ti wisgo gwisg Dominiciad am y tro, ac y mae o'n barod nid yn unig i ganiatáu hyn, ond i arwyddo dogfen a fydd yn gwarantu dy *bona fide.*'

' Ond— '

Ni wyddai Tegerin sut i ofyn yr holl gwestiynau a oedd yn cyniwair yn ei feddwl. Am beth 'roedd o i fod i chwilio? Beth oedd pwrpas ei neges? Pam yr holl gyfrinach? Synhwyrodd Goronwy ei benbleth.

' Ni fydd Iarll Caerlŷr yn synnu cael dy neges,' meddai. ' Bu'n ceisio cefnogaeth Llywelyn ers tro. Y cwbl fydd raid i ti ei wneud fydd rhoi'r llythyr iddo, aros am ei ateb, ond hefyd sylwi'n fanwl pwy ydi cyfeillion a chynghorwyr Simon, a phaid â gadael i neb ond yr iarll ei hun wybod pwy wyt ti a'r rheswm dros dy ymweliad.'

Clywai Tegerin gymysgedd o deimladau—balchder, gwyleidd-dra, ofn methu, a balchder eto. Clywai hefyd gyffro llanc a oedd wedi dechrau teimlo peth caethiwed, yn wynebu antur ei fywyd.

' Pa bryd y bydd hyn? '

' Yfory. Bydd y tywysog yn disgwyl dy weld erbyn diwedd y mis. Bydd Castell y Bere'n fan cyfarfod hwylus; 'rwyt ti'n hen gyfarwydd â'r lle, felly byddi yno'n ôl erbyn Calan Mai.'

Yng ngolau'r lleuad yr oedd golwg rithiol ar Gastell y Bere fel pe byddai wedi diflannu erbyn y bore. Wrth syllu arno o lan yr afon lle y cerddai, teimlai Mabli ei

73

hun yn rhan o ryw fyd ansylweddol, cyfnewidiol, lle nad oedd dim fel yr ymddangosai, lle gallai gwên ar amrantiad amlygu casineb a llaw estynedig guddio dagr. Rhith oedd hithau, hefyd.

Ac eto, yr oedd hi'n hoffi'r Bere a'r wlad o'i amgylch ar noson fel hon, gyda digon o leuad iddi allu gweld ei ffordd, ond lle y gallai ymdoddi i'r cysgodion. Coleddai ei hunigrwydd fel gwisg. Yn y castell yn ystod y dydd, ac yn enwedig pan ddeuai ymwelwyr heibio, nid oedd gwahaniaeth allanol i'w weld ynddi. Gwenai, gwasan-aethai, sgwrsiai yn ôl y gofyn, ac i bob golwg, ni fennwyd dim arni gan y torri ar ei dyweddïad. Dim ond pan fyddai hi a'i mam wen ar eu pennau'u hunain y gwelid nad yr un Fabli oedd hi.

Dros y blynyddoedd ni phallai'r boen a deimlai wrth feddwl am yr hyn a ystyriai'n frad y Dâm Geinor. Yr oedd gwybod bod honno · wedi bod yn barod i adael iddi ddioddef poenau esgor arteithiol—a gwaeth, wynebu marwolaeth—yn graith ar ei henaid. Nid oedd ffraeo agored rhyngddynt yn awr fel o'r blaen, dim ond casineb oer, oherwydd yr oedd y ddwy fel ei gilydd yn amharod i faddau. Ni thorrai air â'i mam wen ond pan fyddai wirioneddol raid. Pe digwyddai iddynt ddal llygad y naill a'r llall, yr oedd fel petai dau ddieithryn yn cyffwrdd yn ei gilydd.

Ni wynebai Mabli'r gwirionedd sef bod ei llid yn erbyn ei mam wen yn cuddio llid mwy yn erbyn ei ffawd. Ers pan oedd yn blentyn bu'n breuddwydio am y plant a fyddai iddi ryw ddiwrnod. Yr oedd hi hyd yn oed wedi rhoi enwau arnynt. Owain oedd y bachgen a Gwenllian oedd y ferch. Fe fyddai plant eraill, wrth gwrs, ond gallai *weld* y ddau hyn—Owain yn rhedeg i lawr y ffridd ar goesau bach dewr, ei wallt du'n anniben yn y gwynt, Gwenllian yn chwarae â rhyw Lwl arall ar lawr y siamber, mor ddwys ddifrifol ag oedd Owain o ddireidus. Yr oedd y gwacter o wybod mai plant rhithiol fyddai'r rhain am byth yn rhy boenus i'w wynebu. Rhaid oedd iddi droi ei chynddaredd ar rywun, ac ni sylweddolai mai ei chysur oedd coleddu'r gynddaredd hon yn erbyn gwraig ei thad.

Ychydig iawn o bobl oedd ar ôl yn y castell, ar hyn o bryd. Yr oedd ei thad a'i dau frawd gyda Llywelyn tuag Aberhonddu, ond fe'u disgwylid hwy'n ôl unrhyw ddiwrnod. Nid edrychai ymlaen at hyn, oblegid byddai'r castell wedyn yn llawn sŵn a phrysurdeb. Ni fyddai amser ganddi i fod ar ei phen ei hun â'i meddyliau, yr hyn oedd wedi dod yn bwysig iddi.

Yn ddiweddar bu'n ystyried ei dyfodol. Ai yma yn y castell am byth fyddai hynny, yn gwmni mud i hon? Gwelai'r blynyddoedd llwm yn ymestyn o'i blaen fel hunllef. Mwynheai'r Dâm Geinor iechyd rhagorol, a gallai fyw cyhyd â Mabli ei hun. Yr ateb naturiol i rywun yn ei sefyllfa hi fyddai mynd yn lleian i Lanllugan. O leiaf byddai allan o gyrraedd pawb. Ond gwrthryfelai ei holl natur yn erbyn gorfodaeth o unrhyw fath. Heb y rhyddid i grwydro'r bryniau pan fynnai, ar gefn Fflamddwyn neu ar droed, byddai'n well ganddi farw. Yr oedd rhyw swyn rhyfeddol yn y syniad o farw, ond fod arni ofn fflamau uffern. Nid oedd ateb. Rhaid oedd iddi fodloni ar ddianc i mewn iddi hi ei hun.

Pan glywsai fod y Tywysog Llywelyn yn debyg o ddod yn ôl i'r castell gyda'i filwyr, ni chroesawai'r newydd. Byddai milwyr fel morgrug yn gwersylla ar ei ffriddoedd hoff. Lle bu dyfodiad y tywysog yn benllanw'r flwyddyn iddi o'r blaen a hithau'n ei hanner dychmygu ei hun mewn cariad ag ef, yr oedd hi wedi llwyddo erbyn hyn i fygu hen deimladau gwirion felly. Byddai merched ifainc yn syrthio mewn cariad am fod eu cyrff yn barod i dderbyn bendithion priodas. Onid oedd y bendithion hynny i ddod i'w rhan, gwell erthylu cariad cyn ei eni, drwy ddysgu peidio sylwi ar ddynion.

Ers talwm, cyn i'w byd ddod i ben, rhyw chwarae ffugiol yn ei dychymyg a wnaethai; ei glywed yn dweud mai hi oedd y dlysaf o holl ferched Cymru, yn anwesu ei gwallt ac yn cusanu ei llaw. Yr oedd gan ferch ifanc hawl i'w breuddwydion, rhan o dyfu oedd hyn. Ond fe wyddai'n iawn, hyd yn oed yr adeg honno, mai ffwlbri oeddynt. Ynyr Fychan yn unig oedd wedi meddu'r hawl i dderbyn serch o'r fath, ond nid oedd hi erioed wedi breuddwydio amdano ef.

Wel, yr oedd y cyfan ar ben erbyn hyn, a dyfodiad y tywysog wedi troi'n fwrn yn lle'n bleser. Am Lywelyn ei hun, yr oedd pawb wedi rhyfeddu iddo gyrraedd ei ddeugain namyn un heb briodi a chael etifedd. Dyn â'i lygaid wedi eu hoelio ar ei nod ydoedd. Byddai'n rhaid i'r wraig a ddewisai fod yn rhan o'r nod hwnnw. Dechreuodd gerdded yn araf yn ôl i'r castell.

Dyma'r tro cyntaf i Degerin fod y tu allan i Gymru, a rhyfeddai at wastadrwydd y wlad y teithiai drwyddi. At ei gilydd ni chawsai drafferth i gyrraedd Swydd Warwick a sylweddolodd mor uchel eu parch oedd Urdd y Dominiciaid. Araf fu ei daith oherwydd mai mul ac nid march a roddwyd iddo gan y synysgal, anifail mwy addas i fynach tlawd. Rhoddid llety a chroeso iddo'n ddigwestiwn pan alwai heibio'r tafarndai ar ei daith, ac os synnai rhai nad yn y mynachlogydd yr arhosai'r ffrir ifanc hwn, yr oedd ganddo arian parod, mwy nag a welid gan y rhelyw o frodyr teithiol. O fwriad y bu iddo osgoi'r mynachlogydd. Fe'i rhybuddiwyd gan Goronwy ab Ednyfed na fyddai crefyddwyr Lloegr yn debyg o edrych yn rhy ffafriol ar gennad y tywysog trafferthus hwnnw o Gymro. Ei ddyletswydd oedd ceisio osgoi cael ei holi ganddynt nes iddo gyrraedd wyneb yn wyneb ag Iarll Caerlŷr. Yn y cyfamser, yn y marchnadoedd a'r tafarndai y câi farnu faint oedd hi o'r gloch ar de Montfort. Bu ond y dim iddo gael ei ddal un tro pan oedd ar fin ailgychwyn ar ei daith ar ôl llety noson. Rhedodd gwraig y tafarnwr ar ei ôl gan erfyn arno wrando ar ei chyffes. Ni allai fynd at ei hoffeiriad lleol, meddai hi, gan iddo ei gorfodi i orwedd gydag ef, a sut y gallai hi fynd at ddyn o'r fath i ymofyn gollyngdod? Nid oedd Tegerin wedi rhagweld argyfwng fel hwn. Pechod o'r mwyaf fyddai iddo gymryd arno faddau pechodau'r wraig hon yn enw Duw, ac nid oedd yn barod i beryglu ei enaid anfarwol felly. Bu ffawd o'i blaid. Daeth y tafarnwr ei hun allan ar ôl ei wraig a gweiddi'n gas arni. Distawodd yn swta ar hanner brawddeg, â dychryn yn ei hwyneb, a throi ei chefn ar Degerin. Neidiodd hwnnw ar ei ful gan ddiolch yn ei galon, ac i ffwrdd ag ef yn ddiymdroi.

Ond bu'r digwyddiad yn ysgytwad iddo. Hyd yn hyn ni bu raid iddo ddweud celwydd. I'r rhai chwilfrydig ar ei daith bu ei atebion yn ddigon agored. Ie, Cymro ydoedd, ac o fynachlog Rhuddlan y daethai, ac ie, ysgolhaig ydoedd, ac yn awr yr oedd ar neges dros ei brior. Ni bu neb yn ddigon haerllug hyd yma i holi pwy fyddai'n derbyn ei neges. Ond beth pe bai rhywun yn gwneud? Yr oedd twyll mor ddieithr i natur y

77

bachgen fel yr ofnai sut y byddai arno pe deuai'r angen i ddweud celwydd. Sylweddolodd am y tro cyntaf mai dyna ran o waith diplomydd; ac fe'i cysurai ei hun fod ei Dad yn yr Eglwys wedi cydsynio i'r twyll, felly pwy oedd ef i boeni?

Gwrando ar y bobl gyffredin oedd ei nod cyntaf ar y daith.

'Maen nhw i gyd yr un fath, brenin a barwn,' grwgnachodd melinydd a gyfarfu yn y farchnad ŷd yn Amwythig. 'Y ddau am y gorau i gael grym i'w dwylo eu hunain. Beth ydi'r ots i ni i bwy y gwnawn ni ddawnwaith ac i bwy y rhown ni ddawnbwyd? Torth ydi torth, a hwch ydi hwch, pwy bynnag sy'n eu cymryd nhw oddi arnoch.'

Ond nid fel yna yr oedd hi ym mhobman, ac yr oedd y dinasyddion a'r marsiandïwyr, y dosbarth newydd, yn eiddgar dros Simon de Montfort, oherwydd credent hwy y dylent gael mwy o lais yn llywodraeth y wlad. Yr oedd y Brenin Henri'n rhy groesawgar i Ffrancwyr, meddent, yn enwedig i geraint ei wraig—peth costus iawn, a honnent ei fod yn sarnu arferion cysegredig y deyrnas. Ac nid oedd diwedd ar y codiadau yn y trethi.

Fel y nesái at Kenilworth, dyfnhau a wnâi'r argraff fod y gefnogaeth i Simon de Montfort yn frwd.

O'r diwedd yr oedd wedi cyrraedd. Rhyfeddai at ysblander y castell a godwyd o feini coch-winau ac a amgylchynid gan lyn mawr, llonydd, gwych. Yma ac acw ar ei wyneb tyfai alaw'r llyn a gwelid ieir bach y dŵr yn nofio'n brysur rhwng y dail. Clymwyd cychod pysgotwyr â rhaffau wrth byst ar y weirglodd a'r rhwyfau'n gorwedd yn segur ar draws y blaenau.

Nid oedd neb o gwmpas ond merch tua deg oed a'i nyrs. Taflai'r nyrs bêl at yr eneth, a chan nad oedd yn ei hanelu'n union iawn, câi'r fechan gryn waith rhedeg ar ei hôl. Ond mawr fu'r hwyl rhwng y ddwy, a'r wraig yn gweiddi yn Ffrangeg:

' Bysedd llithrig, Eleanor! Roist ti saim arnyn nhw? ' Cymerodd y ferch arni wylltio gan daflu'r bêl yn ôl â'i holl nerth.

' 'Rwyt tithe wedi mynd yn rhy dew i symud, Françoise. Rhed ar ei hôl hi nawr! '

Ond ni allai Françoise ufuddhau oblegid glaniodd y bêl yn y llyn. Cododd y nyrs ei dwylo mewn braw a dechreuodd yr eneth grïo: ' Fy mhêl! Mae hi yn y dŵr.'

Adwaith cyntaf Tegerin oedd tynnu ei abid a phlymio i'r dŵr ar ôl y bêl a oedd yn symud yn bellach i ffwrdd bob eiliad. Ac yna syrthiodd ei lygaid ar un o'r cychod. Heb aros i ofyn caniatâd, datododd y rhaff a'i clymai a chydiodd yn y rhwyfau. Mewn dim amser yr oedd wedi cyrraedd y bêl a'i chipio o'r dŵr.

' O diolch, diolch,' chwarddodd yr eneth pan dderbyniodd y bêl wlyb diferol yn ôl. Clymodd Tegerin y cwch yn ôl drachefn.

' Dyna ddysgu i ti fod yn fwy gofalus i ble 'rwyt ti'n taflu dy drysorau,' dwrdiodd y nyrs. ' Ai ar dy ffordd i'r castell yr wyt ti, Barchedig Frawd? '

Dywedodd Tegerin ei fod am weld Iarll Caerlŷr. Curodd yr eneth ei dwylo.

' Felly, mi af *i* â thi i weld fy nhad. Cei groeso ganddo.'

Merch de Montfort oedd hon, felly. Syllodd Tegerin arni â diddordeb manwl. Peth fach bryd golau oedd hi a chylch o aur yn dal ei gwallt melyn yn ôl o'i thalcen. Llawer rhy eiddil ei golwg i fod yn ferch i farwn rhyfelgar, meddyliai. Ond nid oedd dwywaith am swyn ei phersonoliaeth er mor ifanc ydoedd. Parablai wrth i'r tri gerdded ar hyd y ffordd hirgul a godwyd ar draws y llyn, ac yna dros y bont godi i mewn i'r castell.

Gan ei fod gyda'r nyrs a merch yr iarll ni heriwyd ef gan y milwyr a warchodai'r fynedfa. Aed ag ef ar unwaith i mewn i'r neuadd. Ond yno nid oedd pethau mor hawdd. Safai gwraig ar ganol y llawr yn rhoi gorchmynion i'r gweision o'i hamgylch. Y tu ôl iddi yr oedd bwrdd hir wedi ei osod ar gyfer pryd o fwyd, ond yr oedd yn amlwg nad oedd yr hyn a welai yn ei phlesio. Y bragwr a brofai lach ei thafod ar hyn o bryd, ond edrychai pawb arall yn annifyr fel pe'n disgwyl eu tro.

Yn y pen arall wrth y ffenestr safai tri dyn yn ymgomio. Gwelid wrth eu gwisg mai boneddigion oeddynt. Pan sylwodd un ohonynt ar Degerin yn sefyll gyda'r nyrs wrth y drws tynhaodd ei afael ar ei gleddyf, gadawodd y lleill ar unwaith a chroesi atynt â chamau breision.

'Beth wnei di yma, arglwyddes?' At yr eneth y cyfeiriai ei eiriau ond ar Degerin yr edrychai a chrych rhwng ei aeliau. Y nyrs a atebodd drosti. 'Mae'r Brawd am weld yr iarll, meistr stiward. Fe ddaethom ag ef yma.'

'Eleanor!'

Gwridodd yr eneth wrth glywed y nodyn brathog yn llais y wraig o ganol y llawr.

'Tyrd yma! A thithe, Françoise.'

Croesodd y ddwy ati a moesymgrymu gan adael Tegerin gyda'r stiward.

'A beth yw dy neges gyda'r iarll?'

Ni chyfarchodd y stiward ef fel Brawd, ac yr oedd ei holl osgo'n ddrwgdybus. Tynnodd Tegerin ei bapurau diogelwch a *bona fide* o'i logell a'u dangos. Newidiodd hwnnw ei dôn ar unwaith.

'Bydd gystal ag aros yma,' meddai'n llawer mwy moesgar, ac aeth allan o'r neuadd gan adael Tegerin ar ei ben ei hun. Daliai'r iarlles i drin ei merch a'i nyrs, ond erbyn hyn yr oedd hi wedi gostwng ei llais ac ni allai glywed beth oedd achos ei dicter. Eithr yr oedd yn amlwg iddo fod yr helynt yn ymwneud ag ef, oherwydd cil-edrychai arno tra siaradai. Gwyddai fod ôl ei daith arno, ei abid yn llychlyd a lleidiog ac ni welai fai arni am ei amau.

Beth bynnag oedd ateb y nyrs, diflannodd y gwg o'i hwyneb a gwenodd arno ar draws y neuadd. Yna croesodd ato.

'Mae gennyt neges i f'arglwydd?'

'Oes, arglwyddes.'

Synhwyrai ei bod am holi rhagor ond dychwelodd y stiward gan ddweud wrtho fod Iarll Caerlŷr yn barod i'w dderbyn.

Drannoeth i'r tywysog a'i filwyr gyrraedd y Bere aethant allan i heboca. Yr oedd y coed yn llaith, yr haul yn tywynnu, y mwsog a'r rhedyn yn ifanc a gwyrdd, ac anghofiwyd blinder taith y diwrnod cynt yng nghynnwrf disgwylgar yr helfa. Gan Lywelyn yn unig yr oedd yr hebog glas, fel a berthynai i'w radd. Safai ar ei arddwrn mor drahaus ei olwg ag unrhyw dywysog. Gosog neu gudyll glas oedd gan y lleill i gyd.

Gwyliai Mabli hwy yn cychwyn, ac am y tro cyntaf ers talwm teimlai ei gwaed yn cynhesu. Yr oedd hi wedi eu dilyn o bell ar gefn Fflamddwyn ar hyd y llwybr a ymdroellai rhwng y ddau fryn tua'r de. Piciai siglen las yn hamddenol o garreg i garreg i fyny ac i lawr y

81

nant gerllaw iddi tra cariai ei gymar ddarnau o wellt yn ei phig yn ôl ac ymlaen. Disgleiriai'r ŵyn bach yn lân yn erbyn y ffriddoedd ac yr oedd cwmwl egwan o lesni'n bywhau'r coed. Natur ar gerdded a'r gwanwyn ar ei orsedd. 'Difarai iddi wrthod gwahoddiad Peryf i ymuno yn yr hwyl.

Disgynnodd oddi ar gefn Fflamddwyn i hel tusw o glychau'r gog a oedd wedi blodeuo'n gynnar y flwyddyn honno. Caeodd ei llygaid wrth glywed yr aroglau cryf hyfryd, a meddyliai am Lywelyn ac am y sgwrs y noson cynt.

Yr oedd y tywysog yn edrych yn flinedig wrth gyrraedd ddoe, ei lygaid heb fod lawn mor danbaid ag o'r blaen. Nid oedd hyn ond i'w ddisgwyl, oherwydd ni bu'r cyrch ar Aberhonddu yn un hawdd er iddo fod yn llwyddiannus, a bu'r daith yn ôl yn un hir a blin. Ar wahân i gyrch nos ar gastell Rhosier Mortimer ym Muallt ddwy flynedd ynghynt, dyma'r ymgyrch gyntaf yn ystod pedair blynedd anarferol o heddychlon. Ond yn awr yr oedd Llywelyn am fanteisio ar ymraniadau barwniaid y mers. Cefnogai rhai ohonynt Simon de Montfort ac eraill y Brenin Henri.

Ni ddeallai Mabli holl oblygiadau hyn, ond bu'n gwrando'n ddyfal ar sgwrs y dynion, ac nid am y tro cyntaf, gofidiai fod Duw wedi'i gwneud hi'n ferch. Teimlai'n fethiant llwyr. Nid oedd Llywelyn yno ar y pryd, oherwydd yr oedd wedi mynd i'w wely'n gynnar, peth anarferol iawn iddo ef. Ond yr oedd tafodau'r dynion yn fwy rhydd o'r herwydd.

' Mae de Montfort yn ymddiried yn yr Iarll Gilbert,' meddai'r castellydd. ' Ond 'fyddwn i ddim. Rhy ifanc a rhy anwadal. Fe elai ef drosodd at y brenin ar amrantiad ond i hwnnw roi iddo feddiant ar ei diroedd. Dialedd yw ei unig reswm dros gefnogi de Montfort.'

'Yr un peth yn wir am Hugh Despenser ym Morgannwg,' ategodd un o'r marchogion, 'ond mae hwnnw'n gyfaill i de Montfort, sy'n fwy nag y gellir ei ddweud am Gilbert.'

'Beth am Rosier Mortimer?' gofynnodd Peryf. Chwarddodd ei dad. 'Mae hwnnw'n dal i wylo dros farwor ei gastell ar ôl i Lywelyn ei losgi'n ulw. Na, brenhinwr rhonc ydi hwnnw. 'Chaiff de Montfort ddim help llaw o fan'na.'

'Gewch chi weld,' chwarddodd Peryf yntau â'i lygaid yn dawnsio, 'y bydd Llywelyn ap Gruffudd yn gwybod sut i elwa ar eu cweryla.'

Ond yr oedd y castellydd wedi difrifoli. 'Os na fydd y Tywysog Dafydd yn rhoi ei fys yn y brywes.'

Edrychai'r lleill yn ymholgar arno, ond yr oedd hi'n amlwg eu bod yn hanner gwybod beth oedd yn ei feddwl. 'Os ydi Gilbert de Clare yn anwadal, mae'r un mor wir am Ddafydd ap Gruffudd. Mae Llywelyn mor falch o'i gael ar ei ochr, ac mae'n *awyddus* i ymddiried ynddo.' Yna ychwanegodd yn swta: 'Camgymeriad.'

Nodiodd marchog myfyrgar o'r enw Ieuan Fychan ei ben. 'Dyna wendid a chryfder ein tywysog. Graslonrwydd. Ei raslonrwydd fydd ei rwyd. Rhaid i arweinydd gwlad gaeth fod yn ddidrugaredd.'

Cofiai Mabli mor dawel y bu Heilyn hyd hynny, ond yn awr fe leisiodd y cwestiwn a fu ar ei meddwl hithau.

'Oes rhywbeth yn bod ar y tywysog? Pam yr aeth o i noswylio mor gynnar?'

Nid oedd neb yn gwybod, oblegid ni ddaeth gair o gŵyn o'i enau. Yn sicr, erbyn y bore yr oedd i bob golwg wedi bwrw ei flinder ac mor eiddgar â neb i fynd i heboca.

Aeth oriau heibio a Mabli'n amharod iawn i ddych-welyd i'r castell. Bu'n eistedd ar dwmpath yn gwylio'r adar yn nythu a'r mwg o gytiau'r caethion yn esgyn yn ddiog o'r dyffryn oddi tani. Am y tro cyntaf ers talwm teimlai ryw serenedd. 'Rydw i wedi fy ngeni i fod yn unig, meddyliai. Fel hyn 'rydw i hapusaf.

Rhaid ei bod wedi syrthio i gysgu wedyn, oblegid yr oedd y meirch wedi'i chyrraedd cyn iddi glywed sŵn eu carnau. Dau farch oedd yno, a synnai weld mai'r tywysog a farchogai un, a Pheryf y llall. Yr oedd gwrid annaturiol ar wyneb Llywelyn a'i lygaid hanner ynghau.

' Mabli,' galwodd Peryf, ' tyrd yn ôl gyda ni. Mae'r tywysog yn sâl.'

Hawdd iawn gweld hynny. Heb aros i holi, dringodd Mabli ar gefn Fflamddwyn a dilynodd y ddau arall. Yr oedd Llywelyn yn cael trafferth i eistedd yn dalsyth ar ei farch er bod ei holl fagwraeth yn ei orfodi i geisio gwneud hynny. Wrth gyrraedd y Bere gwnaeth ym-drech i ymddangos yn naturiol wrth fynd heibio'r gwarchodwyr. Hyd yn oed yn y dwymyn nid oedd am ddangos unrhyw arwydd o wendid.

Nid oedd y Dâm Geinor o gwmpas, er mawr ryddhad i Fabli. Yr oedd hi wedi penderfynu mai hi, a hi'n unig, a fyddai'n tendio ar y claf.

' 'Doedd o ddim am i'r lleill wybod,' sibrydodd Peryf, ac ni allai gadw o'i lais ei falchder mai ef yn unig a ddewisodd y tywysog i rannu ei gyfrinach.

Yn ei ystafell ymollyngodd yn llipa ar ei wely. Nid oedd angen iddo ffugio'n awr. Syllai'r brawd a'r chwaer i lawr yn ofidus ar y croen tywyll-goch chwyslyd, y pen aflonydd ar y glustog, a chlywsant â braw yr ochneidio a'r parablu ysbeidiol. Yn sicr yr oedd dryswch y dwymyn wedi gafael ynddo.

'Tyn ei esgidiau,' gorchmynnodd Mabli, a dechreuodd ddatod ei diwnig. Hi oedd piau gofalu yn awr, a daeth ei holl egni ymarferol i'r golwg. Gyda chymorth Peryf llwyddodd i ddiosg y tywysog o'i ddillad llaith a gorchuddiodd ei gorff noeth â dillad gwely cynnes. Yr oedd erbyn hyn yn crynu drosto.

'Dos i ofyn i un o'r gweision nôl dŵr cynnes, ac anfon rywun i ddweud wrth y meddyg. 'Allwn ni ddim cadw hyn yn dawel.'

Ar ôl i Beryf fynd, plygodd i lawr wrth erchwyn y gwely a dechreuodd dynnu ei llaw ar draws ei dalcen poeth. Murmurai yn ei glust fel suo-gân.

'O, f'arglwydd, caiff Mabli ofalu amdanat ti rŵan.'

Ni wyddai Tegerin beth oedd cynnwys llythyr y tywysog at Simon de Montfort. Wrth estyn y ddogfen i ddwylo'r llall fe deimlai ryddhad mawr o gael gwared â baich o gyfrifoldeb. Arhosodd yn llonydd yn syllu ar yr iarll tra darllenai hwnnw ef.

Gwelai ŵr tal, cyhyrog, tua hanner cant oed, y trwyn main a'r wyneb esgyrnog yn bradychu ei dras Normanaidd. Gallai hwn fod wedi byw bywyd moethus yn haul ffafr ei frawd-yng-nghyfraith, y brenin. Ond y pris fyddai ufudd-dod gwasaidd, ac yr oedd hynny yn anghydnaws â'i falchder. Fe ddoluriwyd y balchder hwnnw am y tro cyntaf gan anniolchgarwch Henri ar ôl ei orchestion yng Ngasgwyn. Fe'i ceryddwyd gan Henri am ddefnyddio dulliau rhy greulon i ddod â'r Gasgwyniaid at eu coed, er mai hyn fu gorchymyn y brenin ei hun cyn iddo fentro ar yr ymgyrch. Balchder personol, ie, ond trwy ddylanwad ei gyfeillion a'i gynghorwyr eglwysig, y Brawd Adam a'r Esgob Grosseteste, yr oedd ei gymhellion wedi datblygu i fod yn burach na hynny. Fe welai'r brenin yn gosod dwylo rheibus ar arian a nwyddau pobl eraill er mwyn boddio chwantau ei ffefrynnau yn ei lys—Ffrancwyr, gan amlaf. Ni fu ar ôl yn dweud ei farn wrtho. Bu Simon yn ddraenen yn ystlys y brenin, ac yn ystod un cweryl rhyngddynt dywedodd Henri na fu iddo 'ddifaru un dim yn fwy na'r diwrnod y caniataodd i'r iarll ddod i Loegr a meddiannu tiroedd ac anrhydeddau.

'Nid Dominiciad wyt ti, felly?'

Yr oedd de Montfort yn rholio'r sgrôl i fyny'n daclus, ac edrychai â diddordeb ar y llanc.

'Na, f'arglwydd. Nid oedd y tywysog am i mi dynnu gormod o sylw ataf fy hun. Mae'r Dominiciaid ym mhobman.'

Mynnodd Simon glywed hanes ei daith, a chafodd y llanc ei hun yn siarad yn rhwydd, hyd yn oed yn dweud hanes gwraig y tafarnwr yn ymofyn gollyngdod. Toddodd wyneb haearnaidd yr iarll mewn gwên, ond dim ond am eiliad. Yr oedd pethau mwy difrifol i'w trafod.

'Dywed wrth dy dywysog fod y brenin wrthi'n codi rhagor o drethi'n awr, gan ddweud mai er mwyn boddio gofynion Arlotus, llysgennad y Pab y mae hyn. Ond fe wyddom ni mai dim ond rhan o hyn fydd yn mynd i Rufain, a bod y gweddill i'w ddefnyddio i ddymchwel y Cymry.'

Siaradai gydag egni, ei ddwylo'n symud yn gyflym ac aflonydd. Daeth y wên sydyn yn ôl unwaith eto, ond y tro hwn yr oedd yn sarrug.

'Fe aeth William de Valence, Iarll Penfro, mor bell y dydd o'r blaen ag awgrymu fy mod inne'n cynllwynio â'r Cymry yn erbyn y brenin.'

Edrychodd Tegerin ar ei ddwylo. 'Ac wrth gwrs, nid yw hynny'n wir, arglwydd,' murmurodd.

Chwarddodd Simon. 'Ddim eto, ddim eto. Mae'n dibynnu ar yr ateb a gaf gan y tywysog i'r llythyr y byddaf yn ei roddi i ti cyn i ti ddychwelyd.'

Mentrodd Tegerin ofyn y cwestiwn holl bwysig. 'Faint mor sicr yw cefnogaeth a theyrngarwch y mers, f'arglwydd Simon?'

Aeth llygaid de Montfort yn galed, ond newidiodd yn sydyn a gwenodd. 'Dyna oedd dy neges yma, mi wranta'. Dyna beth mae Llywelyn ap Gruffudd am ei wybod, yntê?'

Cochodd Tegerin. Ofnai iddo fethu yn ei ymgais ddiplomyddol gyntaf, trwy fod yn rhy blaen ei dafod. Ond ar yr un pryd synhwyrai y byddai Simon yn ymateb i'r cwestiwn uniongyrchol yn gynt na phe bai ef wedi lapio'i neges mewn trwch o frawddegau cyfrwys. Chwarddodd yr iarll.

'Dywed hyn wrtho. Y brenin ei hun yw cyfaill pennaf y sawl sy'n ceisio cymorth pobl eraill i godi yn ei erbyn. Po fwyaf y bydd Henri'n codi gwrychyn y barwniaid, parotach fyddant i ymuno â mi. Cynyddu beunydd mae achwynion arglwyddi'r mers yn ei erbyn. Mae hunan-les yn gymhelliad cryf i wrthryfela, Tegerin ap Hywel.'

Cododd yr iarll a cherdded at y ffenestr ac edrych allan mewn distawrwydd am ysbaid. Yna trodd yn ôl yn sydyn at y llanc.

'Gall cefnogi f'achos i fod yn llesol iawn i'r tywysog. Byddai buddugoliaeth Simon de Montfort yn sicrhau ei gydnabod drwy Wledydd Cred yn dywysog Cymru gyfan.'

87

Pan glywsai'r Dâm Geinor am salwch y tywysog, yr oedd hi wedi brysio draw i'w siamber gyda'r bwriad o ofalu amdano. Ond nid oedd yn ddigon cryf i wrthsefyll penderfyniad Mabli. Safai uwchben ei wely fel llwynoges yn gwarchod ei chenau, a digon cyndyn oedd hi i adael i'r meddyg a'r offeiriaid ddod ato, heb sôn am ei mam wen. Barnai'r Dâm Geinor mai gwell gadael llonydd iddi. O leiaf yr oedd Mabli o'r diwedd yn dangos diddordeb pendant mewn rhywbeth, a châi hithau lonydd i wneud ei thasgau beunyddiol ei hun.

'Roedd yn amhosibl cadw salwch Llywelyn yn gyfrinach, ac âi y straeon rhyfeddaf ar led. Dywedai rhai iddo gael ei wenwyno, eraill fod rhywun wedi'i saethu wrth hela. Anodd i neb dderbyn y gallai dyn mor gryf a chadarn â Llywelyn ap Gruffudd gael ei daro gan rywbeth cyffredin fel llid yr ysgyfaint. Ond dyna oedd dedfryd y meddyg. Gorchmynnodd Mabli'r gweision i gribo'r gweunydd am ddail rhyw at leddfu cur pen, am wermod wen at oeri'r dwymyn ac am ddail saets i wella dolur gwddf.

Ni chysgodd fawr am dair noson, ac eithrio gorwedd am ychydig oriau â'i phen yn erbyn erchwyn y gwely. Daliai Llywelyn i fod yn ffwndrus ar hyd yr amser, yn troi ac yn trosi, a'r dillad amdano'n wlyb domen er i Mabli eu newid yn aml. Deuai'r castellydd a'r synysgal Goronwy yn ôl ac ymlaen yn bryderus, ond cedwid y gweision o'r siamber. Hofrai'r offeiriaid o gwmpas, y dŵr sanctaidd ac olew'r sacrament olaf wrth law, yn mwmian eu paderau.

Yn wyrthiol, ar brynhawn y trydydd dydd, agorodd y tywysog ei lygaid, a gorweddai yno'n llonydd. Yr oedd y dwymyn wedi cilio. Dechreuodd dagrau o ryddhad lifo i lawr gruddiau Mabli, dagrau a fu'n gaeth ynddi tan y munud hwnnw. Penliniodd wrth ochr y gwely gan fwmian:

'O, f'arglwydd . . . diolch i'r Iesu, diolch i Fair Fendigaid.'

Yn araf ac yn wannaidd cododd Llywelyn ei law a'i gosod ar ei phen, a daeth y wên leiaf i'w wefusau. Yna caeodd ei lygaid eto ac aeth i gysgu—cwsg naturiol y tro hwn. Ar unwaith caeodd Mabli ei llygaid blinedig hithau a syrthiodd ar y llawr yn ymyl y gwely, i gysgu fel gast ffyddlon yn ymyl ei meistr.

Fel hyn y darganfu Dafydd ap Gruffudd hwy. Clywsai am salwch ei frawd pan oedd ar ei ffordd o Ddolwyddelan i Ddeganwy, a throdd i'r de ar unwaith, a theimladau cymysg dan ei fron.

Bu Llywelyn yn hawddgar wrtho, yr oedd yn rhaid iddo gydnabod hynny, ond dal i'w ddwysbigo yr oedd y gorffennol, a phenderfyniad ei frawd i sicrhau goruch-afiaeth mor llwyr hyd yn oed ar ei frodyr ei hun. Ni allai feddwl nad barn Duw arno oedd y salwch hwn. Gadawodd i'w feddwl ystyried ei sefyllfa pe byddai Llywelyn farw, a daeth cynnwrf newydd drosto. Dywed-odd wrtho'i hun ei fod yn hoff o'i frawd, er gwaethaf popeth, ond yr oedd yn rhaid i bawb farw rywbryd, ac yr oedd yn iawn iddo ef, Dafydd, ymbaratoi ar gyfer yr olyniaeth gan nad oedd aer gan Lywelyn. Yn ôl a glywsai yr oedd y sacrament olaf wedi'i roi gan yr offeiriad. Yr oedd wedi gofalu dod â'i stiward, ei farnwr a'i offeiriad llys gydag ef, yn ogystal â'r gwas-trodion a'r gweision arferol, felly.

Wrth nesáu at Gastell y Bere, sylweddolodd, fel ei frawd a'i daid o'i flaen, mor fanteisiol oedd ei safle, yn gwarchod Gwynedd rhag ei gelynion i'r dwyrain ac i'r de. Byddai'n fuddiol iddo wneud ei bencadlys yma pan ddôi'r amser. Daeth gwrid newydd i'r wyneb main, a golau disgwylgar i'w lygaid duon.

Yn y castell safai gweision a milwyr yn finteioedd bach distaw o gwmpas. Cyflymodd calon Dafydd. Oedd y diwedd wedi dod? Ond nid oedd cnul i'w glywed, a dal i chwifio'n uchel yr oedd baner Gwynedd. Daeth y castellydd i lawr y grisiau i'w gyfarfod.

' F'arglwydd Dafydd . . . fe glywaist? ' Yna, wrth weld cwestiwn braidd yn rhy eiddgar ar wyneb y llall. ' Na, mae'n dal yn fyw, ond yn bur wael. Fe awn i fyny.'

Wedi dringo'r grisiau a Dafydd yn ei ddilyn, agorodd y castellydd ddrws ystafell Llywelyn, a gwthiodd y tywysog ifanc heibio iddo'n ddiseremoni. Camodd ar draws y llawr caregog a safodd yno'n edrych i lawr ar y ddau gysgwr. Erbyn hyn yr oedd rhai o'r gweision wedi cael mynediad ac yn gwarchod y ddau. Daeth offeiriad allan o'r cysgodion lle y bu'n gweddïo ei ddiolch.

' Mae Duw wedi ateb ein gweddïau, arglwydd. Mae wedi troi at wella.'

' I Dduw y byddo'r gogoniant,' murmurodd y castellydd gan ymgroesi.

Pylodd y goleuni beth o lygaid Dafydd, ond gwnaeth ei orau i guddio'i siom. Ni ddaeth ei awr ef eto, felly. Rhaid dygymod.

Agorodd Llywelyn ei lygaid a lledodd gwên dros ei wyneb pan welodd pwy oedd yno.

' Dafydd . . . Fe ddoist! Pa newydd? '

Llyncodd Dafydd yn galed. ' Mae'n dda dy weld ti'n well, f'arglwydd.'

Chwiliodd llaw Llywelyn am law ei frawd a'i gwasgu, er nad oedd llawer o nerth yn y gwasgiad, ac yr oedd ei lais yn gryg gan wendid.

'Mae gen i lawer o waith ar ôl. Rhyngom ein dau—' Gadawodd i wasgiad arall orffen y frawddeg iddo. Yna caeodd ei lygaid drachefn ac aeth yn ôl i gysgu. Daliai Dafydd i sefyllian yn ansicr, ond yr oedd Mabli wedi codi ac wedi mynd at y drws gan ei ddal yn agored iddo.

'Cwsg yw'r ffisyg gorau, f'arglwydd,' sibrydodd yn awgrymog. A bu raid i'r tywysog ymadael, nid heb rythu'n graff ar y ferch yma a feiddiai bwyso ei hewyllys yn erbyn ei ddymuniad ef i aros.

Ar flaenau'i thraed, camodd Mabli'n ôl at y gwely a phenliniodd yno. Yn araf cododd ei llaw at y pen annwyl, gan ei gyffwrdd mor ysgafn â glöyn byw. Drachtiodd ei llygaid yn farus lywethau brith ei wallt a orweddai yn llaith ar y glustog, y rhychau ar y talcen gwyn, y gruddiau pantiog, y man geni bach ar waelod ei wddf—pob un dim o'i gorff oedd wedi dod yn ystod dyddiau ei gofal mor gyfarwydd iddi â'i chorff ei hun.

5

Yr oedd Tegerin wedi mwynhau ei hun yn Kenilworth. Am iddo dderbyn nodded yr iarll, fe'i triniwyd gan ei wŷr a'i weision gyda'r parch mwyaf, ac yr oedd hyn, fel gormod o win, yn bleser ac yn ddryswch iddo ar ôl ei holl flynyddoedd o ddisgyblaeth ac ufudd-dod. Gwyddai i sicrwydd yn awr nad bywyd crefyddol a ddymunai. Sawrai ei ryddid, sawrai foethusrwydd ei

wely, chwaraeon swnllyd a hwyliog y dynion ifainc a
gwenau'r merched oedd am y gorau'n tynnu sgwrs â'r
mynach hardd. Y syndod mwyaf iddo oedd mor raslon
y bu'r iarlles. Yn ystod yr wythnos yr arhosodd yno fe'i
galwyd fwy nag unwaith i'r neuadd lle bu'r iarlles a
rhai o wragedd ei theulu'n gweithio ar dapestri. Holwyd
ef yn fanwl am Gymru ac am arferion llys y tywysog, a
bob tro yr âi yno mynnai'r iarlles i Eleanor fod yn
bresennol. Tynnai sylw Tegerin at brydferthwch a
medrusrwydd ei merch, yn y fath fodd nes achosi peth
anghysur iddo. Nid lle mam oedd brolio ei merch fel
hyn, yn enwedig wrth fynach di-nod. Ond rywsut fe
gâi'r teimlad, o'r ffordd graff y syllai'r iarlles arno wrth
ddweud y pethau hyn, fod ganddi amcan amgenach
na brolio gwag.

Ond yr oedd yn rhaid i'r Elysium hon ddod i ben,
ac iddo yntau droi ei olygon yn ôl tua Chymru gyda
llythyr oddi wrth de Montfort i Lywelyn ap Gruffudd
ynghudd yn ei abid. Fe'i hebryngwyd ar ben y ffordd
gan Peter Verney, gŵr a fu yng ngwasanaeth yr iarll er
pan oedd y ddau'n laslanciau.

Trodd Tegerin i edrych yn ôl ar y castell a'r llynnoedd
a'i warchodai. O na bai pob un o arglwyddi Lloegr
yn dangos yr un deallusrwydd a pharch i'w dywysog
ag a ddangosai Iarll Caerlŷr. Mor wâr oedd popeth yn
y castell hwn, ac mor hynaws ei drigolion. Ceisiodd
fynegi hyn wrth Peter.

' Bydd gen i hiraeth ar eich ôl.'

Gwenodd Peter braidd yn fingam. ' Pan ddaw'r
gwrthryfel o ddifri, fe dry'r castell hwn yn gaer. 'Fydd
'na fawr o warineb yr adeg hynny. Bydd y wlad yn
llawn o olygfeydd fel yna.'

A chyfeiriodd at rywbeth nad oedd Tegerin wedi sylwi arno.

Ar godiad tir, yn glir i bawb gael ei weld, yr oedd crocbren, a chorff llipa'n hongian arno. Safai dau filwr wrth ei draed yn ei warchod, oherwydd newydd drengi yr oedd y creadur a rhaid bod yn siŵr. Yr oedd yn amlwg oddi wrth siâp gwyredig ei gorff a'r olion serio ar ei dalcen iddo gael ei boenydio cyn ei grogi. Rhedai dŵr oer drwy gorff y llanc. Llyfodd ei wefusau sych ac yr oedd ei lais yn gryg pan lwyddodd i gael un gair allan: ' Pam? '

' 'Chafodd o ddim mwy na'i haeddiant,' ebe Peter yn ysgafn. ' Bradwr oedd o, yn gwerthu cynlluniau'r iarll i wŷr y brenin.'

Nid oedd mymryn o drugaredd yn ei lais. Nid golygfa ddieithr iddo oedd hon, a gwenodd braidd yn sarrug wrth weld wyneb llwyd y bachgen.

' A neb yno i roi'r sacrament olaf iddo? ' sibrydodd hwnnw.

' I fradwr? Ai dyna eich arfer yng Nghymru? '

Ni allai Tegerin dynnu ei lygaid oddi ar y corff llipa a'r wyneb arteithiedig, ac yn sydyn, nid dieithryn o Sais a grogai yno, ond Heilyn. Nid oedd wedi meddwl am hwnnw ers amser maith, ond rhaid bod y gair ' bradwr ' wedi llechu yng nghysgodion ei feddwl o gofio mab hynaf y castellydd. Ai hyn oedd haeddiant Heilyn? Daeth cryndod drosto, a chydag ymdrech fawr, trodd ei gefn ar yr olygfa hunllefus. Teimlai'n ddiolchgar na fu iddo sôn wrth neb am ei amheuon yr holl flynyddoedd ynghynt. Arswydai o feddwl y gallasai ei weithred ddwyn unrhyw ddyn i hyn.

Daethant at groesffordd. Yr oedd Peter yn mynd i'r farchnad yn y dref a Thegerin yn troi am y gorllewin.

Teimlai dywyllwch yr hyn a welsai'n pwyso'n drwm arno, a gwelai Peter hyn. Wrth ysgwyd llaw mewn ffarwel yr oedd ei lais yn garedig.

' Dos yn ôl i'th briordy, Frawd ifanc, neu dysga ddygymod â chreulondeb dynion. Y mae mwy—mwy o lawer—ar ddod.'

Cryfhau bob dydd a wnâi Llywelyn yn awr. Gallai godi o'i wely heb bwyso ar Fabli, ac yr oedd nerth yn dod yn ôl i'w gerddediad. Eisteddai yn ei gadair wrth y tân yn ei siamber, tân yr oedd hi wedi mynnu ei gynnau er ei bod hi'n Galan Mai a'r haul yn cynhesu gwaun a ffridd y tu allan i furiau'r castell. Syllai arni'n eistedd wrth y ffenestr a'i gwaith brodio yn ei llaw a daeth gwên gynnes i oleuo gwelwder ei wyneb.

' Buost yn ddiwyd iawn d'ofal, Mabli.'

Ni theimlai hi'n swil gydag ef bellach. Pa swildod allai oroesi gofalu am gorff dyn yn ei wendid?

' Dyna fy mraint, arglwydd.'

Gwyddai fod amser ei gofal yn dod i ben, a cheisiai ddweud wrthi ei hun mai da o beth oedd hynny. Yr oedd yn cryfhau. Cyn bo hir byddai fel y llew a fu gynt. Gwyddai ei fod eisoes yn defnyddio ei segurdod i gynllunio a chynllwynio. Gallai wneud hyn yn hedd ei ystafell, ac anghofio amdani hi a phopeth o'i gwmpas, peth amheuthun iawn i un a oedd wedi treulio'i fywyd ym mhrysurdeb mynd a dod, a'i wŷr a'i weision yn ymhél o'i amgylch yn groch eu cynghorion. Ond trwy gydol ei salwch yr oedd hi, hyd y medrai, wedi gwneud ei gorau i gadw pawb arall o'r neilltu. Yn naturiol, nid oedd wedi llwyddo bob amser, ond hi'n unig oedd yn dyst distaw i'r breuddwydio, a hi fu'n wrandawr ar ei gyffes ffydd.

Ar ôl y diwrnod hwnnw pan welodd fod ei frawd ar wella, yr oedd Dafydd ap Gruffudd wedi troi am y gogledd a'i osgordd gydag ef. Os credai ei fod wedi celu ei siom, yr oedd yn methu. Yr oedd Mabli wedi sylwi. Yr oedd y synysgal, Goronwy ab Ednyfed, wedi sylwi hefyd. Galwai hwnnw heibio bob dydd â hanesion am y byd tu allan, a Mabli'n hofran yn barhaus rhag ofn iddo orflino'r claf. Yr oedd Goronwy wedi rhybuddio'r tywysog rhag cymryd ei dwyllo gan ei frawd, ond gwenu a wnâi Llywelyn, gwenu a gwrando. Yr oedd ef yn adnabod ei frawd yn well na neb.

Ambell waith galwai'r pwysicaf o'r cynghorwyr, Dafydd ab Einion ac Einion ap Caradog o Lŷn, ond dim ond gyda hi y rhannai Tywysog Cymru unigrwydd ei feddyliau, a llefai ei chalon wrth ystyried y byddai hyn yn dod i ben yn fuan.

Soniai wrthi am freuddwyd ei daid, fel y'i trosglwyddwyd iddo gan ei ewythr Dafydd cyn iddo farw.

' Mân deyrnasoedd sydd yng Nghymru ar hyn o bryd,' meddai Dafydd wrtho, ' y naill dywysog yn cenfigennu wrth y llall gyda mwy o ffyrnigrwydd nag yr arferent gasáu arglwyddi'r mers. Os pery'r ymraniadau' hyn, dyna ddiwedd ar y Cymry. Dy waith di fydd eu huno, a'r unig ffordd i'w huno yw trwy eu cael i gydnabod Tywysog Gwynedd yn ben. Mae i bawb ei bwrpas yn y byd hwn. Paid â gadael i ddim sefyll rhyngot ti a'r oruchwyliaeth sanctaidd hon.'

Myfyriodd am hyn am ychydig, yna aeth ymlaen fel pe'n dadlau ag ef ei hun.

' I gadw'r ymddiriedaeth hon, bu'n rhaid i mi fygu cariad brawdol, Mabli. Ai pechod oedd hyn? Ond mae rhai pethau sy'n bwysicach na phechod yr unigolyn . . . Rhaid i un dyn fentro fflamau uffern er mwyn y ddelfryd

95

uwch. Rhaid rhwygo'r llenni rhyngom ni a'r dyfodol. Os gwelwn ganlyniad erchyll i wendid cariad rhwng brodyr, beth yw ein dyletswydd? Os yw hen arferion a fu'n dda yn eu dydd yn debyg o ddistrywio'r bobl, onid yw'n iawn addasu cyfreithiau'r gelyn i'n pwrpas ein hunain, yn enwedig os mai'r cyfreithiau hynny sy'n gyfrifol am gryfder y gelyn hwnnw? 'Does dim byd byw'n sefydlog . . . Ac mi geisiais fod yn drugarog. Byddai rhai wedi dienyddio brodyr a gynllwyniodd yn eu herbyn. Fel y mae, mae Rhodri'n rhydd ac yn fodlon, ac nid yw'n fyd drwg ar Owain yn ei garchar.'

Daeth y wên gynnes yn ôl i'w lygaid. 'Ac y mae Dafydd gyda mi.'

Un tro, ar ôl i Goronwy fod yno a'i newyddion diweddaraf, dechreuodd Llywelyn chwerthin yn isel.

'Bydd mwy nag un wedi'i siomi o glywed fy mod i'n dal ar dir y byw; yn anad neb, un pen coronog. Beth feddyli di o hyn? Dywedodd Goronwy heddiw iddo glywed fod y Brenin Henri wedi anfon llythyr at Ruffudd ap Gwenwynwyn yn holi ai gwir y si fy mod i wedi marw!'

Bu ond y dim i'r si fod yn ffaith, meddyliai Mabli wrth edrych ar yr wyneb main.

'Sut y gwyddai Goronwy?'

'Rhan o strategiaeth filwrol yw gosod llygaid a chlustiau mewn mannau priodol. Mae Henri'n ymwybodol iawn nad oes gen i aer, ac y mae'n diystyru dylanwad fy mrodyr. Os oedd y newydd yn wir, yr oedd am gychwyn paratoadau ar gyfer ymosod ar Gymru.'

Cododd fel pe bai am ddangos i frenin Lloegr yn y fan a'r lle fod Tywysog Cymru'n ôl yn anterth ei nerth. Credai Mabli fod yr her newydd hon wedi rhoi gwaed yn ôl yn ei wythiennau.

Paid â'm gadael i'n rhy fuan, f'anwylyd! llefai ei
chalon. Dyro ychydig amser eto i mi leddfu'r cur yn dy
ben ag anwes fy llaw, i wylio noethni dy gorff a gweini
arnat. Ti yw'r gŵr na fydd i mi fyth. Ti yw'r plentyn
na chaf.

Yr oedd wedi rhannu ei gyfrinachau â hi fel y byddai
gŵr â'i wraig. Ac yr oedd hi wedi gweini arno fel gwraig
i'w gŵr. Yr oedd cwlwm rhyfeddol rhyngddynt. Yr
oedd hi'n ei garu, fe wyddai hynny fel y gwyddai fod
haul yn y nen. Ond beth amdano ef? Ai cariad oedd
yn ei lygaid pan godai ei law i anwesu ei gwallt a
hithau'n penlinio wrth ei ochr? O, na allai gredu hynny.

Gadawai iddi ei hun freuddwydio . . .

Pe dywedai Llywelyn ei fod yn dymuno ei chymryd
yn wraig iddo, ni fyddai'n rhaid iddi gyffesu ei chyf-
rinach gywilyddus. Gwir ei bod hi wedi dweud wrth
Ynyr, ond yn ystod dyddiau cyntaf ei siom yr oedd
hynny, a gwyddai yn ei chalon mai hanner y symbyliad
oedd dial ar y Dâm Geinor. Ond yr oedd hi'n caru'n
awr, ac y mae cariad yn gallu gwyrdroi dyletswydd i'w
ddibenion ei hun.

Nid oedd y meddyg wedi dweud ei bod hi'n *amhosibl*
iddi feichiogi, dim ond y câi anhawster i eni'r plentyn,
ac y byddai'n debyg o fod yn angau iddi. Fe allai fod yn
anghywir. Meidrolion oedd meddygon, yn gallu gwneud
camgymeriad fel pawb arall. P'run bynnag, yr oedd yn
rhaid i bawb farw rywbryd, ac fe fyddai'n fodlon pe câi
yr hapusrwydd hwn am flwyddyn.

Nid un i guddio ei theimladau oedd hi. Chwaraeai
â'r demtasiwn felys. Wrth ei ddeffro un bore, y cawg
dŵr wrth law yn barod iddo ymolchi, yr oedd hi wedi
mentro gosod cusan ar ei dalcen. Agorodd yntau ei
lygaid a dychrynodd hithau rhag ofn mai gwgu ar ei

heofndra a wnâi. Ond gwenu a wnaeth Llywelyn ac estyn ei law. Cydiodd hithau ynddi a'i chodi at ei gwefusau. Mae'n rhaid ei fod yn fy ngharu, meddai ynddi'i hun yn orfoleddus, neu ni fyddai wedi caniatáu hynny.

' O, f'arglwydd . . .' Gosododd ei law yn erbyn ei bron. Teimlai'r blew main ar gefn ei law yn dwym o dan ei llaw hi, a chlywai'r deth yn caledu ac yn anfon ei neges i bob rhan o'i chorff. Syllodd yntau arni fel pe'n sylweddoli am y tro cyntaf nad plentyn oedd hi i dderbyn anwes difeddwl. Yn araf ac yn garedig ymryddhaodd oddi wrthi. Ar unwaith dechreuodd y dagrau gronni.

' F'arglwydd . . .' ond ni allai orffen. Yr oedd arni eisiau dweud wrtho ei bod hi'n ei garu, ac y byddai'n fodlon gorwedd gydag ef pan fynnai, y byddai'n fodlon hepgor bendith eglwys a bod wrth law i weini arno weddill ei hoes. Ond yr oedd y tywysog wedi codi ar ei eistedd, a chan gydio yn ei dwy fraich tynnodd hi ato a'i chusanu ar ei thalcen.

' Un yn ôl am yr un a roist i mi gynnau,' meddai'n ysgafn, ac yna dechreuodd ymolchi.

Cyn diwedd yr wythnos yr oedd Llywelyn allan ar ei farch, yn aros dyfodiad Tegerin a'i newydd cyn troi'n ôl am Abergwyngregyn. Pan ddaeth hwnnw, wythnos yn ddiweddarach na'r disgwyl, yr oedd y tywysog allan yn hela.

Nid yw dweud fod Mabli wedi llwyr anghofio am Degerin yn hollol gywir. Yn ystod ei phedair blynedd o iselder bu'r atgof achlysurol am y llanc a'i serch amlwg ati yn rhyw fath o werddon yn sychder ei meddyliau tywyll. Ond yr oedd Tegerin wedi ymadael cyn gwybod natur ei hanaf. Hwyrach y byddai hwnnw hefyd, pe gwyddai, wedi ymwrthod â hi fel y gwnaethai Ynyr. Yr oedd pris anhraethol uchel ar y gallu i blanta, ac yr oedd Mabli wedi mynnu cau allan bob dyn o'i meddwl nes i ragluniaeth anfon Llywelyn ati yn ei salwch.

Pan welodd hi'r gŵr ifanc yn ei abid du nid oedd hi'n ei adnabod ar unwaith, nes iddo alw'n isel arni.

' Mabli! '

'Roedd Tegerin yn sefyll wrth risiau llydan y capel lle bu'n offrymu gweddïau diolch i'r sant am daith ddiogel. Gwelai wraig, nid merch, ei chorff yn dal yn ystwyth, ond yn awr yn esgyrnog, a phantiau uwch ei mynwes lle bu'r cnawd unwaith yn llawn ac yn fwyn. Ac eto, dim ond tair ar hugain oed oedd hi. Nid oedd blewyn o'r gwallt i'w weld oblegid fe'i gorchuddid gan gadach, yn union fel un o wragedd y caethion, meddyliodd. Yn wir, gyda'i gwisg ffustian yn agored wrth y gwddf, a'i llewys wedi eu torchi, edrychai'n debycach i un o'r gwragedd hynny sy'n is, hyd yn oed, na gwraig i daeog.

' Tegerin! '

O, mor falch oedd hi o'i weld, y Tegerin bach wedi tyfu'n ddyn, ac yn ddyn hardd hefyd. Trawsnewidiwyd ei hwyneb gan ei gwên o groeso.

' Ond beth ydi hyn, Tegerin? 'Wyddwn i ddim dy fod ti wedi mynd yn un o'r brodyr.'

Eglurodd Tegerin. Nid oedd angen twyllo neb erbyn hyn. A dweud y gwir yr oedd yn falch o gael brolio ychydig bach oherwydd yr oedd yn dal yn ddigon ifanc i fod eisiau creu argraff o aeddfedrwydd ar y rhai a'i adnabu yn blentyn, yn enwedig Mabli.

' Bydd Peryf yn ôl, toc. O, mi fydd yntau'n falch o dy weld ti hefyd.'

Ond nid Peryf a ddeuai ar draws y beili y munud hwnnw eithr Heilyn. Pan welodd Degerin, oedodd am ennyd fel pe am newid ei gyfeiriad, ond diau iddo farnu ei bod hi'n rhy hwyr oblegid ymlaen y daeth at y ddau arall.

'Wel, wel, y *Brawd* Tegerin, aie? 'Wyddwn i ddim. Hawddamor, Frawd.'

Yr oedd ei lais mor wawdlym ag erioed. Am eiliad gwelodd Tegerin unwaith eto wyneb y creadur ar y crocbren, ac er mwyn diddymu'r darlun hwnnw yr oedd ei gyfarchiad i Heilyn yn anarferol o gynnes.

'Mae'n dda dy weld ti, Heilyn.'

Cododd Heilyn ei aeliau ychydig a gwenodd yn fin-gam. Oherwydd ei hen amheuon ni fwriadai Tegerin egluro'r rheswm dros yr abid a wisgai. Ond brysiodd Mabli ymlaen i wneud hynny fel pe bai am argraffu pwysigrwydd Tegerin ar ei brawd trahaus.

'Ar neges dros y tywysog y bu Tegerin. Yn Lloegr. Dyna pam y mae o wedi'i wisgo fel Dominiciad.'

Ar unwaith gofidiodd Tegerin i Fabli fod mor agored. Disgynnodd llen dros wyneb Heilyn a'i wneud yn hollol ddifynegiant, ond yr oedd llonyddwch tyn ei gorff yn bradychu ei awydd i wybod mwy.

'Ble buost ti, felly?' holodd yn ddidaro.

Edifarhaodd Tegerin iddo frolio'r holl hanes wrth Fabli. Dylai fod wedi cadw gwell ffrwyn ar ei dafod. Meddyliodd yn gyflym.

'Wyt ti'n gyfarwydd â Lloegr, Heilyn? Mae'n anodd egluro wrth rywun na fu yno erioed. Ond sut nad wyt ti'n hela gyda'r tywysog? 'Rydw i'n methu meddwl amdanat *ti*'n colli helfa.'

Yr oedd y saib cyn i Heilyn ateb yn cydnabod buddug-oliaeth Tegerin. Mwmiodd rywbeth am gwmni dethol yn cael gwarchod gwendid y tywysog, a throdd ar ei sawdl i gyfeiriad y stabl.

'Peryf mae o'n ei feddwl,' eglurodd Mabli.

'Gwendid—pa wendid?'

'Chlywaist ti ddim? Bu'r tywysog yn wael bron at angau. Diolch i'r Forwyn, mae'n well. Newydd ailddechrau mynd i'r fforest i hela y mae o, a dim ond Peryf a 'nhad a'r synysgal sy'n cael mynd hefo fo ar hyn o bryd.'

Pan ddaeth Llywelyn a'i gymdeithion yn ôl i'r castell aeth yn syth i'w ystafell a galw Tegerin ato. Sylwodd hwnnw ar y newid yn ei wedd.

'Buost yn wael, arglwydd.'

'Ond cefais wellhad,' oedd yr ateb cyflym. 'Diolch i ferch y castellydd.'

Nid oedd Llywelyn am drafod ei wendid, a chymerodd lythyr Simon de Montfort oddi ar y llanc yn eiddgar. Bu'n hir yn ei ddarllen, ac yr oedd yn amlwg iawn oddi wrth y wên a ymledodd dros ei wyneb ei fod yn fodlon ar ei gynnwys. Ar ôl gorffen, rhoddodd y llythyr i Oronwy ab Ednyfed a throdd at Tegerin.

'Ac yn awr, fachgen, dywed i mi'r holl hanes.'

Yr hyn yr oedd Llywelyn am ei glywed oedd disgrifiad manwl o Gastell Kenilworth a'r bobl a drigai ynddo. Beth oedd ei argraff o Iarll Caerlŷr fel dyn? Pwy oedd ei gynghorwyr? Beth am ei deulu? Edrychodd ar y llythyr eto.

Edrychodd Goronwy ac yntau ar ei gilydd, cyn iddo ofyn:

'Un ferch sydd gan yr iarll, felly?'

'Ie, arglwydd. Eleanor. Bu farw un.'

'Disgrifia hi.'

Yr oedd Tegerin wedi synnu. 'Plentyn ydi hi, arglwydd.' Ac arhosodd.

'Disgrifia hi.' Yr oedd tinc diamynedd yn llais y tywysog.

'Mae hi tua deg oed. Hwyrach yn iau.'

Yr oedd Tegerin mewn penbleth.

'Dos ymlaen,' ebe Llywelyn a'i lygaid hanner ynghau.

'Wel, mae hi'n fach ac yn dlos, ac yn hoffi chwarae â'i phêl—'

Ni allai fynd ymlaen. Beth oedd yna i'w ddweud am blentyn nad oedd wedi sylwi fawr arni, hyd yn oed ar ôl anogaeth y fam? Gwelodd Llywelyn ei ddryswch.

'O'r gorau. Beth am y bobl gyffredin? A'r dinasyddion? Oedd Simon yn dderbyniol ganddyn nhw?'

Aeth Tegerin dros hanes ei daith, oherwydd yr oedd ar dir sicrach yn awr. Disgrifiodd orau y medrai agwedd y melinydd a'r pobydd a'r tafarnwr a'r gwerinwyr eraill y cyfarfu â hwy yn y marchnadoedd, ond fe gafodd y teimlad fod y tywysog, er ei fod yn gwrando arno, â'i feddwl ar rywbeth arall.

Ond gwrandawai Goronwy'n astud. Wrth i Degerin oedi am ennyd i gael ei wynt ato, torrodd ar ei draws.

'Mae'n rhy gynnar i ti ddangos dy gefnogaeth yn agored, arglwydd. Nid oes sicrwydd y bydd de Montfort yn llwyddo, ac os aiff i lawr i'r llwch, hwyrach y byddai'n tynnu Tywysog Cymru gydag ef.'

'Wyt ti'n amau cryfder fy nghefnogaeth i, Goronwy?'

Ar ôl saib fer, atebodd Goronwy: 'Y mae lle i'w chryfhau, arglwydd. Rhaid i ti ennill Gruffudd ap Gwenwynwyn cyn y bydd y gefnogaeth yn sicr, heb sôn am Faredudd ap Rhys, y Dryslwyn, sy'n debycach o blygu glin i Frenin Lloegr nag i Dywysog Cymru. Ond os gwêl y rhain fod Simon yn debyg o orchfygu Henri, Simon a gefnogant.'

' Ac os bydd cytundeb cryf rhwng Tywysog Gwynedd a gorchfygwr Henri—? '

' Bydd y stori'n wahanol. Ond mae'n dal yn rhy gynnar i farnu.'

Gorweddodd Llywelyn yn ôl ar ei wely. ' Hwyrach dy fod ti'n iawn, Goronwy. Gwell aros ychydig i weld cyfeiriad y gwynt. 'Wnawn ni ddim ateb llythyr de Montfort ar hyn o bryd.' Ochneidiodd yn ddwfn. ' Ac am y cynnig arall hwnnw . . . Nefoedd drugarog! Ydi o'n sylweddoli faint yw f'oed i? '

Caeodd ei lygaid ac yr oedd olion ei wendid yn amlwg. Syllai Goronwy arno mewn distawrwydd am ychydig, yna meddai:

' 'Rwyt ti'n ymwybodol o'th oed, arglwydd, am i ti fod mor wael. Ond erbyn y bydd . . . y plentyn . . . yn aeddfed—ymhen tair blynedd, hwyrach—bydd pethau yn wahanol, a bydd sefyllfa de Montfort yn gliriach.'

Nid atebodd y tywysog, ond nid oedd Goronwy wedi gorffen. ' F'arglwydd, 'alla' i ddim meddwl am undeb mwy addas na mwy nerthol i Dywysog Cymru na chyda nith Brenin Lloegr, yn enwedig gan fod ei thad yn dymuno hynny.'

Bu Tegerin yn gwrando ar y sgwrs hon â syndod cynyddol, ond dechreuodd y goleuni wawrio ar ym-ddygiad yr iarlles yn Kenilworth. Nid ystyriai ei dywysog yn hen. Yn wir, hyd ei salwch diweddar, ni feddyliai neb am oedran wrth edrych arno. Gwyddai hefyd fod merched bach yn cael eu dyweddïo'n ifanc iawn, fel y cawsai Mabli. Ond yr oedd rhywbeth yn wrthun iddo yn awydd Iarll Caerlŷr i roi ei ferch fach i ddyn canol oed, hyd yn oed os mai Tywysog Cymru oedd hwnnw. Gwyddai hefyd, wrth ei ateb yn awr, fod yr un peth ym meddwl Llywelyn.

' Goronwy, paid â gofidio am linach Gwynedd. Onid oes meibion cryf a hardd gan Ddafydd fy mrawd? Mae Dafydd yn wahanol i Owain, mae o *gyda* mi yn y frwydr. 'Does dim angen i mi bryderu gormod am yr olyniaeth.'

Yr oedd Tegerin wedi ei sefydlu yng ngosgordd Llywelyn yn awr, ac yn gweithio o dan oruchwyliaeth y synysgal. Ar ôl ei genhadaeth yn Kenilworth ni ddaethai cyfle arall iddo fynd ar neges ar ei ben ei hun dros y tywysog. Ambell waith deuai amheuaeth i'w feddwl mai ar brawf y bu y tro hwnnw. Beth o bwys mawr a allai llanc ifanc dibrofiad ei ddarganfod, wedi'r cwbl? Ond beth bynnag fu'r rheswm dros ei yrru, 'roedd yn amlwg iddo lwyddo, oblegid ers hynny fe'i gwahoddid i mewn i drafodaethau cyfrin y tywysog a'i gynghorwyr.

Byd o deithio oedd byd y tywysog, teithio o Aberconwy i Ddolwyddelan, o Ardudwy i Degeingl, i lawr i Aber-honddu ac ar draws gwlad i'r Dryslwyn a Dinefwr. Credai mewn cadw mewn cysylltiad agos â'i ddyledogion a'r tywysogion eraill, oblegid gwyddai am eu cenfigen sydyn a'u hymrafaelion personol a allai enbydu ei ddelfryd fawr. Ambell waith dyheai Tegerin am hedd-wch Tŷ Rhuddlan a'i lyfrau, ond fe'i atgoffai ei hun am ei hen ddiflastod. Man gwyn man draw, ac yr oedd byw'n bwysicach na darllen.

Yr oedd Llywelyn erbyn hyn wedi gwella'n llwyr o'i salwch, ac os rhywbeth, yn fwy egnïol nag erioed, fel pe bai'r llonyddwch a orfodwyd arno wedi crynhoi yn nerth a lifai allan yn ystod y gaeaf canlynol.

Rheswm arall dros y teithiau mynych oedd ei fod wedi penderfynu mabwysiadu dulliau Gwilym Gonc-werwr o gryfhau ei safle. Yr oedd yn dysgu fod nerth arweinydd gyfwerth â'i gyfoeth. Rhoes y Brenin Henri ar ddeall iddo y câi brynu hawl ganddo i wrogaeth tywysogion eraill Cymru. Yr oedd y pris mewn marciau yn enbyd o uchel, ond 'roedd pob modd i gyrraedd ei freuddwyd yn werth pob gewyn o ymdrech. Byddai'n sicrhau unwaith ac am byth fod Henri'n ei gydnabod yn Dywysog Cymru gyfan.

Ond yn gyntaf rhaid oedd codi'r arian a fynnai'r brenin, ac fe gymerai hynny amser maith, oblegid nid oedd Llywelyn am ormesu ei ddeiliaid fel y gwnaethai Henri, a mynnu'r cyfan ar unwaith.

Ni châi lonydd yn hir i fynd o amgylch yn heddychlon i dderbyn taliadau ei ddeiliaid heb gael ei alw i arwain ei wŷr i wynebu cyrchoedd yma ac acw ar y gororau. Ar adegau felly, Goronwy ab Ednyfed a'i frawd, Tudur, a fyddai'n goruchwylio'r gwaith o fynd o faenor i faenor, o gastell i gastell i gasglu'r arian a'r nwyddau oedd yn ddyledus iddo. Gyda hwy, ac nid gyda Llywelyn, yr âi Tegerin.

Yr oedd rhan ohono'n falch o hyn. Wrth wrando ar straeon y milwyr am losgi castell a maenor, fferm a hyd yn oed eglwys, pethau a dderbynnid gan y ddwy ochr fel rhan anorfod o frwydro, teimlai'n falch o heddwch ei swydd. Ac eto, yr oedd rhywbeth yn ei natur yn peri iddo wrando'n awchus ar y dynion yn adrodd am yr ysbeilio, y poenydio a'r treisio a ddilynai fuddugoliaeth y naill ochr a'r llall. Ac wrth wrando, fe deimlai ryw gynnwrf yn codi yn ei stumog a rhyw awydd i fod yn rhan o'r cyffro a'r gwroldeb—ie, a'r ffieidd-dra hefyd. Dywedai wrtho'i hun fod y pethau dychrynllyd hyn yn rhan o fywyd, a bod awydd naturiol ymhob dyn ifanc i brofi pob peth, mai didda oedd iddo ei ynysu ei hun yn heddwch y gorllewin tra bod eraill yn rhoi prawf ar e u gwroldeb ar y gororau. Ond yn ddwfn yn ei galon, fe wyddai mai elfennau mwy tywyll, cyntefig, yn sawru o greaduriaid y fforestydd, oedd yn ei gynhyrfu.

Nid rhan o'i swydd, er hynny, oedd dilyn Llywelyn i faes y frwydr, ac felly gwell mygu'r dyheadau cudd, a oedd yn ddieithr iddo p'run bynnag. Gŵr y gyfraith oedd ef ac athronwyr oedd ei gynghorwyr. Fe'i atgoffai'i hun yn ffyrnig o ddywediad Awstin Sant: 'Dymunaf wybodaeth am Dduw a'r enaid yn unig. Dim arall. Na, dim arall o gwbl.' Ac wedyn mynnai rhyw ddiafol ei atgoffa o eiriau eraill gan yr un sant—'Ond ddim eto, O Dduw.'

Yr oedd Thomas Acwin yn dysgu bod gwirionedd i'w gael yn y byd hefyd, ac mai rhan o swyddogaeth dyn oedd addasu ei brofiad yn y byd i'w brofiad Cristnogol. Onid dyletswydd dyn oedd cyfarfod â'r tywyllwch hwn wyneb yn wyneb a'i orchfygu, nid troi cefn arno?

Yna, digwyddodd rhywbeth oedd yn ateb i'r dryswch hwn, ac a fu'n achos chwalu rhan o freuddwyd Llywelyn.

Yr oedd y synysgal a'i wŷr wedi croesi o Fôn ac wedi teithio i lawr i Ddinas Teleri, ac am aros noson yno ar eu ffordd i'r de. Gobeithiai Tegerin gael cyfle i ymweld â'i dad a'i chwiorydd yn Abereiddon, nad oedd ond ychydig filltiroedd i ffwrdd. Yn ysbeidiol iawn y bu adre yn ystod y blynyddoedd diwethaf, ac yr oedd yn dyheu am gael eu gweld unwaith eto.

Noson o haf oedd hi, a phawb yn ymlacio yn y neuadd wedi iddynt weld yr olaf o'r gwŷr bonheddig yn gadael ar ôl talu eu dyledion. Gadael yn ddigon grwgnachlyd hefyd, oherwydd pwysid arnynt i dalu mwy a mwy er mwyn cynnal byddin y tywysog. Yr oedd Tegerin wedi mynd allan i anadlu'n ddwfn o awelon yr hwyr. Machludai'r haul dros y Rhinogydd, ac yr oedd y mynydd-dir o'i flaen yn goch yn ei lewyrch, bron yn unlliw â'r grug a orchuddiai morfa'r Obell Bîg. Mor dawel, mor bell o sŵn y meirch a'r saethu a'r llosgi a'r lladd—yr hyn oedd yn digwydd rhyw ddeugain milltir, fel yr hedai'r frân, i'r de-ddwyrain.

Fel y trodd ei olygon o gyfeiriad Powys Wenwynwyn i gyfeiriad y gogledd, gwelodd gwmwl o lwch yn symud tuag ato. Ymhen eiliad neu ddau gallai weld march yn carlamu, ac wrth iddo nesáu, saethodd ryw ragflas o newydd drwg drwy Tegerin, oblegid yr oedd yn adnabod y marchog. Un o wŷr Dafydd ap Gruffudd ydoedd. Ni chofiai Tegerin ei enw, ond bu'n torri ambell air ag ef ar ymweliadau anfynych Dafydd â'i frawd, eithr nid digon i ffurfio barn amdano.

Ond digon yn awr ei fod o'n un o wŷr Dafydd, a'i fod ar frys carlamus.

' Tegerin ap Hywel wyt ti, yntê? Ydi'r synysgal oddi mewn? '

Daeth y geiriau'n drwsgl, ac yr oedd y chwys yn berlau ar ei dalcen. Heb aros i ofyn cwestiynau, arweiniodd Tegerin ef i mewn i'r neuadd lle gwrandawai Goronwy a Thudur a rhai o'u gwŷr ar delynor Dinas Teleri. Yr oedd golwg mor frysiog ar y negesydd pan ruthrodd i mewn, fel y tawodd y telynor ar hanner ei gân.

' Arglwydd Goronwy,' ebe'r marchog, ' Cynan Fychan yw f'enw, un o wŷr yr Arglwydd Dafydd ap Gruffudd.' Fe'i cywirodd ei hun. ' Un o'i *gyn*-wŷr.'

Cododd Goronwy ar ei draed. ' A yw'r Tywysog Dafydd—? '

' Na—na, ddim wedi marw.' Cymerodd anadl hir. ' Wedi ffoi y mae o.'

Syllodd Goronwy arno â drwgdybiaeth yn crychu ei dalcen.

'Wedi ffoi? I ble? Pam?' A chyn i Gynan fedru ateb: 'A pham mai *ti*, un o'i wŷr, sy'n dod â'r newydd?'

'Arglwyddi, rhaid i chi fy nghredu i.'

Yr oedd sŵn diffuant yn ei apêl fel y trodd at bawb yn y neuadd. 'Un o wŷr Dafydd oeddwn i, mae'n wir, ond mae fy nheyrngarwch i Dywysog Cymru'n uwch.'

Cydiodd Goronwy yn y negesydd yn fygythiol. 'Os mai twyll yw hyn, fe gei di dy bedrannu.'

'Nid twyll, arglwydd,' ebe'r dyn, yn dawel yn awr. ' 'Roeddwn i am i'r Tywysog Llywelyn gael gwybod ar unwaith ac fe wyddwn eich bod chi yma.'

Gollyngodd Goronwy ef, gan dderbyn yn awr fod y dyn yn dweud y gwir. Ni chymerodd yn hir i ddweud yr hanes.

Yr oedd Dafydd wedi cael ei ddenu dros y goror i Loegr gan addewidion swynol mab hynaf y brenin, yr Arglwydd Edwart, Iarll Caer, addewidion yn gyfnewid am ei gefnogaeth i'r brenin yn erbyn Simon de Montfort a Llywelyn. Yr oedd wedi gadael Cymru, ac wedi mynd â'i osgordd gydag ef.

'Bu'r Arglwydd Edwart ers tro byd yn gwylio pob symudiad yng Nghymru,' meddai Cynan. 'Mae'n ifanc, ond mae'n gyfrwys, arglwyddi. Mae'n gweld ymhellach o lawer na'i dad, ac mae llwyddiant Tywysog Cymru i weu undod ymhlith ei ddyledogion wedi peri-iddo anesmwytho. Bu'n ymweld yn ddyfal â'm harglwydd, ac yr oedd ei ddadleuon yn rymus—synnu gweld mor fach oedd ei deyrnas; onid oedd Llywelyn wedi addo'r Berfeddwlad iddo? Gwag oedd addewidion Llywelyn iddo. Byddai wedyn yn canmol doethineb Cyfraith Hywel. Oni ddylai Dafydd fynnu ei fod ef a'r ddau frawd arall yn cael eu rhan gyfartal? Yr oedd Llywelyn wedi gweithredu'n gwbl anghyfreithiol. Pe deuai Dafydd drosodd at y Brenin Henri a helpu i orchfygu Llywelyn, byddai nid yn unig yn cael y Berfeddwlad a Thegeingl, ond hefyd Wynedd ei hun.'

Nid oedd Edwart wedi dweud hyn i gyd ar unwaith, meddai Cynan. Bu'n gwthio'r cwch i'r dŵr yn araf, nes i Ddafydd ildio a chredu mai ei ddyletswydd oedd gweithredu yn erbyn gormes ei frawd.

' Mi geisiais fy ngorau, arglwyddi,' meddai. ' Mi grefais arno i aros. Dywedais wrtho mai ffordd y gelyn erioed oedd gwthio cŷn rhwng brodyr i'w rhannu, ond 'rwy'n sylweddoli'n awr ei fod yn falch o'r esgus i gael mynd a'i gydwybod yn dawel.'

Wedi iddo orffen siarad, bu distawrwydd poenus yn y neuadd. Pan siaradodd o'r diwedd yr oedd llais Goronwy'n gryg.

' Dim llai nag y bûm i'n ei ddisgwyl. Ond nid oedd Llywelyn yn barod i wrando. Mae smotyn dall i'w gael yn y llygaid mwyaf treiddgar. A'i gariad at Ddafydd yw hwnnw.'

Yna trodd at Gynan yn frysiog. ' Gwell i ti orffwys cyn mynd ymlaen at yr Arglwydd Llywelyn.'

Ond nid oedd Cynan yn barod i fynd ymhellach. ' Dyna pam y dois i yma atoch chi. Rhaid i mi droi'n ôl i Gymydmaen ar unwaith i ofalu am f'eiddo yno. Bydd anhrefn yn dilyn ymadawiad Dafydd ac mae gen i wraig a phlant . . .'

Gadawodd y frawddeg heb ei gorffen. Meddyliodd Goronwy am ychydig ac yna trodd at Degerin. ' Rhaid i ti fynd, felly. Cymer awr neu ddwy o gwsg a bydd yn barod wedyn i gychwyn i Faelienydd ar unwaith.'

Anodd, onid amhosibl, oedd cysgu a'r fath neges yn ei ofal. Nid oedd Goronwy'n synnu gweld fod y llanc yn barod i gychwyn o fewn hanner awr.

' Dos ar draws gwlad tua Chastell Trefaldwyn, ac os na weli di Lywelyn ar y ffordd dos ymlaen i fynachlog Cwm Hir. Bydd y tywysog yn sicr o alw yno. Mae'r mynaich yn gyfeillion teyrngar iddo.'

Sut mae dweud wrth ddyn fod ei frawd wedi troi'n fradwr? Nid gwaith hawdd ar y gorau, ond pan fo'r dyn hwnnw'n Dywysog Cymru, yna mae ofn yn gymysg â thosturi a dicter. Diolchai mai byr oedd oriau tywyllwch wrth iddo weld rhimyn o oleuni yn codi yn y dwyrain. Gyda thoriad gwawr gallai garlamu ymlaen yn fwy diogel. Wrth fynd, ceisiai ffurfio brawddegau yn ei feddwl, ond ni ddeuent. Yn lle hynny cyfodai wyneb y tywysog o'i flaen.

Mor unig ydyw, meddyliai. Unigrwydd yw pris ei goron. Mae gan y rhelyw o bennau coronog wragedd a phlant y gallant ymlacio â hwy. Ond yr oedd y rhain yn ddieithr i fywyd Llywelyn ap Gruffudd. Bu pris ei ddelfryd yn un uchel iawn. Ac eto, meddyliai ymhellach, yr ydym i gyd yn unig. On'd ydw innau? A Mabli.

Daeth i'w gof y diwrnod y bu i Lywelyn ymadael â Chastell y Bere; Llywelyn dalsyth yn awr, Llywelyn a gerddai at ei farch â chamau cryfion, sicr; y Llywelyn a ffarweliodd â'i gyn-weinyddes â chusan ysgafn ar ei thalcen, ei feddwl wedi cerdded o'i flaen gyda'i freuddwyd fawr. Safai Mabli yno'n gwylio'i gefn, yn ddi-hid o'r dagrau a wlychai ei gruddiau, ei llygaid fel dau furddun gwag. Gwyddai Mabli hefyd beth oedd unigrwydd.

Yr oedd Tegerin wedi clywed gan Beryf am ddiwedd disymwth y dyweddïad a'r rheswm drosto. Bu'r awydd ynddo'n gryf i fynd ati a'i chofleidio, ond fe'i rhwystrwyd gan ei hen swildod a rhyw ynysedd ynddi hithau a wrthodai unrhyw arwydd o gydymdeimlad gan neb. Ond pe bai hi yn gwybod, nid cydymdeimlad mo hwn ond serch. Yr oedd ei gweld hi ar ôl pedair blynedd wedi ailgynnau'r hen fflam. Ond serch gwahanol oedd hwn rhagor cariad cyntaf plentyn. O'r blaen, bu edrychiad caredig yn ddigon iddo, a geiriau ganddi'n porthi breuddwydion am ddyddiau. Ni ofynnai am fwy, ni ddisgwyliai ragor.

Ond yn y cyfamser yr oedd Tegerin wedi tyfu'n ddyn, ac yn awr yr oedd ganddo awydd dyn am feddiannu. Ni ddaeth yr amser eto, fe wyddai hynny'n burion. Nid oedd ganddi le na sylw i neb ond y tywysog. Yr oedd hyn mor amlwg iddo â'r faner a chwifiai uwchben Castell y Bere. A thra byddai Llywelyn yn ddibriod gallai Mabli hawlio cyfran ohono iddi'i hun er iddi wybod fod priodi â Thywysog Cymru'n amhosibl.

Ond pan ddeuai'r amser i Lywelyn briodi, fel y byddai'n rhaid iddo'n awr a chyfrifoldeb parhad llinach Gwynedd yn disgyn yn drymach arno, byddai pethau'n wahanol. Byddai'n rhaid i Fabli dderbyn wedyn nad hi fyddai'r wraig agosaf at ei harglwydd. Ac yn yr ing a fyddai'n sicr o ddilyn y wybodaeth honno, byddai ef, Tegerin, yn aros wrth law i'w chysuro. Maes o law, gyda chymorth y Wyryf, byddai yntau'n cymryd lle Llywelyn yn ei serchiadau. Byddai ei dad yn siomedig na fyddai aer i Abereiddon, ond Mabli ei hun oedd arno ef ei heisiau, nid plentyn o'i chorff.

Yr oedd wedi cyrraedd Tafolwern cyn iddi oleuo'n iawn. Dringodd dros Gledd Croen-yr-ych, dros yr afon i Dalerddig a chyrraedd gwastadedd Afon Rhiw. Barnai mai gwell fyddai iddo fynd yn ei flaen gan osgoi mynd yn rhy agos i dir Castell Coch, caer Arglwydd De Powys. Erbyn hyn yr oedd yn lluddedig iawn ac yn gorfod ymladd yn erbyn yr awydd i ddisgyn oddi ar ei farch a gorffwys yn y cae meillion hudolus ar lan yr afon. Ond ymlaen yr aeth oblegid nid doeth fyddai aros yng ngwlad Gruffudd ap Gwenwynwyn.

Yr oedd yn tynnu at Aber-miwl pan welodd y stribedi o fwg yn hofran yn yr awyr. Cynyddai'r rhain yn fuan, fel tarth yn ei amgylchynu, ond nid aroglau tarth a ddeuai i'w ffroenau ond rhywbeth llawer llai melys. Yn sydyn sylweddolodd fod ei farch yn carlamu dros gyrff dynion.

Neidiodd i lawr oddi ar ei geffyl ac wrth i'r gwynt chwythu ychydig ar y mwg gwelodd ddau ddyn yn gorwedd yn gelain, a llaw'r naill yn cyffwrdd â llaw'r llall fel mewn cyfeillgarwch tragwyddol. Ond gwisgai'r naill arfwisg arian y Norman, a'r llall diwnig lledr y Cymro, ac yr oedd gwaed wedi ceulo o amgylch y saeth a godai o lygad yr olaf. Yn fuan iawn, wrth i'r mwg gilio'n ôl ac ymlaen gwelodd nad hwy oedd yr unig rai. Wrth gamu ymlaen yn ofalus aeth heibio i gryn ugain o gyrff. Dim ond y rhai ar draws ei lwybr oedd y rhain. Y nefoedd a wyddai faint o rai eraill a orweddai allan o'i olwg.

Yna daeth sŵn i'w glustiau o'r pellter, sŵn y tybiai ar y dechrau oedd yn debyg i fynachod yn siantio. Ond fel yr âi'n nes, fferrodd ei waed wrth sylweddoli mai sgrechiadau a griddfannau myglyd a glywai, ac mewn math o wrthbwynt dieflig, ac yn nes o lawer, waeddiadau buddugoliaethus.

Gweryrodd ei farch a bu raid iddo ddefnyddio sbardunau i'w yrru ymlaen. O'r diwedd cyraeddasant dwmpath a'u cysgodai rhag y gwynt a'r mwg ac edrychodd Tegerin i lawr ar olygfa hunllefus.

Ar lan yr afon oddi tano gwelai ysgubor a'i drws mawr wedi ei folltio ynghau gan ddarnau mawr o bren wedi'u hoelio ar draws, fel croes Crist. Yr oedd y gwair o'i mewn yn wenfflam, a rhedai dynion yn ôl ac ymlaen, nid i ddiffodd y tân eithr i daflu rhagor o ffaglau ar y fflamau. Yr oedd eu gweiddi a'u chwerthin croch yn uwch na sŵn y fflamau'n llosgi.

Ond yr hyn a godai wallt pen Tegerin oedd y sgrechiadau a ddeuai o'r tu mewn i'r ysgubor, a sylweddolodd fod dynion yno'n cael eu llosgi'n fyw. Ac nid oedd gwybod mai gwŷr y Norman oedd y tu mewn a Chymry o'r tu allan yn gwneud dim i leddfu ei arswyd.

Ai yma yr oedd Llywelyn? Gorau po gyntaf iddo ofyn i rywun iddo gael mynd o olwg a chlyw'r gyflafan. Mentrodd yn nes at un o'r milwyr a oedd i'w glywed yn gweiddi llai na'r lleill.

'Chwiliaf am yr Arglwydd Llywelyn,' gwaeddodd i lawr o'i farch yn ei lais mwyaf awdurdodol. 'Ai yma y mae?'

Syllodd y milwr ar wisg fonedd Tegerin a barnu mai gwell ei drin â pharch.

'Bydd yn ofynnol i ti aros ychydig, arglwydd. Ar ei ffordd o Lanfair-ym-Muallt y mae. 'Rydym yn ei ddisgwyl unrhyw funud. Ond 'all neb ddweud yn iawn.'

Teimlai Tegerin ryw ryddhad nad Llywelyn ei hun oedd yn gyfrifol am yr anfadwaith o'i flaen. Ar yr un pryd gwyddai mor afresymol oedd hyn. Dyma beth oedd rhyfel. Cyflawnid erchyllterau cynddrwg a gwaeth gan y Norman.

' Beth ddigwyddodd? '

Cyfeiriodd â'i law at yr ysgubor a cheisio cuddio ei ffieidd-dra.

' Jon Ystrâns, cwnstabl Castell Baldwyn, ddaeth ar draws Ceri neithiwr mewn cyrch nos. Ond nyni oedd y cryfa'.'

Yr oedd balchder yng ngeiriau byr, brathog y milwr, ac wrth symud yn ôl at ei orchwyl gwaeddodd dros ei ysgwydd:

' Rhyw hanner cant o Normaniaid yn gelain ar y maes a hanner cant i mewn yma. Dydd da o waith, arglwydd!'

Dringodd Tegerin yn uwch i fyny fel y câi olwg glir i gyfeiriad Buallt. Disgynnodd oddi ar ei farch ac eisteddodd ar dwyn glaswelltog i aros. Yr oedd haul y dydd yn ei anterth a'r gwres o'r ysgubor yn peri i bobman fod fel ffwrnais er bod y fflamau'n gostegu, a'r sgrechiadau oddi mewn wedi tawelu'n arswydlon. Methai â chadw ei lygaid yn agored, ac er gwaethaf yr hunllef o'i gwmpas, cysgodd Tegerin.

Deffrodd gan neidio i'w draed mewn euogrwydd ac ofn ei fod wedi colli'r tywysog. Gyda pheth rhyddhad gwelodd y milwr y bu'n siarad ag ef yn sefyll gyda rhyw dri neu bedwar o filwyr eraill nid nepell oddi wrtho. Yr oedd pethau wedi tawelu a'r dynion yn cymryd hoe cyn dechrau cael gwared â'r cyrff. Safai eraill ar y bryn uwchben, eu saethau'n barod, yn gwylio ac yn gwarchod. Yr oedd hi'n ddigon amlwg mai dal i aros dyfodiad y tywysog yr oeddynt, a barnodd Tegerin na fu iddo gysgu mwy na rhyw hanner awr.

O'r diwedd daeth y waedd a gyhoeddai fod Llywelyn yn y golwg. Ar unwaith ymsythodd y milwyr a ffurfio'u hunain yn gatrawd ddisgybledig. Yr oedd cynnwrf disgwylgar i'w deimlo, a chwyddai calon Tegerin wrth

weld y teyrngarwch a'r brwdfrydedd a enynnai Llywelyn
yn ei wŷr. Os nad yn ei frodyr, ychwanegai yn ei feddwl,
gan gofio ei neges boenus. Ond, ar y funud, melys oedd
blas buddugoliaeth ac fe'i teimlai ei hun yn rhan o'r
cynnwrf, nes cau allan yr atgof am y cyrff llosgedig yn
yr ysgubor, bron.

Gadawodd i Lywelyn siarad â'i filwyr cyn ymddangos.
Edrychai'r tywysog yn falch o'i weld. Yr oedd popeth
yn mynd o'i blaid, gwŷr Maelienydd a Brycheiniog
wedi gofyn am ei gymorth, wedi ei dderbyn ac wedi
talu gwrogaeth iddo. Yr oedd teyrnas Gwynedd yn
ymledu'n sicr i'r de. Llewyrchai balchder a hyder yn
ei wedd, ond yr oedd ynddo hefyd raslonrwydd a hiwmor
wrth gyfarch y gŵr ifanc.

'Ha, Tegerin ap Hywel! Am flasu gwaed y drin,
wyt ti?'

Yna newidiodd ei wyneb wrth weld difrifoldeb
Tegerin. 'Beth sy'n bod?'

'Newydd drwg, arglwydd.'

Aeth Llywelyn mor llonydd â llwynog cyn symud at
ei brae.

'Dy frawd, y Tywysog Dafydd . . .'

'Beth amdano?'

'Mae gyda Brenin Lloegr.'

Nid fel yna yr oedd wedi bwriadu dweud ei neges,
eithr yn bwyllog gan dorri'r garw'n araf. Ond yr oedd
treiddgarwch trem Llywelyn yn nacáu hyn, a'r llygaid
glas, oer fel dagr yn awr, yn ei orfodi i ddefnyddio
geiriau byr, cignoeth.

'Dywed yn union beth wyddost ti.'

Ac fe ddywedodd Tegerin, yn ymwybodol o'r cwmwl
du a gymerodd le'r balchder a'r hyder ar wyneb ei
dywysog. Nid un i weiddi'n wallgof oedd Llywelyn.

Yr oedd ei ddistawrwydd tyn yn farc gŵr wedi cynefino â siom ac wedi ymddisgyblu i'w drechu. Sylweddolodd Tegerin yn sydyn mai rhywbeth yr oedd wedi hanner disgwyl ei glywed oedd y newydd hwn.

6

Mae Ffordd y Pererinion yn cysylltu Tarren Hendre a Tharren y Gesail yr ochr draw i Abergynolwyn. I'r cyfeiriad hwn, uwchben y fforestydd, yr hoffai Mabli fynd i grwydro. Lle unig ydoedd, heb greadur byw o gwmpas ar wahân i ambell bererin ar ei ffordd i eglwys Cadfan, ac efallai ymlaen wedyn dros y môr i Ynys Enlli. Cartref morfran ac ehedydd a thelor yr helyg. Heddiw ar y dydd Iau ar ôl Gŵyl y Drindod, wedi iddi grwydro bron drwy'r dydd, yr oedd hi ar ei ffordd yn ôl.

Oedodd am ychydig i orffwys ymhlith yr eithin a'r blodau taranau, y suran a'r blodau ymenyn a dasgai eu lliwiau enfys dros y mynydd. Bu'r haul yn danbaid er y bore. Tynnodd ei hesgidiau a chlywai'r glaswellt yn felys o dan noethni ei thraed a gadawai i'r awel chwarae rhwng y bysedd. Teimlai'n hapus heddiw oblegid yr oedd yr amser i'r tywysog alw heibio i Gastell y Bere yn agosáu. Yr oedd ef am drafod gyda'i thad gynlluniau i atgyfnerthu'r castell, fel y bwriadai ei wneud â chestyll eraill ei ragflaenydd.

Bu'r flwyddyn yn un gymharol dawel, a'i thad a'i brodyr wedi treulio llawer mwy o amser gartref nag yn ystod y flwyddyn gynt. Aros yr oedd y tywysog yn awr, meddai Peryf, i Simon de Montfort ddod â'r rhyfel i ben yn Lloegr, a chyhoeddi drwy Wledydd Cred mai Llywelyn oedd Tywysog Cymru benbaladr.

Yr oedd hyn yn agos iawn yn awr. Bu gorfoledd yng Nghymru ar ôl Brwydr Lewes pan gymerwyd meibion y Brenin Henri yn garcharorion a'u cadw yng Nghastell Kenilworth. Nid oedd dim i rwystro buddugoliaeth Simon a'r barwniaid yn awr. Rhoes Llywelyn help i'r iarll drwy gipio cestyll y Gelli, Henffordd, Llwydlo a Chastell Rhisiart iddo. Yr unig ad-daliad a fynnai oedd cydnabod ei hawliau a'i dras, ac yr oedd Simon eisoes wedi addo hynny.

Sut 'roedd y Tywysog Dafydd yn teimlo erbyn hyn? Siwrnai seithug a gawsai wrth symud i Loegr i gefnogi Henri. Gallai Mabli chwerthin yn uchel mewn gorfoledd wrth feddwl am yr ail a gafodd. Gwell fyth, yr oedd y perygl o du Gruffudd ap Gwenwynwyn wedi cilio, oblegid, er mawr syndod i bawb, fe welsai Gruffudd yn dda i gynghreirio â'r Tywysog Llywelyn, ac ef a fu'n gyfrifol am y cyrch a ddinistriodd gastell yr Wyddgrug ychydig fisoedd yn ôl. O, ni bu sefyllfa Tywysog Cymru erioed yn gadarnach.

Cyhoeddai'r gwacter yn ei stumog mai dim ond mefus gwyllt a dŵr o'r nant a fu'n ei chynnal drwy'r dydd. Heddiw, fe deimlai mewn cymaint cytgord â'r byd, fel y gallai feddwl heb gasineb am ei mam wen. Fel rheol, dihangfa oddi wrth y wraig honno oedd y mynyddoedd. Yr oeddynt yn gwarchod ei hunigrwydd. Bywyd mewnblyg oedd ganddi. I leddfu briwiau'r ysbryd, byddai'n arfer dweud wrthi'i hun: ' Fi ydw i. 'Rydw i y tu mewn i mi fy hun. 'All neb fy nghyrraedd i yno.'

Ond yr oedd heddiw'n wahanol. Agorodd ei breichiau i'r haul a chwarddodd yn uchel. Yna gafaelodd yn ei hesgidiau a rhedodd i lawr i gwr y fforest lle porai Fflamddwyn.

Yr oedd hi wedi cyrraedd afon Dysynni rhwng y Foel a'r Gamallt pan welodd rywun cyfarwydd yn dod i'w chyfarfod. Llanwyd hi â chariad cynnes tuag ato, bob amser, fel at ei brawd, Peryf. Cerdded yr oedd Tegerin, nid marchogaeth, a dyfalodd hithau ar unwaith ei fod yn chwilio amdani. Cododd ei llaw i'w gyfarch, a sbardunodd Fflamddwyn ychydig. Gwelodd yntau ryw Fabli fwy hoenus nag a gofiai ers tro byd. Yr oedd haul wedi rhoi brychni ar ei chroen llwyd a phelydr i'w llygaid, ac yr oedd y blynyddoedd wedi eu diosg. Fe wnâi hyn ei neges yn anos fyth. Araf oedd piau hi.

' Mae golwg dda arnat ti, Mabli.'

' Ac yn well o dy weld tithe.'

Disgynnodd oddi ar ei chaseg, a chododd ei hwyneb ato i'w chusanu. Brawd bach ydw i iddi o hyd, meddyliodd, â phigiad o chwerwder. Ond yr oedd ei gwefusau'n felys ar ei fin. Cydiodd yn ei dwylo.

' 'Does dim brys. Tyrd i eistedd wrth yr afon am ychydig.'

Ychydig o ddŵr oedd yn y Dysynni oblegid ni bu glaw ers dyddiau. Disgleiriai'r cerrig yn wyn ac yn llyfn. Cafodd Tegerin hyd i lechen hir iddynt eistedd arni ochr yn ochr. Tynnodd Mabli ei hesgidiau drachefn a rhoi sgrech fach am fod y garreg o dan ei thraed yn rhy boeth i'w noethni.

' Tegerin, wyt ti'n cofio . . . ? '

Dechreuodd sôn am y digwyddiad bach hwn a'r digwyddiad bach arall yn ystod ei arhosiad cyntaf yn y Bere. Syndod iddo oedd darganfod ei bod hi wedi sylwi cymaint arno. Bydd hel atgofion yn dod â phobl yn agos iawn at ei gilydd, ac fel yr edrychai ar ei gloywder a gwrando ar y chwerthin afieithus, âi yn llai a llai awyddus i dorri ar yr hwyl drwy ddweud ei neges.

Hi yn y diwedd a roes y cyfle iddo. Daeth rhyw dynerwch distaw dros ei hwyneb wrth ofyn:

' A'r tywysog? Pa newydd amdano fo? '

Wedi'r cwbl, nid oedd ef i wybod beth oedd ei theimladau dyfnaf. Dim ond ei gariad ef ei hun oedd wedi rhoi llygaid deall iddo. Ceisiai swnio'n ysgafn.

' Mynd o nerth i nerth. Glywaist ti am Senedd Simon de Montfort? Mae pawb yn siarad amdani. Fe fu'n hen arferiad i'r barwniaid gael eu gwysio i'r seneddau. Ond y tro hwn mae de Montfort wedi mynnu bod marchogion a'r bwrdeisiaid yn cael llais.'

Torrodd ar ei draws yn gynnil. ' Ie, ond . . . Llywelyn? '

' Mae gan y tywysog allu mawr yn awr. Mae de Montfort yn ei gydnabod yn dywysog ar Gymru oll, a'r . . . a'r wythnos diwethaf fe seliwyd cytundeb ffurfiol rhyngddynt.'

' Ie? '

Yr oedd yr eiddgarwch yn ei llais yn ei daro fel cyllell. ' Bydd Llywelyn yn cael cadw'r cestyll a'r tiroedd y mae wedi'u goresgyn yn y mers.'

' 'Fydd arglwyddi'r mers ddim yn hapus ynghylch hynny.'

' Na fyddan.'

Cododd Tegerin garreg fach a'i thaflu i'r dŵr prin.

' Rhan arall o'r cytundeb yw bod Llywelyn yn priodi Eleanor, merch de Montfort.'

Ni allai edrych arni. Gwyddai'n iawn am y boen a fyddai wedi diffodd y goleuni yn ei hwyneb. Yr oedd ei llonyddwch yn ingol iddo. Ond rhaid oedd dweud y cwbl.

' 'Fydd y tywysog ddim yn ymweld â Chastell y Bere y tro hwn fel yr oedd wedi bwriadu. Mae de Montfort yn trefnu cyrch ar Went.'

Syllai ar ehedydd ar ei adain yn uchel uwchben y Gamallt, heb ei weld. Yr oedd mwmian cacynen yn hofran rhyngddynt yn fyddarol yn ei glustiau, ond ni symudodd Mabli. O'r diwedd, meddai yn isel:

' Dyna pam y doist ti i 'nghyfarfod i, Tegerin?'

Yr oedd ei ateb ef yr un mor isel. ' Ie.'

Cymerodd Mabli anadl hir. Dywedodd fel un yn adrodd gwers a ddysgwyd ers talwm. ' Mae'n briodol i Dywysog Cymru gael cymar sy'n gyfurdd ag ef. Yr oedd i'w ddisgwyl.'

Yna ar ôl saib, a mymryn o gryndod yn ei llais: ' Sut un ydi'r Eleanor 'ma?'

Pan glywodd mai dim ond tair ar ddeg oedd y ferch, ac nad oedd Llywelyn erioed wedi'i gweld, ymlaciodd ychydig. Darllenodd Tegerin ei meddwl. Cytundeb gwleidyddol yn unig fyddai'r briodas. Nid oedd serch yn ystyriaeth.

Ei gofid pennaf oedd deall nad oedd ef am ddod i'r Bere. Byw o ddydd i ddydd y bydd serch fel yr eiddo Mabli, byw ar friwsion, gan ofni edrych ymlaen at y dyfodol anochel. Bu Llywelyn erioed y tu hwnt i'w gafael. Fe wyddai hynny'n iawn o'r dechrau. Nid dyn yn cael byw yn ôl ei ddewis ei hun oedd Tywysog Cymru; nid unigolyn ond gwladweinydd. Byddai'n rhaid i'w briodas esgor ar etifedd. Byddai'n rhaid iddi borthi'r ddelfryd fawr, meddai wrthi ei hun am y milfed tro. Yn sydyn daeth ei llaw i gydio yn llaw Tegerin.

' 'Fûm i erioed yn meddwl mai fi fyddai Tywysoges Cymru, felly paid ag edrych mor drist.'

Yr oedd y rhyddhad ar ei wyneb bron yn ddigri. Wrth dorri'r newydd iddi ni wyddai'n iawn beth i'w ddisgwyl, ond gwelai'n awr fel yr oedd Mabli wedi aeddfedu. Nid y ferch drahaus yn mynnu cael ei ffordd ei hun oedd hon, y Mabli a adnabu ef gyntaf. Un oedd yn gallu derbyn siom oedd hi'n awr. Cododd ei llaw i'w wefusau a'i chusanu.

Onid yn awr oedd ei gyfle? Rhaid iddi dorri'n rhydd o'i chariad ofer. Onid un ffordd o wneud hyn fyddai trwy briodi un arall?

' Mabli . . .'

Rhoes ei law dros ei llaw hi, a bron heb yn wybod iddo'i hun symudodd ei fysedd ar hyd ei braich yn union fel y gwnaethai hithau unwaith iddo ef.

' Mabli . . . fe wyddost mod i'n dy garu di.'

Ni thynnodd ei llaw yn ôl ond gorweddai yno'n llipa.

' Gwn.'

' Wnei di 'mhriodi i? ' Ychwanegodd yn frysiog: ' O, mi wn mai Llywelyn biau dy serch di, ond yn awr . . . Mabli, ga' i ofalu amdanat ti? 'Rydan ni'n dau'n unig.'

Ysgydwodd ei phen yn araf, a sibrydodd: ' Tegerin annwyl . . . na.'

' Ond— '

' Na. Rhaid i mi fod yn rhydd i wasanaethu f'arglwydd os bydd galw amdanaf.' Cydiodd yn ei ddwylo yn dynn. ' Hwyrach os ca' i sicrwydd na fydd arno mo f'angen, hwyrach— '

' Ond ffwlbri ydi hyn. Mae dyweddïad mor gysegredig â phriodas.'

' Gwir. Ond beth ydi dyweddïo di-gariad? '

Beth oedd hi'n ceisio'i ddweud? Ei bod hi'n barod i fod yn ordderch y tywysog? Ni allai ddirnad fod

Llywelyn wedi rhoi lle iddi gredu bod hyn yn yr arfaeth. Breuddwydio breuddwydion yr oedd Mabli, gwrthod wynebu gwirionedd. Daeth ofn arno. Y ffordd hyn y gorweddai gorffwylledd.

Yr oedd hi'n gwenu arno braidd yn sarrug. ' Dyna ti, wyt ti'n gweld. 'Fyddwn i ddim yn rhydd i'w wasanaethu pe bawn i'n dy briodi di.'

Ond bydd trai yn dilyn llanw, ac fe ddaeth penllanw Iarll Caerlŷr yn syndod o fuan ar ôl hynny.

Ers tro bu arglwyddi'r mers, hyd yn oed y rhai oedd yn Fontfortiaid, yn sibrwd ymysg ei gilydd ynghylch unbenaethedd yr iarll, ac yn gwgu ar y ffafrau a ddangosai Simon i'r tywysog peryglus hwnnw o Gymru. Nid am hyn yr oeddynt wedi ymladd drosto. Ar ben hyn, yr oedd y mwyaf pwerus yn eu plith, sef Iarll Caerloyw, Gilbert de Clare, yn eiddigeddus o safle uchel meibion de Montfort yn y llywodraeth newydd. Un cwerylgar fu hwnnw erioed, ac yn awr cwerylai â Simon ynghylch cestyll a maenorau y brenin ac ynghylch cyfnewid carcharorion. Cyn bo hir yr oedd wedi sorri digon i beri iddo roi lloches i elynion de Montfort.

Pan lwyddodd yr Arglwydd Edwart i ddianc o afael de Montfort yn Henffordd ym mis Mai, trwy gymorth brawd ieuengaf Gilbert y gwnaeth hynny, ac ychydig ddyddiau'n ddiweddarach yr oedd Gilbert ei hun wedi ymuno ag Edwart a Mortimer yn Llwydlo.

Cyrhaeddodd yr Iarll Simon Evesham ar Awst 3 ac ar unwaith fe'i amgylchynwyd gan y brenhinwyr. Fel y cyrchai Simon ar wŷr Roger Mortimer fe ymosodwyd arno o'r cefn gan yr Iarll Gilbert, a'i ladd, a'i fab Henri gydag ef.

Ffôdd gweddw de Montfort i Ffrainc gan fynd â'r meibion eraill, Simon ac Amaury gyda hi a hefyd y ferch, Eleanor. A dyna ddiwedd ar yr Arglwydd Llywelyn ap Gruffudd a'i honiadau digywilydd, gorfoleddai arglwyddi'r mers.

Ond fe gawsant eu siomi. Dyn ffôl oedd y Brenin Henri ar lawer ystyr, ond yr oedd yn ddigon call i weld maint y gefnogaeth i Lywelyn oddi mewn i Gymru. Ac oni fyddai tywysog cryf yn debycach o gadw arglwyddi trafferthus y mers yn eu lle? Yr oedd un ystyriaeth bwysicach fyth. Yr oedd angen y brenin am arian yn ddybryd, gan fod y rhyfel wedi gwagio'i goffrau. Ar hyd y blynyddoedd bu Llywelyn yn barod i dalu'n hael i Frenin Lloegr am gael cydnabod ei fuddugoliaethau, neu am brynu cyfnod o heddwch. Clywsai iddo addo, yn ei gytundeb â Simon de Montfort, roi arian mawr i'r iarll am gael ei gydnabod yn dywysog Cymru oll. Câi Llywelyn roi'r arian hwn iddo ef, y brenin, yn awr. Rhoes Henri ar ddeall i Lywelyn y byddai'n barod i gydnabod ei safle pe rhoddai Llywelyn iddo ugain mil o bunnoedd, tyngu llw o deyrngarwch a thalu gwrogaeth iddo. Yn gyfnewid, fe gâi Llywelyn ap Gruffudd yr hawl i wrogaeth tywysogion eraill Cymru a'i alw'n Dywysog Cymru.

Ac yna, am ei fod yn gwybod mai dim ond ychydig filoedd o bunnoedd oedd incwm blynyddol Llywelyn, ac y byddai gofyn yr amhosibl yn golygu colli'r cyfan, bu'n ddigon mawrfrydig i awgrymu y câi'r tywysog dalu dros gyfnod o ddeng mlynedd.

Castell ar fryn uchel yw Castell Trefaldwyn. Oddi yno gellir gweld y wlad oddi amgylch am filltiroedd lawer. Y diwrnod hwnnw gwelai trigolion y castell y tyrfaoedd yn dechrau ymgynnull wrth y rhyd ar afon Hafren, nid nepell o Glawdd Offa. Oblegid heddiw byddid yn selio cytundeb rhwng Llywelyn ap Gruffudd a Brenin Lloegr a fyddai'n gwneud Llywelyn yn dywysog cyfreithlon Cymru unedig.

Yr oedd y ddôl yn frith gan liwiau llachar dillad ysblennydd yr arglwyddi. Cydiai haul yr hydref yn y gwayw a'r picelli a phelydrai helm ac arfwisg yn ei lewyrch. Pranciai meirch a addurnwyd mor ardderchog â'r marchogion, mewn ysgarlad a gwyrdd a glas, ac fe gâi'r gweision a'r sgwieriaid drafferth i'w rheoli.

Yr oedd gosgordd Ottobonus, legat y Pab, eisoes wedi cyrraedd, ond fe gadwent gyda'i gilydd yn fintai wen fwy syber na'r lleill. Yr oedd gosgordd Llywelyn, er yn llai, gyfurdd ag un y brenin mewn ysblander heddiw. Gwisgai'r synysgal, Goronwy ab Ednyfed, surcot werdd hir dros diwnig byr o ysgarlad. Addurnwyd godre'r surcot â ffwr, ac am ei ben gwisgai blu paun yn ei gap. Cyffelyb oedd coethder gwisg yr arglwyddi eraill.

Safai Goronwy yn siarad ag Einion ap Caradog a Dafydd ab Einion, dau o lys Llywelyn a fu ers wythnosau yn trafod amodau â gwŷr y brenin yn Amwythig. Y tu ôl iddynt hwy safai Tudur, brawd Goronwy, yn sgwrsio â Hywel ap Madog, y pump ohonynt yn aros eu tro i roi eu henwau'n sicrwydd dros gadw amodau'r cytundeb. Cynrychiolid yr eglwys gan hen esgob Bangor, abadau Aberconwy a'r Trallwng, a nifer o frodyr-llai eu stad, ynghyd â'r lladmeryddion a'r gwahanol was-anaethwyr.

Trwy sŵn a dadwrdd y dorf rhedai gwythiennau o gyffro. Llygadai gwŷr y naill ochr a'r llall ei gilydd yn chwilfrydig. Dyma'r tro cyntaf i'r rhan fwyaf ohonynt ddyfod wyneb yn wyneb.

Ond yr oedd Gruffudd ap Gwenwynwyn wedi croesi'r rhyd i fynnu gair â pherchennog y castell, Rhosier Mortimer. Gair cyfeillgar iawn, hefyd, sylwodd Tegerin. A pham lai? Yr oeddynt yn gymdogion. Fe'i ceryddai ei hun am y pigiad o ddrwgdybiaeth a'i tarawodd, ond yn wir, nid oedd wedi gweld Gruffudd ap Gwenwynwyn yn cydio ym mraich Tywysog Cymru a churo ei gefn fel y gwnâi wrth gyfarch Mortimer. A dyna Heilyn a rhai o'i gyfeillion wedi ymuno â hwy. Gresynai'r cyfreithiwr ynddo wrth weld hyn. Ni ddylai'r naill ochr na'r llall groesi'r rhyd cyn selio'r cyfamod.

'Beth weli di i'th wneud di mor fyfyrgar, ysgolhaig?'

Trodd i weld Peryf yn gwenu arno. Ni welsent ei gilydd ers tro, ac yr oedd eu cyfarchiad yn gynhesach na phetaent yn ddau frawd. Yr oedd wyneb Peryf yn grwn ac mor writgoch ag erioed, a'i chwerthiniad iach yn peri i bawb droi i edrych arno mewn difyrrwch.

'Pryd doi di i'r Bere? Mae Mabli wedi hen flino aros amdanat. Ble buost ti?'

'Yn Rhuddlan am rai misoedd, ac yna yn Amwythig yn paratoi ar gyfer heddiw.' Ac yna, ar ôl saib: 'Sut mae hi?'

'Fel arfer. Crwydro'r mynyddoedd ar gefn Fflamddwyn, ac osgoi dod wyneb yn wyneb â'r Dâm Geinor. Mae'r ddwy'n gorfod byw yn yr un lle, ond diolch byth, mae'n ddigon mawr. Edrych ar Heilyn,' meddai'n sydyn, ''weles i 'rioed mono fo'n gwenu cymaint.'

Erbyn hyn yr oedd Heilyn yn sefyll ychydig o'r neilltu yn sgwrsio â gŵr yn perthyn i osgordd yr Arglwydd Gruffudd ap Gwenwynwyn. Yr oedd ei holl ymarweddiad yn dangos parch ac awydd i blesio. Gŵr canol oed oedd y llall, ac nid edrychai ar Heilyn wrth siarad. Gwibiai ei lygaid yma ac acw fel pe bai ofn colli rhywbeth.

'Caradog ap Cynan ydi hwnna, un o wŷr Gruffudd ap Gwenwynwyn. Mae Heilyn yn mynd i briodi ei ferch.'

A! *Dyna* gysylltiad Heilyn â gwŷr De Powys. Teimlai Tegerin ryddhad rhyfeddol. Yr oedd hyn yn egluro llawer ar y gorffennol. Gwawriodd arno mai cael negeseuau i'w gariadferch fu'r rheswm dros ymddygiad dirgel Heilyn. Dim byd mwy ysgeler. Gan fod Arglwydd De Powys yn gynghreiriad â Llywelyn erbyn hyn, nid oedd angen iddo gelu ei gariad.

'Pam 'rwyt ti'n chwerthin?'

'Dim rheswm arbennig,' ebe Tegerin. 'Sylweddoli fod pobol yn well nag y bydd rhywun yn ei dybio.'

Ond yn sydyn tawelodd y sŵn a throdd sylw pawb at y gŵr a farchogai tuag atynt ar flaen ei osgordd. Gŵr ifanc pryd tywyll, wedi'i wisgo mewn du, a'i lygaid yn fflachio'n herfeiddiol. Marchogai ar ochr y brenin i'r rhyd, a hoeliwyd pob llygad arno i weld ai yno yr arhosai. Ond na. Yr oedd wedi gyrru ei farch i'r afon a'i chroesi. Heddiw yr oedd Dafydd ap Gruffudd am sefyll gyda'i frawd. Ciledrychai'r dyledogion eraill arno â theimladau cymysg.

Ac yna, fel pe bai wedi bod yn aros am hyn, yr oedd Llywelyn ei hun yn dyfod tuag atynt, talaith aur Gwynedd am ei ben, ond ei wisg werdd yn rhyfeddol o blaen o'i chymharu ag ysblander ei ddeiliaid. Tremiai ei lygaid yn dywysogaidd falch dros y dorf o'i flaen, a phan welodd ei frawd daeth syndod drosto. Symudodd y dyledogion ymlaen yn barod i'w gyrchu at y rhyd, ond bu raid iddynt aros i adael i Ddafydd ymwthio ymlaen. Disgynnodd hwnnw oddi ar ei farch a phlygodd ei ben i gyfarch ei frawd. Ni chlywai neb eiriau Llywelyn, ond yr oedd y disgleirdeb yn ei lygaid yn huawdl. Ar unwaith clywyd o'r ochr arall nodau arian trwmped, yn cyhoeddi dyfodiad y Brenin Henri.

Yr oedd Brenin Lloegr erbyn hyn yn drigain oed, a'i iechyd bregus wedi crymu ei ysgwyddau. Ar ei fab, Edwart, yr edrychai'r dorf yn edmygus. Yn ŵr ifanc ffasiynol iawn, yr oedd hwn yn enwog am ei ddewrder mewn twrnament, peth na fuasai Henri erioed yn hoff ohono. Carai Edwart hwyl ac antur, ac yr oedd yn amlwg fod y dorf o Saeson a Normaniaid yn ei eilunaddoli. Er eu bod yn moesymgrymu i'r brenin fel y cerddai ymlaen, at Edwart y cyfeirid eu gwenau.

Ar y ddôl yr oedd canopi wedi ei godi rhag tywydd garw. Oddi tano yr oedd gorsedd a chadair llai pwysig yn ymyl. Symudodd gosgordd y brenin ymlaen ac eisteddodd Henri ar yr orsedd, tra safai Edwart yn ei ymyl. Yna cerddodd Llywelyn yn araf i fyny ato. O'r lle y safai Tegerin cafodd olwg glir ar y prif actorion yn y ddrama.

Aeth rhyw ias ryfedd drwyddo. Am funud teimlai fod y ddôl a'r rhyd yn wag o bawb ond dau—yr Arglwydd Edwart a'r Tywysog Llywelyn. Syllodd o'r naill i'r llall a gwelodd fod y ddau'n edrych ar ei gilydd, Edwart a rhyw wên heriol ar ei wefusau tenau, Llywelyn a'i lygaid rhyfeddol yn ddi-wên, ond yn ddiysgog. Daeth rhywbeth i gymylu golwg Tegerin.

Yn awr yr oedd Ottobonus yn sefyll wrth yr orsedd yn gofyn bendith y nef ar y dwthwn hwn.

'... *Ecce eternim dominus Henricus rex Anglie illustrie pro se heredibus ac hominibus suis ex una parte et nobilis vir Lewelinus filium Griffini ...*'

Er ei fod yn penlinio nid oedd taeogrwydd yn osgo Llywelyn ac yr oedd ei lais yn glir ac yn orfoleddus. Yna daeth y geiriau hir-ddisgwyliedig. Clywai pawb a oedd yno y cyfarchiad tyngedfennol.

'. . . *et concedit prefato Lewelino et heredibus suis Wallie principatum, ut idem Lewelinus et heredes sui principes Wallie uocentur et sint: insuper fidelitatem et homagia omnium baronum Wallie Wallensium . . .*'

Yna, distawrwydd. Ond yr oedd y wefr a redai ymhlith y Cymry yn eu clymu'n un. Dyma awr eu tywysog.

Daeth y gweision â bwrdd a gosod cadair i Lywelyn ochr yn ochr â gorsedd y brenin. Prysurodd y cyfreithwyr a'r lladmeryddion ymlaen ac agor rholyn mawr o groen a'i osod o flaen y ddau. Dodwyd sêl y brenin a'r tywysog ar y memrwn, ac yna tro'r dyledogion oedd hi i dystio ac i'r pum Cymro arwyddo eu gwarant.

Daliai haul euraid yr hydref i daflu ei oleuni dros y picelli a'r helmau, ond yn sydyn teimlai Tegerin yn oer. Caeodd ei lygaid. Ond parhau i weld gwên ryfedd yr Arglwydd Edwart a wnâi. Mae'r dyn hwn yn gweld yn bellach na'r un ohonom, meddyliodd. I Lywelyn, byddai pris y cytundeb yn enfawr.

7

Ar fore tywyll Gŵyl Sant Hyllar yn y flwyddyn 1274 o oed Crist agorodd Tegerin ei lygaid ym mhrif faenordy yr esgob yn Llanelwy. Clywai gloch y plygain yn galw yn y pellter, ac er ei fod yn cael ei demtio i'w hanwybyddu, nid oedd am dynnu gwg ei hen athro. Duw a ŵyr fod gennyf ddigon o reswm dros droi a mynd yn ôl i gysgu, synfyfyriai, oblegid yn oriau mân y bore y bu iddo gyrraedd y faenor. Ond ymlusgodd allan o'i wely. Yr oedd ei genhadaeth yn rhy bwysig i'w pheryglu gan oedi moethus. Mor od ydoedd mai iddo ef y syrthiasai'r gorchwyl o ymresymu â'i hen athro ar ran y tywysog. Yr oedd yr hen barch a'r ofn yn bygwth ei barlysu, er iddo erbyn hyn grwydro Lloegr a hyd yn ôed Ffrainc ar ran Llywelyn gan ddal pen rheswm â thywysog ac arglwydd. Ond yr oedd Anian, esgob Llanelwy, yn wahanol. Yn un peth, yr oedd yn gefnder i Dywysog Cymru, ac anodd ar y gorau yw i rywun o'r tu allan ymyrryd rhwng carennydd. Tyrfa gymysg oedd yn perthyn i deulu'r esgob. Gweinid ar y clerigwyr gan weision, sgwieriaid a gwastrodion, ac yn deyrn arnynt i gyd 'roedd Cadwgan y stiward. Dyn rhadlon oedd hwn, yn atgoffa Tegerin o Beryf, mewn pryd a gwedd, yn wahanol iawn ei olwg i'r rhelyw o stiwardiaid barus a chyfrwys y gwyddai ef amdanynt.

Ni ddaeth cyfle i siarad â'r esgob ar ôl yr offeren, ond aeth Cadwgan ag ef i ben twr uchaf y faenor a pheri iddo edrych allan drwy'r agennau yn y waliau ar bob ochr i'r sgwaryn.

'Dacw ffermydd yr esgob yn y Faenol ac Allt Meliden. Weli di'r ochr orllewinol i afon Clwyd? Fan acw mae Pengwern a Meiriadog. Edrych i'r ochr arall. Dyna i ti Grychyman, Cil-owain a Bodeugan. I gyd yn perthyn i'r esgobaeth. Ond dim ond rhan ydi hyn. Mae yna randiroedd yn Nhremeirchion, ac ar hyd bryniau'r arfordir o Ddiserth i Lanasa.'

Edrychodd yn graff ar y gŵr gydag ef. ' Mae'r esgob yn gyfrifol am ryw ddwy fil o eneidiau.'

Pam y dywedai Cadwgan y pethau hyn wrtho? A oedd nodyn o rybudd yn ei lais? Ai pwysleisio yr oedd mor bwerus oedd yr Esgob Anian? Sylweddolodd Tegerin fod ei swydd fel gŵr y gyfraith wedi ei wneud yn wyliadwrus ac yn amheus. Chwiliai am gymhellion cudd y tu ôl i eiriau'r gorau o ddynion. Yr oedd hi'n hen bryd iddo weld Anian ei hun. Gwyddai na fyddai blewyn ar dafod ei hen athro, ond yr oedd yn ei adnabod yn ddigon da i wybod pa mor ystyfnig y gallai fod. Ni fyddai ei dasg yn un hawdd.

Yn ystod y flwyddyn a chwarter a aeth heibio ers marw'r Brenin Henri, bu trafferthion ariannol Tywysog Cymru ar gynnydd. Nid gwaith hawdd i dywysog ar deyrnas fach oedd dod o hyd i ddwy fil o bunnoedd bob blwyddyn i'w cyflwyno i'r brenin. Ar ben hyn bu raid iddo dalu dros dair mil o bunnoedd am wrogaeth Maredudd ap Rhys o'r Dryslwyn, yr unig un o dywysogion Cymru a oedd wedi llwyddo tan hynny i'w ddyffeio. Eisoes yr oedd wedi ei chael hi'n amhosibl i dalu'r mil marc i'w frawd Rhodri, sef ei ddyled iddo am fforffedu ei hawliau etifeddol.

Yr helyntion hyn oll, yn anad dim, a fu'n gyfrifol am arafwch Llywelyn i dyngu'r llw o ffyddlondeb i'r brenin newydd, Edwart. Wedi'r cwbl, go brin bod brys ag Edwart yn dal i fod dros y môr, ac yr oedd cael rhagor o amser i gasglu trethi a dirwyon o bob maenor a llys barn o'r pwys mwyaf iddo.

Gwelai Llywelyn eisiau cyngor doeth ei hen synysgal, Goronwy, y doethaf a'r cadarnaf o feibion Ednyfed. Ond bu farw Goronwy, ac aeth y swydd, yn ôl y drefn, i'w frawd, Tudur, gŵr a oedd wedi dangos ei anwadalwch fwy nag unwaith. Yr oedd hi'n amlwg ers talwm nad oedd Llywelyn mor barod i roi clust i'w gyngor ef ag y gwnaethai i'w ddiweddar frawd.

O'r diwedd yr oedd Anian yn barod i'w dderbyn. Ym mhen draw'r Neuadd Fawr yr oedd ei siamber. Yma y byddai'r esgob yn cysgu ac yn derbyn ymwelwyr arbennig. Nid oedd Tegerin yn synnu gweld mor ddiaddurn oedd yr ystafell hon. Gwely cul, croes o bren garw ar y pared, a dwy gannwyll a brefiari yn gorwedd ar fwrdd plaen. Yr unig foethusrwydd oedd dwy gadair fawr gerfiedig, cist bren a llyfrau lawer yn bentyrrau ar fwrdd ger y ffenestr. Cell addas i'r distadlaf o fynachod oedd hon, nid i Einion ab Ynyr o linach balch Nannau. Ond yr oedd yr hen enw wedi mynd i ebargofiant ganddo ers talwm. Asetig ac ysgolhaig oedd yr Esgob Anian o Lanelwy. 'Roedd yr ystafell hon yn fwy na digon i'w ddibenion.

' Ha, Tegerin, mae gen ti neges i mi oddi wrth y Tywysog Llywelyn.'

Nid oedd yn un i wastraffu geiriau mewn mân siarad rhagarweiniol.

' Oes, f'arglwydd esgob.'

Rhoddodd y llythyr iddo, a safodd yn fud tra darllenodd Anian. Nid oedd modd dyfalu adwaith yr esgob er y ceisiai Tegerin giledrych ar ei wyneb, bob hyn a hyn. Yr oedd yr wyneb yn wyn, ond lliw marmor fu ei liw erioed, a thyn ei wefusau.

Wedi iddo orffen darllen, rholiodd y memrwn yn ôl yn ofalus a gosod y llinyn lledr amdano.

' Dyma f'ateb i'r tywysog . . .'

Rhythai'r llygaid oer ar Degerin fel pe baent yn rhythu ar Lywelyn ei hun.

' . . . Na.'

' Ond f'arglwydd, os ca' i egluro— '

' 'Does dim rhaid i ti, Tegerin.' Yr oedd y llais yn fwy caredig na'r llygaid. ' Tyrd. Eistedd i lawr yn y gadair acw, i *mi* gael egluro wrthyt *ti.*'

Eisteddodd yntau yn y gadair arall, a theimlai Tegerin mai athro a disgybl oeddynt unwaith eto, yr athro ar fin egluro rhyw bwnc astrus i ddisgybl oedd heb fod yn rhy ddisglair.

' Mae'r tywysog am i mi bennu treth arbennig ar denantiaid eiddo'r esgobaeth. Fe wyddost hyn.'

' Gwn.' Mentrodd ychwanegu'n gynnil: ' Tuag at gost amddiffyn y deyrnas, f'arglwydd. Mae'r dreth i'w chodi drwy'r dywysogaeth i gyd.'

' Ond fe ddylet ti o bawb wybod nad yw'n arferol codi treth ar yr eglwys na'i deiliaid. Mae'r eglwys eisoes yn cydnabod ei dyletswydd filwrol i'r tywysog ac mae'r dirwyon a godwn yn ein llysoedd ar y sawl sy'n osgoi eu gwasanaeth yn ernes o hyn. Bydd Llywelyn yn cael eu hanner. Ond nid dyna asgwrn y gynnen. 'Fedrwn i byth gytuno i drethu clerigwyr na thenantiaid yr eglwys. Deiliaid yr eglwys ydynt, nid deiliaid y wladwriaeth . . .'

Yr oedd llais Anian yn codi, ac am y tro cyntaf synhwyrodd Tegerin ddyfnder ei deimladau.

' Ymhellach, mae Llywelyn yn hawlio iddo'i hun y gallu i brofi troseddau clerigwyr yn ei lysoedd seciwlar ef ei hun . . .'

Cymerodd anadl hir i geisio rheoli'i lais. ' . . . Ac i brofi troseddau cyfreithiol mewn ewyllysiau, cabledd ac achosion priodasol sy'n codi drwy'r esgobaeth i gyd.'

' Yn unol â Chyfraith Hywel, f'arglwydd.'

' Na. Yn unol â chyfraith Llywelyn ap Iorwerth, ei daid. O dan Gyfraith Hywel, oddi mewn i'r esgobaeth, ynadon yr esgob yn unig biau'r hawl i farnu. Ceisio atgyfnerthu ei afael yr oedd yr hen dywysog Llywelyn ap Iorwerth drwy drosglwyddo gallu o'r eglwys i'r wladwriaeth. Ac y mae ei ŵyr o'r un feddwl.'

' Fe wyddoch pam, f'arglwydd esgob.'

Daeth ochenaid o enau'r esgob, ac er ei syndod, gwelodd Tegerin fod rhan o'i ddicter wedi'i droi arno ef ei hun.

' Gwn, gwn, gwn. Mab Ynyr ap Meurig o Nannau ydw i, nid Norman na Sais. Mi wn o'r gorau nad manteision ariannol personol sy'n ysgogi fy nghefnder. Mae pris ei deyrnas yn un uchel.' Ac ar ôl saib ychwanegodd yn ffyrnig. ' Ac mi wn o'r gore mai i'r tywysog yr wyf yn ddyledus am f'esgobaeth.'

Wel, diolch ei fod yn ymwybodol o hynny, meddyliai Tegerin â rhyddhad. Dyna'r ddadl bwysicaf yr oedd Llywelyn am iddo ei chynnig i'r esgob. Ond bu Tegerin yn amharod i edliw hyn i'w hen athro.

' . . . Ac mai ef a gododd y priordy yn Rhuddlan a'm codi inne'n brior arno. 'Rwy'n siŵr na fu'r tywysog ar ôl yn dy siarsio i'm hatgoffa. Ond clyw, Degerin. I eglwys Crist ac i Urdd y Dominiciaid y mae fy nheyrngarwch cyntaf. Yr Archesgob Boniface o Gaergaint a'm cysegrodd yn esgob, nid Llywelyn, ac i'r archesgob ac i Gaergaint y mae f'ufudd-dod. Dilynaf gyfraith ganonaidd Caergaint, oherwydd mai i Gaergaint yn unig y mae esgobaethau Cymru'n atebol. Ac nid wyf am weld glastwreiddio ar allu a grym yr eglwys. Ni chaiff Llywelyn gadw ei dywysogaeth ar draul fy nheyrngarwch iddi hi. Dysgais ddigon i ti fod *sacerdotum* yn uwch na *regnum.*'

Yr hen, hen ddadl. Ond chwith oedd clywed un o linach Bleddyn ap Cynfyn yn ei defnyddio. Gan mlynedd ynghynt yr oedd yr hanner Norman, Gerallt de

Barri—Gerallt Gymro—wedi ceisio gwneud yr eglwys yng Nghymru yn annibynnol ar Gaergaint. Ond fe wnaeth can mlynedd wahaniaeth mawr i ysbryd annibynnol rhai crefyddwyr, yn enwedig i'r Dominiciaid yn eu plith.

' Fe sylweddolwch, f'arglwydd esgob, beth a olyga hyn i Gymru? '

Yn sydyn yr oedd Tegerin wedi adennill ei hyder. Ni theimlai ei fod yn rhyfygu yn awr wrth ddadlau ag Anian.

' Yr oedd Cyfraith Hywel yn rhoi blaenoriaeth i hawliau'r eglwys, mae'n wir. Ond eglwys y Celtiaid oedd honno, nid eglwys estronol yn ceisio distrywio arferion ac iaith y Cymry. Dyna pam y dechreuodd Llywelyn Fawr addasu Cyfraith Hywel. Bydd amgylchiadau gwahanol yn gofyn am fesurau hyblyg.' Ni allai ymatal rhag ychwanegu braidd yn slei: ' Fe ŵyr yr eglwys hyn yn anad neb.'

Yr oedd Anian yn edrych yn rhyfedd arno.

' Mi welaf,' meddai yn araf, ' iti golli hynny o ehangder meddwl y ceisiais ei roi i ti. Mae'r hyn a ddywedi *yn* wir, wrth gwrs. Rhaid addasu ar gyfer amgylchiadau newydd. Ein hamgylchiadau newydd ni yng Nghymru yw mai Edwart yn awr yw'r brenin. Gŵr gwahanol iawn i'w dad. Rhaid i Lywelyn dderbyn ffeithiau. Nid yw'r Berfeddwlad wedi adennill ei Chymreigrwydd. Fe'i collwyd ar ôl marw Llywelyn ap Iorwerth pan ddaeth crafanc y Norman dros y cwbl. Mae'n rhy hwyr i ryw hen freuddwydion ffôl ynghylch annibyniaeth. Oherwydd hyn. Pan fydd Edwart yn ewyllysio rhywbeth, 'does dim troi'n ôl arno. A nod ei fywyd yw llyncu Cymru fel morfil. 'Does gan Dywysog Cymru ddim gobaith ei wrthsefyll. 'Does ganddo mo'r arian. Ac nid wyf inne'n awyddus i weld dihysbyddu arian yr eglwys ar anturiaethau di-fudd.'

Ai hyn a gredai Anian mewn gwirionedd, ynteu ai dadlau ag ef ei hun yr oedd? Os oedd mor anobeithiol ynghylch gallu Llywelyn i ddal ei dir, pam y bu ef mor barod i'w gynghori, mor barod i dorri ei enw fel tyst wrth ddogfennau swyddogol ac i deithio ymhell fel llysgennad iddo? A oedd Edwart wedi dylanwadu arno, fel y gwnaethai unwaith ar y Tywysog Dafydd? Ac eto, anodd meddwl am neb yn gallu dylanwadu ar Anian oni fyddai ei gydwybod ef ei hun yn ei arwain yn gyntaf.

Yr oedd yr esgob wedi codi ar ei draed, yn arwydd fod y cyfweliad ar ben.

' Dywed wrth y Tywysog Llywelyn fy mod yn dal i ddisgwyl hanner y dirwyon am ladrata a godwyd gan ei lysoedd y llynedd ar denantiaid yn f'esgobaeth i. Os na fyddant i gyd wedi'u talu cyn Gŵyl Sant Bened, byddaf yn dod ag achos yn ei erbyn yn synod Llanelwy.'

Nid esgob Llanelwy oedd yr unig un i gwyno ynghylch gofynion ariannol Llywelyn ap Gruffudd. Yr oedd mân dywysogion a fu'n ddigon balch i'w gefnogi ym mhoethder ei lwyddiant yn Nhrefaldwyn, yn awr yn dechrau grwgnach. Ar y dechrau bu gweld baner y tywysog yn cyhwfan ochr yn ochr â baner y brenin yn gyffrous. Deffrowyd ynddynt ryw wladgarwch newydd a ymestynnai y tu hwnt i ffiniau eu teyrnasoedd bychain hwy eu hunain, rhyw wladgarwch a fu ynghwsg yng Nghymru ers dyddiau Llywelyn Fawr. Yr oedd hyd yn oed y Tywysog Dafydd wedi gweld yn dda i ddod yn ôl i'r gorlan, ac yn ôl i'w hen gartref yng Ngwynedd.

Ond unwaith y deallai'r arglwyddi y pris y byddai'n rhaid iddynt ei dalu, dechrau oeri a wnâi'r brwdfrydedd tanllyd, yn enwedig ymhlith y rhai a ddisgwyliodd y byddai yr wrogaeth i Dywysog Cymru yn rhatach beth na'r wrogaeth i Frenin Lloegr.

Yr oedd Tegerin wedi casglu cymaint â hyn wrth deithio ar hyd a lled y wlad. Tybed a oedd Llywelyn wedi synhwyro'r oeri gwaed yma? Hwyrach fod Anian wedi gweld canlyniad anochel hyn.

Pryderai am y pethau hyn wrth deithio'n ôl o Lanelwy tua chastell newydd Llywelyn yn Nolforwyn. Yr oedd tref Croesoswallt a'i thorfeydd lliwgar y tu ôl iddo'n awr, ei hofelau pridd a'i harogleuon cryfion. Yr oedd yn falch o gael bod allan yn y wlad unwaith eto, ond yr oedd ei farch yn diffygio ar ôl yr holl filltiroedd o garlamu. Penderfynodd dorri ei siwrnai yn Nhŷ'r Sistersiaid yn Ystrad Marchell, nid nepell o'r Castell Coch, eiddo ysblennydd Gruffudd ap Gwen-wynwyn.

Bu raid iddo wenu wrth feddwl mor ddoeth fu Llywelyn yn codi castell Dolforwyn hanner y ffordd rhwng castell Gruffudd a chastell Mortimer yn Nhre-faldwyn. Da oedd ceisio cadw pellter rhwng y ddau, er i arglwydd De Powys fod ar hyn o bryd, yn ôl ei air, ar ochr Llywelyn. Ond llysywen lithrig fu Gruffudd erioed, ac yr oedd y tywysog yn iawn i gadw llygad barcud arno.

Nid heb drafferth y llwyddasai i godi'r castell hwn ger Aber-miwl. Yr oedd wedi derbyn llythyr o San Steffan yn enw'r brenin yn gwrthod caniatâd iddo gychwyn ar y gwaith. Ond gan fod Edwart yn dal i fod dros y môr ar y pryd, daeth Llywelyn i'r casgliad mai arglwyddi'r mers oedd y tu ôl i'r nacâd. Anfonodd lythyr at y brenin ar unwaith yn dweud ei fod yn sicr bod y gorchymyn wedi'i roi heb yn wybod iddo, oblegid

136

fe wyddai hwnnw fod breintiau tywysogaeth Llywelyn yn gwbl ar wahân i freintiau teyrnas y brenin, ' er,' gofalodd ychwanegu, ' yr wyf yn dal yr hawliau hyn o dan eich gallu brenhinol chwi.' Aeth ymlaen i godi ei gastell, ac eisoes yr oedd ganddo gynlluniau i godi un arall yng Nghoed Colunwy. Pam lai? Yr oedd Gilbert de Clare newydd godi castell enfawr yng Nghaerffili, a Rhosier Mortimer yn codi caer iddo'i hun wrth atgyweirio castell Cefnllys. Safai Abaty Ystrad Marchell ar lan afon Hafren, a'r dolydd heddiw dan drwch o eira. Yr oedd y brodyr yn ei adnabod yn dda, ac fe gafodd groeso brwd ganddynt, cael ailbedoli ei farch, cynhesu wrth y tân mawr ynghanol y neuadd, ac yfed ffiolaid o gawl poeth.

' Fe arhosi di heno? ' pwysodd y mynach a weinyddai arno. ' Mae hi'n bygwth rhagor o eira.'

' Nid yw Dolforwyn ymhell o'r fan yma,' ebe Tegerin yn ansicr. Cafodd ei demtio i aros, ond yr oedd y tywysog yn ysu am gael ateb yr esgob. ' Rhaid i mi roi cynnig arni. Os daw hi'n eira mawr, mi ddof yn f'ôl.'

Ond cyn iddo fedru cychwyn, daeth un o'r mynachod eraill ato ar frys a sibrwd fod rhywun am gael gair ag ef.

' Yn lle'r porthor y mae hi.'

' Hi? ' ebe Tegerin mewn syndod.

' Ie. 'Chaiff hi ddim dod i mewn yma. Ond 'fydde hi ddim *am* wneud yn ôl ei golwg,' ebe'r mynach yn awgrymog.

Yn llawn chwilfrydedd, brysiodd Tegerin drwy'r clas ac i ystafell y porthor wrth y drws allanol. Yr oedd hi'n dechrau tywyllu ac nid oedd golau cannwyll na lamp i'w helpu i weld pwy oedd y wraig a gododd oddi ar y fainc wrth iddo ddod trwy'r drws.

Fe'i gorchuddid o'i phen i'w thraed gan fantell ddu, a thros ei hwyneb yr oedd gorchudd tenau o les du. Am eiliad llamodd ei galon. Mabli?

'Tegerin ap Hywel?'

Yr oedd y llais yn ddieithr iddo, yn ifanc ac ansicr.

'Ie?'

Llaciodd ei gafael tyn yn ei mantell, a syrthiodd y godre ar agor. Gwelodd ei bod hi'n feichiog.

'Negesydd y Tywysog Llywelyn wyt ti, onidê, arglwydd?'

'Be sy'n gwneud i ti feddwl hynny?'

'Mae gen i neges iddo—'

Daeth sŵn drws yn cau'n glep a neidiodd y wraig yn gynhyrfus.

'Dim ond y gwynt,' ebe Tegerin. 'Beth yw dy neges, arglwyddes?' Oblegid bradychai ei hacen ac ansawdd ei dillad mai perthyn i'r bonedd yr oedd hon.

'Rhaid i ti ddweud wrth y tywysog—mae rhai'n cynllwynio yn ei erbyn. 'Roedd yn rhaid i mi ei rybuddio.'

Chwarddodd Tegerin yn ysgafn. 'Foneddiges, bydd rhai byth a hefyd yn cynllwynio yn ei erbyn.'

'Na, mae hyn yn wahanol. Mae'n rhaid i ti gredu—'

Cododd y gorchudd oedd yn cuddio ei hwyneb. Gwelodd drwyn main, gwefusau tenau, p'un ai'n gynhenid felly, neu drwy boen, nid oedd dichon iddo farnu. Llosgai ei llygaid mewn wyneb a edrychai'n angheuol lwyd yn y gwyll.

'Mae rhai agos iawn iddo yn cynllwynio i gymryd ei deyrnas oddi arno. Gŵyl Fair y Canhwyllau yw'r dyddiad.'

Yr oedd Tegerin erbyn hyn yn hen gyfarwydd â'r bobl hynny sy'n ceisio tynnu sylw atynt eu hunain drwy

138

ddarogan rhyw wae neu'i gilydd. Rhaid bod yn amyneddgar.

' Pwy yw'r dynion hyn, arglwyddes? '

Tybiodd am ennyd nad oedd am ateb. Yr oedd hi wedi cychwyn am y drws fel pe bai am ddianc, ond ar y trothwy trodd yn ôl ato.

' Dywed wrtho am beidio â derbyn gwahoddiad gan Hawys Lestrange i ddod i aros i'r Castell Coch.'

Yr oedd Tegerin yn barotach i roi pwys ar neges y wraig o glywed hyn. ' Gwraig Gruffudd ap Gwenwynwyn? '

' Honno.'

Yr oedd y mileindra yn ei llais yn amlwg.

' Mae hi'n casáu'r Arglwydd Llywelyn oherwydd i wŷr ei thad gael eu llosgi yn yr ysgubor yn Aber-miwl. Ymdynghedodd i'w ddistrywio.'

' Ond mae arglwydd De Powys wedi ymgynghreirio â'r tywysog.'

' Ydi hynny'n gwneud ei galon yn deyrngar iddo? A beth am galon Dafydd ei frawd? '

' Dafydd? '

Nid breblian rhyw wraig yn ceisio tynnu sylw ati hi ei hun oedd hyn. ' Pwy wyt ti, arglwyddes? '

Tynnodd y wraig y gorchudd i lawr dros ei hwyneb yn gyflym.

' Na hidia am hynny.'

Yr oedd ar fin dianc pan gydiodd Tegerin yn ei harddwrn.

' Na, foneddiges, 'elli di ddim dod yma efo stori fel hon heb i mi fod yn sicr nad *ti* sy'n cynllwynio. Pwy wyt ti? Sut y gwyddost ti am y pethau hyn? '

Dechreuodd y wraig grïo. ' Na, f'arglwydd, rho d'ymddiried ynof, 'rwy'n erfyn arnat. Os cânt wybod, fe fydd ar ben arnaf. Ond mae'n wir. A Hawys Lestrange yw'r prif gynllwyniwr. 'Dyw Gruffudd yn ddim ond— ' a gwnaeth ystum i ddangos ei dirmyg, ' ci bach yr arglwyddes. Ond amdani hi—O, f'arglwydd, 'does dim drygioni allan o'i chyrraedd.'

Beth oedd Hawys Lestrange wedi ei wneud i hon i fagu'r fath gasineb ynddi? Oblegid synhwyrai mai rheswm personol a'i gyrrodd i chwilio amdano a datgelu'r cynllwyn. Deuai sibrydion am gynllwynion i glustiau Llywelyn yn feunyddiol, ac yr oedd bob amser ar ei wyliadwriaeth rhag brad.

' Mae'r fagl wedi ei gosod yn gyfrwys. Fe fuont wrthi ers misoedd yn paratoi, yn llythyru yn ôl ac ymlaen.'

' Llythyru? Gyda phwy? '

' Gyda'r Tywysog Dafydd, wrth gwrs. Owain, mab Gruffudd, fu'r cennad rhyngddynt.' Oedodd am ennyd. Yna ychwanegodd yn isel: ' Ac un arall.'

Syllodd Tegerin arni'n dreiddgar. ' Fe wyddost lawer, foneddiges. Sut? '

Bu saib hir cyn iddi ateb. ' A fyddet ti'n fwy parod i gredu pe dywedwn . . . pe dywedwn mod i'n wraig i un o wŷr Gruffudd? Na— ' fel yr estynnodd Tegerin ei law unwaith eto i'w rhwystro rhag mynd, ' Na, paid â gofyn rhagor. Dyna'r cwbl y mynnaf ei ddweud.'

A chyn iddo fedru dal pen rheswm â hi'n rhagor, yr oedd hi wedi ei adael.

Rywsut, yr oedd Tegerin yn ei chredu, er nad oedd ganddo dystiolaeth bendant i'w chyflwyno i'r tywysog, dim ond gair y wraig. Ond yr oedd aroglau brad yn gryf o amgylch y teulu hwnnw. Storm eira neu beidio, yr oedd yn ofynnol iddo gyrraedd Dolforwyn y noson honno.

Derbyniodd Llywelyn y newydd yn gymharol dawel. Gyda brawd mor anwadal â Dafydd, rhaid bod hanner ei feddwl yn wastadol barod i dderbyn datblygiad o'r fath. Ar y llaw arall, yr oedd rhywbeth ynddo a fynnai fygu unrhyw awgrym o annheyrngarwch o du ei frawd. Trueni nad oedd gan y wraig dystiolaeth fwy pendant, rhywbeth a mwy o afael ynddo.

Er hynny ni dderbyniodd y tywysog neges yr Esgob Anian cystal. Synhwyrai Tegerin faint ei drafferthion ariannol wrth ei glywed yn taranu am anniolchgarwch ac ystyfnigrwydd ei gefnder. Yr oedd angen pob marc y gallai roi ei ddwylo arno, meddai. Ym mis Awst byddai Edwart yn cael ei goroni, ac yn mynnu'r swm fawr o arian a oedd yn ddyledus iddo o dan amodau ei wrogaeth, ac yr oedd ef, Llywelyn, eisoes wedi gwasgu'n beryglus o galed ar ei wŷr ef ei hun.

Ond stori arall oedd hi ryw wythnos yn ddiweddarach pan ddaeth llythyr oddi wrth Hawys Lestrange.

' Y mae'r Arglwyddes Hawys yn erfyn ar yr Arglwydd Dywysog Llywelyn i selio'r cyfeillgarwch newydd a gwerthfawr rhyngddo ef a'i gŵr, yr Arglwydd Gruffudd ap Gwenwynwyn, drwy eu hanrhydeddu ag ymweliad â hwy yn y Castell Coch. Y mae bwriad, gyda chaniatâd a bendith Tywysog Cymru, i'w mab, Owain, ddyweddïo â Susanna, merch y Tywysog Dafydd, ac erfynia am anrhydedd presenoldeb Tywysog Cymru ar y dydd hapus hwnnw, sef ar Ŵyl Fair y Canhwyllau.'

Wedi iddo ddarllen y llythyr, gofynnodd Llywelyn i Degerin ailadrodd hanes y wraig ddirgel a'i rhybudd, a'r tro hwn bu ei wrandawiad yn llawer mwy difrifol.

Penderfynodd dderbyn y gwahoddiad, ond gofalai fod llu o'i filwyr wedi amgylchynu'r castell, heb yn wybod i'r arglwydd a'i deulu. Erbyn hyn fe ddaethai stormydd o wynt a glaw i glirio'r eira. Chwyddodd afon Hafren fel dyn a'r dropsi arno, a gorlifodd ei glannau nes bod y wlad yn erwau o gefnfor. Y noson cyn yr ŵyl, a Chwefror yn driw i'w enw gwlyb, deuai hanesion brawychus i glustiau'r rhai clyd yn y castell, am ddefaid a gwartheg yn diflannu dan y dŵr, am dai'n cael eu hysgubo ymaith, ac am drueiniaid—hen bobl a phlant, gan amlaf—yn boddi.

Nid oedd golwg am na'r Tywysog Dafydd na'i ferch, ond y noson honno, fel yr oedd hi'n tywyllu, daeth y newydd i fintai o wŷr arfog foddi wrth iddynt gam-gymryd safle'r afon. Nid oedd rhaid i Lywelyn ofyn pwy oeddynt na pha beth oedd eu neges. Yr oedd ei wŷr ef ei hun wedi achub rhai eraill o'r milwyr, eu hachub er mwyn cael gwybod eu neges yn y Trallwng. Er mai amharod oeddynt i ddweud ar y cychwyn, fe wnaeth un olwg ar yr haearn eirias o'u blaen lacio'u tafodau.

Ni siaradodd y tywysog â'i westeion y noson honno, eithr cadw i'w ystafell ei hun. Ond drannoeth, a'r llifogydd wedi cilio peth, aeth ymlaen i Ddolforwyn. Cyn gadael, gadawodd neges yn gorchymyn i Ruffudd a'i fab ei ddilyn yno, er mwyn iddo fedru eu holi ar ei dir ei hun.

Yr oedd yr achos i fod yn un teg; i'w glywed yng nghlyw barnwr gwlad a chanolwyr wedi eu cymeradwyo gan y ddwy ochr. Y cwestiwn mawr oedd—a fyddai Arglwydd De Powys yn dod, ynteu a fyddai ef ac Owain yn ceisio dianc? Er bod tystiolaeth y carcharorion wrth gael eu poenydio yn ddamniol, gallai Gruffudd haeru fod tystiolaeth o'r fath yn ddiwerth, am y dywedent unrhyw beth i arbed poen.

Ar y llaw arall, os mai dianc a wnaent, byddai hynny'n brawf o'u brad. Amlwg i Ruffudd farnu mai ei mentro hi oedd ddoethaf, oblegid ar y dydd penodedig, fe ddaeth y ddau i Ddolforwyn a golwg digon ffyddiog arnynt.

Sylwodd Tegerin nad oedd Llywelyn wedi gweld yn dda i wysio Hawys Lestrange gerbron, er i'r wraig ddirgel dyngu mai hi oedd y prif gynllwyniwr. Syllai Arglwydd De Powys ar y tywysog fel pe'n ceisio dirnad faint a wyddai. Dyn cyfrwys, yn cadw ei gyfrinachau iddo'i hun oedd hwn. Ni allai Tegerin gredu ei fod yn un o dan fawd ei wraig. Chwaraeai gwên fach ar ei wefusau, fel pe'n rhyfeddu ei gael ei hun mewn sefyllfa mor chwerthinllyd, ac fel pe'n rhyfeddu at dywysog mor dwp o anniolchgar. Yr un toriad oedd i Owain, y llanc deunaw oed a safai wrth ochr ei dad, a thrahauster yn amlwg ymhob cymal o'i gorff.

Yr oedd geiriau cyntaf Llywelyn yn amyneddgar a thawel.

'Mae'n ymddangos, wyrda, na wyddoch ystyr y llw i Dywysog Cymru.'

Cododd Gruffudd ei aeliau. 'Mi fûm i'n deyrngar i ti wedi i ni gynghreirio, arglwydd.'

'Teyrngarwch amgen i'r hyn a ddisgwyliwn. Fyddet ti'n barod i wadu fod bwriad gwahanol i'r arfer wrth fy ngwahodd i ddathlu dyweddïad?'

Ar ôl saib fer gwnaeth Gruffudd ystum gŵr yn barod i gyfaddef rhyw gymaint.

'Fy mwriad oedd gwneud deisyfiad ffurfiol i ti. 'Roeddwn am ofyn i ti ddychwelyd i mi fy nhiroedd yng Nghydewain a Cheri.'

Torrodd y mab, Owain, i mewn yn eirias: 'Perthyn i arglwyddiaeth Powys y bu'r rheiny erioed.'

Crychodd Gruffudd ei dalcen yn rhybuddiol. Nid oedd am i Owain wneud pethau'n waeth drwy siarad yn fyrbwyll. Ond ni wnaeth y tywysog namyn bwrw golwg sarrug arno a dal i gyfeirio ei eiriau at Ruffudd. ' A'r Tywysog Dafydd, fy mrawd? Oedd yntau hefyd yn deisyfu fy mod i'n cyflawni'r haelioni hyn? '

Am y tro cyntaf, petrusodd Gruffudd. ' 'Wn i ddim, f'arglwydd. Byddai'n naturiol iddo ddymuno'r gorau i'w ferch a'i dyweddi—eu genedigaeth fraint.'

' A phe bawn i'n gwrthod, yr oedd eich gwŷr wrth law yn barod i'm gorfodi? '

Daeth golwg ffug-syfrdanol i wyneb Gruffudd.

' Sut gallwn i wneud hynny, arglwydd? '

' Gyda chymorth y Tywysog Dafydd fe fyddai unrhyw beth yn bosibl.'

Cymerodd y barnwr yr awenau i'w ddwylo ei hun yn dilyn amnaid gan Lywelyn.

' Gruffudd ap Gwenwynwyn, pwy yn d'olwg di sydd berchen Ceri a Chydewain ar hyn o bryd? ' A phwysleisiodd y pedwar gair olaf.

' Y Tywysog Llywelyn.' Daeth yr ateb yn anfodlon.

' Ac mae unrhyw ymgais i ymyrryd â pherchnogaeth y tywysog yn weithred o frad? '

Aeth siffrwd drwy'r ystafell. Pwysodd y barnwr ymlaen yn ei gadair i glywed ateb isel Gruffudd.

' Os dywedi di, f'arglwydd farnwr.'

Nid cyfaddefiad oedd hyn. Eithr nid gwadiad chwaith.

Gellid clywed anadlu trwm y barnwr. ' Fe wyddost y gallai Llywelyn ap Gruffudd hawlio dienyddiad am drosedd o'r fath? '

Trodd at y rheithwyr a eisteddai'n ddwy res o bobtu iddo. ' Ond mae'r Arglwydd Dywysog wedi datgan ei fwriad i fod yn drugarog. Felly bydd yr Arglwydd

Gruffudd a'i fab, ynghyd â'u tiroedd a'u meddiannau, yn cael eu rhoi ar drugaredd ac ewyllys yr Arglwydd Dywysog, fel y gall yr Arglwydd Dywysog wneud yr hyn a fynn yn eu cylch hwy, eu tiroedd a'u meddiannau.'

Yr oedd pob llygad yn awr ar Ruffudd a'i fab. Safai'r olaf a'i ben yn uchel gan rythu ar y ffenestr uwchben y barnwr. Ond camodd Gruffudd ymlaen a phenlinio'n ostyngedig gerbron y tywysog.

' F'Arglwydd Lywelyn, erfyniaf arnat i ganiatáu i mi ac i'm hetifeddion y tiroedd a elwir y Tair Swydd, Caereinion, Cyfeiliog ac Arwystli, cyn belled â'r afon Dyfi, Mawddwy a Mochnant Uwch Rhaeadr.'

Er bod ei lais yn ostyngedig, rhyfeddai Tegerin at ei haerllugrwydd. Dyma ddyn a oedd yn ffodus i arbed ei einioes, yn crefu am ddal gafael yn y rhan helaethaf o'i dir. Byddai Llywelyn yn sicr o'i wrthod.

Ond nid felly y bu. ' Gan i'r Arglwydd Gruffudd gyfaddef ei drosedd, yr wyf yn barod i ganiatáu'r tiroedd hynny iddo.'

Syllai pawb arno mewn syndod. Nid oedd neb yn sicr a oedd Gruffudd wedi cyfaddef ei drosedd ai peidio. Cododd hwnnw ei ben, yntau wedi synnu hefyd. Tybed, meddyliai Tegerin, nad oedd dirmyg ar wyneb trahaus Owain? Ond diflannodd pan ddaeth geiriau nesaf y tywysog.

' Ond y mae amodau.' Yr oedd caledwch dur yn y llais melfedaidd. ' Daw Owain ap Gruffudd gyda mi yn wystl. Bydd yr Arglwydd Gruffudd yn sicrhau i mi wrogaeth pum gŵr ar hugain o'r tiroedd hyn. Os bydd tramgwyddo yn erbyn y llw o ffyddlondeb a dyngir i mi, bydd y tiroedd a roddir heddiw yn dod yn eiddo i mi am byth. Ac os bydd i Owain ddianc o'm cadwraeth, fe drosglwyddir i mi holl eiddo Gruffudd ynghyd â'i gastell.'

Caeodd Gruffudd ei lygaid fel pe'n ofni edrych ar ei fab. Yna gwyrodd ei ben yn isel, ac yr oedd pawb yn sydyn yn ymwybodol o beth urddas yn y dyn. Ond nid felly Owain. Collodd ei drahauster. Aeth ei wyneb yn goch ac yna'n wyn. Dechreuodd weiddi.

' Na! 'Allwch chi ddim gwneud hyn! 'Rwy'n mynd i briodi . . . mae popeth wedi'i drefnu . . . 'Nhad—! '

Aeth ar ei liniau yn ymyl ei dad a'i ysgwyd.

' 'Nhad . . . dywed wrthyn nhw . . . 'wnes i ddim ond ufuddhau i ti . . . 'doeddwn i ddim yn y cynllwyn— '

' Bydd ddistaw! '

Yr oedd edrychiad mileinig y tad ar y mab fel brathiad sarff. Ond gydag ymdrech weladwy, fe reolodd Gruffudd ei hun. Cododd ei ben ac edrych ym myw llygad Llywelyn, ac meddai'n dawel:

' Bydd Owain a minnau'n barod i arwyddo'r cytundeb yn ôl dy bleser, f'Arglwydd Lywelyn.'

Coronwyd y Brenin Edwart fis Awst y flwyddyn honno. Ond nid oedd Tywysog Cymru yn bresennol.

Ar ôl hir fyfyrio y penderfynodd Llywelyn gadw draw. Bu'n ymgynghori'n ddyfal â'i ddyledogion agosaf, a'u dyfarniad hwy oedd fod ei anrhydedd yn y fantol. Unwaith eto, ei frawd Dafydd oedd yr achos pennaf.

Amhosibl oedd anwybyddu rhan Dafydd yn y cynllwyn i'w ddifeddiannu. Er yr hoffai holi ei frawd wyneb yn wyneb yn y dirgel, yr oedd y cynllwyn yn rhy gyhoeddus erbyn hyn, a chyfiawnder ac anrhydedd yn gofyn eglurhad cyhoeddus. Felly gwysiwyd ef i ymddangos gerbron Cyngor y Tywysog.

Ond cyn i'r diwrnod gyrraedd yr oedd Dafydd wedi ffoi i Loegr a'i holl ddilynwyr arfog gydag ef. Nid oedd apêl Llywelyn at y brenin wedi tycio dim, ac ni chymerai Edwart sylw chwaith o gŵynion Llywelyn yn erbyn Iarll Caerloyw a Rhosier Mortimer a'r gŵr ifanc, Humphrey de Bohun, y tri yn graddol ailgipio'r tiroedd ym Mrycheiniog a Morgannwg, tiroedd a oedd wedi dod yn eiddo i'r tywysog adeg Cytundeb Trefaldwyn.

Bob nos deuai bwganod ei amheuon i gnoi ymylon cwsg Llywelyn. Onid oedd y brenin wedi addo gwarchod ei dywysogaeth? Onid am hyn yr oedd wedi ymrwymo i dalu'r fath symiau anferth mewn gwrogaeth? Os oedd Edwart mor anystyriol o'i ran ef o'r fargen, pa ddisgwyl i Lywelyn ruthro i benlinio iddo a gwagio'i goffrau ei hun i ddim diben?

A chadwodd Llywelyn draw. Cadwodd draw heb lawn sylweddoli fod y cymylau yn prysur grynhoi'n storm.

8

Yr oedd hi'n hen bryd i Degerin briodi, meddai ei dad. Ac yntau'n ddeg ar hugain oed a heb fod yn grefyddwr, pa reswm oedd dros yr oedi hir?

Rhythai'r hen ŵr arno a'r cwestiwn na lefarwyd yn eglur ar ei wyneb. Beth oedd wedi ei fodloni cyhyd? Puteiniaid? Bechgyn? Bob tro y soniwyd am ferched posibl o stad gyfurdd ag ef bu gwrthod Tegerin yn ffyrnig. Pam?

Daethai'r cwestiwn yn un pwysfawr. Un mab oedd gan Ieuan ei frawd hŷn, a gwantan ei iechyd oedd hwnnw. Yr oedd ei chwiorydd eisoes wedi priodi, ond nid oeddynt yn yr olyniaeth i etifeddu Abereiddon. Gwyddai Tegerin na fedrai osgoi ateb yn awr.

' Dim ond un ferch y byddwn i am ei phriodi.'

Goleuodd llygaid ei dad. ' A,' meddai gyda boddhad, ' Wel? '

' Mabli, ferch Goronwy ap Hywel.'

' O'r Bere? '

Yr oedd nodyn cras y milwr yn ddigon o rybudd.

' Cloncwy yw honno.'

Am y tro cyntaf yn ei fywyd teimlai Tegerin awydd taro ei dad. Nid oedd person merch yn golygu dim i uchelwr yn ceisio sicrhau diogelwch ei eiddo. Byddai llo neu ddafad yn cael gwell parch.

' Hi ydi'r un 'rwy'n ei charu.'

Ceisiodd reoli'r llid yn ei lais, ond ni sylwodd ei dad ar y cryndod.

' Caru? Beth sydd a wnelo hynny â'r peth? O . . .' Chwifiodd ei law yn ddiamynedd. ' Cer â hi i dy wely ar bob cyfri. Ond sôn yr ydw i am briodas. Am epilio. Am barhad y llinach.'

Meddyliodd Tegerin yn sydyn—ni fu gan yr Arglwydd Lywelyn neb i edliw iddo ei stad ddibriod ar hyd y blynyddoedd. Nid oedd neb wedi sefyll o'i flaen ef a'i wyneb yn borffor yn taflu llysnafedd ar yr un a garai.

' Yn waeth na hynny, mae hi'n hen.'

Daeth rhywbeth i'w lwnc. Neidiodd ar ei draed, ond yr oedd ei dad hefyd wedi codi, ac yr oedd gafael tyn y milwr yn ei siercyn.

' Clyw, ddyn, 'rwyt tithe hefyd yn rhy hen i'r ffwlbri rhamantus yma. Fe ddylswn fod wedi trefnu priodas i ti pan oeddet ti'n llanc, ond credu 'roeddwn i dy fod ti â'th fryd ar yr eglwys. Na, clyw. Mae Iorwerth ap

Cadwgan o Benllyn yn awyddus i roi ei ferch, Sioned, i ti.'

Felly, dyna pam yr oedd y pwyso sydyn wedi dod. Syllodd Tegerin ar ei dad. Gwelai'r crychau ar ei wyneb fel afonydd sychion, a smotiau melyn henaint ar ei ddwylo. Yn araf hidlai ei ddicter ymaith. Gorfododd ei hun i wynebu'r broblem a welai yr hen ddyn. Ei ddyletswydd iddo ac i'w dras oedd priodi. Yr oedd Mabli eisoes wedi ei wrthod. A chan fod dyweddi Llywelyn ymhell o'i gyrraedd yn Ffrainc mi fyddai hi'n siŵr o ddal i goleddu'r syniad gorffwyll yna o fod o wasanaeth i'r tywysog ar ei alwad. Ac O . . . plannodd y dagr yn ddyfnach yn ei feddwl, yr oedd hi *yn* heneiddio. Yr oedd yn ei gasáu ei hun yn awr, oherwydd ei allu anffodus i weld y ddwy ochr i bob peth. Gwyddai fod geiriau ei dad wedi plannu ynddo hedyn o wenwyn. Bu hwnnw'n ddigon craff i weld iddo gael effaith.

'Daeth Iorwerth â'i ferch draw yma yr wythnos ddiwethaf. Dyna pam yr anfonais amdanat. Mae hi'n ddeunaw oed, heb fod yn rhy dal nac yn rhy fach. Mae ei chluniau yn llydan ac yn argoeli'n dda at eni plant, a'i bronnau'n ddigon llawn i roi sugn da iddynt.'

'Pa bris mae Iorwerth yn ei ofyn amdani?'

Brathodd â'r geiriau. Byddai cystal i'r ferch druan fod wedi sefyll mewn stâl yn y farchnad gyda'r gwartheg a'r dofednod. Ond os sylwodd ei dad ar ei chwerwder, ni chymerodd sylw.

'Mae hi wedi arfer gofalu am y cartref gan mai gweddw yw Iorwerth. Ond mae yntau am ailbriodi, ac nid da cael dwy i reoli'r gegin. Gwnaiff wraig dda i ti, Tegerin. Fe awn ni i Benllyn i ti gael gweld drosot dy hun.'

Ond nid heb iddo weld Mabli yn gyntaf. Yn sydyn sylweddolodd nad oedd yn gwrthod dymuniad ei dad mor bendant ag o'r blaen. Ond rhaid gweld Mabli . . . Rhaid iddo fynd i Gastell y Bere ar unwaith a rhoi'r un hen gwestiwn iddi eto. Byddai ei hateb y tro hwn yn selio'i ffawd.

Eithr rhwystrwyd y bwriad hwn yn ddisymwth. Fore trannoeth ac yntau'n cyfrwyo'i farch ar gyfer y daith i'r Bere, daeth negesydd oddi wrth y tywysog. Yr oedd i brysuro i Abaty Cymer ar unwaith i gyfarfod pedwar arall o genhadon Llywelyn. Bu raid iddo felly newid ei gyfeiriad, ac yn lle mynd i lawr am Dalyllyn, gyrrodd ei farch tua'r gorllewin.

Yno yn ei gyfarfod yr oedd Tudur a Goronwy, meibion y synysgal, Morien Fychan, un o ysgrifenyddion Llywelyn, ac Emrys Ddu, un o brif wŷr y gyfraith yn y llys. Er mawr lawenydd, a pheth syndod iddo, gwelodd fod Peryf yno hefyd, y Peryf a oedd erbyn hyn yn arweinydd ar ei gatrawd ei hun.

Eglurodd Emrys eu neges ar unwaith. Yr oedd Owain ap Gruffudd ap Gwenwynwyn wedi cyffesu gerbron esgob Bangor fod y cynllwyn yn erbyn y Tywysog Llywelyn yn fwy difrifol o lawer nag y tybid ar y dechrau. Cynllwyn ydoedd, nid yn unig i ddwyn tir y tywysog, ond hefyd i'w ladd. Os oedd ar y tywysog eisiau prawf yr oedd llythyrau yr Arglwydd Dafydd i gyd gan ei fam, yr Arglwyddes Hawys, wedi eu cadw mewn blwch yn y Castell Coch.

Ni holodd Tegerin sut y bu i Owain ddatgelu hyn ar ôl yr holl fisoedd o garchariad. Yr oedd wedi dysgu erbyn hyn mai gwell peidio. Gallai bygythiad haearn poeth neu fflangell ryddhau'r tafod mwyaf ystyfnig. Yr oedd ers blynyddoedd bellach wedi cau ei ddychymyg rhag rhai pethau. Ei waith ef yn awr oedd gwrando ar ewyllys ei arglwydd.

Nid oedd Llywelyn am ffrae agored â'r Arglwydd Gruffudd, eglurai Emrys. Yn hytrach, yn ôl ei arfer, yr oedd am ddod at y gwirionedd drwy deg.

' Fe ŵyr y tywysog yn burion fel y gall cyfaddefiad dan bwysau bygythiad esgor ar ormodiaith,' ebe ef yn llyfn, ' ac mae'n awyddus i ddarbwyllo'r iarll mewn ffordd gymodlon i geisio'i glirio'i hun neu i erfyn am drugaredd os bu'n euog o drosedd. Mae'r tywysog wedi ein dewis ni i gyfleu'r neges iddo.'

Yr oedd Peryf a'i ddynion i'w dilyn, ond o hirbell. Nid oedd Llywelyn am iddynt amlygu eu presenoldeb oni fyddai raid. Yr oeddynt i guddio yn y goedwig y tu allan i furiau'r castell, a gofalu fod cenhadon Llywelyn yn cael cychwyn yn ôl ar amser penodedig.

Dyma'r tro cyntaf i Degerin weld yr Arglwyddes Hawys. Gwraig hardd oedd hi a chanddi lais isel, cyfoethog. Daeth i mewn i'r neuadd ar fraich ei gŵr, ac ar unwaith dechreuodd holi'r ymwelwyr. A oedd popeth wrth eu bodd? A oedd y gweision a'r morynion yn gofalu amdanynt yn iawn? Oedd yna ddiffyg yn y cysur a roddid iddynt? Ymatebai pob un o'r pump i swyn ei phersonoliaeth, hyd yn oed Tegerin ei hun. Dilynwyd yr arglwydd a'r arglwyddes gan eu plant a chan eu gosgordd. Synnodd Tegerin weld Heilyn yn eu plith, nes iddo gofio ei fod wedi priodi â merch un o wŷr Gruffudd.

Yna aeth ias ryfedd drwyddo. Yr oedd yn adnabod y wraig a gerddai i mewn ar fraich Heilyn. Er mai ond am ychydig, ac yn yr hanner tywyllwch y gwelsai hi, fe gofiai'r wyneb hwnnw'n glir. Gwraig ddirgel Ystrad Marchell.

Gwelodd hithau Degerin, ac ar unwaith llifodd y lliw o'i hwyneb. Edrychodd i ffwrdd yn ffwndrus.

Yr oedd Heilyn wedi gwyro'i ben i gydnabod Tegerin, ond ni ddaeth ymlaen i siarad ag ef. Yr oedd yn awr wedi gadael ei wraig ac wedi croesi i siarad â'r Arglwyddes Hawys. Rhyw sibrwd brysiog fu rhyngddynt, ond digon i lygaid Tegerin ganfod rhyw agosatrwydd rhyngddynt a eglurai lawer ar ymddygiad y wraig ifanc. Synhwyrai y byddai'n beryglus iddi hi pe bai ef yn ei chydnabod, ac ni chymerodd sylw ohoni.

Yr oedd Gruffudd ap Gwenwynwyn mor llawn o haelioni â'i wraig. Byddai'n fwy na bodlon, meddai, mynd gyda hwy drannoeth i egluro'r cwbl wrth y tywysog. Hebryngwyd y pump ohonynt i welyau cyffyrddus.

Rywbryd yn y bore bach fe gawsant eu deffro'n ddisymwth. Agorodd Tegerin ei lygaid i weld Heilyn yn sefyll uwch ei ben yn ei wisg filwrol. Clywai flaen ei gleddyf yn cosi ei ysgwydd, ac yr oedd yr hen wên yn annymunol o gyfarwydd.

' Cwyd! '

Gwelodd Tegerin fod milwyr eraill yn deffro'r lleill yr un mor ddiseremoni.

Ufuddhaodd mor araf ag y gallai.

' O leiaf 'rwyt ti'n agored dy frad y tro hwn, Heilyn.'

Ateb y llall oedd rhicio mymryn ar ei gnawd fel bod y gwaed yn chwyddo i'r wyneb.

' Dos.'

Nid oedd modd gwrthwynebu. Yr oedd y milwyr wedi dwyn eu cleddyfau tra cysgent. Aed â hwy i ystafell wag ar y llawr uchaf un.

' Nid y dwnsiwn y tro hwn. Un trugarog yw'r Arglwydd Gruffudd.' Trodd at y dynion eraill. ' Mae'n ddrwg gennyf beri anghysur, arglwyddi, ond prin y disgwyliech i Arglwydd Powys beryglu ei einioes drwy ddod gyda chi i Wynedd.'

Edrychodd Emrys Ddu yn ddiflas o'i gwmpas. Ystafell fechan oedd hi, yn noeth o bopeth ond tomennydd o wellt.

' Am faint yr ydych chi'n bwriadu ein cadw ni yma? '

' Na hidiwch. 'Fydd eich caethiwed chi ddim yn hir. Rhowch ddigon o amser i'm harglwydd ymuno â'i gyfeillion, ac yna fe'ch gollyngir chi'n rhydd. Yn y cyfamser— '

Daliodd Heilyn agoriad i fyny ' . . . Mae'n ddrwg gen i ond— '

' 'Fedrwch chi ddim trin pendefigion y tywysog fel —fel troseddwyr cyffredin.' Baglai Tudur yn ddigofus dros y geiriau.

' Ond 'wnawn ni mo hynny,' atebodd Heilyn yn ysgafn. ' Edrychwch. 'Rydych yn rhydd o gadwynau. Ac mi gewch fwyd da yn ei bryd, dyna ddymuniad f'arglwydd. O . . . fe ddylech wybod hyn. Mae'r garsiwn yma'n un grymus.'

Moesymgrymodd yn wawdlyd ac ymadawodd. Clywsant dro gwichlyd yr agoriad yn cloi'r drws.

Unwaith eto, meddyliai Tegerin, yr oedd y tywysog wedi rhag-weld hyn. Am ba hyd, tybed, y byddai'n ofynnol iddynt aros nes cael eu rhyddhau gan Beryf a'i ddynion?

Aeth heibio'r awr y disgwylid i'r osgordd gychwyn am Wynedd. Ni siaradai'r carcharorion fawr â'i gilydd. Yr oedd eu clustiau'n gwrando'n ddyfal am unrhyw symudiad o'r tu allan.

'Bydd Gruffudd a'i deulu dros y goror erbyn hyn.'
Teimlent y syrthni sy'n dilyn methiant. Hyd yn oed
pe deuai Peryf mewn pryd i oresgyn y garsiwn, byddai'n
rhaid iddynt ddychwelyd i Wynedd yn waglaw.
Yr oedd y castell yn arswydus o dawel. Unwaith neu
ddwy daeth gwich o'r drws a dolef gwynt yn chwythu
odano. Dechreuodd Tegerin gyfri'r cerrig ar y mur o'i
flaen, unrhyw weithgarwch i dynnu ei feddwl oddi wrth
yr aros.

Yr oedd yr haul wedi dechrau sleifio drwy'r agen pan
ddaeth y gweiddi hir-ddisgwyliedig, a sŵn cawod o
saethau yn chwyrnellu drwy'r awyr. Nid oedd y garsiwn
wedi disgwyl cyrch mor sydyn. Clywyd sŵn anhrefn
drwy'r castell i gyd. Ofnai'r pump edrych allan drwy'r
hollt yn y wal rhag ofn cael un o'r saethau yn eu llygaid,
a bu raid iddynt fodloni ar glustfeinio i geisio dyfalu
hynt y frwydr.

Yn sydyn yr oedd hi'n dawelwch mawr unwaith eto,
ac yna clywsant sŵn traed yn nesáu a'r agoriad yn cael
ei droi yn y clo . . .

Yn y beili yr oedd rhai yn dal i ymladd, ond yn
ysbeidiol iawn y deuai'r saethau yn awr. Gwelodd
Tegerin fod Peryf yn ei fwynhau ei hun. Chwarddai'n
uchel wrth osod saeth yn ei fwa a'i gollwng yn ddiffael
at filwr a ymddangosai ar y tŵr. Yr oedd ar Degerin
eisiau gweiddi arno i roi'r gorau iddi. Yr oedd popeth
drosodd a'r castell yn nwylo ei gatrawd, ond yr oedd ei
gyfaill fel dyn chwil yn ei awydd i ladd y gelyn olaf.

Safai un ohonynt wrth y porth isaf a'i fwa ar i fyny.
Yn sydyn sylweddolodd Tegerin mai ato ef yr oedd y
gŵr hwn yn anelu. Syrthiodd ar ei hyd ar lawr. Ond
yr oedd saeth Peryf eisoes wedi cyrraedd y dyn arall,

a disgynnodd hwnnw'n llipa. Fferrodd gwaed Tegerin. Yr oedd Peryf wedi saethu ei frawd.

Rhedodd Tegerin at Heilyn gan weiddi ar ei gyfaill. Ond yr oedd Peryf yno o'i flaen.

' Heilyn! '

Edrychodd Heilyn i fyny ato o'r lle y gorweddai. Daliai'r saeth i grynu allan o ochr ei wddf a llifai'r gwaed o'i geg. Wrth syllu ar ei frawd daeth cysgod o wên fingam i'w wyneb. Ffurfiodd ei wefusau un gair— ' Cain! ' Yna caeodd ei lygaid.

Safodd Peryf yno fel dyn mewn cyffion, ei wyneb mor felyn â hen femrwn.

' 'Wyddwn i ddim . . .' sibrydodd.

Marchogai'r ddau mewn distawrwydd, eu llygaid yn craffu tua'r gorllewin, eu meddyliau'n mynd yn fwy cythryblus fel yr aent. Eu gwaith oedd dwyn y newydd i Gastell y Bere. Ni fynnai Peryf i negesydd fynd o'i flaen.

' Rhaid i mi fy hun ddweud wrthyn nhw. Fi yn unig.'

Plymiodd ei law unwaith eto i lawr i'r cwd a hongiai wrth ochr ei gyfrwy ac estyn at y botel ledr. Agorodd y llinyn a chymerodd ddrachtiad hir o fedd. Ciledrychai Tegerin arno'n drwblus. Yr oedd yr adegau sychedig yn amlhau. O barhau fel hyn ni fyddai Peryf mewn cyflwr i ddweud unrhyw neges.

Yr oedd fel pe bai ffawd yn ei yrru i'r Bere unwaith eto. Wedi i Beryf grefu arno i'w hebrwng ar ei neges annymunol, ac wedi iddo gael sicrwydd Emrys Ddu na fyddai'r tywysog yn gwarafun hyn iddo, sylweddolodd mai'r peth pwysicaf yn y byd iddo'n awr oedd cael siarad â Mabli.

Yn y gorffennol bu'n oddefgar iawn, yn ofni pwyso gormod arni. Ond yn awr yr oedd pethau'n wahanol. Y tro hwn byddai'n rhaid iddi wrando. Yr oedd ei holl dynged yn gorwedd yn y siwrnai hon. Bu'r daith yn anodd oherwydd chwipiai gwynt Rhagfyr dros y mynyddoedd, a chryment eu pennau yn ei erbyn. Ac yn awr yr oeddynt wedi dod i olwg Tarren y Gesail a chnu eira ar ei chopa yn oer a digroeso. Wrth syllu ar afon Dysynni'n ymdreiglo'n araf drwy'r iâ, llithrodd meddyliau Tegerin yn ôl at yr haf poeth hwnnw a Mabli'n rhoi sgrech fach oherwydd llosg y garreg o dan ei thraed noeth. Dyna pryd yr oedd wedi gofyn iddi y tro cyntaf. Ychydig iawn a welsai arni ar ôl hynny, yn ystod y blynyddoedd dilynol, ond bob tro y digwyddai hynny bu'r cwestiwn yn ei lygaid os nad ar ei dafod.

Yr oedd Peryf wedi dechrau canu:

' *O winfaith a meddfaith yd grysiasant*
Gwŷr yn rhaid molaid, enaid ddichwant;
Gloyw ddull i am drull yd gyfaethant ;
Gwin a medd a mall a amusgant . . .'

Ceisiodd lynciad arall o'r botel ond yr oedd hi'n wag. Daliodd hi uwchben ei dalcen a gadael i'r diferion olaf dreiglo i lawr ei drwyn. Gwelodd Tegerin fod y medd yn gymysg â'i ddagrau.

Buasai Goronwy ap Hywel yn wael ers rhai dyddiau ac yr oedd yn dal yn gaeth i'w wely. Y Dâm Geinor felly oedd y gyntaf i dderbyn y newydd. Nid ei mab hi oedd Heilyn, a than y munud hwnnw pan ddaethant wyneb yn wyneb â hi wrth borth y Tŵr Deheuol, yr oedd Tegerin wedi anghofio am yr agosrwydd arbennig rhyngddynt. Ond nid felly Peryf. Fel fflach, sylweddolodd pam y bu'n rhaid i'w gyfaill gael atgyfnerthiad o'r botel cyn wynebu ei fam wen.

Wrth weld eu meirch yn nesáu'n araf oedai'r wraig yn llonydd ar y gris uchaf fel anifail yn arogli perygl, a'i llygaid mor dywyll ag un o lynnoedd y mynydd.

Disgynnodd y ddau deithiwr oddi ar eu meirch, a moesymgrymu. Gafaelai Peryf yn dynn yn y cyfrwy oherwydd ni allai ymddiried yn ei goesau i groesi ar draws y beili ati. Dechreuodd ar ei gyffes yn drwsgl, ei dafod yn dew gan y medd. Ni châi help gan Geinor a rythai arno, ei hwyneb fel pwlpud y diafol uwchben Llyn Myngul. Wedi iddo orffen yr oedd y distawrwydd yn hongian drostynt fel clöyn iâ. Yna o'r diwedd, caeodd ei llygaid a chlywsant yn isel:

' Y ffŵl llofruddiog! '

Daeth sŵn i'w gwddf fel rhuglen marwolaeth. Trodd fel dynes ddall ac ymbalfalu am gylch haearn agoriad y drws, a baglodd drwyddo. Clywsant igian crïo yn diasbedain i fyny'r grisiau tro. Rhythai Peryf yn feddw ar Degerin ac ysgwyd ei ben. Yna ymlwybrodd tua'r neuadd, ond methodd ei draed â dringo'r grisiau a syrthiodd ar ei hyd arnynt. Gwaeddodd Tegerin ar y gweision i ddod i'w ymgeleddu ac aeth yntau i chwilio am Fabli.

Nid oedd hi yn y castell. Dywedodd rhywun wrtho mai pur anaml y gwelid hi yno yn ystod y dydd. Am y canfed tro meddyliodd mor unig oedd ei bywyd. Dim cyfathrach gwerth sôn amdani rhyngddi hi a'r unig ddynes o fonedd yno, dim chwaer i rannu diflastod ei bywyd, yr unig wragedd o'r un safle â hi yn y gymdogaeth yn rhy brysur â'u teuluoedd eu hunain. Dim rhyfedd iddi droi am gwmni at y golchwragedd bras.

Ond gwyddai Tegerin ei bod hi erbyn hyn yn gwisgo'i hunigrwydd amdani fel mantell, ac nad oedd hyd yn oed y merched golchi yn cael mwy o eiriau allan ohoni'n awr nag oedd raid. Sibrydai llais bach ynddo: onid oes yma orffwylledd? Onid yw ei hymlyniad ofer ac ystyfnig wrth Lywelyn yn bradychu rhyw wallgofrwydd?

Daeth o hyd iddi o'r diwedd ar geulan wrth yr afon. Clywodd ei llais cyn iddo ei gweld oherwydd cludid ar y gwynt fwmian rhyw gân undonog. Oherwydd y gwynt hwnnw nid oedd hi wedi'i glywed ef yn dynesu, ac yr oedd ei holl sylw wedi ei hoelio ar rywbeth arall, na allai ef ei weld.

Yn y dyffryn dechreuodd y plu cyntaf o eira ddisgyn. Fel yr edrychai arni, cynyddai ei chwilfrydedd. Cerddai Mabli yn ôl ac ymlaen heb hidio'r eira, gan rwnan cân i rywbeth a gariai yn ei chôl, rhywbeth wedi'i orchuddio gan ei mantell. Yr oedd yn awr yn ddigon agos i weld ei hwyneb a oedd yn wanwyn o dynerwch fel y plygai ei phen dros y bwndel yn ei breichiau. Synnai Tegerin. Baban pwy, tybed?

'Mabli!'

Er bod ei lais yn isel, yr oedd hi wedi neidio gan ddychryn. Syrthiodd ei breichiau i lawr i'w hochrau, disgynnodd plygiadau ei mantell i'w ffurf naturiol, a lledodd gwrid rhyfedd dros ei hwyneb. Rhythai Tegerin arni'n ffwndrus. Nid baban oedd yno ond doli bren ungoes mor ddi-lun â brigyn coed.

Ni wyddai beth i'w ddweud na beth i'w wneud. Gwyddai'r ddau iddo weld noethni truenus, llawer mwy ingol na noethni'r cnawd. Ni fedrai edrych arni. Ond yn sydyn yr oedd hi wedi rhedeg ato a rhoi ei breichiau amdano.

'Mabli annwyl!'

Cydiodd yn dynn ynddi, yna'n araf, fe'i gollyngodd ac edrych arni. Mabli hŷn o lawer oedd hon, a rhychau newydd rhwng ochrau ei ffroenau ac ymylon ei cheg. Yr oedd y gwrid poenus wedi cilio, a gwelai fod rhyw lwydni gerwin wedi caledu'r croen a fu unwaith mor llyfn.

' Mabli, tyrd i gysgodi. Mae gen i rywbeth i'w ddweud wrthyt ti.'

Erbyn hyn yr oedd y gwynt yn chwyrlïo'r eira am eu pennau ac yn eu dallu. Rhoes ei fraich am ei hysgwyddau a'i harwain i loches cwt gwag yng nghysgod y graig o dan y castell.

' Wyt ti'n mynd i ofyn i mi dy briodi di eto? '

Yr oedd hi'n gwenu arno'n awr a'r hen gellwair yn ei llais fel pe na fu'n dyst gynnau i olygfa anarferol.

' Ydw,' atebodd yn chwim, ' ond mae gen i rywbeth arall i'w ddweud gyntaf.' Ac adroddodd hanes y gwarchae ar Gastell y Trallwng, ac am farwolaeth Heilyn.

Yr oedd hi mor llonydd fel y dechreuodd feddwl nad oedd hi wedi deall ei neges. Yna meddai:

' Sut cymerodd *Hi* y newydd? '

Nid oedd raid iddi egluro pwy oedd yr *Hi* yma. 'Fyddai hi byth yn galw ei mam wen wrth ei henw. Cododd Tegerin ei ysgwyddau a throi cledrau ei ddwylo ar i fyny. ' Drwg,' meddai.

Gwenodd Mabli. ' Bydd Hawys Lestrange hefyd yn ddiflas o glywed.'

' Hawys? '

' Ie. Wyddost ti ddim? Hen stori ydi honno. 'Roedd hi hefyd wedi ffoli arno. Dyna pam y cynllwyniodd iddo briodi merch Caradog ap Cynan. Er mwyn ei gael o dan ei chronglwyd.'

159

'Ac 'roedd ei wraig yn gwybod.' Nid cwestiwn oedd hwn. Fe wyddai Tegerin.

'Ddim ar y dechrau. Ond fe ddaeth i wybod yn ddigon buan. Yn anffodus, 'roedd hi, druan, yn ei garu hefyd. Onid ef oedd yr harddaf o ddynion?'

Yr oedd rhywbeth miniog yn ei llais. 'A'r mwyaf uchelgeisiol.'

Ond yr oedd yn hanner brawd iddi. Yr oeddynt wedi cael eu cyd-fagu. Fel pe'n dirnad ei feddyliau, trodd lygaid tanbaid arno.

'Sut gallwn i alaru dros rywun a fradychodd yr Arglwydd Dywysog?'

Yr oedd hi'n iawn wrth gwrs. Dylai teyrngarwch i arglwydd ddod uwchlaw cariad brawd a chwaer. Ac eto fe wyddai'n iawn mai ei chariad hi at y dyn, Llywelyn, nid at dywysog, a ysgogai ei hangerdd. Suddodd ei galon. Ond rhaid oedd mynd â'r maen i'r wal y tro hwn.

''Roedd gen i neges arall yma heddiw.'

'Yr hen un, Tegerin?'

'Yr hen un. Dyma'r tro olaf, Mabli. 'Wna i ddim dy boeni di eto.'

Yr oedd anobaith yn rhoi geiriau iddo. ''Rwyf am i ti wynebu ffeithiau. 'Rwyt ti'n caru Llywelyn. Ydi o wedi datgan serch atat erioed?'

Ysgydwodd ei phen yn araf.

'Mae o wedi dyweddïo ag Eleanor de Montfort, ac nid oes torri ar ddyweddïad tywysog.'

Torrodd ar ei draws yn ffyrnig.

'Nid dyweddïad mo hynny! Dim ond cytundeb annelwig rhwng Llywelyn ac Iarll Caerlŷr. Mae'r hyn ddigwyddodd wedyn yn dileu cytundeb o'r fath.'

Ochneidiodd Tegerin ynddo'i hun.

'Ffolineb ydi clymu dy serch fel hyn. Wyt ti ddim am fod yn arglwyddes ar dy gartref di dy hun? Hwyrach y bydd dy dad farw. I ble'r ei di a dy fam wen wedyn? Pa safle fydd gen ti? Wyt ti wedi meddwl am y dyfodol neu ydi dy serch yn cau allan yfory? Gwrando, fy mach, mi alla' i roi safle i ti. Mwy na hynny, mi alla' i roi cariad i ti. Paid â dibrisio hynny.'

Beth arall allai ef ei ddweud i'w darbwyllo? Taflodd ei ddis olaf.

'Rwyt ti'n wraig synhwyrus, Mabli. Ydi dy gnawd di am grebachu fel cnawd hen leian, a thithau heb deimlo melyster corff yn erbyn corff?'

Trodd arno mor ffyrnig â chenawes. 'Mae'n *rhaid* i mi adael i'm cnawd grebachu. Os af yn feichiog mi fyddaf farw. Mae'n rhaid i wraig garu'n angerddol i fentro hynny.'

'A 'dwyt ti ddim yn fy ngharu i.' Derbyn ffaith, nid gofyn cwestiwn, oedd hyn.

'Ddim digon, Tegerin.'

Gorfododd ei hun i ofyn: 'Ond gyda Llywelyn?'

Yr oedd distawrwydd am eiliadau hir. Yna meddai: 'Byddwn yn llawen i roi fy mywyd iddo gael plentyn gen i.'

Fel y bydd lleian yn barod i farw dros ei Christ, meddyliai. Yn ddisymwth daeth cwestiwn iddo. Pe bai'r ddamwain honno heb ddigwydd iddi, a hithau wedi cael mwynhau ei chorff fel gwragedd eraill heb ofn, a fyddai'r cariad rhyfedd at Lywelyn, a ymylai ar fod yn gyfriniol, wedi ei meddiannu fel hyn?

Ni wyddai'r ateb. Ond gwyddai ddigon i orfod derbyn ei ddedfryd ef ei hun.

9

Yn yr haf, felly, yr oedd Tegerin wedi priodi â Sioned ferch Iorwerth ap Cadwgan o Benllyn. Yr oedd wedi gwneud ei ddyletswydd i'w dylwyth, ond ni theimlai ronyn hapusach oherwydd hynny. Methai â chredu fod y ferch hon, bellach, yn rhan annatod o'i fywyd.

Ac eto nid oedd dim arbennig o'i le arni, a byddai llawer un wedi bod yn falch o gael bod yn ei esgidiau, a holl gyfoeth Iorwerth yn melysu unrhyw ddiffyg. Ni fedrai feddwl amdani ond yn nhermau diffyg. Gwyddai ei fod yn gwbl annheg â'r groten, yn ei chymharu beunydd â Mabli, bron yn ddiarwybod iddo ef ei hun. Peth fach fer oedd hi, a'i hwyneb crwn yn cyfateb i'w breichiau crwn a'i choesau crwn a'i bronnau crwn. Gwenai, boed hindda boed drycin ac yr oedd hi'n boenus o awyddus i'w blesio. Yn wir, buasai'n dda ganddo pe bai hi wedi dangos tipyn mwy o annibyniaeth. Teimlai gywilydd wrth sylweddoli bod ufudd-dod di-gwestiwn yn gallu magu mewn dyn awydd i frifo.

Yr oedd ei dad, wrth gwrs, wrth ei fodd, ac eisoes wedi dechrau holi a oedd unrhyw arwyddion o feichiogi. Os nad oedd nam arni ni ddylai hynny fod yn hir.

Yng nghwmni'r gwragedd eraill yn y Llys yn Aber yr oedd hi'n swil ac yn anghysurus. Gwraig feistrolgar, wrywaidd oedd arglwyddes Tudur ab Ednyfed, ei bwriadau'n dda, ond yn codi ofn ar wraig ifanc bedair ar bymtheg oed na fuasai erioed fawr y tu allan i furiau maenordy ei thad. Teimlai Tegerin ryw fath o dosturi drosti, yn gymysg â diflastod, a'r gymhariaeth â Mabli'n cael y trechaf arno ar ei waethaf.

Ond yn Nhreuddyn ar y ffin ger Lloegr yr oeddynt heddiw. Bu'r dydd yn un hir ond y tywysog yn ddiflin.

Ceisiodd Dafydd Fychan, un o'r ysgrifenyddion, fygu ochenaid wrth ddechrau ar chweched drafft y llythyr at y Pab. Ond ymlaen yr âi llais Llywelyn yn ddi-drugaredd, yn newid y frawddeg hon, yn ychwanegu at frawddeg arall.

' . . . bod barwniaid eraill o dywysogaeth Llywelyn, sef ffoaduriaid a throseddwyr a gynlluniasant farwolaeth Llywelyn, yn cael eu derbyn, eu noddi a'u cynnal gan y brenin ar ei dir ei hun, yn groes i'r cytundeb dywededig . . .'

Yr oedd y synysgal, Tudur ab Ednyfed, newydd gerdded i'r ystafell—ar flaenau ei draed, pan welodd fod y tywysog yn brysur. Eisteddodd i lawr i wrando mewn distawrwydd, ond synhwyrodd Tegerin ei fod yn ysu am gael dweud ei neges.

' Yr hyn sydd yn fwy peryglus i Lywelyn yw bod y brenin yn ei wysio i le sydd yn anniogel iawn iddo, ymhlith ei elynion pennaf . . .'

Anodd oedd peidio â chymharu Tudur â'i ddiweddar frawd. Oni bai fod swydd synysgal yn eiddo i dylwyth Ednyfed, go brin y buasai Llywelyn wedi dewis gŵr a fu unwaith yn bleidiwr i Henri III yn synysgal iddo. Pan fu farw Goronwy yr oedd y beirdd wedi canu cywyddau i'w wroldeb, ei ddoethineb a'i gywirdeb, ac nid mol-iannau gwag mohonynt. Bu'n gefn ac yn gynghorydd i Lywelyn yn ei laslencyndod.

Mor wahanol oedd hwn. Yn wahanol ei olwg, yn un peth. Syllodd Tegerin yn feirniadol arno. Bradychai'r braster o gylch ei ganol ei hoffter o'r bwydydd a'r gwinoedd gorau. Disgleiriai modrwyau gwerthfawr am ei fysedd blonegog. A gwyddai Tegerin am y celfi a'r llestri drudfawr a addurnai ei gartref ym Mhenmynydd.

Ond yn lle geiriau gwyliadwrus Goronwy yr oedd gan hwn dafod llac a gogwydd at chwedleua a chlebran. O'r dechrau un, ni fu gan Degerin lawer o olwg ar ei farn. Y syndod oedd fod Llywelyn mor barod i droi ato yn awr i ofyn y farn honno. Nid am y tro cyntaf, gresynodd Tegerin at ymddiriedaeth y tywysog mewn dynion annheilwng. Bu'n araf i gredu y gallai Dafydd ei frawd ddymuno ei farwolaeth, bu'n awyddus i gymodi â Gruffudd ap Gwenwynwyn, a thrwy hynny hwyluso'r ffordd iddo ddianc. Fe'i clwyfwyd gan barodrwydd y Brenin Edwart i roi swcwr i'r ddau a oedd wedi cynllwynio ei dranc . . .

Yr oedd ynddo ryw haen o foneddigeiddrwydd—neu tybed ai diniweidrwydd ydoedd? Mor gymhleth yw dyn. Unwaith eto daeth llun o Owain Goch o flaen ei lygaid, y brawd hwnnw a garcharwyd gan Lywelyn ar hyd yr holl flynyddoedd. Oni fu yma annhosturi? Ond gwyddai Tegerin mai'r hen synysgal da, Goronwy ei hun, oedd wedi rhybuddio Llywelyn pe gollyngid Owain, y byddai gan Edwart gynghreiriad arall, un llawer mwy teyrngar iddo na Dafydd ap Gruffudd.

Pan ddaethai i adnabod y tywysog gyntaf, fe gredai Tegerin fod diffuantrwydd, purdeb breuddwyd ac unplygrwydd yn rhwym o ennill cyfiawnder yn y pen draw, waeth faint mor fydol-ffôl yr ymddangosai gweithredoedd. Ond yn ddiweddar yr oedd wedi dechrau amau. A oedd Llywelyn yn ddoeth yn gwrthod cydnabod mai gan Edwart yr oedd y grym? Pe gwaethygai ei gweryl a'i droi'n rhyfel ni fyddai ganddo obaith yn wyneb byddinoedd newydd Edwart. Yr oedd i'r brenin unplygrwydd bwriad hefyd, sef dileu arwahanrwydd Cymru, ac yr oedd ganddo allu milwrol yn awr na fu gan ei dad erioed. Onid chwarae i'w ddwylo yr oedd Llywelyn wrth barhau i fynnu cyfiawnder cyn gwneud gwrogaeth?

Ac yn hyn porthid ei benderfyniad gan Dudur a'r dyledogion eraill. Balchder yn wyneb sarhad, y peryclaf o bob rhinwedd. Ni allai Tegerin beidio â theimlo fod y tywysog yn annoeth i wrando cymaint ar Dudur. Ynteu ai ef, Tegerin, oedd yn annheg? Aethai'n agos i ddeng mlynedd ar hugain heibio er i Dudur ochri â Henri, ac yr oedd erbyn hyn yn hen ŵr a gafodd brofiad helaeth o'r byd ac o gastiau brenhinoedd. Hwyrach fod ynddo fwy o ddoethineb nag a amlygid yn y mursendod allanol.

Ond yn awr yr oedd y drydedd wŷs newydd gyrraedd. Y tro hwn gorchmynnwyd iddo wneud gwrogaeth nid yn yr Amwythig nac yng Nghaer fel y ddau dro o'r blaen, ond yn San Steffan ei hun. Yr oedd hi'n amlwg fod y brenin yn dechrau colli ei amynedd.

O'r diwedd yr oedd Llywelyn yn fodlon ar ei lythyr o gŵynion at y Pab, a'r ysgrifennydd wedi ymadael i wneud ei gopi terfynol yn barod i dderbyn sêl y tywysog. 'Ie, Tudur?' Trodd Llywelyn lygaid cellweirus ar ei synysgal. 'Mi welaf dy fod yn berwi o newydd.'

Edrychodd Tudur yn ofalus o amgylch yr ystafell i weld yn union pwy oedd yno, ar ôl i'r ysgrifenyddion ymadael. Nid oedd yno ond hwy ill dau, Tegerin, Rhys ab Ifor, stiward Abergwyngregyn, a bardd llys Llywelyn, Bleddyn Fardd. Penderfynodd Tudur ei bod hi'n ddiogel iddo lefaru.

'Mae deng mlynedd wedi mynd heibio er brwydr Evesham pan gaeodd marwolaeth Simon de Montfort y drws ar obeithion barwniaid y mers i roi terfyn ar anghyfiawnderau'r brenin.'

Symudodd Llywelyn braidd yn ddiamynedd yn ei sedd. Yr oedd hyn yn hen hanes ac yn wybyddus i bawb. Ond gadawodd i Dudur fynd yn ei flaen.

'Nid yw'r anniddigrwydd ar ben, f'arglwydd. Mae rhai o'r barwniaid yn gweld fod Edwart yn fwy o fygythiad iddynt hyd yn oed na'i dad. Ac mae cynlluniau ar droed yn barod i ailgodi byddin.'

'Ai mân chwedleua yw hyn? Dymuniad annelwig, ynteu ffaith?'

'Dipyn o'r ddau, mae'n siŵr, f'arglwydd. Ti wyddost fel y bydd pobol yn siarad ac yn gorliwio. Ond mi ddweda' i hyn. Mae mwy nag un wedi sibrwd enw'r barwn sydd y tu ôl i'r symudiad newydd.'

'Felly?'

'Iarll Caerloyw. Gilbert Goch.'

Yr oedd y peth yn bosibl. Er iddo droi yn erbyn Simon, bu Gilbert yn bleidiol iawn i'r Mudiad Diwygio, p'un ai oherwydd uchelgais bersonol ynteu o wir deimlad yn erbyn anghyfiawnderau, nid oedd neb yn sicr. Ond un cwerylgar oedd y cochyn. Yr oedd wedi ffraeo â'i fam ynghylch tiroedd, ffraeodd â'i gymydog, Rhosier Mortimer, ac yn fuan iawn ar ôl ymuno â'i rengoedd, aeth yn ffrae benben rhyngddo a Simon de Montfort.

Ond yr oedd hefyd ers tro wedi dal dig yn erbyn Edwart. Y brenin, medden nhw, a fu'n gyfrifol am y tor priodas rhwng Gilbert a'i wraig ddeniadol, Alice de Lusignan. Ac nid oes casineb mwy na chasineb cwcwallt.

Gwyddai Tudur iddo gael clust lawn y tywysog erbyn hyn, ac aeth ymlaen yn eiddgar.

'Ond nid Gilbert fydd yn arwain y fyddin. Mae ganddo ormod o elynion. Na . . .' Pwysodd ymlaen i ddweud ei newydd pwysicaf. 'Mae swyn yn dal wrth yr enw de Montfort. Mae'r bobl gyffredin hyd yn oed yn credu iddo wneud gwyrthiau ar ôl ei farw. Byddai dynion yn barotach i ymladd o dan faner de Montfort

166

nag o dan faner Clare. Clyw, arglwydd. Mae Henri, y brawd hynaf, wedi'i ladd gyda'i dad. 'Does dim llawer o olwg ar allu milwrol Simon. Yn wir, mae'n cael llawer o'r bai am fethiant ei dad. Clerigwr yw Amaury. 'Does neb yn gwybod beth ddigwyddodd i Richard. Ond mae Guy, y trydydd de Montfort, yn debycach i'w dad. Y mae sôn nad yw ond yn disgwyl y gair gan farwniaid y mers i arwain byddin drosodd o Ffrainc.'

Eisteddodd Tudur yn ôl a'i lygaid bach yn pefrio. ' Os yw hyn yn wir, f'arglwydd, mae'n bryd i ti gael yr Arglwyddes Eleanor o Ffrainc.'

Yn y distawrwydd a ddilynodd hyn hedai meddyliau Tegerin yn ôl at y ferch fach ddeg oed yn chwarae pêl yng Nghastell Kenilworth, y ferch yr anghofiwyd am ei bodolaeth o'r bron: pawb ond Mabli, ac yn ddiau, Llywelyn ei hun. Byddai Eleanor yn awr yn dair ar hugain oed, ac yn fwy nag aeddfed i roi etifedd iddo.

Cododd Tudur ei law a syllu'n ddyfal ar yr haul yn chwarae ar ruddem yn un o'i fodrwyau.

' Mi wn i o'r gorau nad yw Gilbert a'i gyd-farwniaid yn edrych arnat ti fel cyfaill mynwesol, f'arglwydd. Ond gall yr un nod ddwyn i'r un gwely y partneriaid mwyaf annhebygol.'

Sylwodd Tegerin ar y rhychau niferus ar dalcen ei dywysog. Bu ei lwyddiannau yn rhai cyflym yn y gorffennol, ond nid mor hawdd dal gafael ar enillion unwaith y bydd y brig o fewn cyrraedd. Yr oedd y noddfa a roesid gan Edwart i'w ddau elyn pennaf yn rhybudd iddo o berygl parhaus. Aeth llais ensyniadus Tudur yn ei flaen.

' Yr oedd gan y ddiweddar Iarlles de Montfort eiddo gwerthfawr, llawer ohono yn Ffrainc, ond mwy fyth yn

Lloegr, petai Edwart ond yn ei ollwng iddi. Fe ddaw llawer o'r eiddo i'w merch yn awr. Onid yw'n iawn i ti gael gwaddol dy wraig, arglwydd?'

A chael diwedd ar ei drafferthion ariannol. Ni ddywedai Tudur hyn yn blaen ond yr oedd yr ensyniad yn amlwg. Bu farw'r hen iarlles ym mis Mai, heb lwyddo i ailfeddiannu ei thiroedd. Ei nai, Edwart, oedd yr un a'i rhwystrai. Pe câi Edwart ei drechu ...

' Oeddet ti'n gwybod i mi gael llythyr oddi wrth yr iarlles cyn iddi farw?'

Siaradai Llywelyn yn araf. 'Yr oedd yn ewyllysio i mi anrhydeddu dymuniad Simon de Montfort a phriodi ei merch rhag blaen.'

Edrychai Tudur yn foddhaus fel pe bai ef wedi trefnu'r cyfan.

'Ac fe wnei di, arglwydd?'

Unwaith eto bu distawrwydd hir, a Thudur yn pwyso ymlaen yn ddisgwylgar. O'r diwedd cododd Llywelyn gydag ystum diamynedd. 'Rhaid i mi gael amser i feddwl.'

Gwyddai Tegerin ar unwaith beth oedd yn ei boeni. Ni fynnai adael Cymru i fynd i Ffrainc i briodi, canys fe roddid pob cynllwyn ar waith i'w rwystro rhag dod yn ôl—onid ei ladd. Ond ni allai Eleanor ddod i Gymru yn ddiogel chwaith, nac yn gyfreithiol, ond fel gwraig i'r tywysog. Yr oedd casineb Edwart yn erbyn y teulu'n wenfflam ar ôl i'r ddau frawd, Guy a Simon, ladd ei gefnder a'i ffrind, Henri o'r Almaen.

Mentrodd Tegerin ddweud: 'Y mae modd osgoi'r broblem, arglwydd.'

Cododd Llywelyn ei aeliau'n gwestiyngar.

' Trwy briodas gynrychioliadol. Gall dy gynrychiolydd fynd i Ffrainc gyda'r dogfennau angenrheidiol a chymryd dy le yn y briodas. Ac ar ôl y seremoni, gall y dywysoges gael ei hebrwng yma.'

Goleuodd llygaid Llywelyn, ac edrychodd yn ddiolch-gar ar Degerin. Am y tro cyntaf cafodd fesur helaeth o barch gan Dudur hefyd. Yn ystod yr wythnosau nesaf mawr fu'r paratoadau. Bu'r Brawd Wiliam o Lanfaes, a oedd yn hanner Ffrancwr, yn ôl ac ymlaen i'r cwfaint ym Montargis a fu'n gartref i'r iarlles a'i merch er trychineb Evesham. Gan mai offeiriad oedd, teimlid mai ef oedd yr un i gynrychioli'r tywysog yn y seremoni briodasol. Ond heblaw Wiliam, dewisodd Llywelyn dri arall i ffurfio gosgordd o Gymru, sef Tegerin ei hun, y Brawd Illtyd o Dŷ Bangor, ac, er mawr lawenydd i Degerin, y milwr, Peryf ap Goronwy. Byddai'r briores yn trefnu gosgordd ychwanegol o Ffrainc.

Yr oedd y cwmni'n gytûn. Gŵr mawr, rhadlon oedd y Brawd Illtyd, yn storïwr penigamp. Cadwai hwy'n ddiddig am oriau ar y ffordd. Yr oedd Peryf ac yntau am y gorau yn cyfnewid hanesion am hwn a'r llall, nid byth yn faleisus, ond y ddau'n gweld pobl yn ddigri i'w ryfeddu. Ambell waith byddai Peryf yn gorddiwallu ei syched ond mewn bwrlwm o fwynhad y gwnâi hyn, bellach, ac nid er mwyn dianc rhag hunllefau. Ac yr oedd cellwair caredig ei gyfeillion yn well ffrwyn ar ffolineb nag unrhyw gerydd.

Teimlai Tegerin yn arbennig o agos at y Brawd Wiliam. Hoffai dawelwch y ffrir ifanc a oedd yn ddi-ymhongar heb fod yn wasaidd. Nid ysgolhaig mohono, ond yr oedd ganddo ryw ddoethineb cynhenid, ac nid rhyfedd i Lywelyn alw arno fwy nag unwaith i fod yn gymodwr drosto.

Yr oedd yr hen Iarlles Eleanor wedi ei chladdu yn Abaty St. Antoine-des-Champs ym Montargis, ac i'r cwfaint yno yr aeth y cenhadon. Yr oedd y Brawd Wiliam yn gyfarwydd â'r ffordd, ac arweiniodd hwy'n ddiogel i'r llecyn tawel hwnnw i'r de o Baris, lle mae nentydd lawer yn ffrwythloni'r wlad. Fe'u derbyniwyd yn gyntaf gan y briores a ymddangosai'n amharod i ollwng ei gward o'i golwg, ond yr oedd Amaury de Montfort yno hefyd, yn ei wisg glerigol, yn amlwg yn awyddus i gychwyn i Gymru.

O'r diwedd anfonodd y briores am Eleanor. Daliodd Tegerin ei anadl pan agorwyd y drws iddi. Ni wyddai neb yno mor bwysig fu hi yn ei fywyd. Am funud hurt disgwyliai weld yno ferch fach fyrlymus ddeg oed a phêl yn ei llaw.

Yr hyn a welai oedd gwraig ifanc ddwys ei golwg. Nid oedd yn dal ond yr oedd rhywbeth brenhinol yn ei hosgo a barai iddi edrych yn dalach nag oedd hi. Gwisgai ŵn llwyd fel eiddo'r lleianod ac yr oedd hyn yn dwysáu gwelwder ei hwyneb. Safai wrth y drws yn ddisgwylgar. Symudodd Tegerin a Pheryf ymlaen ac aethant i lawr ar un lin o'i blaen.

' Arglwyddes . . .'

Daliodd ei llaw allan i'w codi ac edrychodd y ddau i lygaid llwydlas, trist. Ond yn sydyn gwenodd arnynt a diflannodd y tristwch.

' Byddwch wedi blino ar ôl eich taith hir. Mynnwch orffwys.'

Yn ystod y seremoni drannoeth yr oedd meddwl Tegerin wedi hedfan yn ôl i Gymru. Gwelai ferch a gwallt lliw rhedyn yr hydref, wyneb gwelw rhy fain, gwefusau rhy lydan. Fe'i gwelai hi'n ffarwelio â'r tywysog, yn llaith ei gruddiau. Wrth i fodrwy Llywelyn gael ei rhoi ar fys Eleanor ac wrth i groes o emau gwerthfawr gael ei chyflwyno iddi, fe glywai'r geiriau ' Byddwn yn llawen i roi fy mywyd, iddo gael plentyn gen i.'

Yn ystod y dyddiau nesaf cawsant achos i sylwi ar feddylgarwch y dywysoges newydd a'i gofal am gysur pobl eraill. Er mai ychydig iawn a fwytâi ei hun, mynnodd eu bod yn aros yn aml ac yn hamddenol i gael prydau da o fwyd ar y ffordd i Barfleur lle byddai llong yn eu haros. Peryglus fyddai iddynt groesi o Galais, er byrred y fordaith, oherwydd yr oedd ysbïwyr Edwart ymhobman.

Cwblhawyd rhan gyntaf y daith yn ddidrafferth ar un o ddyddiau mwynaf Rhagfyr. Bu raid i Degerin ymddiheuro am blaender harnais y march a gariai'r dywysoges. Gallasai fod wedi disgwyl tlysau neu blu gwerthfawr i addurno ei chyfrwy ac arfbais y tywysog arno. Yn lle hynny fe'i gorchuddid â defnydd bras, diaddurn. Ond fe ddeallai hi'n iawn. Yr oedd yn hanfodol bwysig nad oeddynt yn tynnu sylw atynt eu hunain. Ac yr oedd yn rhaid gofalu aros mewn tai crefyddol yn perthyn i'r urddau a fu'n gefnogol i de Montfort.

Erbyn iddynt gyrraedd priordy Sante Geneviève ymlawenhaent i'r daith fod mor ddidramgwydd. Yr oedd y cwmni'n falch o gael gorffwys, oblegid gwyddent y gallai rhan nesaf y daith fod yn beryglus iawn.

Er gwaethaf yr oriau o drafaelio edrychai'r Arglwyddes Eleanor yn ddiflin ac yn dawel, er bod ei llawforwyn i'w gweld yn lluddedig iawn. Nid oedd golwg hanner da ar ei brawd, Amaury, chwaith, ac yr oedd Eleanor yn fawr ei gofal amdano. Yr oedd yn amlwg i bawb fod yna gwlwm tyn rhwng y ddau. Bu Tegerin yn ei gwylio o dro i dro, yn eistedd yn llonydd ac yn syllu i'r pellter. Unwaith fe'i gwelodd yn troi'r fodrwy am ei bys ac yn edrych arni'n fyfyrgar. Beth oedd ei meddyliau hi, tybed, yn gwneud siwrnai beryglus i ymuno â dyn nas gwelsai erioed? Ufudd-dod i'w thynged—yr oedd hynny yn amlwg. Ond tybed oedd yna wrthryfel yn llechu y tu ôl i'r serenedd?

Yr oedd Peryf wedi cael digon ar oerni'r priordy ac wedi mynd i chwilio am gynhesrwydd amgenach yn y dref gyfagos. Ceisiai gael Tegerin i fynd gydag ef ond nid oedd gan hwnnw lawer o ddant at rialtwch a sŵn tafarn a budreddi'r dref. Wedi gadael iddo fynd dechreuodd deimlo'n anghysurus. Hwyrach y dylai fod wedi mynd i gadw llygad ar ei gyfaill. Ond gwell ganddo gadw llygad ar Eleanor heno. Yn un peth ni chawsai gyfle i ddweud wrthi eu bod wedi cwrdd o'r blaen, flynyddoedd yn ôl. Yr oedd wedi petruso rhag ofn y byddai atgofion am Kenilworth yn rhy chwerw ganddi. Ond o sylwi ar ei natur dawel, teimlai y gallai fentro tra oedd y ddau fynach wrth eu paderau.

' Madame,' meddai, ' deg oed oeddet ti pan welais i ti gyntaf.'

Trodd y llygaid llwydlas ato, a theimlodd ei bod hi'n ei weld am y tro cyntaf.

' Sut felly, arglwydd? '

Dywedodd wrthi. Gwelodd yr atgofion yn crynhoi yn y llygaid hynny.

' 'Rwy'n cofio'r bêl.' Yna ychwanegodd yn ymddiheurol. ' Ond 'does gen i ddim cof amdanat ti.'

' Plentyn oeddet ti, arglwyddes.'

' Ie.'

Yr oedd y wên wedi cilio unwaith eto a'r tristwch yn ôl. Ond yr oedd ei eiriau wedi agor rhyw ddrws cloëdig ynddi. Dechreuodd sôn am ei phlentyndod ac am ei chariad at ei thad. Parch fu ganddi at ei mam, nid cariad. Ni ddywedai hyn yn agored, ond soniai am dymer nwydwyllt yr iarlles, ac fel y rhybuddiwyd hi rhag hyn a rhag ei hofter o bethau moethus y byd, gan yr hen fynach Adam Marsh. Dywedodd mor hir a diflas fu ei bywyd hi, Eleanor, yn y cwfaint, tra bu ei brodyr yn rhydd i fynd lle y mynnent, i deithio ac ennill tiroedd iddynt eu hunain. Cyfaddefai na wnaethai hyn fawr o les iddynt. Yr oedd Henri a Simon wedi marw. 'Wyddai hi ddim ble 'roedd Richard, ond gwyddai fod Guy wedi ei ysgymuno gan y Pab am ladd eu cefnder Henri o'r Almaen. Yr oedd yr ysgymuniad newydd ei ddiddymu ac yr oedd ef yn awr yn rhydd. Bu cymaint o gollfarnu arno. Onid gwneud iawn yr oedd am waith dieflig Henri yn anrheithio corff marw eu tad?

Am y tro cyntaf daeth gwrid i'w hwyneb, a daeth i'r amlwg yr angerdd yr oedd Tegerin eisoes wedi amau oedd ynghudd ynddi. Ei thad, felly, oedd ei harwr. Yr oedd hi'n barod i gymeradwyo Guy yn ei ddial ofnadwy.

' A Guy . . .' meddai'n ofalus, ' Ble mae o erbyn hyn? '

Yr oedd y gwrid wedi cilio a rhyw wyliadwriaeth wedi disgyn fel gorchudd dros ei hwyneb.

' Yn gofalu am ei eiddo.' Yna ar ôl ennyd o ddistawrwydd—' Fe glywaist . . .? '

Clywed ei fod yn codi byddin yn erbyn Edwart? Amneidiodd Tegerin ei ben. Ond yr oedd ei galon yn drwblus. Os oedd y tad, a'i holl allu a grym ei bersonoliaeth wedi methu, pa obaith oedd i fab nad oedd wedi dangos llawer o ddoethineb hyd yn hyn? Ac nid oedd fawr o neb yn Lloegr yn ei adnabod p'un bynnag. Fel pe bai hi'n synhwyro ei amheuon, meddai Eleanor yn isel:

'Peth digyfnewid yw egwyddor, arglwydd. Mae'r hyn oedd yn anghyfiawn yn oes fy nhad yn anghyfiawn o hyd. Mae Guy yn credu hyn yn angerddol. Gweddïaf fod rhai ar ôl yn Lloegr—a Chymru—sy'n dal i gredu hynny.'

Ond ceiliogod gwynt oedd egwyddorion i'r rhelyw o farwniaid. Sut oedd dichon i Eleanor, o'i bywyd cysgodol mewn cwfaint, wybod hyn? Os gwir fod Gilbert de Clare wedi datgan ei barodrwydd i gefnogi Guy, nid oedd dal na fyddai'r mymryn lleiaf o wynt yn ddigon i'w wthio draw i wersyll y gelyn fel o'r blaen. Yr oedd Tegerin yn dod i amau fwyfwy wirionedd y stori am ran de Clare yn y gwrthryfel newydd—os oedd gwrthryfel i fod.

Yr oedd hi'n hwyrhau, ac Eleanor a'i brawd a'i gweision wedi mynd i'w gwelyau yn barod i gychwyn drannoeth ar doriad gwawr. Yr oedd y ddau fynach wedi ymneilltuo i ran arall o'r priordy. Nid oedd golwg am Beryf. Gan ochneidio ynddo'i hun penderfynodd Tegerin fynd i chwilio amdano.

Nid oedd y tŷ nepell o'r dref, ond y cwestiwn oedd, pa un o'r nifer o dafarnau oedd yn rhoi cynhesrwydd iddo? Nid oedd dim i'w wneud ond rhoi ei ben i mewn i bob un nes dod o hyd i'w gyfaill.

Un, dwy, tair, pedair . . . yr oedd Tegerin wedi alaru ar y chwerthin aflafar neu'r cuwch drwgdybus a'i croes-awai wrth iddo fentro i mewn. Ond o'r diwedd clywodd

lais cyfarwydd yn canu un o'r cerddi yr oedd newydd
eu dysgu yn Ffrainc.

> ' *Joli tambour, revenant de la guerre*
> *A sa ceinture avait rose jolie*
> *Et ran,tan, plan,*
> *Tambour battant* . . .'

Gwthiodd y drws yn agored. Eisteddai Peryf ar ben
bwrdd hir a oedd yn cael ei ddyrnu gan ugeiniau o
ddwylo yn gyfeiliant ' drwm ' i'w gytgan. Ni throdd neb
i edrych ar y dieithryn wrth y drws. Yr oedd pob llygad
wedi'i hoelio ar y canwr, ac yr oedd yr hwyl yn ei
anterth.

Sylwodd Tegerin ar ddyn tal yn sefyll y tu ôl i Beryf.
'Roedd hwn yn wahanol i weddill y cwmni hwyliog.
Ni wyddai ar unwaith pam. Yr oedd ei ddillad mor
blaen ag eiddo'r lleill, a'i chwerthin yr un mor uchel,
os nad yn uwch. Ond yn sydyn, sylweddolodd. Nid
oedd yn feddw, er ei fod yn cymryd arno fod. Yr oedd
ei wrando a'i wylio yn rhy gryno a'i lygaid yn rhy finiog.

> ' *La fille du roi était à sa fenêtre :*
> *Joli tambour, veux-tu m'donner ta rose?* '

Canai Peryf mewn llais ffalseto ffug, a rholiai'r cwmni
dan chwerthin, y gŵr tal yn anad neb.
' Go dda, drwbadŵr,' chwarddodd. ' Merch brenin
neu wraig i dywysog . . . pa wahaniaeth? '
Winciai Peryf arno fel trwy niwl, yna ymunodd yn
y bonllef o chwerthin, oherwydd erbyn hyn yr oedd
pawb yn barod i chwerthin am ben popeth a ddywedid,
deall ai peidio. Ond yn araf dechreuodd Peryf edrych
yn ansicr fel pe'n ceisio dirnad beth oedd o'i le.
Camodd Tegerin draw ato a gafael yn ei ysgwydd.

' Tyrd.'

Bu arno awydd hisian ' Tyrd, y ffŵl,' ond fe wyddai fod llygaid y dyn tal arno a'i glustiau'n gwrando ar bob goslef yn ei eiriau. Gydag ymdrech fawr, chwarddodd yr un fath â'r lleill a chymryd arno weld ei gyfaill yn ddoniol. Meddai'n uchel yn Ffrangeg:
' Bydd Barbara dy wraig yn aros amdanat gyda ffon ysgub os na ddoi di.'

Daethai'r enw i'w feddwl am iddo glywed dyn yn gweiddi ar un o'r merched gweini wrth yr enw hwnnw.
' Bar—? ' Rhythai Peryf yn dwp arno. ' A—Tegerin.' Rhaid fod rhyw arwydd o berygl wedi treiddio i'w ymennydd cymysglyd. ' O, ie, Barbara. Mi ddo' i rŵan.'

Ceisiodd godi, ond syrthiodd yn ôl yn ei gadair. Ar unwaith yr oedd dwsinau o ddwylo cyfeillgar yno'n barod i'w helpu ar ei draed.
' Nos da, drwbadŵr! '
' Cofia alw pan ddôi di eto i Ffrainc! '
' Nos da . . .'

Yr oeddynt allan yn y rhewynt a Pheryf yn hongian am wddf ei gyfaill.
' B—Barbara . . .' Dechreuodd chwerthin yn wirion.
' Pwy gythgam ydi B—Barbara? '

Nid atebodd Tegerin. Yr oedd hi gymaint ag y gallai ei wneud i gynnal Peryf ar ei draed. Fel y cerddent, neu yn hytrach, fel yr ymlusgent ymlaen, fe deimlai ei gyfaill yn graddol ddechrau sobri. Erbyn iddynt gyrraedd y priordy yr oedd o leiaf yn gallu sefyll yn weddol ar ei ben ei hun.
' Pwy oedd y dyn tal hwnnw? ' holodd Tegerin.
' P—pa ddyn tal? '

' Y dyn hwnnw soniodd am wraig y tywysog. Beth
oeddet ti wedi'i ddweud?'
Dechreuodd Peryf ffromi a chodi'i lais. ' 'Ddwedais i
ddim. 'Rwyt ti'n fy nhrin i fel—fel plentyn.'
' Ssh! Treia gofio. 'Roedd o'n gwybod beth oedd dy
neges di.'
' Nac oedd ddim.' Ond yr oedd tinc ansicr yn ei lais.
Ni fedrai yn ei fyw gofio beth *oedd* o wedi'i ddweud.
Nid oedd unrhyw bwrpas dal pen rheswm ag ef, ac
anadlodd Tegerin yn rhydd wedi ei gael i'w wely.
Gwyddai y byddai'n codi yn y bore fel ehedydd. Ni
fyddai Peryf fyth yn deffro â phen mawr ar ôl ei loddesta,
gwaetha'r modd. Byddai mor iach â'r gneuen dran-
noeth.
Yr oedd hi wedi codi'n storm dros nos. Chwipiai'r
glaw yn llinellau arian allan i'r môr. Siglai'r llong fel
corcyn yn yr harbwr. Anogai'r capten hwy i aros nes
iddi ymdawelu, ac yr oedd Eleanor a'i brawd yn cyd-
synio. Tynnodd Tegerin Amaury a'r Brawd Wiliam
o'r neilltu. Eglurodd pam yr oedd yn rhaid iddynt ei
mentro hi mor gyflym ag oedd bosibl.
' 'Dydw i ddim yn siŵr, wrth gwrs,' sibrydodd, ' ond
os mai ysbïwr oedd hwn, 'fydd o fawr o dro yn dweud
wrth wŷr y brenin.'
Heb roi'r gwir reswm i Eleanor, llwyddwyd i'w dar-
bwyllo y dylid pwyso ymlaen, er gwaethaf gwg y capten
a'r morwyr, a chyn bo hir yr oedd yr hwyliau ar daen.
Er bod y gwynt yn hyrddio'r tonnau dros yr ochr yr
oeddynt yn cychwyn i'r cyfeiriad iawn, a chan fod y tir
i'w weld mor agos, nid oedd neb yn pryderu'n ormodol.
Wrth iddynt rowndio ynysoedd Sili yr oedd y niwl
wedi dechrau cau amdanynt. Yn sydyn, o gyfeiriad y
tir mawr ymddangosodd llong fawr, gan hwylio hyd

177

atynt yn ddiwyro. Ceisiodd y capten weiddi ei rybudd, ond chwalwyd ei eiriau ar y gwynt. Yr un pryd, ymrithiodd llong arall gyferbyn â'r llall, fel mai eu hunig ddihangfa fyddai allan i'r môr mawr. Ond nid oedd hyn yn bosibl chwaith gan fod y gwynt yn eu herbyn. 'Môr-ladron!' gwaeddodd y capten. 'Cadwch y gwragedd o'r golwg.'

Ond fe wyddai Tegerin a'i gyfeillion yn amgenach. Nid môr-ladron mo'r rhain. Yr oedd y gŵr tal wedi gwneud ei waith.

'Hola!' Daeth llais awdurdodol o'r niwl. 'Gollyngwch eich cleddyfau yn enw'r brenin.'

Ymlaciodd y capten. Nid oedd ef wedi gwneud dim i dramgwyddo'r brenin.

'Nid oes diben i chwi wneud dim i geisio eich amddiffyn eich hunain. Yr ydym yn llawer mwy niferus na chwi.'

Yr oedd y llais yn dweud y gwir. Heidiai dwsinau o ddynion dros ochrau'r llong, pob un â'i ddagr noeth yn ei law.

'Beth yw eich neges â ni?' holodd Amaury. Yr oedd ef, yn reddfol, wedi cymryd yr arweiniad. Safai yno'n llonydd, ei wisg offeiriadol yn glynu'n wlyb diferol amdano yn y glaw.

Camodd perchennog y llais awdurdodol ymlaen, ac arfbais marchog amdano. 'Amaury de Montfort?'

Rhythodd Amaury arno o'i gorun i'w sawdl a bu saib sarhaus cyn iddo ddweud: 'Wel?'

Yr oedd y mymryn amnaid a roes y marchog yn amlwg wedi'i ragdrefnu. Rhuthrodd dau filwr ymlaen a gafael ym mreichiau Amaury a'i rwymo.

'Ble mae dy chwaer?'

Ceisiodd Amaury ymladd yn erbyn ei garcharwyr ond nid atebodd. Erbyn hyn yr oedd dwylo Tegerin a'r ddau ffrir wedi eu rhwymo yn ogystal, a'r milwyr wedi hel gosgordd Eleanor i gornel y llong a'u rhwymo hwythau hefyd. Peryf yn unig oedd yn ymladd fel dyn o'i go. Yr oedd sylweddoli ei gyfrifoldeb wedi rhoi nerth annaturiol iddo. Nid oedd wedi gollwng ei gleddyf fel y gwnaethai'r lleill ac yn awr yr oedd ei lafn yn fygythiad rhyngddo ef a thri milwr.

'Gad iddo fod, Peryf, er mwyn Duw!'

Ond yr oedd Peryf yn fyddar i waedd Tegerin. Gyda naid fawr ymlaen plymiodd y cleddyf ym mogail y milwr canol. Gan roi sgrech plygodd hwnnw yn ei hanner. A'r cyfog yn codi ynddo fe wyddai Tegerin beth fyddai'n dod nesaf. Nid oedd gan Beryf obaith yn y byd. Wrth iddo dynnu ei gleddyf o ymysgaroedd y milwr marw closiodd y milwyr eraill ato a phlannwyd tri neu bedwar o gleddyfau drwy ei gorff yntau.

Neidiodd Tegerin ato ond fe'i rhwystrwyd gan y milwyr. Mwmiai Wiliam ac Illtyd eu paderau, tra syllai Tegerin ag arswyd ar y gwaed yn lledaenu'n staen ar fwrdd y llong.

Yr oedd un o'r milwyr wedi dod o hyd i faner de Montfort ynghudd o dan bentwr o raffau. Gyda gwaedd fuddugoliaethus fe'i cyflwynodd i'w bennaeth. Fel petai yn cymryd rhan mewn defod, rhwygodd hwnnw'r faner yn araf yn ddarnau mân.

'Ac yn awr,' anadlai'r marchog yn gyflym gan droi at Amaury, 'fe gawn chwilio am dy chwaer.'

Ond cyn i Amaury fedru ateb daeth llais o'r howld a dringodd Eleanor i fyny i'w hwynebu.

'Nid oes angen i chwi chwilio.'

179

Safodd am ennyd, ei llygaid yn archwilio'r ddau gorff gwaedlyd, y milwyr bygythiol, ei hebryngwyr rhwymedig a'r marchog a oedd, ar ei waethaf, wedi llaesu ei gleddyf wrth iddi ymddangos. Camodd ymlaen, ei phen uchel yn rhoi taldra newydd iddi.

' Fi yw . . .' oedodd y mymryn lleiaf ' . . . Tywysoges Cymru.'

10

Unwaith eto wynebai'r dasg annymunol o dorri'r newydd i deulu'r Bere. Ond y tro hwn yr oedd yr hanes wedi cyrraedd ymhell o'i flaen gan iddo ef a'r ddau ffrir gael eu cadw'n garcharorion ym Mryste am saith niwrnod cyn eu gollwng yn rhydd i ddychwelyd i Gymru.

Danfonwyd Eleanor, ei morwyn a'i gwŷr i gastell Windsor, ond aed ag Amaury i gastell Corfe. Pryderai ei gyfeillion am ei dynged oblegid yr oedd hanes ysgeler i'r castell hwnnw. Nid llawer a ddaethai oddi yno yn fyw. Yn sicr yr oedd Edwart wedi rhoi ei gas ar y brodyr Montfort ar ôl eu gwaith yn llofruddio ei hoff gefnder, ac ni waeth ganddo ef fod Amaury ei hun yn wael yn yr Eidal ar yr union adeg y cyflawnwyd y weithred. Byddai tynged Eleanor yn Windsor yn amgenach.

Wedi ei ryddhau, ni ddaethai i ben Tegerin y dylai fod wedi mynd ar ei union at Sioned yn Abereiddon i gysuro ei gofidiau amdano. Yr oedd ei feddwl wedi ei hoelio ar Gastell y Bere a'i drigolion trist. Nid oedd ganddynt gorff, hyd yn oed, i wylo drosto, oblegid hyrddiwyd ef dros ochr y llong yn ddiseremoni, gan adael i'r llanw, a'r pysgod a'r adar wneud a fynnent ag ef. Ond o leiaf fe allai fynd yno i ganu clodydd i'w ddewrder.

Rhyw le rhyfedd oedd yn y Bere. Yr oedd y castellydd oddi cartref yn helpu goresgyn rhyw ysgarmes ar y gororau, ac ychydig oedd y milwyr ar ôl yno. Gorweddai rhyw awyrgylch ddiffaith dros y lle, fel pe bai marwolaeth Peryf wedi tynnu'r bywyd o'r castell ei hun.

Treuliai'r Dâm Geinor lawer o'i hamser yn eglwys Sant Cadfan yn Nhywyn, meddid wrtho, yn gweddïo dros eneidiau ei llysfeibion.

' A Mabli? '

Edrychodd y gweision yn gyflym ar ei gilydd cyn ateb ei gwestiwn.

' Yn ei llofft neu ar y mynydd,' ebe un yn swta.

' Bydd cystal â dweud wrthi fy mod i yma.'

Yr edrychiad yna rhyngddynt unwaith eto.

' 'Ddaw hi ddim, arglwydd.'

Clywai sŵn traed yn dod i lawr y grisiau. Tybiai mai camau hen wraig oeddynt gan mor araf a thrwm oeddynt. Ond Mabli oedd yno, yn rhythu arno drwy'r gwyll.

' Peryf? Ti sy 'na? '

Fferrodd ei waed. 'Wyddai hi ddim?

' 'Roedd hi'n hen bryd i ti ddod adre . . . mi fûm i'n gweld eisiau dy gwmni di— '

' Mabli! '

Symudodd ati o'r cysgodion fel y gallai hi weld yn eglur pwy oedd yno.

' Mabli, fi sydd yma. Tegerin.'

Yr oedd ei hysgwyddau wedi crymu a'i bronnau fel petaent wedi suddo i mewn i'w chorff. Gwisgai ŵn du, oedd yn llawer rhy denau i'r adeg o'r flwyddyn, a hwnnw wedi'i ddwyno gan olion bwyd a baw. Ni wisgai ddim

am ei phen, ac yr oedd angen ei olchi ar y gwallt crin-
goch. Ond yr oedd hi'n ei adnabod, a llifai diolch-
garwch drosto wrth glywed ei enw.

' Tegerin . . .' Safai yno fel rhith, yna yn araf daeth
y dagrau. ' Dwyn newydd drwg yr wyt ti unwaith eto.'
Yr eiliad nesaf yr oedd yn ei chofleidio ac yn mwmian
geiriau anwes yn ei chlust fel tad wrth ei faban. Yr oedd
wedi ofni ei bod hi wedi colli ei synhwyrau'n llwyr, ond
gwelai gyda rhyddhad nad felly yr oedd. Tybiai fod y
byd ffansïol yn fwy byw iddi yn ei hunigrwydd na'r byd
real. Ond dim ond ar adegau. Ei hunigrwydd oedd
wedi pylu'r ffin rhwng y gwir a'r ffug.

' Fe wnei di aros yma? 'Dydw i byth yn cael siarad . . .
D'wed y gwnei aros.'

' Am ychydig, gwnaf.'

Yr oedd golwg well arni'n barod. Rhoddodd ochenaid
foddhaus fel plentyn bach, a gadawodd iddo ei harwain
at gadair wrth y ffenestr gul lle 'roedd gwynt Rhagfyr
yn chwythu'n greulon i lawr o'r mynydd.

Ond wedi iddi eistedd ni allai dynnu ei lygaid oddi ar
y smotiau ar ei gwisg a'r gwallt am ben ei dannedd.
Am y tro cyntaf erioed meddyliai ag anwyldeb am
Sioned a'i chyffredinedd normal a'i chymhendod
cysurus. Ar unwaith llanwyd ef â chywilydd fel pe bai
wedi bod yn anffyddlon i gariad ei fywyd.

Dywedodd wrthi am wrhydri Peryf, gan gelu ei ran
ef yn y brad. Tynerai ei llygaid wrth wrando. Milwr
ydoedd, ac yr oedd wedi marw fel milwr. Yna yr oedd
hi am gael gwybod popeth am Eleanor. Oedd hi'n
dlws? Oedd hi'n drahaus? Oedd Tegerin yn meddwl y
byddai Llywelyn wedi ei hoffi? Ond siaradai amdani fel
pe bai Eleanor eisoes wedi marw. Yn sicr yr oedd hi'n
ei hystyried yn perthyn i'r gorffennol. Hwyrach, meddai,

y byddai Llywelyn yn ymweld â'r Bere cyn bo hir. Allai Tegerin roi gair yn ei glust i'w gymell ef i ddod? Fe deimlai dristwch yn ei lethu. Wrth siarad am Lywelyn yr oedd hi'n ôl yn ei byd ffug. Erbyn hyn yr oedd hi wedi'i darbwyllo ei hun mai dim ond diffyg anogaeth ar ei rhan a oedd wedi rhwystro'r tywysog rhag mynegi ei deimladau cudd, ac mai dim ond angen cyfle oedd arno. Creulondeb fyddai ei hatgoffa fod un rhwystr mawr yn aros. Gadawai iddi barablu nes i'r hen was ddod â'r canhwyllau brwyn i mewn a'u crogi ar y muriau.

Aeth y Nadolig heibio a'r dyddiau'n dechrau ymestyn. Cyn bo hir yr oedd hi'n Ŵyl Ddewi ac yna'n Ŵyl Fair y Gyhydedd, dechrau blwyddyn newydd, a dim arwydd y byddai Brenin Lloegr yn gollwng ei afael ar wraig Tywysog Cymru. Yn lle hynny, anfonodd ei bumed gwŷs ar i Lywelyn ddyfod i wneud gwrogaeth iddo unwaith eto yn San Steffan.

Hwyrach y gobeithiai y temtid Llywelyn i ddod gan fod San Steffan mor agos i Windsor lle y cedwid Eleanor. Ond hyd yn oed a bwrw ei fod yn barod i faddau sarhad Edwart yn rhoi nodded a swcwr i'w elynion, fe wyddai Llywelyn mai bod yn gyd-garcharor i'w wraig fyddai ei dynged ped elai i San Steffan. Ac unwaith eto, gwrthod a wnaeth.

Byddai'n barod, meddai, i wneud gwrogaeth i Edwart yn Nhrefaldwyn neu Groesoswallt o dan saffcwndid, ar yr amod fod Edwart yn cadarnhau yn ffurfiol Gytundeb Trefaldwyn, gwneud iawn am ddiffygion y cytundeb hwnnw ac anfon ei wraig ato.

Yn y cyfamser yr oedd Edwart yn ceisio cael gan Eleanor ei hun ddwyn perswâd ar ei gŵr. Fe wnaed yn glir mai gwestai anrhydeddus, os caeth, oedd ei gyfnither, a byddai'n ymweld â hi yn achlysurol i sgwrsio ac i holi ei hynt. Ond nid oedd modd perswadio Eleanor i geisio dylanwadu ar ei gŵr. O'r diwedd anfonodd ati neb llai nag Anian, Esgob Llanelwy. Pan ddeallodd hi mai un o garennydd ei gŵr oedd y mynach llym ei wedd fe'i derbyniodd yn eiddgar, fel un arall a fedrai ychwanegu at y llun o Lywelyn y ceisiai ei adeiladu yn ei meddwl. Ond bu'r cyfweliad yn siomedigaeth i'r naill ac i'r llall. Ni chredai Eleanor y dylai wneud dim i ddylanwadu arno, ac o'i ran ef, yr oedd Anian yn rhy uniawn ei ffordd i ffugio ei wir deimladau tuag at y tywysog, a'u lapio mewn geiriau diplomataidd. Gwrandawodd Eleanor yn foesgar arno'n galw ei gŵr yn un trahaus, yn un uchelgeisiol, yn un a feddiannodd eiddo'r eglwys yn anghyfreithlon, yn un a ymyrrodd â gweinyddiad yr eglwys. 'Roedd y llun hwn yn un tra gwahanol i'r un a beintiwyd gan Degerin a'r ddau ffrir.

Clywodd y brenin am fethiant Anian. Cael at Lywelyn drwy Eleanor fu'r dis olaf yn y gêm. Mewn un ffordd gallai edmygu ei gyfnither am ei theyrngarwch i ŵr nas gwelsai erioed, a bu ei hymddygiad urddasol a thawel trwy gydol ei charchariad yn destun edmygedd pellach. Ond yr oedd hi'n bryd galw Llywelyn i drefn unwaith ac am byth. Bu'n amyneddgar tu hwnt, ond yr oedd amser yn hedfan, ac oni symudai ar unwaith, byddai ef, Edwart, yn hen ŵr cyn gweld gwireddu ei Gynllun Mawr, sef darostwng y tywysogion, troi'r Cymry'n Saeson mor fuan ag y byddai modd, a chreu un deyrnas fawr unedig. At hyn y trowyd pob cymal o'i strategiaeth. Bu'n barod i aros, bu'n barod i wneud popeth drwy deg. Ond yn awr fe ddaeth yr amser i daro.

Gofalodd weithredu'n gyfansoddiadol. Galwodd Gyngor Brenhinol, cyhoeddwyd Llywelyn, Tywysog Cymru, yn wrthryfelwr, a dechreuwyd paratoi am ryfel. Iarll Warwick oedd i reoli'r fyddin yng Nghaerllion Fawr, Rhosier Mortimer yn Nhrefaldwyn a Pain de Chaworth yng Nghaerfyrddin. Anfonwyd Bogo de Knoville â deugain marchog a deg a thrigain o wŷr traed i Groesoswallt a Chaerfyrddin i recriwtio milwyr eraill ac i gasglu offer a nwyddau. Anfonwyd i Ffrainc am dros gant o feirch rhyfel a chafwyd deg ar hugain o filwyr bwa croes o Gasgwyn. Cyn bwysiced â dim, cyflogwyd cwympwyr coed i hwyluso'r ffyrdd i'r fyddin. Byddai'r fwyell ymhlith ei arfau pwysicaf.

Yr oedd hi'n amlwg fod Edwart am fentro popeth ar y frwydr hon, a'r bluen fwyaf yn ei gap oedd parodrwydd y Tywysog Dafydd i ymuno â'i luoedd yng Nghaer.

Sylweddolodd Llywelyn ei wir berygl am y tro cyntaf ym mis Chwefror y flwyddyn 1276 pan ddaeth y newydd fod Archesgob Caergaint wedi ei ysgymuno. Ar y pryd yr oedd yn aros ym maenordy Abereiddon yn disgwyl i'r casglwyr trethi roi eu cyfrif iddo. Nid yn aml y disgwylid chwyddo coffrau'r tywysog fel hyn yn y gaeaf, ond gan iddo roi mwy a mwy o bwys ar dderbyn taliadau mewn arian yn hytrach nag mewn da neu ŷd, nid oedd yn gorfod aros tan y gwanwyn neu'r cynhaeaf. Synhwyrai y byddai galw mawr arno'n fuan i amddiffyn ei deyrnas, ac yr oedd brys mawr i gael pob hatling i mewn. Gwyddai ei fod yn defnyddio ffordd y Norman o geisio cadarnhau ei sefyllfa ariannol, a bod y grwgnach yn cynyddu drwy'r wlad, ond nid oedd ganddo ddewis.

' Nid fel hyn y bu hi yn yr hen amser,' cwynai priodor a thaeog fel ei gilydd. A bu'r tywysogion yn ddigon parod i newid eu teyrngarwch o Frenin Lloegr i Dywysog

Cymru nes iddynt gael eu gorfodi i ildio mwy a mwy o'u harian i Lywelyn mewn trethi. Nid oedd teyrngarwch y tywysogion ond cyfwerth â'u parodrwydd i ildio eu heiddo. Tenau iawn oedd y llinell derfyn. Unwaith y byddai Llywelyn yn eu gwthio drosti, ni fyddai eu cefnogaeth yn dal. Ofnai fod y llinell derfyn yn agos iawn.

Pan ddaeth y newydd am yr ysgymuno, chwiliai Tegerin wyneb y tywysog i weld yr adwaith arno. Gŵr meddylgar, crefyddol ydoedd, nid un a fyddai'n mwmian ei ddefosiynau i fodloni ei offeiriad a'i feddwl ar bethau mwy diriaethol. Fel ei daid o'i flaen yr oedd wedi sefydlu a noddi tai crefyddol ar hyd a lled y wlad, rhai i'r Dominiciaid annibynnol eu ffyrdd yn ogystal â rhai i'r Sistersiaid, oedd yn ffyddlonach i'r hen Eglwys Geltaidd. Wedi dod i adnabod y tywysog yn dda ni chredai Tegerin, fel y gwnâi rhai, mai callineb gwleidyddol oedd y tu ôl i'w nawdd iddynt.

Byddai cael ei wahardd rhag cymuno yn ergyd drom iddo. Ar y llaw arall, gan mai o Gaergaint y daethai'r ysgymuniad, ac yntau'n amharod i dderbyn goruchafiaeth lwyr Eglwys Loegr ar yr Eglwys Geltaidd, hwyrach na fyddai'n mennu cymaint â hynny arno wedi'r cwbl. Ysgymuniad am resymau gwleidyddol oedd hyn, nid am resymau ysbrydol.

Ond rhagwelai Tegerin ganlyniadau eraill. Tybed a oedd meddwl Llywelyn yn dilyn yr un trywydd?

Eisteddai yn ôl yn ei gadair yn edrych allan ar law Chwefror yn chwyddo'r pistylloedd gwyn ar y mynydd. Gwthiai un o'i gŵn ei ben ar ei lin, ond yn wahanol i arfer, ni chymerai sylw ohono. Am y tro cyntaf tybiai Tegerin iddo weld ansicrwydd yn y llygaid.

' Dyma'r esgus y buont yn chwilio amdano, Tegerin,' meddai o'r diwedd. ' Go brin y bydd fy ngheraint yn y Dryslwyn a Dinefwr, a'r lleill, yn malio am yr ysgymuno ynddo'i hun. Mae iddo gynseiliau da ac anrhydeddus. Ond fe welant yn awr fod Edwart yn teimlo yn ddigon cryf i gymryd y cam yma. Nid oes dim sy'n llwyddo'n well nag ymddangos yn gryf.'

Yn y cyntedd yr oedd Bleddyn Fardd wedi dechrau canu ei delyn. Nid cân alarus, eithr un ymosodol, herfeiddiol. Dyna ei ymateb ef, o leiaf, i'r newydd. Gwenodd Llywelyn ychydig.

' Arglwydd,' ebe Tegerin, ' hwyrach fod eu teyrngarwch yn fwy nag y tybi.'

Ochneidiodd y tywysog. ' Cawn weld. Wyt ti'n cofio cyngor Gerallt de Barri i'r rhai a fynnai drechu'r Cymry? *"Gan wybod yr ysbryd dichellgar ac eiddigeddus sy'n eu meddiannu, rhaid i'r sawl a fyn eu gorchfygu hau ymrafael yn eu plith a gwneud yr hyn a all i'w gosod y naill yn erbyn y llall drwy addewidion a llwgr-wobrwyo."* Gwaith hawdd, Tegerin. Perthyn i ranbarth y maent, nid i'r genedl a elwir Cymru.'

Geiriau proffwydol. Yn Ebrill, gyda chefnogaeth tywysogion anwadal y de, llwyddodd Edwart i wthio lluoedd Llywelyn yn ôl o lan afon Hafren, ac eisoes bu raid i'r tywysog ildio ei hoff Ddolforwyn i Iarll Lincoln a'i rhoddodd ar unwaith yng ngofal Rhosier Mortimer. Yn y gogledd torrodd Edwart drwodd ar hyd yr arfordir cyn belled â Deganwy, ac erbyn dechrau'r hydref bu raid i Lywelyn gydnabod, os oedd am ddal ei afael ar Wynedd a chael ei wraig ato, y byddai'n well iddo ddod i delerau â'r Brenin Edwart. I bob golwg, yr oedd y freuddwyd fawr ar ben.

'Bu'n ddigon haelfrydig,' oedd barn Tudur ab Ednyfed wrth egluro amodau'r cytundeb.

Yr oedd ateb y tywysog yn anarferol o chwerw. 'Haelfrydig yn dwyn fy nhiroedd oddi arnaf? Nid myfi sydd wedi ymosod ar wlad arall.'

Astudiodd Tudur ei ewinedd. 'Trechaf treisied,' mwmiodd.

Wrth fyfyrio ar y cytundeb yr oedd Tegerin yn chwannog i gytuno â Thudur y gallasai fod wedi bod yn waeth o lawer. Yr oedd y brenin fel pe'n ymwybodol, wedi'r cwbl, o urddas a safle ei elyn, ac ar yr un pryd am ei wneud yn ddirym. Er iddo golli popeth a enillodd ers diwedd y pumdegau, fe ganiateid iddo ef a'i etifeddion gadw Gwynedd. Yr oedd i gael tiroedd Dafydd yng Ngwynedd a hwnnw i gael tiroedd cyfatebol yn y Berfeddwlad. Dirwywyd ef i symiau anferth ond gostyngwyd y ddirwy ar unwaith, fel pe bai Edwart am bwysleisio ei drugaredd. Ac wrth gwrs, yn ôl yr arfer, byddai'n rhaid i Lywelyn ddewis deg o'i wŷr yn wystlon, ac ugain o bob cantref i fod yn warantwyr nes y sicrheid y cyfan. Daliai i feddu'r hawl i'w alw ei hun yn Dywysog Cymru. Na, fe allasai fod yn waeth.

Ym mhob achos cyfreithiol byddid yn trin yr achos dan Gyfraith Cymru yng Nghymru a than Gyfraith Loegr ar y gororau. Yr oedd hyn yn achos syndod i Degerin oherwydd gallai danseilio holl amcan Edwart, sef diddymu Cyfraith Hywel a throi'r Cymry'n Saeson. A ellid ymddiried ynddo? Synhwyrai fod gan y ddau elyn barch i allu'r naill a'r llall. Er hynny, byddai'n annoeth i Lywelyn ddibynnu'n ormodol ar anrhydedd a gair y brenin.

'A'm gwraig? Beth amdani hi?'

Edrychodd Tudur ar ei dywysog a lledodd gwên araf dros ei wyneb.

'Ni all y brenin dderbyn fod priodas trwy gynrychiolydd yn deilwng o'i gyfnither.'

Am y tro cyntaf dangosodd Llywelyn ddicter. 'Mae fy mhriodas mor gyfreithlon â phriodas Edwart ei hun.'

'Ydi, arglwydd. Fe ŵyr y brenin hynny'n burion. Ond ei ddymuniad yw cael eich gweld chi a'r Arglwyddes Eleanor yn cyflawni sacrament eich priodas yng ngŵydd eich gilydd gydag anrhydedd a rhwysg ysblennydd teilwng o Gymru a Lloegr fel ei gilydd. Fel arwydd o'i barch atoch eich dau, y mae am drefnu'r briodas ar ei gost ei hun.'

Mae'r dyn yma'n swnio fel cennad dros y brenin, meddyliai Tegerin, nid fel synysgal y tywysog. Nid fel hyn y byddai Goronwy wedi siarad. Yn sydyn ymwthiai amheuon i'w feddwl. Tudur oedd wedi dod â'r stori i Lywelyn fod Gilbert de Clare yn cynllwynio gyda'r brodyr de Montfoit i godi byddin yn erbyn Edwart. Bu Tegerin yn drwgdybio'r stori o'r cychwyn cyntaf, ond yr oedd wedi rhoi hyder i Lywelyn fynnu cael Eleanor draw o Ffrainc. Gweithred y brenin yn ei dal ac yn ei charcharu oedd wedi dyfnhau ei ystyfnigrwydd i beidio â thalu gwrogaeth. Faint o hyn oedd yn gynllwyn bwriadus gan Edwart i roi esgus o'r newydd iddo ymosod ar Gymru?

Boed hynny fel y bo, yr oedd adenydd yr eryr wedi eu tocio'n awr, ac Edwart yn teimlo'n ddigon diogel i ddangos mawrfrydigrwydd. Wrth wrando ar y synysgal, corddai ymysgaroedd Tegerin. Ni allai gredu y byddai'r tywysog yn barod i dderbyn y fath gynnig nawddoglyd. Pwysleisio ei ddarostyngiad fyddai hyn, yn sicr.

O nd codi a wnaeth Llywelyn a cherdded at y ffenestr. Yr oedd y glaw wedi peidio a rhimyn o haul wedi saethu dros gopa'r mynydd. Safodd yno am gryn ddeng munud a'r ddau arall yn ceisio dyfalu pa feddyliau cudd oedd yn cyniwair ynddo. Yna, yn sydyn, trodd atynt, a'i ffrâm fawr wedi ei hamlinellu yn erbyn y ffenestr. Cododd ei ddwylo mewn ystum o anobaith, ac meddai: 'Dywed wrth y brenin fy mod i'n ddiolchgar iddo am ei haelioni. Dof i San Steffan i roddi gwrogaeth iddo cyn y Nadolig.'

11

Diwedd haf, y glesni dan draed eisoes braidd yn garpiog, a'r gwrid yn dechrau cerdded drwy lonyddwch llaith y coed. Ond nid oedd llonyddwch ar y ffordd rhwng Abereiddon ac Ystumanner. Rholiai'r wagenni o ochr i ochr dros y llwybrau caregog, a rhedyn a mieri yn llwythog bob ochr iddynt. Yr oedd y meirch a'u tynnai yn falch mai ar i lawr tua'r môr yr aent o'r diwedd.

Mintai gweddol fach a hebryngai'r tywysog heddiw, oherwydd nid oedd angen yr holl wŷr arfog a fu yn nyddiau ei anterth. Ni allai fforddio eu talu, p'un bynnag. Ac nid oedd galw am wŷr arfog i ymladd brwydrau cyfreithiol.

Trodd Tegerin i wenu ar y Brawd Wiliam o Lanfaes a farchogai wrth ei ochr. Hwy ill dau oedd ar flaen y gad erbyn hyn, yn crwydro yma a thraw o Gymru i Loegr, yn cyflwyno eu negeseuau, yn dadlau, yn ceisio gair â'r brenin ei hun, weithiau'n llwyddo, y rhan amlaf yn methu.

' Dacw Graig y Llam.'

Gwenai ynddo'i hun wrth ail-fyw hen brofiad. Dros ugain mlynedd yn ôl ef a fu'r un i glywed y geiriau hyn gan y Brawd Sulien.

' Craig cyfiawnder y bobol.'

Gwenodd Wiliam yn ôl ond ni holodd ymhellach. Gwyddai'n dda am ddialedd y werin. Ond yr oedd gan fonedd a theyrn eu ffordd o ddial hefyd.

O'u blaen eisteddai Llywelyn, yn dal yn ei gyfrwy, a dim ond rhyw drymder tyn yn ei gorff a fradychai ei oed. O bryd i'w gilydd byddai'n dweud rhywbeth wrth y wraig a farchogai yn ei ymyl. Weithiau byddai'n troi ei ben i edrych arni heb siarad. Yr oedd Tegerin yn gyfarwydd erbyn hyn â'r ymateb sydyn a chynnes a ddeuai i'w llygaid hithau, a'r distawrwydd rhyngddynt oedd yn huotlach na chant o ganeuon serch.

Ni allai deimlo'n eiddigeddus o'i dywysog. Yr oedd yn falch fod ei unigrwydd llethol ar ben. Ond ni allai chwaith rwystro rhyw bigiad o ddwyster ynddo'i hun wrth feddwl am droeon rhyfedd bywyd. Yr oedd yn hoff o Sioned. Yr oedd hi eisoes wedi rhoi dau fab iddo. Deuai un arall yn y gwanwyn, a'r hen ddyn ei dad ar ben ei ddigon. Ond nid oedd ef erioed wedi edrych ym myw ei llygaid â chariad fel hyn, ac nid oedd wedi loetran i weld beth oedd yn ei llygaid hi.

Yr hyn a barai syndod i bawb oedd serch amlwg y dywysoges at ei harglwydd a oedd gymaint yn hŷn na hi. O'r munud hwnnw yr oedd Tegerin wedi ei gweld hi'n moesymgrymu iddo cyn mynd mewn gosgordd ys-blennydd i'w phriodas yn eglwys gadeiriol Caerwrangon fe wyddai'n reddfol mai uniad hapus fyddai hwn.

Prin bod neb wedi disgwyl hyn. Wedi'r cyfan yr oedd Llywelyn wedi aros dros hanner can mlynedd cyn

191

cymryd gwraig iddo'i hun. Disgwylid mai rhyw ddigwyddiad bach digon ffurfiol, onid dibwys, yn ei fywyd cythryblus fyddai ei briodas. Ond nid felly. Gwirion hen, meddai gwŷr doeth y llys. Byddai'n digwydd weithiau ar ôl bywyd o ddiweirdeb, ac ni fu sôn erioed iddo gymryd merch i'w wely, yn wahanol iawn i dywysogion eraill Cymru a adawodd eu hepil yn afrad ar hyd a lled y wlad.

Ar wahân i un daith i Ardudwy yn Ionawr, dyma'r tro cyntaf i Dywysog a Thywysoges Cymru symud o Aber lle buont yn treulio blwyddyn gyntaf eu priodas, blwyddyn a welodd Lywelyn yn ymlacio ac yn diosg pryder a siom y blynyddoedd. Ni fu'n segur chwaith. Bu'r ffrae rhyngddo ef a'i hen elyn ym Mhowys yn ffyrnigo. Cadwyd Tegerin yn brysur yn pori yng nghyfreithiau Hywel i wneud yn sicr nad gogor ofer oedd achos ei arglwydd ynghylch Arwystli, ac yr oedd ef a'r Brawd Wiliam wedi ymddangos ar ei ran gerbron ustusiaid y brenin yng Nghroesoswallt.

Ond gwaith araf yw pigo ffordd drwy lwybr dreiniog oedi bwriadus brenin. Nid oeddynt lawer pellach ymlaen na phan roesai'r tywysog ei rybudd swyddogol cyntaf mai ef oedd piau Arwystli, ac nid Gruffudd ap Gwenwynwyn.

Eithr nid at Arwystli yr oedd meddyliau Tegerin yn troi yn awr. Heddiw byddai Mabli yn dod wyneb yn wyneb ag Eleanor am y tro cyntaf, ac edrychai ymlaen at y digwyddiad gyda chymysgedd o fraw a chwilfrydedd. Yn ystod y flwyddyn nid oedd ef ei hun wedi'i gweld hi. Nid aethai ei waith ag ef ond unwaith i gyffiniau'r Bere. Y tro hwnnw yr oedd wedi ceisio ei gweld ond nid oedd gartref, ac yn yr eglwys yr oedd y Dâm Geinor y diwrnod hwnnw, fel pob dydd arall, meddai'r gweision. Ar un wedd rhyddhad iddo oedd ei habsenoldeb, oherwydd cofiai'r boen o weld Mabli'n gwyro rhwng ei byd rhithiol a'i hamgylchiadau bydol.

Ond nid i'r castell yr aent heddiw ond i faenordy Talybont gerllaw; hyn, tybiai Tegerin, am y byddai'r awyrgylch yn fwynach i'r arglwyddes. Yr oedd Llywelyn eisoes wedi dangos pryder y byddai mynyddoedd Gwynedd yn rhy arw iddi ar ôl gwastadeddau Montargis. Yn Nhalybont yr oedd gerddi gwastad, a chwmni merched Dafydd Goch, stiward y faenor, merched at ei hoed hi. Tybed a oedd Llywelyn yn ymwybodol o'r chwithdod a fyddai'n debyg o ddeillio o gyfarfyddiad y ddwy wraig, neu a oedd ei helyntion a'i hapusrwydd wedi cloi Mabli o'i gof?

Ond ni chafodd Tegerin atebion i'w gwestiynau, oherwydd drannoeth fe alwyd arno i fynd gyda thwrneiod eraill i San Steffan.

'. . . Ac fe'i heglodd hi am ei fywyd mor noeth ag Adda ei hun.'

Gorffennodd yr olchwraig ei stori fras a chododd storm o chwerthin a churo dwylo. Un dda oedd Siwsan am adrodd stori neu osod pos. Yr oedd yn help i leddfu'r oriau caled o waith. Chwarddai Mabli gyda'r lleill, ac ni welai'r gwragedd ddim byd yn rhyfedd yn hynny. Yr oeddynt wedi hen gynefino â chwmni merch y castellydd, a eisteddai yn ei chornel am oriau, yn gwylio ac yn gwrando.

Ers blynyddoedd yn awr yr oedd y Dâm Geinor wedi rhoi'r gorau i'w cheryddu am iselhau ei stad wrth gymysgu â gweinyddesau. Hwyrach ei bod hi'n ddiolchgar am y newid a ddaethai dros ei llysferch ar ôl iddi

193

dreulio oriau yng nghwmni'r rhai a elwid yn wehilion cymdeithas. Byddent yn dychryn ei gilydd â hanesion am weld Jac y Gors neu gannwyll gorff ar y morfa, arwyddion sicr o farwolaeth, ac yn rhyfeddu fel y bu i hon a hon gael cariad drwy fynd at wrach Penuwch am swyn. Yn sicr, hwy a'u clebran a'u straeon oedd yr unig rai oedd â'r gallu i ddod â gwên naturiol i'w llygaid, a chwerthin i'w min.

Trodd Siwsan ei ffrâm anferth yn ôl at y bwrdd, ei bronnau hael yn hongian dros y dillad, ac ailddechreuodd eu plygu yn barod i'w rhoi o dan y wasg. Aeth y gwragedd eraill ymlaen â'u gwaith, ond yn dal i chwerthinial bob rhyw hyn a hyn wrth i stori Siwsan gosi eu cof. Byddai i'r gwragedd hyn filwr bob un heno, hwyrach. Peth braf, meddyliai Mabli, oedd bywyd y synhwyrau, greddfau'n cael rhyddid fel anifeiliaid y maes, dim rheolau i atal nwydau, dim darogan offeiriad am danau uffern, dim ofn poen a marwolaeth i ffrwyno chwantau'r cnawd. Ond perthyn i fonedd yr oedd hi, a'i chorff yn gaeth.

Daeth negesydd ati i ddweud fod y Dâm Geinor a'i thad yn cychwyn i Dalybont ymhen hanner awr. Beth oedd bwriad y Fones Mabli? Edrychodd i lawr ar ei gwisg lwyd, blaen, byseddodd yr hugan fras a orchuddiai ei phen a gwenodd yn fingam. Go brin y byddai ei thywysog yn galw am gân i wallt Mabli yn awr. O, byddai'n rhaid iddi ddod wyneb yn wyneb â'r ddau yn hwyr neu'n hwyrach, ond yn ei hamser da ei hun. Nid yn y wledd heno o flaen pawb.

' Fy mwriad? Aros yma gyda'r gwragedd.'

Byddai ei mam wen yn falch, beth bynnag. Câi honno fynd i Dalybont yn ei gŵn sgarlad a'r gadwyn aur am ei chanol heb ofni unrhyw ddiflastod o du Mabli.

Dim ond dechrau pylu yr oedd prydferthwch Geinor. Ei ddwysáu yn hytrach na'i darfu a wnaeth marwolaeth Heilyn ac yr oedd esgyrn main ei hwyneb yn debyg o wrthsefyll henaint am lawer blwyddyn i ddod. Er gwaethaf ei holl baderau, byddai wrth ei bodd gyda'r cwmni heno, yn enwedig os byddai marchog golygus yno i roi sylw arbennig iddi—y tu ôl i gefn y castellydd, wrth gwrs.

A fyddai Llywelyn yn holi amdani? Sut olwg oedd arno bellach? Nid oedd wedi gofyn i neb. Ar ôl y briodas yng Nghaerwrangon nid oedd hi wedi yngan ei enw wrth yr un creadur byw. Ond gwrandawai, a phob cynneddf yn ei chorff yn dynn, pan grybwyllid ei enw gan arall. Clywsai fel yr oedd tiriondeb ei wraig ifanc wedi ei feirioli. Mae o wedi gwirioni arni, meddent. Ond sut gallai hynny fod? Cytundeb er lles y deyrnas oedd y briodas yma, ac onid oedd y tywysog wedi dangos serch ati hi, Mabli, yn nyddiau ei salwch? Ni allai dderbyn na fu iddo ei charu. Ar hyd y blynyddoedd yr oedd ei dychymyg wedi adeiladu castell hud iddi ei hun. Ei anrhydedd gynhenid ef ei hun fu ei unig rwystr rhag datgan ei serch, ac yr oedd hi wedi derbyn ei ffawd. Ei thynged oedd aros wrth law i wasanaethu arno pan ddeuai angen. Ac yn awr yr oedd celwyddau ynghylch y ' cariad ' rhyfedd hwn yn cael eu lledaenu ar hyd a lled y wlad. Fe wyddai hi, Mabli, yn amgenach.

Yr oedd hi am eu gweld heb iddynt hwy ei gweld hi. Dyna pam yr oedd hi wedi gwrthod mynd i'r wledd groeso heno. Yn y fan honno byddai llygaid pawb arni, oherwydd yr oedd hi'n sicr fod pawb yn gwybod mai hi oedd gwir gariad y tywysog. Sut y dôi hyn i ben nid oedd ganddi syniad clir, ond yr oedd hi'n barod i aros ei chyfle.

Ac fe ddaeth, ymhen deuddydd wedyn. Yr oedd ei thad yn paratoi ar gyfer helfa gan fod Llywelyn wedi dangos awydd hela hydd. Mawr oedd y brwdfrydedd ymhlith uchelwyr a'r gwŷr meirch oblegid cyfyngid yn arw yn ddiweddar ar eu hawliau hela. Yr oedd presenoldeb y tywysog yn rhoi trwydded brin iddynt gael diwrnod da.

Cyn i'w thad fynd i ymuno â'r helwyr oedd yn cychwyn o Dalybont, yr oedd Mabli wedi marchogaeth i lawr i'r coed a amgylchynai'r maenordy. O lecyn cudd ger godre'r coed gallai weld y dynion yn ymgasglu ar y lawnt ger y drws mawr. Tynnodd ei hanadl ati pan welodd y tywysog. Yr oedd ôl haul yr haf yn dal ar ei dalcen, a'i fochau'n fwy gwritgoch nag y cofiai. Ond y peth rhyfeddaf a'i tarawai oedd sŵn ei chwerthin iach. Ni chofiai ei glywed yn chwerthin fel hyn erioed. Saethodd cryndod drwyddi. Dieithryn iddi oedd y gŵr hwn.

Ac yna syrthiodd rhyw dawelwch ar y fintai a throdd pawb i ddilyn llygaid Llywelyn. Wrth y drws safai'r dywysoges, ac ar unwaith croesodd Llywelyn ati â chamau breision. Mae hi'n *fach*, meddyliodd Mabli, ac yn eiddil o olau. Dywedid ei bod hi'n saith ar hugain oed, ond anodd credu hynny.

Yn sydyn teimlai yn drwsgl ac yn hen. Am y tro cyntaf yr oedd hi'n ymwybodol o aflerwch ei gwisg ac o'i gwallt seimllyd anniben. Ni wisgai Eleanor wimpl yn y bore bach fel hyn, a disgynnai'r eurwallt yn rhaeadrau i lawr dros ei hysgwyddau. Byddai'n dychwelyd i'r tŷ cyn gynted ag yr oedd wedi ffarwelio â'i gŵr. Cusanodd Llywelyn ei llaw. Ni allai Mabli weld ei wyneb, ond fe welai dynerwch yr ymateb yn llygaid ei wraig.

Arhosodd yno am hydoedd ar ôl i'r gwŷr gychwyn tua fforestydd Dyfi.

Y diwrnod hwnnw cafodd Llywelyn sylweddoli unwaith eto faint y cyfyngu a fu ar ei deyrnas fel tywysog. Yn ystod y ddwy flynedd a fu er Cytundeb Aberconwy, diwedd ei freuddwyd, yr oedd wedi dysgu derbyn ei dynged, er mor anodd fu hynny. Ei brofiad chwerw cyntaf oedd ei daith i San Steffan i roddi gwrogaeth i'r Brenin Edwart. Yr oedd wedi teithio gyda'i osgorddlu o dan saffcwndid y brenin, ond nid oedd hyn yn ddigon i arbed dau o'i wŷr gorau rhag cael eu dal yng Nghroesoswallt a'u crogi, ac yntau'n gwbl analluog i rwystro'r anfadwaith, heb sôn am fynnu iawn amdanynt.

Yr oedd Edwart yn llawn ymddiheuriadau ac yn amlwg yn mwynhau ei haelfrydigrwydd. Yr oedd wedi cadw at ei air i dalu am gostau'r briodas rhwng ei gyfnither a Llywelyn. Ar ben hynny fe dalodd am gludo Eleanor o Gaerwrangon i Gymru, a rhoddodd anrheg briodas i Lywelyn o lyfr-nod gwerthfawr i'w osod yn ei lyfr gweddi.

Yr oedd y tywysog wedi derbyn yr haelioni â graslonrwydd ymddangosiadol, ond ni allai neb ddyfalu maint y corddi o'i fewn, yn enwedig pan glywsai fod castell Dolforwyn yn awr yn nwylo ei gefnder a'i hen elyn, Rhosier Mortimer.

Ond nid oedd am ollwng gafael mor hawdd yn Arwystli, ac yn ystod y ddwy flynedd yr oedd wedi ceisio, drwy deg, cael y brenin i gydnabod ei hawl i'r tiroedd hynny. Sail ei hawl oedd i Ruffudd ap Gwenwynwyn fforffedu Arwystli, yn ôl Cyfraith Hywel, fel iawn am ei frad a'i gynllwynio. Ond dadleuai Gruffudd fod yr amgylchiadau wedi newid ac y dylid ailystyried yr hawl yn awr o dan Gyfraith Loegr.

Nid oedd Cyfraith Loegr yn gymwys i diriogaeth Arwystli, maentumiai Llywelyn, gan mai yng Nghymru yr oedd, ac fe gydnabu Cytundeb Aberconwy hyn, sef bod achosion ar dir Cymru i'w clywed yn ôl Cyfraith y Cymry. Ymhellach yr oedd y brenin wedi addo y byddai'n gofalu am gyfiawnder i Lywelyn pe hawliai hwnnw diroedd y tu allan i'r pedwar cantref nad oeddynt ym meddiant y brenin. Felly, meddai Llywelyn, nid oedd dadl i fod. Pe byddai achos cyfreithiol, rhaid ei weinyddu yn ôl Cyfraith Hywel.

O'r cychwyn yr oedd wedi rhyfeddu at ddawn Edwart i oedi, ac i yrru'r achos o'r naill gomisiwn i'r llall. Rhyfeddu i ddechrau, yna diflasu, oherwydd fe sylweddolai yn awr mai gêm a chwaraeai'r brenin. Yr oedd Gruffudd ap Gwenwynwyn wedi brolio'n agored i Edwart ddweud wrtho mai ei fwriad oedd dileu Cyfraith Hywel unwaith ac am byth.

Ond heddiw, a sawr yr helfa yn ei ffroenau, yr oedd yn barod i wthio hyn oll i bellafoedd ei feddwl. Nid oedd o bwys nad oedd golwg am hydd wrth iddynt garlamu ar hyd glannau gogleddol Dyfi. Yr oedd hi'n tynnu at ddiwrnod olaf tymor hela ceirw, ac yr oedd gwybod hynny a gwybod hefyd am swildod y creaduriaid yn rhoi mwy o flas ar yr helfa. Diwrnod llaith ond clir oedd hi, ac yn awr ac yn y man diasbedai sŵn y cyrn hela ar draws y dyffryn wrth i'r cŵn heidio ar ôl sgyfarnog neu godi llwynog. Cleciai'r mes a'r mân frigau o dan garnau'r meirch, a llenwid y fforest â bloeddiadau dynion llamsachus.

Yr oedd dau o'r gwŷr ieuainc wedi cael y blaen ar y lleill ac allan o glyw'r tywysog. Fel y carlament o

Bennal i gyfeiriad Machynlleth yr oedd yr afon yn culhau a'r cŵn yn dechrau cyffroi o'r newydd. Yna, yn sydyn, fe'i gwelwyd. Creadur gosgeiddig, chwim, yn syllu arnynt o lan yr afon. Trodd i blymio i'r dŵr ac anelu am yr ochr draw. Nid oedd dal ar y cŵn. I mewn â hwy ar ei ôl. Codai nodau'r corn i'r awyr, a dilynodd y ddau farchog ifanc. Yr oedd Llywelyn yn rhy hwyr i'w hatal. Ni chlywsant ei rybudd eu bod yn croesi i dir arglwydd Powys. Onid oeddynt wedi arfer croesi'r afon yn yr union lecyn hwn yn yr hen ddyddiau rhydd pan ymestynnai tiroedd y tywysog i lawr i Aberteifi? Ni allai Llywelyn fod yn ddig wrthynt, ond nid oedd am roi unrhyw achos i'r brenin weld bai arno am beidio â pharchu Cytundeb Aberconwy tra oedd dyfarniad Arwystli yn y fantol. Penderfynodd eu ceryddu wedi iddynt ddychwelyd gartref, ac aeth ef a gweddill y fintai ymlaen â'r helfa i gyfeiriad Mawddwy.

Cyrhaeddodd yr helwyr yn ôl i Dalybont cyn machlud haul, ond nid oedd sôn am eu cyd-helwyr ifainc. Fore trannoeth ar doriad gwawr aed i chwilio amdanynt, a'u cael, heb eu meirch, yn ymlusgo'n ôl gorau medrent i Ystumanner. Yr oedd eu gwisgoedd wedi eu rhwygo a gwrymiau hyll yn creithio eu hwynebau a'u cefnau. Nid oedd dim byd tebyg wedi digwydd erioed o'r blaen i helwyr y tywysog.

Yr oedd yr hydd wedi dianc o'u blaenau i Enau'r Glyn, meddent, a thu mewn i ffin Ceredigion wrth Hyddgen. Ac yno llwyddwyd i'w saethu. Wrth i'r ddau farchog ei glymu, ymosodwyd arnynt gan wŷr y brenin, a galw ar yr holl drigolion gyda'u cyrn a'u gweiddi, yn union fel yn amser rhyfel. Chwipiwyd y ddau â rhaffau, pwniwyd hwy â phastynnau, cymerwyd yr hydd a'u

199

meirch oddi arnynt, a lluchio'r ddau ar domen dail ar ochr Gwynedd i'r afon.

Yr oedd hyn mor groes i arfer gwlad y Cymry fel mai ymateb cyntaf Llywelyn oedd arwain ei wŷr yn ôl ar gyrch dros afon Ddyfi. Ond gwyddai mor ddi-fudd — a gwaeth — fyddai hynny yn y pen draw, a bu raid iddo fodloni ar anfon protest ysgrifenedig at ustus Cymru'r Gorllewin. Gweithred waglaw o'i chychwyn, oblegid enw'r ustus oedd Bogo de Knoville.

Nid oedd hyn yn plesio rhai o'r gwŷr ifainc, oedd â'u gwaed yn ysu am ddial, oblegid nid hwn oedd y tro cyntaf i swyddogion y brenin ddangos trahauster at y Cymry. Clywai Llywelyn eu grwgnach a chydymdeimlo â'u digofaint, ond yr oedd wedi dysgu'r wers chwerw na ellir ymladd yn erbyn grym mawr heb arian ac heb deyrngarwch.

Eisteddai'r Dywysoges Eleanor yn ei siamber yn cyfansoddi llythyr arall at y brenin ac yn meddwl mor boenus oedd cael eich siomi gan bobl. Yn ystod tair blynedd ei charchariad yn Windsor, carchariad a fu, a dweud y gwir, yn llai cyfyngus ac yn llawer mwy moethus na'i bywyd yng nghwfaint Montargis, yr oedd hi wedi dod i edrych ymlaen at ymweliadau ei chefnder, Edwart. Yr oedd Edwart, yntau, wedi dangos ffafraeth arbennig i'w gyfnither deg, ac wedi ei darbwyllo ei fod yn dymuno daioni iddi hi a'i gŵr. Er iddo ddal i fod yn ystyfnig ynghylch Amaury, yr oedd ei haelioni adeg y briodas wedi rhoi sêl ar ei hymddiriedaeth ynddo.

Ond wedi dod i Gymru a dod yn gyfarwydd â'r cynllwynio a'r sibrydion a'r oedi cyfrwys a oedd yn achosi poen i Lywelyn, yr oedd hi'n araf wedi dod i ddeall peth o gyfrwyster y brenin. Os nad Edwart ei hun oedd bennaf gyfrifol am hyn oll, ef oedd yr un a wthiai'r cwch i'r dŵr cynhyrfus o amgylch ei gŵr. Ni allai gredu hyn ar y dechrau oherwydd fe fu ef mor serchog tuag ati, ac nid oedd hi wedi dysgu eto chwilio am ddraenen wenwynig ynghudd yn y tusw o flodau.

Heblaw trafferthion Llywelyn yr oedd dau beth arall yn ei phoeni: yn un peth, ewyllys ei mam a oedd heb gael ei phrofi ar ôl pedair blynedd, a'r oedi yn creu amheuon ynddi a fyddai hynny'n digwydd byth. Yr oedd hi eisoes wedi deisyfu ar y brenin i wneud rhywbeth ynghylch hyn fwy nag unwaith, oherwydd yr oedd hi wedi hen sylweddoli fod angen pob hatling posibl ar ei gŵr. Ond heddiw yr oedd yn deisyfu rywbeth a oedd hyd yn oed yn bwysicach, sef rhyddid ei brawd a oedd yn dal yn garcharor y brenin. Yr oedd hi wedi clywed fod ei achos i'w drin yng nghyfarfod nesaf y Cyngor, ac yr oedd hi'n ymbil ar y brenin i ddelio'n drugarog a graslon ag ef.

Gorffennodd yr ysgrifennydd ei waith a dodwyd sêl y dywysoges ar y llythyr. Ochneidiodd yn dawel. Yr oedd hi wedi dechrau colli hyder yn ei gallu i ddylanwadu arno. Yr oedd nifer o lythyrau wedi eu danfon eisoes ganddi yn ymbil ar ran ei gwŷr, John de Becard, Hugh de Punfred, Hugh Cook a Philip Tailor, a gymerwyd yn garcharorion ar y llong yr un pryd ag Amaury a hithau. Ond ni ddaethai gair yn ôl gan y brenin hyd yn hyn. Faint haws oedd hi o'r holl lythyru yma?

Croesodd at y mur gyferbyn, ac edrychodd i fyny ar y groes a grogai yno, ei gemau gwerthfawr yn disgleirio'n rhyfedd ar y pared amrwd. Penliniai yn awr o flaen anrheg Llywelyn iddi ar achlysur eu priodas ym Montargis, ac ymgroesodd.

Yna cododd a galwodd ar y gwastrawd i gyfrwyo ei march a'i hebrwng am dro ar hyd yr afon. Yr oedd hi eisoes wedi darganfod y pleser o deimlo lleithder tyner gwyntoedd y gorllewin yn erbyn ei hwyneb, ac o warineb y gwastadedd câi edrych o bell ar wylltineb y mynydd-oedd cymylog y tu ôl iddi, eu hedmygu a'u mwynhau yn ddi-ofn. Yn Windsor bu Edwart yn ei dychryn ambell waith â'i straeon am y Cymry gwyllt, dichellgar, llawn trythyllwch, 'mor anwar â'u mynyddoedd, ac arferion cyntefig eu hen grefydd yn gwbl groes i'n heiddo ni'. Ond ar y dechrau y bu hyn, pan oedd grym y Tywysog Llywelyn heb ei ddofi, ac Edwart yn ofni dylanwad unedig y tywysog a theulu de Montfort.

Ond yr oedd Edwart yn anghywir. Yr oedd hi wedi darganfod yno gwrteisi a diwylliant. Os oedd y dyled-ogion yn hoff o hela a gloddesta swnllyd, yr oeddynt hefyd yn rhoi parch i brydydd a thelynor, ac yn lle'r trythyllwch di-ffrwyn y bu ei chefnder yn ei rhybuddio rhagddo fe gafodd fod Cyfraith Hywel yn gofalu am y parch uchaf i wraig, uwch, hyd yn oed, nag a geid yn y llys brenhinol yn Ffrainc.

Fe'i gwelai Mabli hi'n dod o bell, ei llawforwyn a'r gwastrawd yn ei chanlyn o fewn pellter parchus. Gwisgai ŵn gwyrdd ac ymyl o ffwr o'i gwddf i'r llawr ac o amgylch ei waelod, ac am ei phen fantell yn lle gwimpl. Disgynnai ei gwallt yn rhydd. Rhythai Mabli ar y gwallt hwnnw. Hoffasai yn fwy na dim y munud hwnnw ei dorri â siswrn rhydlyd.

Gwelai Eleanor wraig ganol oed wedi ei gwisgo mewn brethyn llwyd, ei hwyneb yn fain ac yn wyn, a'r llygaid llosg yn rhythu arni. Safai yn ffordd y meirch a gwaedd-odd y gwastrawd arni i symud o'r neilltu. Ni chymerai

Mabli sylw ohono, eithr arhosodd yn ei lle fel y bu raid i farch y dywysoges un ai sefyll neu wyro i un ochr.

'Beth sydd arni ei eisiau?' gofynnodd Eleanor i'r gwastrawd yn Ffrangeg. Ond cyn y gallai ateb yr oedd Mabli ei hun wedi gwneud.

'Oni ddylai Tywysoges Cymru siarad iaith y Brython?' ebe hi yn Ffrangeg. 'Iaith y concwerwr yw'r Ffrangeg.'

'Roedd Eleanor ar fin agor ei llogell i roi arian i'r wraig, gan dybio mai dyna oedd ei neges, ond fe'i hataliwyd gan yr acenion dysgedig a'r Ffrangeg pur.

''Rwy'n dysgu,' atebodd yn araf mewn Cymraeg gofalus. 'Pwy wyt ti, wraig?'

'Dy chwaer, arglwyddes.' A moesymgrymodd Mabli yn llaes.

'Mae hi'n orffwyll, madam,' sibrydodd y llawforwyn. 'Gad i ni fynd rhagom.'

Ond ni symudodd Eleanor. 'Beth gaf fi ei wneud i ti?'

'Dim yn awr, arglwyddes,' atebodd Mabli gan wenu'n rhyfedd. Edrychai'r ddwy ym myw llygaid ei gilydd, a daeth ofn sydyn dros Eleanor. ''Rwyt ti wedi'i wneud.'

'Gwraig fonheddig wyt ti,' ebe'r dywysoges. 'Ond weles i monot ti yn Nhalybont.'

'Fe gei di, yn ddigon buan.'

'Ond pam—?'

Bwriadai Eleanor ofyn pam yr oedd gwraig fonheddig wedi ei gwisgo mor llwm, ond ymataliodd. Nid oedd hi wedi dysgu digon am ffyrdd y bobl hyn. Yr oedd hi'n llawn chwilfrydedd ynghylch y wraig ryfedd hon a'i llygaid gor-ddisglair, ond gallai aros. Yn lle gorffen y cwestiwn, gwenodd ychydig a gwyro ei phen.

'Edrychaf ymlaen at hynny.'

Gan ddal i syllu arni, symudodd Mabli i'r ochr ac aeth march y dywysoges yn ei flaen a'r ddau arall yn ei dilyn. Crynai'r llawforwyn. ' Ai gwrach oedd hi, arglwyddes? Ynteu ysbryd? Clywais y gweision yn sôn am Ysbryd Llanegryn.'
Ysgydwodd Eleanor ei phen yn fyfyrgar, ond nid atebodd.

Tua'r adeg yma yr oedd Tegerin a rhai o'r twrneiod eraill ar eu ffordd yn ôl i Ystumanner o Lundain. Nid edrychent ymlaen at ddweud eu neges undonog wrth y tywysog. Unwaith eto yr oedd y brenin wedi llwyddo i ohirio'r dyfarniad ar Arwystli, y tro hwn yn senedd Fihangel, pan glywid yr achos am y tro cyntaf gerbron y brenin ei hun. Bu eu gobeithion yn uchel y tro hwn. Naw mis ynghynt buont gerbron yr ustusiaid yng Nghroesoswallt, ond siwrnai seithug fu honno, fel y pedwar neu bum tro blaenorol. Nid oedd yr ustusiaid yn fodlon dyfarnu ar ' gyfansoddiad yr heddwch ' chwedl hwythau, heb wybod ewyllys y brenin.
Wel, ni chawsant wybod ewyllys y brenin y tro hwn, chwaith. Yr oedd hi'n amlwg ar unwaith fod ei swydd-ogion wedi cribinio'n ddwfn i ddod o hyd i gymal cyfreithiol a rwystrai dwrneiod Llywelyn unwaith yn rhagor. Nid oeddynt, meddent hwy, wedi cyflwyno'r dogfennau angenrheidiol. Cawsant wybod y gallasai'r llys fod wedi taflu'r achos allan oherwydd y diffyg hwn, ond yr oedd y brenin, gyda'i haelfrydigrwydd arferol, yn fodlon ei ohirio tan Basg y flwyddyn ganlynol.
' A'r chwe mis yn rhoi rhagor o amser iddo docio a thocio ar Gyfraith Hywel,' ebe un o'r twrneiod yn ddigalon.

Yng Nghastell y Bere yr oedd Llywelyn pan gyraedd-asant. Erbyn hyn yr oedd cynefindra â chyfrwyster y brenin wedi ei hen ddisgyblu yn erbyn siom, a dim ond ei wefusau tyn a'r crych dyfnach rhwng ei aeliau a fradychai ei deimladau.

'Rhaid aros, felly,' meddai'n swta.

Y noson honno yr oedd gwledd fawr i fod ym maen-ordy Talybont i ddathlu blwyddyn gyntaf priodas y tywysog, a gwahoddedigion o bellafoedd Gwynedd wedi ymgasglu yno'n barod. Ond dal i oedi yn y Bere a wnâi Llywelyn, yn dawel a myfyrgar, nes i haul coch yr hydref suddo i lawr tua'r môr. Gwelai Tegerin ef yn sefyll wrth ffenestr fawr y gorllewin, mor llonydd â'r golofn a gynhaliai'r neuadd lle y safai.

'Arglwydd—' cychwynnodd Tegerin.

'Tyrd yma, Tegerin,' ebe Llywelyn, gan ddal i syllu drwy'r ffenestr. 'Weli di'r haul acw? Un munud yn ei ogoniant, y munud nesaf yn datgymalu, yna'n diflannu, a rhoi lle i dywyllwch.'

Closiodd Tegerin ato. 'Ond fe ddaw eto yfory, arglwydd.'

'Haul arall fydd hwnnw.'

'Bydd rhai athronwyr yn dal mai'r un haul sydd yno o hyd, arglwydd, yn amgylchynu byd crwn. Yr un hwnnw sy'n gwawrio drachefn.'

Nid atebodd Llywelyn, ond ar ôl munud o ddistaw-rwydd meddai:

'Ni ddaw fy synysgal yma heno.'

'Ond mae Tudur wedi—'

Petrusodd Tegerin ar ganol y frawddeg, ac ystyr geiriau Llywelyn yn gwawrio arno. Y llynedd bu farw Tudur ab Ednyfed o Benmynydd. Yn ôl yr hen dradd-odiad, un o wyrion Ednyfed oedd i'w olynu yn y swydd, sef bod yn synysgal i Dywysog Cymru, a hwnnw oedd Tudur ap Goronwy, gŵr ifanc tebycach i'w ewythr nag i'w dad.

'Bu Tudur ap Goronwy gyda mi tan farwolaeth ei ewythr. Ond welais i mohono ers blwyddyn gron.'

Nid oedd rhaid i Degerin ofyn rhagor. Yr oedd y sefyllfa mor drist o glir. Cawsai le eisoes i ofni fod y Tudur hwn â'i wyneb wedi ei hoelio ar ei ragolygon personol ef ei hun. Nid oedd am gael ei uniaethu'n ormodol â Thywysog Cymru, a seren hwnnw ar drai.

Yn sydyn, newidiodd Llywelyn y testun i sôn am y peth arall a fu ar ei feddwl.

'Ble mae Mabli?'

Yr oedd Tegerin wedi synnu. Pam gofyn iddo ef? Ac eto gwyddai mor sylwgar fu'r tywysog erioed.

''Wn i ddim, arglwydd. Newydd gyrraedd yr ydw i.'

'Wrth gwrs, wrth gwrs. Mae'r castellydd a'r Dâm Geinor yn dweud ei bod hi'n iach, ond 'ddaeth hi ddim i'r golwg eto.'

Ni wyddai Tegerin beth i'w ddweud. Ond nid oedd rhaid iddo ddweud dim. Aeth y tywysog yn ei flaen.

''Roeddwn i wedi meddwl y byddet ti—' Ond ni orffennodd y frawddeg. Trodd at Degerin a rhoi ei law ar ei ysgwydd.

'A beth am d'arglwyddes?'

'Ardderchog, arglwydd. Yr ydym yn disgwyl plentyn arall yn y gwanwyn.'

Teimlai law'r tywysog yn gwasgu ei ysgwydd. 'Da iawn.'

Yr oedd Tegerin yn llawn chwilfrydedd. Sut oedd Mabli wedi osgoi dod wyneb yn wyneb â Llywelyn? A welodd hi'r dywysoges eto? A'r cwestiwn pwysicaf i gyd: sut olwg oedd arni bellach? Cafodd wybod y noson honno.

Ym maenordy Talybont yr oedd y gwahoddedigion i'r wledd wedi ymgynnull yn y neuadd fawr, yn aros dyfodiad y tywysog a'i arglwyddes. Daethant o'r treflannau cyfagos, o Dalyllyn a Thywyn, o Benmaen, Cefn-y-rhos, Trefeddian, Caethle ac Esguan, o Fotalog a Gwyddelfynydd. Pendefigion De Meirionnydd oll. Llanwyd y lle â'r sisial moesgar sy'n rhagflaenu llenwi'r ffiolau gwin. Yr oedd y telynorion, yn feibion ac yn ferched, eisoes wedi cywiro eu telynau ac yn eu canu'n dawel yn yr oriel uwchben y byrddau.

Ymgomiai Hywel ab Einion â'r castellydd a Dafydd ab Ednywain, y tri'n ymwybodol iawn mai hwy oedd yr uchaf eu tras yn y gymdogaeth, yn nesaf at y tywysog. Ciledrychai'r gwragedd ar wisgoedd ei gilydd gan nodi fod Alys o Bennal wedi cael gŵn newydd o ddamasg glas a bod y Dâm Geinor yn edrych yn hardd yn ei melfed coch a'i menig wedi eu brodio â gemau. Nid oedd y dynion ar ôl chwaith yn llygadu gwychder neu dlodi surcot a hosanau y naill a'r llall.

Yr oedd Tegerin yntau'n falch o'i ŵn du a'r tabard ysgarlad drosto, wedi ei ymylu â ffwr gwiwer. Gwisg dirprwy ganghellor, gwisg deilwng o un o wŷr pennaf llys y tywysog. Wrth edrych o'i gwmpas synhwyrai fod rhyw chwaeth newydd wedi meddiannu'r hen Gymry garw. Nid y Cymry a welsai Gerallt Gymro oedd y rhain. Ai dylanwad y foneddiges a dreuliodd gymaint o'i bywyd yn Ffrainc oedd arnynt? Ie, hwyrach. O leiaf nid oedd galw ar wŷr Llywelyn ar hyn o bryd i wisgo gwisg ryfel. Am y tro yr oedd eu cleddyfau'n ddi-waed yn y wain.

Yn sydyn yr oedd y siffrwd isel wedi tawelu. Trodd Tegerin tua'r drws gan feddwl fod y tywysog wedi cyrraedd, ond aeth cryndod drwyddo pan welodd pwy oedd yno. Hedodd ei feddwl yn ôl at y wledd arall honno, ei gwledd neithior, pan ymddangosodd yn ei thiwnig hir o wlân du, heb na gem na thlws i'w addurno. Nid du oedd amdani heno. O'i hysgwyddau i'w thraed fe'i lapiwyd hi mewn gwyn, ac nid ar unwaith y sylweddolai'r gwylwyr nad gwisg wedi ei thorri a'i gwnïo'n gelfydd oedd amdani ond cynfas wen o ddefnydd garw, rhywbeth a oedd i fod i gynrychioli—beth? Gwisg lleian? Gwisg briodas? Ynteu—a chydiodd rhywbeth yn ei wddf—amdo? O dan goron o ddail derw crin wedi eu plethu'n aflêr, disgynnai'r gwallt coch i lawr hyd ei hysgwyddau.

' Mabli! '

Yr oedd ebychiad y Dâm Geinor yn gryg. Rhuthrodd ymlaen ati a cheisio ei gwthio'n ôl drwy'r drws, ond yr oedd rhyw nerth rhyfedd yn y Fabli hon a syllai arni â gwên fach ddirmygus a heriol ar ei hwyneb. Erbyn hyn yr oedd ei thad wedi ymuno â'i wraig, ei wyneb yn fwy gwritgoch hyd yn oed nag arfer, i ymbil arni i ymadael. O, Mabli! Ni ddaeth y waedd i enau Tegerin, ond yr oedd ei galon yn griddfan. Oedd hi wedi sylweddoli beth yr oedd hi'n ei wneud, ynteu ai cynllwyn cyfrwys oedd hyn i beri anesmwythyd yn y wledd? Dechreuodd un neu ddau chwerthinial yn isel, a gwgai Tegerin arnynt yn ffyrnig, ond nid oedd neb yn edrych arno ef.

Ei ymateb cyntaf oedd camu ymlaen ati a rhoi ei freichiau amdani i'w gwarchod. Ond fe'i rhwystrwyd gan rywbeth ynddi hi ei hun. Os oedd bwriad rhesymol i'w hymddygiad, yna yr oedd yn rhaid iddo ei gadael i'w weithredu i'r pen. Yn sicr yr oedd hi wedi amseru ei hymddangosiad i'r blewyn. Â sylw pawb wedi'i hoelio arni hi, ni welodd neb y tywysog a'i briod yn dod i mewn i'r neuadd o'r pen arall. Safasant yno am ychydig mewn penbleth, yna sibrydodd Llywelyn rywbeth wrth ei wraig ac amneidiodd hithau ei phen yn araf. Lledodd gwên dros wyneb y tywysog, a chan arwain Eleanor ymlaen ag un llaw, croesodd at Fabli a chydiodd yn ei llaw hi â'i law arall.

'Mabli! Bûm yn dy ddisgwyl di ers meityn. Ble buost ti cyhyd?'

Yr oedd y gwahoddedigion wedi fferru mewn chwilfrydedd. Rhythai Mabli ar y tywysog fel rhywun mewn breuddwyd, ac yna, yn araf, moesymgrymodd iddo. Yr oedd rhyw urddas ynddi er gwaethaf ei gwisg chwerthinllyd.

'Arglwyddes,' ebe Llywelyn wrth ei wraig. 'Dyma Fabli, a achubodd fy mywyd pan oeddwn yn wael hyd at angau.'

Clustfeiniai pawb yn awchus i glywed ateb isel y dywysoges. 'Mae fy nyled iddi'n fawr, felly, f'arglwydd.'

Nid oedd Mabli wedi edrych unwaith ar Eleanor, ond wrth glywed ei llais dechreuodd grynu.

'Mae hi'n oer yma wrth y drws. Cymer hon.'

Yr oedd y dywysoges wedi diosg ei mantell a'i rhoi dros ysgwyddau'r wraig arall. Mantell sidan o liw porffor oedd hi, ac yr oedd yn cuddio'r gynfas gwrs yn llwyr. Daliai pawb eu hanadl. A fyddai hi'n ei gwrthod? Dymunai rhai hynny, yn ddiau, er mwyn cael gwefr ymhellach o'r ddrama.

O Dduw, paid â gadael iddi wrthod, gweddïodd Tegerin. Gad i'r weithred hon fod yn eli ar glwyf ei hysbryd. Yr oedd arno ofn edrych, ac eto, fel pawb arall, yr oedd yn rhaid iddo.

Am y tro cyntaf, yr oedd Mabli wedi troi ei golygon ar Eleanor, ond nid oedd modd i bobl eraill ddirnad beth oedd y tu ôl i'r rhythu gwag. Ond hwyrach i ryw neges fud gael ei chyfnewid rhwng y ddwy wraig, oblegid yr oedd Eleanor yn awr yn gwenu a Mabli wedi plygu ei phen yn isel. Ai moesymgrymiad oedd hyn, ynteu cuddio wyneb o gywilydd? Nid oedd o bwys. Yr oedd y tywysog, o leiaf, wedi synhwyro fod rhyw argyfwng nad oedd yn ei iawn ddeall wedi ei oresgyn. Trodd at y cwmni.

'At y byrddau, gyfeillion. Mwynhewch y wledd.'

Torrwyd ar swyn y mudandod a chwyddai'r siarad a'r chwerthin drwy'r neuadd. Ailddechreuodd y telynorion anwesu'r tannau, a daeth y gweision â'r cawgiau dŵr a'u gosod o flaen pob un o'r gwesteion yn ei dro iddynt gael golchi eu dwylo.

Ni chlywodd ond ychydig wahoddiad cynnes Llywelyn. 'Tyrd i eistedd gyda ni ar y bwrdd uchaf, Mabli, i mi gael clywed dy hynt.'

Yr oedd hi wedi troi ei phen yn ddryslyd at y drws, fel pe'n chwilio am ddihangfa, ond yr oedd y tywysog yn ei thywys yn araf bach oddi wrtho. Wrth fynd heibio i Degerin, goleuodd ei lygaid.

'A, Tegerin! Rho dy fraich i Fabli a thyrd â hi at ein bwrdd.'

Ymhen blynyddoedd wedyn gallai Tegerin gofio pob munud o'r wledd honno, fel lluniau wedi eu fferru yn ei ymennydd. Y canhwyllau brwyn yn taflu eu cysgodion ar y muriau gwyngalchog; tarian y teulu'n crogi yng ngogoniant ei maes ermin, ei sawter goch a'i chilgant aur; y lliain gwyn ar y bwrdd uchaf a staen gwin a gollwyd yn lledu drosto'n raddol; gwêr un gannwyll yn colli ar un o'r llwyau arian o'i flaen; y pen carw anferth a'r petris o'i amgylch; y ffrwythau a'r cnau; y bogelyn arian a wisgai'r tywysog am ei wregys; mynach gyferbyn iddo'n tagu ar ei bastai pysgod; llais uchel y Dâm Geinor yn ceisio adfer yr urddas a gollwyd gynnau; a thrwy'r cyfan, y ddwy wraig, Eleanor a Mabli . . .

Daliai Mabli i wisgo'r fantell borffor. Yr oedd llaw-forwyn wedi dod ag un arall i'r dywysoges. Eisteddai'r ddwy o bobtu i Lywelyn, ond prin gyffwrdd â'r bwyd o'i blaen a wnâi Mabli. Mwmiai ei hatebion byr i gwestiynau Llywelyn, cwestiynau heb gymryd sylw o'i gwisg od. Pan siaradai yr oedd ei geiriau'n ddigon rhesymol, ac fe gadarnhawyd Tegerin nad gorffwylledd oedd yn cyfrif am ei hymddygiad heno. Yr oedd hi wedi bwriadu i rywbeth ddigwydd. Ond beth? I Eleanor ei sarhau? Yr oedd hi'n amlwg iddo nad oedd pethau wedi gweithio yn ôl unrhyw gynllun a fu ganddi, oblegid eisteddai yno'n awr a golwg ansicr a chymysglyd arni.

Yr oedd Eleanor, ar y llaw arall, mewn hwyliau llawen. Pan fydd hi'n chwerthin, sylwai Tegerin, bydd pannwl bach yn ymddangos yn un foch a bydd ei llygaid fel sêr. Ni ddywedai lawer, ond bob tro y gwnâi, tynhâi corff Mabli, a gwyddai ei bod hi'n gafael yn grafangus ym mhob gair.

Yr oedd camfa eu cyfarfod cyntaf wedi ei ddringo. Beth fyddai eu perthynas o hyn allan? Ond nid oedd hyd yn oed Tegerin, a'i glust fewnol wedi ei miniogi gan ei hen gariad, wedi rhag-weld yr ateb, ateb a oedd i ddod ymhen dwy flynedd wedi'r noson honno.

Ond yr oedd dwy flynedd yn amser hir iawn. Yn y cyfamser yr oedd yn rhaid i Fabli fyw â'i chydwybod. Gorweddai ar ei gwely, ei llygaid effro'n rhythu ar gysgodion golau leuad. Taith fud fu honno'n ôl o Dalybont. Am unwaith 'roedd y Dâm Geinor yn hesb o eiriau i fynegi ei theimladau, y castellydd mewn dryswch llwyr ac yn ofni torri ar y tawelwch, a Mabli ei hun yn dal yn ei breuddwyd. Cyrhaeddodd y tri, ynghyd â'r gweision, i'r Bere yn oriau mân y bore, ac heb ddweud gair wrth neb, yr oedd hi wedi dod yn syth i'w llofft ac ymollwng i orwedd ar ei gwely. Nid i lefain, na, nid i lefain; yr oedd ei dagrau wedi hen sychu ers talwm.

Ceisiai weld ei wyneb yn ei meddwl, ond yn ei byw, ni allai. Mynnai wyneb y llall hofran o'i blaen, yn llawer mwy eglur na'r wyneb hoff hwnnw. Gallai weld union liw ei chroen, yr aeliau siapus, y pannwl bach ar un foch wrth iddi chwerthin. Ac ar ei gwaethaf, fe deimlai gynhesrwydd y wên honno, mor dyner â gwên y Forwyn ei hun.

Yr wyf yn dymuno drwg i hon, fe'i hatgoffai ei hun. Yr oedd yn eiddigeddus o lawenydd ei gwely, o'i hagosrwydd at ei harglwydd. Yr oedd ei dieflyn wedi dweud wrthi am ei bychanu heno. Bu'r dieflyn hwn yn gwmni parhaol iddi ers tro bellach, yn sibrwd ei orchmynion iddi yn y nos, yn peri iddi wneud a dweud pethau rhyfedd, pethau yr oedd yr ochr arall i'w phen yn ei alw'n ynfydrwydd. Fe'i clywai ef yn chwerthin yn y tywyllwch, ac yr oedd yn rhaid iddi ufuddhau gan ofn y chwerthin hwnnw.

Y dieflyn oedd wedi ei gyrru hi i Benuwch i brynu swyn gan y wrach. Ond yr oedd meddwl am hynny'n rhy boenus yn awr. Ni bydd modd datod y swyn, meddai'r wrach, unwaith y bydd wedi ei osod. Yn sydyn, cododd Mabli o'i gwely a chyfogodd i'r basn wrth law.

12

Yn ystod yr haf canlynol fe dreuliai'r tywysog a'i briod y rhan fwyaf o'u hamser yn Abergwyngregyn, heb fentro ymhellach o'u cartref yno nag i wlad Llŷn. Yr oedd llawer rheswm dros hyn. Yn un peth, yr oedd Anian, Esgob Bangor, wedi cymodi â'r tywysog. Gŵr hollol wahanol i'r Anian arall hwnnw o Lanelwy oedd hwn, gŵr—-chwedl yntau—a oedd yn caru ei wlad a heddwch; gŵr gwan, ebe eraill. Ar ôl iddo feiddio ysgymuno Llywelyn dair blynedd ynghynt, yr oedd wedi ffoi i Abaty Sant Alban, ond wedi i'r tywysog gael ei orchfygu, yn ôl y daethai i Fangor.

Yr oedd Tegerin wedi dysgu mai annoeth oedd cloriannu pobl ar amrantiad, ond o'r cychwyn cyntaf, yr oedd wedi drwgdybio'r esgob. Ei unig esgus oedd nad da ganddo ddynion gwên-deg. Credai fod Llywelyn ei hun yn teimlo'r un amheuon, ond 'roedd unrhyw un a chanddo fynediad i bresenoldeb y brenin yn werthfawr iddo, ac yn sicr yr oedd y fraint hon gan Esgob Bangor ar hyn o bryd.

Unwaith eto, fe'i siomwyd. Fe ddaeth yn Rhagfyr cyn i'r brenin ymateb i gŵynion y Cymry yn erbyn eu gormeswyr, a'r ateb hwnnw oedd penodi comisiwn arall. Yr oedd gwaed Llywelyn yn berwi o gynddaredd, yn enwedig pan glywodd enwau aelodau'r comisiwn, sef yr union Reginald de Grey hwnnw yr oedd y Cymry'n ei gasáu; hefyd Thomas Bek, esgob newydd Tyddewi, na fu ar gyfyl ei esgobaeth; a Walter Hopton, gŵr enwog am ei ragfarnau. Gwaeth hyd yn oed na hynny, yr oedd y tystiolaethau i'w clywed yng Nghaer, yn Rhuddlan, yng Nghroesoswallt, yn Nhrefaldwyn ac yn

Llanbadarn, pob man y tu allan i deyrnas Llywelyn ei hun.

Di-fudd oedd i Lywelyn brotestio y dylid trin achos Arwystli yn y rhanbarth hwnnw gan yr ynadon swyddogol o Gymry. Gwrthodwyd hyn yn bendant gan y comisiynwyr. ' Rhaid i ti fynd, arglwydd,' pwysai Eleanor arno. ' 'Does gen ti ddim dewis. Os gwrthodi, bydd hynny'n cau'r llyfr am byth ar Arwystli.' Eleanor oedd yn iawn, er bod ei falchder yn gweiddi arno i wrthod. Yr oedd hi'n dysgu rhyw amynedd rhyfedd iddo. Llyncodd ei gynddaredd a galwodd ar Degerin a'r Brawd Wiliam i baratoi'r achos unwaith yn rhagor. Fe glywid y cyntaf yn Nhrefaldwyn yn yr hydref.

Ond ymhell cyn hynny digwyddodd dau beth a oedd i gael effaith tyngedfennol ar fywyd y Tywysog Llywelyn.

Y peth cyntaf oedd cais gan Rosier Mortimer, o bawb, i wneud cytundeb heddwch a chytgord parhaol ag ef. Yr oedd y ddwy blaid i ymrwymo ' yn amodol ar eu llw priodol o ffyddlondeb i Frenin Lloegr, i sefyll gyda'i gilydd gyda'u holl nerth, yn erbyn pob dyn byw, yn amser rhyfel a heddwch, dan boen ysgymundod.'

Yr oedd Rhosier Mortimer yn hen elyn, un y rhoddwyd iddo ei hoff Ddolforwyn wedi trychineb 1277, ynghyd â thiroedd lawer yng Ngheri a Chydewain. Nid oedd amheuaeth ynglŷn â theyrngarwch Mortimer i Edwart. Ond yr oedd wedi cweryla â'i gymydog, Gruffudd ap Gwenwynwyn, ac yn awyddus, meddai, i gryfhau ei amddiffyniad.

Ni phetrusodd Llywelyn. Derbyniodd amodau'r cytundeb. Diau y byddai'r brenin yn barotach i roi clust ffafriol i'w ddeisyfiad ynglŷn ag Arwystli o wybod fod

Llywelyn, nid yn unig wedi dygymod â derbyn y cyfyngu ar ei deyrnas, ond hefyd yn dangos parodrwydd i gynghreirio fel hyn ag un o'i gefnogwyr mwyaf pybyr. Yr ail beth a ddigwyddodd oedd ymweliad annisgwyl. Newydd ddod yn ôl o Nefyn i Abergwyngregyn yr oedd Llywelyn, Eleanor a'u gosgordd. Bu'r daith ar hyd arfordir y gogledd ar hyd hen lwybr y pererinion yn hamddenol a thawel. Hydref llonydd oedd hi a niwy o olion yr haf nag o arwyddion y gaeaf yn y coed rhydlyd. Llyfn oedd afon Menai heddiw, ei thonnau'n ddiog yn yr haul euraid, a hyd yn oed fynyddoedd Eryri yn ymddangos yn fwyn. Teimlai Llywelyn rhyw serenedd newydd, gwahanol iawn i'r hunanddisgyblaeth ffyrnig a fu'n rheoli ei dymer Celtaidd hyd yn hyn. Yn union, meddyliai, wrth syllu ar ei wraig, yn union fel pe bai hi wedi tywallt peth o'i hysbryd i mewn i'w enaid.

Dim ond un peth a darfai ar eu dedwyddwch, ac am y canfed tro gresynai na fuasai'n bosibl iddynt fod wedi priodi flynyddoedd ynghynt. Nid oedd Eleanor mor wydn, nid oedd yntau mor ifanc, ac nid oedd golwg am aer. Hyn fu pwrpas eu huniad cyn iddo erioed ei weld, ond pe na bai Eleanor fyth yn rhoi mab iddo, yr oedd hi eisoes wedi rhoi iddo rywbeth llawn mor werthfawr.

Nid oedd wedi ystyried tan y tair blynedd diwethaf yma mor arswydus o unig y bu cyn eu priodas. Rhyw-beth i feirdd a chlêr ramanteiddio yn ei gylch fuasai'r gair hwnnw: cariad. Ond ers tair blynedd bellach, fe'i gwisgwyd ef â chlogyn cynnes ei chariad, ac ni wyddai fod y fath hapusrwydd yn bosibl.

Wrth nesáu at y faenor, meddyliai mor fodlon fyddai yn awr i aros yno am byth, a rhoi'r gorau i'r teithio parhaus yma. Unwaith y bydd helynt Arwystli wedi ei setlo, addawodd iddo'i hun . . .

Yn y clos y tu allan i'r maenordy safai wagenni a meirch dieithr. Ac eto, nid mor ddieithr. Llamodd calon Llywelyn ap Gruffudd pan welodd addurniadau'r meirch a baner ei frawd, Dafydd. Nid oedd wedi taro llygad arno er ei briodas yng Nghaerwrangon, a phrin iawn fu geiriau Dafydd iddo yr adeg honno, dim ond yr hyn yr oedd raid yng nghlyw y brenin. Am Lywelyn ei hun, yr oedd y dolur o wybod i'w frawd geisio ei ladd, a hynny gyda chymorth ei elyn pennaf, wedi treiddio'n ddwfn.

Eto, llamu a wnaeth ei galon. Dyna, bob amser, a fu ei ymateb greddfol cyntaf. Ond ar unwaith caledodd ei wefusau yn ddwy linell denau wrth i reswm ddisodli cariad. Beth oedd ganddo ef bellach fyddai'n werth i Ddafydd deithio i'w geisio ganddo? Oblegid ni allai gredu mai pryder brawdol a'i gyrrai yma. Fel ffefryn y brenin, onid oedd gan ei frawd bopeth a ddymunai? A oedd ef yn awr yn gwarafun iddo Dalaith Aur Gwynedd hefyd?

Pan gerddodd i mewn i'r maenordy gwelodd fod Dafydd a'i wŷr, dri ohonynt, eisoes wedi cael mynediad. Ond safai gwŷr Llywelyn â'u picelli'n barod rhag ofn iddynt fentro ymhellach i mewn na'r neuadd.

Trodd Dafydd ato, a hanner gwên ar ei wyneb tywyll.

' Mae dy ddeiliaid wedi anghofio'r hen arfer Gymreig o estyn croeso. Yn enwedig i frawd sydd ar siwrnai o ewyllys da.'

Nid atebodd Llywelyn ar unwaith. Rhythodd y ddau frawd ar ei gilydd. Gwelai Llywelyn yr wyneb cyfarwydd yn fain o dan y farf gymen, y llygaid du mor heriol ag erioed, ac aflonyddwch yn ei ysu. Gwelai Dafydd yntau ŵr hŷn, ond tawelach, yr hen egni'n llai amlwg nag o'r blaen.

' Pam 'rwyt ti yma, Dafydd? '

Diflannodd y wên ac yn ei lle daeth fflach o ddicter.
Edrychodd o'i gwmpas yn ddiamynedd. ' A gawn ni
siarad â'n gilydd—o'r neilltu? '
    Daliai Llywelyn i rythu arno heb ateb. Rhuthrodd
Dafydd ymlaen i gydio yn ei fraich, ac ar unwaith cododd
y milwyr eu picelli i amddiffyn y tywysog. Bwriodd y
brawd iau y bicell agosaf ato ymaith yn ddiflas.
' O, anfon dy gŵn ymaith. Gad i ni siarad mewn
heddwch.'
    ' Beth sydd gennym i'w ddweud wrth ein gilydd? '
    ' Mwy nag y tybiet. Llawer mwy.'
    Yn ôl yr angerdd yn ei lais nid dyn yn bwriadu brad
oedd hwn. Ac eto . . .
    Gwyddai Llywelyn fod ei hen gariad at ei frawd bob
amser yn llechu'n agos i'r wyneb, a bod dymuniad cudd
ei galon yn enbyd o gamarweiniol.
    ' Awn i'r siamber,' ebe ef yn swta toc. ' Ond rhaid i
Degerin ap Hywel a'r Brawd Wiliam fod yn bresennol.'
    Daeth yr hen olwg bwdlyd yn ôl i wyneb y llall. Ond
gwelodd ar unwaith na fyddai dim yn sigo penderfyniad
Llywelyn. Cododd ei ysgwyddau i ddynodi cydsynio
anfodlon.
    Yn y siamber yr oedd y gweision yn cynnau'r can-
hwyllau brwyn ar y muriau, gan fod yr haul wedi
machlud ers awr gron, a chysgodion yr hwyr yn medd-
iannu'r ystafell. Arhosodd Llywelyn i'r dynion gilio cyn
siarad.
    ' Bydd dy wŷr yn cael llawnder o fwyd, ac fe ddaw
gweision â swper yma i ni.' Oedodd eiliad. ' Mae
lletygarwch y Cymro'n dal mewn bri yn Abergwyn-
gregyn, beth bynnag a ddywed ei elyn.'
    ' Clyw, Llywelyn,' ebe Dafydd, ' anghofia hen greith-
iau. 'Rydw i yma i gymodi.'

'Cymodi? Heb ofyn pardwn?' Yr oedd llais Llywelyn yn oer.

'O, mi wna' i ofyn dy bardwn di, os ydi hynny'n bwysig i ti.' Siaradai Dafydd yn gyflym gan fynd heibio i syndod ei frawd fel rhywbeth dibwys. 'Os dywedaf mai ti oedd yn iawn, a fydd hynny'n ddigon i ti?'

'Iawn? Ym mha ffordd?'

'Ynghylch Edwart.'

Edrychodd Tegerin o'r naill frawd i'r llall yn gyflym. Pa gynllwyn oedd ar droed yn awr? Y peth diwethaf a glywsai am Dafydd oedd mor aml y bu'r brenin yn ymweld ag ef a'i wraig, y Saesnes, Elisabeth. Ac yn awr yr oedd yn disgwyl i Lywelyn gredu iddo droi yn erbyn brenin yr oedd yn fwy o gyfaill iddo nag o ddeiliad. Yr oedd terfyn i anwadalwch hyd yn oed gŵr fel y Tywysog Dafydd. Byddai Llywelyn yn siŵr o'i amau ar unwaith.

Ond nid oedd wedi wfftio. Fel pe bai wedi disgwyl clywed y cyfaddefiad ers talwm, meddai:

'Gwell i ti ddweud dy gŵyn o'r dechrau.'

Yr oedd gŵr, ebe Dafydd, o'r enw William de Venables wedi dwyn gwŷs yn ei erbyn ynghylch tiroedd yr Hob ac Estyn, tiroedd yr oedd ef, Dafydd, yn eu dal gan y brenin.

'Y mae'r achos i'w glywed yng Nghaer.'

Arhosodd Dafydd gan ddisgwyl sylw ar hyn.

'Wel?'

'Nid yw hyn yn gyfiawn.'

Aeth un o aeliau Llywelyn i fyny a daeth hanner gwên i'w wefusau. 'O? Pam felly?'

'Yng Nghymru y mae'r tiroedd. Yma, nid yng Nghaer, y dylid clywed yr achos, a hynny yn ôl Cyfraith Gymreig nid Cyfraith Loegr.'

218

Yr oedd haerllugrwydd y gosodiad hwn o enau Dafydd o bawb, yn anghredadwy.

' Yn sicr, ni raid i ti ond dweud gair bach yng nghlust dy gyfaill y brenin, ac fe fydd o'n siŵr o unioni'r cam?'

' Paid â chellwair, Llywelyn. Wrth gwrs fy mod i wedi apelio. On'd ydw i'n dweud wrthyt ti? Ti oedd yn iawn amdano.'

A dim ond un gŵyn oedd hon, ebe Dafydd. Dyna achos maenor Frodsham, a'r arian yr oedd ar ei lysfab, John Marshal, iddo. Dyna waddol Gwenllian de Lacy a'r tair treflan yn Nyffryn Clwyd y dylai Dafydd fod wedi eu hetifeddu. Yr oedd y brenin wedi cymryd y cwbl. O, fe allai fynd ymlaen ac ymlaen.

' Mae'n dda gweld y cen yn disgyn oddi ar dy lygaid o'r diwedd.'

Yr oedd y nodyn gwawdlym yng ngeiriau Llywelyn wedi troi'n finiog. ' A yw dy ddychymyg di mor bitw fel bod rhaid i rywbeth ddigwydd i *ti* cyn i ti sylweddoli gwir fwriadau'r brenin?'

Yn union, ategai Tegerin ynddo'i hun. Oni bai am Dafydd a'i gynllwyn dieflig gyda Gruffudd ap Gwenwynwyn ers llawer dydd, byddai'r Tywysog Llywelyn yn dal i deyrnasu ar y rhan helaethaf o Gymru. Y noddfa a roes y brenin i Ddafydd a ddechreuodd danseilio gwaith oes.

Ond yr oedd Dafydd wedi twymo i'w destun, ac yn fyddar i gerydd ei frawd.

' Paid ti â meddwl mai fi yw'r unig un i gwyno. Mae Edwart mor sicr o'i rym erbyn hyn fel bod ei wŷr a'i weision wedi mynd yn haerllug iawn. Mae hyd yn oed y distatlaf yn ei deimlo'i hun yn rhydd i sarhau Cymro o'r tras uchaf, a hyd yn oed y labrwyr sy'n codi ei gestyll yn cael penrhyddid i'n sarhau a lladrata oddi arnom. Mae Edwart wedi addo ac addo cyfiawnder, a minnau'n ddigon ffôl i'w gredu ar y dechrau, ond mae'n amlwg erbyn hyn nad yw'n bwriadu gwneud dim yn ei gylch.'

' Pam 'rwyt ti'n dweud y pethau hyn wrthyf fi? '

' Am fy mod yn gwybod bod yr un peth yn digwydd i ti yn Arwystli, ac am mai ŵyr i Lywelyn ap Iorwerth ydwyf finnau hefyd.'

' A Chyfraith Hywel yn bwysig i ti? '

Ni allai Llywelyn gadw'r dirmyg o'i lais. Ond yr oedd Dafydd yn hollol ddifrifol wrth ateb.

' Ydi. Mae'n anodd gennyt gredu hynny, mi wn, ond dyna'r cyfiawn wir. O, un ymarferol ydw i, Llywelyn. Pan welaf fod y wlad yn rhanedig, mae'n ddoeth ochri â'r cryfaf, dyna fu fy nghred. Ond fe ddaw amser mewn hanes pan fydd popeth yn gogwyddo i un cyfeiriad, pob arwydd, pob digwyddiad yn crynhoi tua'r un peth anochel hwn. Mi gredaf i fod yr amser wedi dod. Nid nyni yn unig sydd o dan yr iau erbyn hyn, Llywelyn, ond ein pobl drwy Gymru gyfan. Mae'r marchogion wedi diflasu ar ormes de Grey yng Nghaer. Mae hyd yn oed Esgob Anian o Lanelwy wedi dechrau cwyno'n chwerw wrth y brenin fod ei swyddogion yn ymyrryd â llysoedd yr eglwys. Mae Bogo de Knoville yn y gorllewin yn sathru ar ein hawliau cyfreithiol ac yn mynnu bod pawb yn mynd i Lanbadarn i gael trin eu hachosion yn ôl cyfraith Edwart. Nid bonedd yn unig sy'n dioddef, ond gwreng hefyd. Am y tro cyntaf er amser ein taid mae pair y wlad ar ferwi drosodd. Y cwbl sydd arnynt ei eisiau yw arweiniad. Mae'r amser wedi dod i ni'n dau gynnal breichiau ein gilydd yn erbyn y Saeson.'

Byrlymai ei eiriau yn gynt a chynt, ei lygaid yn fflachio mewn dicter. Oherwydd iddo weiddi cymaint erbyn y diwedd yr oedd tawelwch y siamber ar ôl iddo orffen yn fwy llethol fyth. Rywle yn y fforest yn ymylu ar y maenordy cododd llef ddolefus tylluan. Rhith o aderyn, meddyliai Tegerin, mor rhithiol â'r tywysog tywyll hwn, ei eiriau mor hudolus, ei swyn mor ddeniadol hyd oni ffrwynid dyn gan y cof am y drwg yr oedd hwn wedi ei wneud i'w harglwydd yn y gorffennol. Sut y gallai ef ddisgwyl i Lywelyn sychu llechen ei ddrygioni yn lân, dim ond am iddo ef weld gwirionedd pethau'n rhy hwyr?

Ac yr oedd un peth arall. Arwystli. Yn syndod o amyneddgar a thrafferthus, bu Llywelyn yn adeiladu ei achos, garreg ar garreg, gan gymodi â hen elynion, megis Anian o Fangor a Rhosier Mortimer, er mwyn hyrwyddo ei gais. Pam y dylai daflu'r cyfan o'r neilltu yn awr pan oedd ei achos yn ddi-nacâd, ac yntau'n rhwym o ennill?

Ac eto, gwelai Tegerin fod Llywelyn yn simsanu, er na ddywedodd air. Yr oedd hen oleuni'r frwydr wedi dod yn ôl i'w lygaid, a'i falchder o weld llaw cyfeillgarwch ei frawd bron yn drist i'w wylio. Paid â bod yn fyrbwyll, ebe llygaid Tegerin, paid â gadael i'r hen gariad hwnnw dy fradychu unwaith eto. Suddodd ei galon pan glywodd Llywelyn yn dweud bron yn eiddgar:

' Beth yw dy gynllun, Dafydd? '

Ond cyn i Ddafydd fedru ateb yr oedd y drws wedi agor, a'r Dywysoges Eleanor wedi ymddangos.

Pan welodd fod y cwmni'n dal yno, dechreuodd ymgilio, ond galwodd Llywelyn arni i aros. Edrychai'n hardd ond yn eiddil yng ngoleuni'r gannwyll frwyn, ac wrth edrych arni daeth y tynerwch yn ôl i lygaid Llywelyn. Croesodd Dafydd ati a chodi ei llaw i'w chusanu.

'Cyfarchion, fy chwaer brydferth. Mae Elisabeth yn anfon ei chariad atat.'

Torrodd llais Llywelyn ar draws y moesgarwch pert.

'Mae'r Tywysog Dafydd am i mi ymuno ag ef i godi mewn gwrthryfel yn erbyn y brenin.'

Agorodd Eleanor ei llygaid yn fawr gan ofn. 'Beth, f'arglwydd?'

Aeth llais Llywelyn ymlaen, ond yr oedd tinc cras ynddo.

'Fe welodd mai fi sy'n iawn yn mynnu trin achosion yn ôl Cyfraith Hywel.'

Trodd Dafydd at Eleanor yn eiddgar. 'Mi wn, arglwyddes, gymaint ei drafferthion yn Arwystli. 'Wnaiff y brenin ddim cydsynio, fyth. Nid oes ond un ateb.'

'Mae dy ofal am ofidiau f'arglwydd yn annisgwyl.'

Yr oedd ei llais yn isel, ond yr oedd dagr yn y geiriau. Chwarddodd Dafydd. Yr oedd yn amlwg ei fod yn edmygu ei chwaer-yng-nghyfraith.

'Haeddaf dy gerydd, arglwyddes. Ond mae'r mater yn rhy bwysig yn awr i hen greithiau personol. 'Rwy'n sicr y bydd Llywelyn yn cytuno.'

Unwaith eto bu distawrwydd a phawb yno'n ym-wybodol o frwydr fud. Syllodd Eleanor yn hir ar ei gŵr.

'Wyt ti, f'arglwydd? Wyt ti'n barod i fynd i ryfel... dros y Tywysog Dafydd?'

Yr oedd Eleanor yn dweud mwy wrtho na'r geiriau. Ymbil fud gwraig a welsai chwerwder rhyfel, nid ei ogoniant, oedd yma. 'Mi gollais dad a brawd,' meddai ei llygaid, 'fe'm halltudiwyd innau gyda fy mam i gwfaint ym mlodau fy nyddiau. Fe wnaed fy mrodyr yn herwyr ar ffo. Ond fe ddaeth heddwch a chariad i'm bywyd o'r diwedd, ac onid wyt ti hefyd, f'arglwydd, wedi ennill tawelwch a llawenydd yn ein serch? Paid â gwerthu'r cwbl am fympwy'r gŵr hwn na fu'n frawd i ti.'

Deallodd Llywelyn ei neges. Bu gwin geiriau Dafydd bron â'i feddwi, ond yr oedd ei hymbil dieiriau fel dracht o ddŵr grisial. Cymerodd ei dwylo a'u gorchuddio â'i ddwylo ef ei hun mewn ystum gweddi. 'Daeth cais yr Arglwydd Dafydd yn rhy hwyr, f'anwylyd.'

Ond ychydig ddyddiau'n ddiweddarach bu bron iddo edifarhau am ei benderfyniad. Daeth negesydd y brenin â llythyr iddo. Gan fod Arglwydd De Powys, meddai'r llythyr, yn maentumio nad oedd ef, fel barwn, yn atebol i ymddangos yn achos Arwystli heb wŷs gan y tywysog, yr oedd y brenin yn awr yn gofyn i dwrneiod y tywysog gyflwyno gwŷs yn ddiymdroi.

'Ond mae'r wŷs *wedi* ei chyflwyno yn agos i bedair blynedd yn ôl, arglwydd,' ebe Tegerin a'i wyneb yn fflamgoch. 'Cast arall gan y brenin i oedi ymhellach yw hwn.'

'Mi wn i hynny.' Yr oedd golwg blinedig gŵr wedi dod i ben ei dennyn arno. Pe bai Dafydd yno â'i gais y munud hwnnw . . . ond y cyfan a wnaeth oedd ochneidio a dweud:

'Anfon ato i ddweud fod y wŷs ganddo eisoes.'

Yr oedd Mabli ar ei gliniau yn eglwys Cadfan. Treuliai lawer o amser yma y dyddiau hyn, oherwydd yr oedd yn well ganddi wneud y daith i Dywyn yn hytrach na chwilio am ei chysur yn y capel yn y Bere. Yn y capel ni allai ddianc rhag ei mam wen a'i holi parhaus. Yno y byddai honno nos a dydd yn chwilio am absoliwsiwn oddi wrth rywbeth neu'i gilydd.

Paid â gweld bai ar neb sy'n chwilio am faddeuant, fe'i ceryddai ei hun. Onid wyt ti'n gwneud yr un modd? Pwy wyt ti i farnu cydwybod un arall, a thithau â chydwybod mor llosg â phe baet yn gorwedd ar ddanadl poethion?

Trwy ei bysedd gwelai'r offeiriad a fu'n gwrando ar ei chyffes yn cerdded i lawr tua'r allor. Unwaith eto, yr oedd hi wedi methu ... 'O Dad, yr wyf wedi pechu. 'Arhosais i ddim i gysuro'r forwyn pan oedd hi'n wylo, ond gwaeddais arni nes ei dychryn ... 'rwy'n ddiamynedd efo nhad sydd wedi mynd yn fyddar ... mae'r meddyliau chwerw at fy mam wen ...'

Nid oedd hi wedi medru cyffesu'r pechod mawr. Ac eto, gwyddai fod ei methiant yn bwyta i mewn i'w chnawd yn dwll enfawr a âi yn fwy ac yn fwy bob dydd o'i hoes. Ni wyddai beth fyddai cosb yr eglwys am yr hyn a wnaethai— cael eich cyfri'n un ohonyn *nhw* a chael eich llosgi efallai.

Tynnodd ei mantell yn dynnach amdani fel pe i fygu'r fflamau a ddringai i fyny ei choesau. Penyd ofnadwy yw cael eich llosgi i farwolaeth, ond beth petai pobl yn gwybod y rheswm? Pa gosb oedd yn ddigon dychrynllyd i hynny? O, na châi hi wneud ei phenyd yn ddirgel, heb orfod cyffesu'n agored. Hwyrach y byddai Duw'n dangos y ffordd iddi. Erbyn hyn, dyna oedd ei gweddi feunyddiol.

Ddydd ar ôl dydd yr oedd hi wedi dod yno, a'r offeiriad yn rhyfeddu at ddiwydrwydd y wraig wyllt hon o Gastell y Bere, yn cyffesu ei phechodau pitw. Synhwyrai fod yna ryw ing alaethus yma, ond nid oedd dim y gallai ef ei wneud i'w dynnu allan ohoni, ond gweddïo ar i Dduw ei rhyddhau oddi wrth ei baich dirgel.

Yr oedd y rhew wedi gosod ei orchudd disglair dros y cerrig llwyd a'r glaswellt gaeafol. Wrth fythynnod tlawd y rhai mwy darbodus pentyrrwyd rhes ar res o goed duon. Wrth un ohonynt yr oedd cath yn rhythu ar hen wraig yn torri priciau yn danwydd. Cyn bo hir, meddyliai Mabli wrth fynd heibio tua'r Bere, mi fyddaf innau cyn hyned â honna. Yr oedd ei thad yn hen eisoes, yn hen ac yn fusgrell, ac yr oedd sôn y byddent yn symud i'w tiroedd yn Llanegryn, i wneud lle i gastellydd ifanc a heini. Bu'r tywysog yn garedig. Cawsant aros yno ymhell dros eu hamser, ond nid oedd disgwyl iddo adael un o'i gaerau pwysicaf yng ngofal hen ŵr methedig.

Nid oedd Mabli'n fodlon meddwl am y dyfodol. Wynebu byw ysgwydd yn ysgwydd â'i mam wen. O leiaf, yn awr, gallai ddianc i gilfachau'r castell. I ble y câi hi ddianc wedyn?

Yr oedd hi wedi ymgolli mor bell yn ei meddyliau fel na sylwodd ar y march dieithr yn y beili. Ychydig iawn o ymwelwyr a ddisgwylid yn y Bere y dyddiau hyn, yn enwedig yn ystod dyddiau olaf Ionawr.

Yr oedd Tegerin yn aros amdani yn y neuadd, yn ei gynhesu ei hun wrth y tân mawn ynghanol yr ystafell. Nid oedd golwg Mabli cystal ag y bu, a safodd yno am ennyd neu ddau'n rhythu ar y gŵr mawr mewn gwisg dirprwy ganghellor. Yna, newidiodd ei hwyneb yn rhyfeddol. Diflannodd y rhychau a daeth bywyd yn ôl i'r llygaid.

' Tegerin! '

Nid oedd amau ei llawenydd. Ac eto, yn sydyn, daeth y pryder yn ôl.

' Newydd drwg fydd Tegerin yn ei ddwyn i'r Bere, fel rheol.'

Cydiodd yn ei dwylo a'u codi i'w wefusau, fel llawer tro o'r blaen.

' Mabli annwyl . . .'

Yna, rhoddodd ei freichiau amdani a'i gwasgu i'w gôl heb falio dim am y milwyr a'r gweision a wyliai'r cyfarchion hyn â diddordeb.

' Oes, mae gen i newydd, ond ti'n unig all ddweud ai da ynteu drwg ydi o.' Edrychodd o'i gwmpas. ' Rhaid i ni sgwrsio mewn lle mwy dirgel na hyn.'

Heb ddweud rhagor, arweiniodd Mabli ef i'r siamber fach ar ben y grisiau.

' O, Tegerin . . .' Caeodd y drws a throi i edrych arno. Yr oedd ei gorff yntau, hefyd, wedi lledu a chaledu, ac yr oedd y rhychau'n drwm rhwng ei aeliau. Ond hwyrach mai'r Tegerin ifanc a welai hi o hyd wrth ddweud: ' Mae'r blynyddoedd yn diflannu wrth i mi edrych arnat ti.'

Gofidiai yntau yn ei galon na fedrai ddweud yr un peth wrthi hithau. Cymerodd ei dwylo unwaith eto.

' Neges oddi wrth y tywysog sydd gen i. Ond mae'n pwysleisio mai cais yw hwn, nid gorchymyn. Rhaid i ti deimlo'n rhydd i ddweud ie neu nage.'

' Y tywysog? ' sibrydodd.

' Ie. Tyrd i eistedd wrth y ffenestr.' Oblegid yr oedd ei hwyneb wedi mynd yn llwyd.

' Yn gyntaf, mae gen i newydd a fydd o'r llawenydd mwyaf i Gymry ymhobman.'

Oedodd am ennyd, yna fe'i gorfododd ei hun i edrych ym myw ei llygaid. ' Mae'r dywysoges yn cario plentyn.'

Ar hyd y ffordd i Gastell y Bere, bu'n ceisio, ac yn ofni, dyfalu'r adwaith i'w neges, ond nid oedd ef, hyd yn oed, yn barod am y llef—hanner griddfan, hanner chwerthin—a lanwodd yr ystafell cyn iddi syrthio i lewyg.

Yr oedd hi'n gorwedd ar wely, fe wyddai hynny, ond ni fedrai agor ei llygaid eto. Rhaid bod ei hamrannau wedi symud, oblegid clywai furmur isel a llais yn sibrwd ei henw. Ni wyddai pam y teimlai mor hapus. Nid oedd hi wedi teimlo fel hyn ers talwm iawn, ac ofnai agor ei llygaid rhag ofn i'w hapusrwydd ddiflannu unwaith eto. Ond yr oedd hi'n codi'n nes ac yn nes i wyneb y dŵr, ac ymhen ychydig eiliadau byddai'n rhaid iddi eu hagor . . .

Pan welodd Degerin yn sefyll yno, ffrydiodd y cof yn ôl. Hofrai'r gwas a'r forwyn a oedd wedi ei chario i'w llofft wrth erchwyn y gwely, heb fod yn sicr p'un ai aros ynteu mynd. Torrodd gwên dros ei hwyneb, a daliodd ei llaw allan.

'Dywed ei fod yn wir, Tegerin,' sibrydodd. 'Mae'r dywysoges wedi beichiogi?'

Amneidiodd yntau ei ben, gan brin fedru llefaru'r geiriau. Bu ei hymateb mor annisgwyl. Gwelai'r dagrau araf yn treiglo i lawr ei gruddiau, ond gwyddai'n reddfol nad dagrau gofid mohonynt.

'I'r Forwyn y byddo'r gogoniant!'

Yr oedd yn rhaid iddo ddweud ei neges i gyd. Oedd hi wedi gwella'n ddigon da o'i llewyg i'w chlywed? Hi ei hun a roes yr agoriad iddo.

'Ydi hi—sut mae hi, y dywysoges?'

Yr oedd wedi codi ar ei heistedd ac yn chwilio'i lygaid yn eiddgar am ateb. Nid oedd ef yn deall mor bwysig iddi oedd yr ateb.

'Gwantan, mae arnaf ofn. Dyna pam yr ydw i yma.'

Oedd, yr oedd hi'n ddigon da i wrando. Edrychodd yntau dros ei ysgwydd ar y gweision, ond yr oedd y ddau wedi cilio i'r cysgodion. Gostyngodd ei lais, er hynny.

' Mae angen gofal arni. Mae'r tywysog yn dal nad oes gweinyddes yng Nghymru sy'n debyg i Fabli. Dyna'i gais i ti—ddoi di draw i Abergwyngregyn i ofalu amdani? '

Yr oedd hi wedi codi o'i gwely ac wedi troi oddi wrtho fel na allai weld ei hwyneb. Clywodd y cryndod yn ei llais wrth iddi ofyn:

' Ai dyna ddymuniad y dywysoges hefyd? '

' Hi awgrymodd y peth yn y lle cyntaf.'

Gollyngodd Mabli ochenaid hir. Yna aeth ar ei gliniau ac ymgroesi. Symudai ei gwefusau mewn gweddi am rai eiliadau. Ar ôl iddi godi, trodd at y gweision a gorchymyn iddynt ymadael. Pan oeddynt ar eu pennau eu hunain, meddai:

' Ti yw fy ffrind pennaf, f'unig ffrind, ac felly y buost erioed. Peth drwg yw i ffrindiau fel nyni gelu pethau oddi wrth ein gilydd. Cyn i mi ateb, wnei di wrando ar rywbeth? '

' Wrth gwrs.'

Yr oedd hi'n ceisio hel ei meddyliau at ei gilydd yn drefnus, ond buont mor gythryblus cyhyd, fel cymylau gwibiog ar ddiwrnod gwyntog o Fawrth.

' 'Rwyf wedi ceisio dweud yn y Gyffes, ond ni ddaeth y geiriau. Mi gei di fod yn Gyffesydd i mi.'

Daeth ofn drosto wrth feddwl am yr hyn yr oedd ar fedr ei glywed.

' Wyt ti'n siŵr? '

' Ydw. Mi gei *di* ddweud wedyn pa ateb y dylwn ei roi.'

' O na— '

' Gwrando. Ti ddaeth â'r newydd i mi fod y tywysog wedi ei ddyweddïo. Pan ddywedaist ti nad oedd erioed wedi ei gweld hi, fe ufgodd y cwmwl ar fy nghalon. Mi wyddwn—na,' cywirodd ei hun yn gyflym, ' mi *gredwn* ei fod yn fy ngharu i, ond mi gymodais â'r syniad o'i briodas oherwydd i mi . . . dybio mai priodas wleidyddol gyfleus oedd hi, er mwyn ennill aer i'r dywysogaeth yn unig. Ond fe wyddost hyn i gyd . . .'

Arhosodd am ateb. Yr oedd yn anarferol o chwerw pan ddaeth.

' O gwn. 'Roeddwn i'n dy garu di—wyt ti'n cofio? Ond mae'n rhaid i Fabli garu'r anghyraeddadwy bob amser.'

Tywyllwyd ei hwyneb gan boen. Ysgydwodd ei phen.

' Helpa fi i fod yn onest . . . o'r diwedd, Tegerin.'

Yr oedd yn edifar ganddo ar unwaith. Gwasgodd ychydig ar ei dwylo i'w symbylu i fynd ymlaen.

' Ar ôl eu priodas, fe ddigwyddodd rhywbeth. Daeth sibrydion bach i'm clyw, fel yr oedd y tywysog yn dotio ar ei briod newydd, fel yr oedd serch wedi trawsnewid ei gymeriad, fel yr oedd yn barod i aberthu Cymru hyd yn oed pe câi fyw mewn heddwch â'i anwylyd— '

' 'Dydi hynny ddim yn wir! ' Torrodd Tegerin ar ei thraws yn ddig.

' O, Tegerin,' meddai hithau'n flinedig, ' Be *sy*'n wir, a be sy *heb* fod yn wir? 'Dwn i ddim. Y cwbl a wyddwn i oedd bod rhyw eiddigedd newydd, dychrynllyd yn fy nifa. 'Doeddwn i ddim wedi rhag-weld y byddai serch fel hyn yn ei feddiannu. Pe genid plentyn iddynt, plentyn eu cariad fyddai. 'Allwn i ddim dioddef hynny.'

Oedodd am ychydig. Yna ymwrolodd a gorfododd ei hun i fynd ymlaen. ' Mi es i weld gwrach Penuwch.'

Rhewodd yr ebychiad yn ei wddf. Gwyddai'n union yn awr beth oedd hi'n mynd i'w ddweud, ac nid oedd arno eisiau clywed, ond aeth y llais ymlaen yn ddidostur.

'Mi ofynnais i'r wrach am swyn i rwystro Tywysoges Cymru rhag beichiogi. Fe'i cefais. Yr oeddwn i gymryd arnaf wisg derwyddes, torri ar wledd ddathlu eu priodas, a dweud y geiriau yn fy nghalon pan safai'r dywysoges o fewn tair troedfedd i mi.'

Dyhead Tegerin oedd gwneud arwydd y groes, ond fe ymataliodd. Nid oedd hi'n edrych arno'n awr. Yr oedd hi'n ail-fyw y noson honno.

'Fe ddaeth hi o fewn tair troedfedd i mi, ond yn sydyn dyma hi'n gwenu arnaf â'r llygaid cynnes yna, fel pe bai hi'n gwybod na fedrwn i ddim gwneud dim drwg iddi. Ac yna . . . welest ti hi'n fy ngorchuddio â'i mantell ei hun?'

Cododd y llais yn llef. ' 'Wyddwn i ddim a oeddwn i eisoes wedi ei melltithio hi yn fy nghalon ai peidio . . . 'doeddwn i ddim yn *gwybod*!'

Dechreuodd grio o ddifri'n awr, ac unwaith eto cymerodd Tegerin hi yn ei gôl i'w chysuro.

'Paid . . . paid . . .' mwmiodd, 'mae hi wedi beichiogi. Mae'r plentyn ar ddod. 'Wnest ti ddim byd iddi.'

Cododd ei phen ac 'roedd ei chwestiynau fel eiddo plentyn i'w thad. 'Be wna' i? 'Roedd y dymuniad yn fy nghalon. Ydw i'n rhy ddrwg i ofalu amdani yn awr?'

Rhyfeddai ei hun at mor gadarn oedd ei ateb.

' 'Wnest ti ddim cyffesu i'r offeiriad, ond fe wnest weddïo am arweiniad Duw sut i wneud iawn. Weli di ddim, Mabli? Mae Duw wedi anfon ei ateb. Gwna dy gyffes, a thyrd gyda mi i Aber yfory.'

13

Drannoeth Sul y Blodau yn y flwyddyn 1282, yr oedd
Llywelyn yn cerdded gydag Eleanor yng ngardd maen-
ordy Abergwyngregyn. Y diwrnod cynt, ar y Sul cyseg-
redig, buont dros y Fenai yn Llanfaes yn treulio oriau
yn Nhŷ'r Brodyr Troednoeth, yn gweddïo am eneidiau
Llywelyn Fawr a Siwan. Heddiw, ar yr ail ar hugain o
Fawrth, a'r gwyntoedd a fu mor gryf wedi gostegu, nid
oedd arwydd o ddim a allai darfu ar eu llonyddwch.
Syllai Mabli arnynt o un o ffenestri uchaf y maenordy.
Fe'u gwelai hwy'n chwerthin yn sydyn, ac aros i ym-
gofleidio. Lai na blwyddyn yn ôl byddai'r olygfa wedi
ei thrywanu fel saeth. Ond Mabli yn salwch ei heidd-
igedd oedd y Fabli honno. Yr oedd euogrwydd, a diolch-
garwch am na weithiodd y swyn, wedi carthu'r hen
eiddigedd hwnnw o'i chyfansoddiad.

Gwraig edifeiriol, yn falch o'r cyfle i wneud iawn
a ddaethai i Aber gyda Thegerin ryw chwech wythnos
ynghynt. Fe'i cofleidiwyd gan y tywysog a aeth â hi
ar unwaith i'r siamber lle y gorffwysai'r dywysoges.
Edrychai honno'n llwyd a blinedig, ond yr oedd wedi
codi oddi ar ei chlustog i groesawu Mabli a'r wên
gynnes honno wedi toddi unrhyw ddarn rhewllyd o
eiddigedd a lechai ar ôl yng nghalon y wraig hŷn.

Yn awr rhyfeddai fel y gallai natur cariad newid. Nid
mynd yn llai, ond newid. Chwyddo i gwmpasu nid yn
unig y Tywysog Llywelyn, ond hefyd ei briod a'r
plentyn yn ei chroth. Oedd, yr oedd hi'n weinyddes dda.
Dechreuodd ei gofal am Eleanor o'r munud y croesodd
riniog ei siamber. Gwyddai am lysiau a moddion a
fyddai'n dod â gwrid yn ôl i'r gruddiau gwelw, ac yn
awr gwyliai ei cherddediad sicrach â balchder.

Weithiau, hiraethai am y Bere, ond yma yr oedd ei chartref bellach, ac nid gwiw i neb edrych dros ysgwydd i'r gorffennol. Bu'r newydd am farwolaeth ei thad yn glo sicr ar y gorffennol hwnnw. Crychodd ei thalcen yn sydyn. Ni ddylai'r dywysoges fod allan yn yr oerwynt heb fantell. Mis Mawrth oedd hi wedi'r cwbl, ac nid oedd y ddraenen wen wedi blodeuo eto.

Yr oedd hi ar ei ffordd i lawr a mantell gynnes i Eleanor dros ei braich pan welodd farchog yn carlamu i mewn i'r buarth. Gwaeddodd hwnnw arni:

'Ble mae'r Tywysog Llywelyn, wraig?'

Pwy oedd hwn i'w chyfarch hi, fonesig, fel hyn? Cododd ei phen yn uchel.

'Nid oes neb i aflonyddu arno.'

Yr oedd hi fel iâr yn gwarchod ei chywion.

'Paid â gwamalu, ddynes. Mae fy newydd yn bwysig.'

Ond yr oedd y Brawd Wiliam wedi dod allan i'r buarth. Adnabu'r negesydd ef ar unwaith fel un o genhadon pennaf y tywysog.

'Mae'r Tywysog Dafydd wedi meddiannu Castell Penarlâg, wedi lladd y garsiwn i gyd, ac y mae'n anfon i ofyn cymorth Llywelyn ap Gruffudd i warchae cestyll newydd y brenin yn y Fflint a Rhuddlan.'

Yr oedd ateb y Brawd Wiliam yn fwyn. 'Oni chlywaist nad oes a wnelo'r tywysog ddim â ffolinebau ei frawd?'

Ond yr oedd y negesydd yn ystyfnig. 'Fy nghennad i yw dweud wrth y Tywysog Llywelyn. Mae'r Arglwydd Dafydd eisoes wedi galw ar farchogion o'r de i ddod i senedd yn Ninbych, ac mae'n dweud fod yr argoelion am gefnogaeth gyffredinol yn dda. Ar ei ffordd i Ruthun y mae yn awr, ac mae eraill o'i wŷr yn aros amdano i arwain cyrch ar Lanbadarn a Llanymddyfri.'

Nid oedd raid i neb fynd i chwilio am Lywelyn. Yr oedd wedi clywed y twrw ac wedi clywed y neges. Camodd draw at y negesydd.

' Pa sicrwydd sydd gennyf o wirionedd yr hyn a ddywedi? '

' Hyn, f'arglwydd.' Tynnodd y gŵr lythyr o'i logell a'i roi iddo. ' Oddi wrth f'Arglwydd Dafydd ei hun.'

Wedi iddo ei ddarllen mewn distawrwydd, trodd Llywelyn at y gweision a gorchymyn iddynt roi bwyd a diod i'r dyn, ond nid oedd wedi rhoi ei ateb iddo eto. Safai Eleanor yno fel cerflun o farmor, yn gwylio ei wyneb yn ddyfal, yn ewyllysio â'i holl galon iddo wrthod.

' Mae hi'n oer,' ebe Llywelyn. ' Awn i'r tŷ. Ble mae Tegerin? '

Tegerin oedd carreg ateb ei feddyliau. Bob tro y bu achos iddo ddadlau ag ef ei hun, bu'n dda cael Tegerin yno a'i feddwl cyfreithiol ond cynnes i godi gwrthwynebiad neu i awgrymu ffordd arall. Byth er i wyrion Ednyfed, ei gynghorwyr yn ôl yr hen drefn, esgeuluso eu dyletswyddau, fe ddaeth i ddibynnu ar y gŵr hwn a fu gydag ef cyhyd. Y Brawd Wiliam a Thegerin oedd yr unig ddynion y gallai'n wirioneddol ymddiried ynddynt bellach. Rhaid i'r ddau fod yno i'w helpu i wynebu'r penderfyniad tyngedfennol hwn.

Ond nid oedd Tegerin yno. Fe'i hatgoffwyd gan y Brawd Wiliam eu bod yn ei ddisgwyl yn ôl unrhyw ddiwrnod o Lundain gyda hanes y wŷs frenhinol a aethai ar goll.

Pam yr oedd yn rhaid i'r tywysog orfod wynebu penderfyniad o'r fath? Melltithiai Mabli y Tywysog Dafydd yn ei chalon. Yr oedd wedi dysgu dygymod yn dawel â'i safle bresennol, ac yr oedd ar delerau cymharol dda â'r brenin, er bod hwnnw'n achosi blinder iddo oherwydd ei arafwch ynghylch Arwystli. Eithr nid am Lywelyn yn bennaf y gofidiai Mabli. Edrychodd ar Eleanor yn eistedd wrth y tân yn y neuadd, a'r fflamau'n dwysáu'r cysgodion o dan ei llygaid. Dyma adeg i'w harglwydd fynd ymaith i ryfela! Ac i beth? Unwaith y byddai'r brenin wedi clywed am y gwrthryfel gallai alw ar genfaint filwrol enfawr i'w ddinistrio, fel y gwnaethai ym 1277. Unwaith eto, ac yn ffyrnicach, melltithiodd y Tywysog Dafydd â'i holl galon.

Siaradai Llywelyn yn isel â'r Brawd Wiliam ond nid yn rhy isel i'r gwragedd glywed pob gair.

'Mae ganddo reddf filwrol, Wiliam. Y syndod yw hyn—er iddo fyw cyhyd y tu allan i Gymru a throi ymysg y Saeson, mae'n gwybod pryd i fanteisio ar dymer ein pobl.' Ac ychwanegodd bron yn drist, ' Yn well, hwyrach, nag y gwnes i erioed.'

Brysiodd Wiliam i dorri ar ei draws. ' Na, arglwydd. Ei drafferthion ef ei hun sydd wedi symbylu hyn. Cydddigwyddiad ffodus iddo yw bod eraill hefyd yn gwingo dan y gormes.'

Ochneidiodd Llywelyn. ' Boed hynny fel y bo. Mae'r amgylchiadau o'i blaid. Os gwir a ddywed y negesydd, mae ganddo gefnogaeth o Gaerfyrddin i Gonwy. Weli di ddim? Os nad af i'w swcro yn awr, ganddo ef y bydd yr hawl i'w alw ei hun yn Dywysog Cymru.'

' A fyddai hynny o bwys mawr, f'arglwydd? '

Yr oedd llais Eleanor yn crynu. Trodd Llywelyn olwg syfrdan arni. Aeth y llais crynedig ymlaen.

' Dros dro yn unig y byddai hynny. O, f'arglwydd, wyt ti ddim yn cofio? 'Roedd gan fy nhad ei gefnogaeth gref, y gryfaf a fu erioed yn erbyn unrhyw un o fren-

234

hinoedd Lloegr, ond gwyddost ei dynged ef. Mae fy nghefnder Edwart yn gryfach dyn o lawer na'i dad. Bydd unrhyw un sy'n cymryd y cleddyf yn ei erbyn yn selio'i dranc.'

Daeth cwmwl diamynedd dros wyneb Llywelyn, ac am y tro cyntaf erioed yr oedd yn flin â hi.

' Siarad gwragedd, Eleanor. Ai merch Simon de Montfort sydd yma? Beth am anrhydedd? Sut galla' i adael fy mrawd ar ei ben ei hun?'

Torrodd llais mwyn y Brawd Wiliam ar y tyndra sydyn.

' Y mae ystyriaethau eraill, arglwydd. Mae anrhydedd yn gofyn hefyd i ti barchu'r cytundeb a wnaethost â Rhosier Mortimer. Ydi hwnnw'n barod i wrthryfela yn erbyn y brenin?'

Nid oedd raid i Lywelyn ateb. Fe wyddent yn iawn fod Mortimer gyda'r ffyddlonaf o ddeiliaid Edwart. Aeth Wiliam yn ei flaen.

' Mae Arwystli'n agos iawn at dy galon. Yr wyt o fewn dim i lwyddo. Os bydd y brenin yn deall nag wyt ti'n barod i gefnogi Dafydd yn ei erbyn, oni fydd yn rhwym o sicrhau dy hawliau?'

' 'Rydw i'n dechrau amau hyd yn oed hynny, Wiliam. Ond dichon dy fod ti'n iawn.'

Eisteddodd i lawr yn ddiflas. ' Rhyfedd o fyd os bydd gofyn i mi gynnal breichiau'r brenin yn erbyn fy mrawd.'

Cyrhaeddodd Tegerin yn ôl y noson honno, ac yr oedd y neges a oedd ganddo yn ateb cyfyng-gyngor y tywysog. Yr oedd y Brenin Edwart am hysbysu'r Tywysog Llywelyn ap Gruffudd mai ei ddyletswydd ef yn awr oedd dwyn achos yn erbyn yr Arglwydd Gruffudd ap Gwenwynwyn drwy wŷs frenhinol, ac os collwyd y wŷs wreiddiol yna rhaid sicrhau un o'r newydd heb orohïan ynghylch yr angen am hyn. Er ei fod yn cyd-ymdeimlo â'r tywysog, rhaid i Lywelyn ddechrau o'r dechrau.

Anfonodd Llywelyn ei lythyr olaf at Edwart. 'Y mae Tywysog Cymru,' meddai, 'yn blino mwy oherwydd y sarhad iddo ef ei hun nag am unrhyw elw a allai fod iddo o'r tir y mae'r anghydfod yn ei gylch . . .' Drannoeth yr oedd wedi cyrchu ei wŷr ac yn march-ogaeth tua Fflint i ymuno yng ngwrthryfel Dafydd.

Yn ystod yr wythnosau dilynol bu'r Dywysoges Eleanor a Mabli'n anwahanadwy. Ni allai Eleanor farchogaeth erbyn hyn, a bu'r ddwy'n cerdded bob dydd tua glannau Menai, yn syllu draw tua Môn ac yna i'r mynyddoedd y tu ôl iddynt, yn ceisio dyfalu ymhle yn union yr oedd y brwydro. Siaradent yn rhwydd â'i gilydd, gan gymharu eu plentyndod, chwerthin am ben hen droeon trwstan, a sôn â thristwch am eu brodyr. Ond er mai anaml y siaradent am Lywelyn, hwn oedd eu prif gwlwm, a hwn a lenwai eu meddyliau.

Trai a llanw fu hi ar y gwrthryfel. Yr oedd hi'n amlwg nad oedd Edwart wedi disgwyl dim o'r fath, ac er iddo anfon ei wŷr i amddiffyn castell a chaer ar ôl clywed fod gwarchae arnynt, ni allai rag-weld ymhle yn union y byddai'r tywysogion yn taro nesaf. Yn sicr nid oedd ganddo amgyffred o faint y gefnogaeth oedd i'r gwrthryfel drwy Gymru gyfan.

Yn fuan ar ôl Penarlâg bu ymgyrch ar Groesoswallt gan farwniaid o Iâl, Edeirnion a Maelor Gymraeg, a dau ddiwrnod yn ddiweddarach ymosodwyd ar gastell Llanbadarn gan Ruffudd ap Maredudd a'i frawd Cynan ac ar gestyll Llanymddyfri a Charreg Cennen gan Rys Fychan.

Eithr nid digon hyn i'r Cymry fedru gweiddi buddugoliaeth. Er mawr siom i Ddafydd, a oedd wedi disgwyl goruchafiaeth gyflym, yr oedd gwŷr y brenin yn graddol symud i mewn i fannau eraill.

Llusgo ymlaen a wnâi'r rhyfel, felly, weithiau'n bur dawel, a'r naill ochr a'r llall yn crynhoi eu hadnoddau, dro arall yn torri allan fel llid sydyn ar y croen.

Yn ystod yr adegau tawel câi Llywelyn gipio ychydig ddyddiau yn Aber, a mawr oedd ei lawenydd o weld y gwellhad yn Eleanor. Yr oedd hi'n awr o fewn ychydig wythnosau i amser esgor, ac edrychai'n iach. Nid oedd gwres llethol y Mehefin hwnnw wedi dweud arni o gwbl.

' Ceisia fod yma pan enir y plentyn, f'anwylyd.'

Dyna oedd ei hunig ddymuniad. Cydiai yn ei law a'i gosod ar ei bol fel pe bai angen ei atgoffa. Byddai yntau'n anwesu ei gwallt ac yn chwerthin wrth ddweud y byddai'n anfon neges arbennig i Edwart i alw ei wŷr adre ar y diwrnod hwnnw.

Nid oedd Mabli wedi gweld Tegerin ers tro. Er nad oedd yn filwr, rhaid oedd iddo gadw'n agos at wersyll y tywysog yn ystod pob ymgyrch. Pan ddeuai saib yn y brwydro, adre i Abereiddon at ei wraig a'i blant yr elai.

Byddai hi'n ei holi ei hun weithiau: beth pe bawn i wedi priodi Tegerin? Nid oedd i fod. Byddai hi wedi ei amddifadu o gysur gwybod fod ei linach yn ddiogel, ac yr oedd ei falchder o'i blant yn peri iddi wenu'n chwerw. Ac ni fyddai hithau wedi cael gwasanaethu ei harglwydd. Yna byddai'n chwerthin am ben ei hen ffolineb, ac ychwanegu yn ei meddwl, ' er nad yn y ffordd yr oeddwn i wedi meddwl '.

Hyn a fu yn yr arfaeth iddi o'r cychwyn. Doethineb mwyaf dyn oedd dysgu ymollwng i'w dynged. Yma, yng nghysgod priordy Sant Ffransis yr oedd hi o'r diwedd wedi deall ystyr pregeth syml y sant. Ei phechod mawr hi fu ceisio newid tynged un arall, a deuai arswyd y peth y bu ond y dim iddi ei gyflawni drosti o'r newydd.

Rhy fyr o lawer fu pob ymweliad gan y tywysog, ond y tro hwn aeth heibio ar amrantiad. Cafodd neges fod Gruffudd ap Gwenwynwyn yn paratoi i ddod â'i wŷr tua'r gogledd-orllewin.

' Gallai hynny olygu ymosod ar Gastell y Bere, ein caer gryfaf. Os cwymp honno, bydd ar ben arnom.'

Ar unwaith yr oedd yn paratoi i fynd tua'r de. Mor bell yr ymddangosai ei hen gartref erbyn hyn. Yr oedd castellydd newydd yno'n awr a'i mam wen wedi symud i gartref ei henaint. Ac eto, yr oedd meddwl am warchae arno wedi atgyfodi'r hen gariad at y lle, ac am unwaith, yr oedd hi'n falch o weld y tywysog yn prysuro yno i'w amddiffyn.

Nid felly Eleanor. Ni allai ymrwygo o freichiau ei gŵr. Glynai ynddo fel rhywun o'i cho.

' Tyrd yn ôl yn fuan, f'arglwydd,' llefodd, a'r dagrau'n halltu ei chusanau.

Ar ôl iddo fynd yr oedd y maenordy'n wag o leisiau dynion, o gyfarth cŵn, a phrysurdeb mynd a dod. Nid oedd Eleanor gystal ei hiechyd, a chiledrychai Mabli'n bryderus ar y pantiau newydd yn y bochau a gwrando'n boenus ar y diffyg anadl wrth iddi fynnu rhoi tro yn yr ardd.

' Tyrd i'r cysgod, arglwyddes,' crefai arni.

' Na, rhaid i mi deimlo'r haul,' fyddai'r ateb.

Ac yna, un diwrnod, daeth Tegerin yno gyda neges gyfrinachol oddi wrth y tywysog. Yr oedd wedi clywed fod Edwart a'i wŷr ar hwylio ar hyd fôr Gogledd Cymru gyda'r bwriad o lanio ym Môn. Yr oedd y dywysoges a Mabli i ymadael ar unwaith a theithio i Gastell Dolbadarn lle y byddent yn ddiogel nes i'r tywysog gyrraedd ymhen ychydig ddyddiau. Gweddïai ar i'r Forwyn a'r holl seintiau fod gyda hwy ar eu siwrnai.

' O, na— '

Rhythai Mabli ar Eleanor a oedd yn pwyso ei phen yn erbyn y mur, ei hwyneb yn llwytach hyd yn oed nag arfer.

' Weli di ddim, Tegerin? 'Dydi f'arglwyddes ddim mewn cyflwr i deithio. Fe ddaw'r baban ymhen wythnos neu ddwy. Efallai ynghynt.'

' Dyna'r rheswm,' ebe Tegerin a'i lais yn isel. ' Os daw Edwart yma a darganfod bod aer newydd i Wynedd, bydd ganddo'r gwystl gwerthfawrocaf oll.'

Daeth llais Eleanor o'r cysgodion. ' Mae o'n iawn. 'Fyddai'r tywysog ddim yn gorchymyn hyn oni bai fod rhaid. O leiaf, bydd yn haws iddo gyrraedd Dolbadarn mewn pryd i'r geni.'

Yr oedd cymylau'n dechrau crynhoi yn yr awyr, a'r gwres yn bygwth troi'n storm. Edrychai pawb yn amheus ar y goleuni rhyfedd dros gopa'r mynydd, ond aed ymlaen â'r paratoadau. Rhaid oedd iddynt fod yn syml i beidio â thynnu gormod o sylw. Ar wahân i Degerin a Mabli, dim ond dau wastrawd, dau was, a Gwladus, y llawforwyn, oedd i ddod. Daeth i feddwl Mabli wrth edrych ar ei meistres, y dylai meddyg fod gyda hwy ar y daith, ond byddai un yn eu disgwyl yn Nolbadarn, ac yn sicr byddai digon o amser iddynt gyrraedd yn ddiogel yn gyntaf.

Yr oedd Eleanor wedi dringo i mewn i'r wagen ar-
bennig a oedd i'w chario pan fflachiodd y fellten gyntaf
dros afon Menai. Cychwynnodd y meirch a rholiai'r
olwynion ar hyd y ffordd garegog. Marchogai Mabli
yn ymyl y wagen, pob cynneddf yn effro am unrhyw
beth a allai ddigwydd.

' Mabli . . .'

Daeth y gri ofnus yn sydyn. ' Mabli . . . alla' i ddim.
Mae rhywbeth . . .'

Boddwyd pob sŵn arall gan daran yn hollti'r awyr.

' Tegerin! ' gwaeddodd Mabli. ' Tro'r meirch yn ôl!
Brysia! '

Cafodd y ceffylau gryn drafferth i droi yn y lle cyfyng,
ac ysgydwyd y wagen yn ddidrugaredd. Ond yr oedd
Eleanor yn fwy hunan-feddiannol.

' Mae'n well, rŵan, hwyrach . . .'

' Na.' Yr oedd Mabli'n bendant. ' Mae'r tywydd yn
rhy arw, p'un bynnag. Mae'n dda nad aethom yn rhy
bell.'

O'r diwedd daeth y glaw, ac erbyn iddynt ddychwelyd
i'r maenordy, yr oedd yn disgyn fel ffyn. Aethant ag
Eleanor i'w hystafell, a dechreuodd yr oriau o droi a
throsi yn ei gwely. Weithiau cydiai'n dynn yn llaw
Mabli, yn ymladd yn ofer yn erbyn ei dagrau.

' Os byddaf farw . . .' murmurodd unwaith, ond
dododd Mabli ei llaw yn ysgafn ar ei cheg, ac ysgwyd ei
phen. ' Ssh! '

Dro arall, rhwng y poenau, sibrydodd: ' Llywelyn . . .
'roedd o wedi addo . . .' a gwaedai calon Mabli dros y
ddau yr oedd hi'n eu caru.

Yr oeddynt wedi anfon am y meddyg, ond erbyn iddo
gyrraedd yr oedd Mabli ei hun wrthi'n helpu Eleanor
a'r fydwraig i dynnu'r baban o'r groth.

Cymerodd y sypyn gwaedlyd, llithrig, yn ei chôl gan adael i'r fydwraig weini ar y fam. Gan gau allan bopeth arall yn yr ystafell, golchodd y baban yn lân. Clywodd gri gyntaf y ferch fach â'i chalon yn llamu o gariad a llawenydd. Yna, o'r diwedd, trodd i'w rhoi ym mreichiau'r fam. Ond yr oedd y Dywysoges Eleanor eisoes yn derbyn yr eneiniad olaf gan ei hoffeiriad.

14

Un ai oherwydd y stormydd a lachiai foroedd ac arfordir Gogledd Cymru, neu oherwydd i Edwart weld yr angen i'w holl wŷr grynhoi i daro yn y canolbarth, ni ddaeth yr ymgyrch disgwyliedig ar Fôn yr haf hwnnw. Gosodwyd Eleanor yn ei bedd ym mhriordy Llanfaes. Ni adawodd Llywelyn ap Gruffudd gorff ei wraig nes iddi gael ei chloi o'r golwg, a chlywid ei wylofain unig yn y tywyllwch. Prin y cymerai sylw o'r ferch fach a oedd yn arwydd rhy boenus o'i loes. Pan ofynnwyd iddo enw'r baban, atebodd yn swta nad oeddynt wedi trafod enw merch, a gofynnodd i Fabli ddewis enw. Gan ddal y plentyn yn ei breichiau a syllu ar y croen gwyn a'r mymryn lleiaf o wallt golau, sibrydodd hithau, ' Gwenllian.'

Anfonodd Dafydd neges i ddweud y byddai Elisabeth, ei wraig, yn falch o gael cymryd y baban i'w magu, a llifodd cwmwl newydd i fywyd Mabli. Ond yr oedd Llywelyn wedi ateb fod ganddo ei drefniadau ei hun ar ei chyfer. Ofnai Mabli glywed beth oedd y trefniadau hynny. Ond nid oedd raid iddi bryderu. Dywedodd ei fod am adael y plentyn yn ei gofal hi, gan wybod na châi unrhyw gam felly.

Ond am Fabli ei hun, yr oedd ei theimladau wedi eu rhwygo'n ddarnau cythryblus. Dyheai ei holl natur am y llawenydd yma o anwesu'r fechan, ei golchi, ei gwisgo, cysuro ei chrio a thorheulo yn ei gwenau. Gwyliai ag eiddigedd y famaeth a oedd wedi colli ei phlentyn ei hun yn rhoi bron iddi. Dyna'r unig orchwyl na allai hi ei wneud drosti. Ond wrth wylio'n farus, gallai ei dychymyg deimlo'r gwefusau llaith yn sugno ar ei theth ddi-laeth. Cyn gynted ag y byddai'r ddefod wedi'i chyflawni, fe fyddai'n troi'r wraig ymaith tan y pryd nesaf, gan gymaint ei hofn i gwlwm fagu rhyngddynt.

Ond uwchben y cwbl, hofrai brân ddu fileinig yr euogrwydd a'i cwmpasai o'r newydd. Ryw ddydd fe fyddai'r aderyn dialgar yn chwyddo'n anferth, yna'n disgyn arni ac yn ei hamgylchynu â'i adenydd. Ond rhaid iddi geisio ei anwybyddu yn awr am fod ganddi wasanaeth i'w wneud. Wedi i hwnnw gael ei gyflawni fe fyddai'n barod i dalu pris ei phechod. Oherwydd erbyn hyn yr oedd hi'n argyhoeddedig fod swyn y wrach wedi gwneud ei waith. O, nid oedd hi wedi llefaru'r geiriau, nac oedd, ond oni ddywedodd yr offeiriad fod gan y galon ei geiriau?

Ar y dechrau, yr oedd hi wedi meddwl cael gwared â'r aderyn drwy gyffesu'r cwbl wrth Lywelyn, oherwydd fe wyddai ei fod yntau hefyd dan faich euogrwydd am iddo fethu â chyrraedd yr Aber mewn pryd, yn ôl ei addewid. Byddai gwybod mai arni hi 'roedd y bai yn symud ei faich yntau. Ond wrth orwedd yn y nos, a Gwenllian yn cysgu yn ei hymyl, ni fedrai wynebu canlyniad ei chyffes. Y fechan oedd ei holl fywyd yn awr. Ni allai fentro ei cholli.

Felly, trwy weddill yr haf hwnnw, ac yn nyddiau cynnar yr hydref, fe lwyddodd i droi oddi wrth y düwch yn ei meddyliau ac ymhyfrydu ym mhrifiant ei gward, a'i hunig ofid oedd na ddaethai'r tad nemor fyth i Aber i weld y cyfnewidiadau bychain yn ei ferch o wythnos i wythnos.

Tua diwedd mis Hydref daeth y newydd am farwolaeth Rhosier Mortimer. Diflannodd yr olaf o rwystrau moesol y tywysog. Yr oedd yn awr yn rhydd rhag anrhydeddu ei gytundeb â'r arglwydd pwerus hwnnw. Ymroes i'r gwrthryfel fel creadur gwyllt wedi newynu am hir ddyddiau.

Bu'n treulio amser hwy nag arfer yn paratoi ei gatrodau ar gyfer y symudiadau nesaf, ac yr oedd y rheiny'n cael eu cynllunio â'r gofal manylaf. Yr oedd ef yn ddiflino, a disgwyliai i'w filwyr fod yr un modd. Rywsut yr oedd caledwch newydd eu tywysog yn symbyliad cyffrous iddynt, ac yr oedd aroglau gwaed yn eu ffroenau wrth iddynt ymarfer â'u meirch, eu bwâu a'u picelli.

Treiddiai'r ysbryd newydd ymhell y tu hwnt i'r diriogaeth y gallai Llywelyn ei chyrraedd. Rhaid bod Dafydd wedi synhwyro fod yr arweinyddiaeth yn llithro o'i ddwylo, ond fe wyddai erbyn hyn, os oedd arno eisiau llwyddiant i'w wrthryfel, fod yn rhaid iddo fodloni ar hyn, oblegid yr oedd gallu ei frawd i ennyn teyrngarwch y Cymry, unwaith yr oedd wedi mynnu gwneud hynny, yn ddiarhebol, ac yn rhywbeth na allai ef, er ei holl lwyddiant diweddar, fyth ymgyrraedd ato.

Yn y cyfamser, yr oedd Tegerin wedi derbyn neges o Lanelwy. Byddai'r Esgob Anian yn falch o'i weld, pe caniatâi ei oruchwylion iddo. Dangosodd Tegerin y llythyr i Lywelyn gan ofni y byddai hwnnw'n gwrthod, o gofio'r straen ym mherthynas y ddau gefnder. Ond yr oedd llwyddiannau presennol y tywysog yn peri iddo fod yn haelfrydig ac yn barod i anwybyddu hen gwerylon. Drannoeth, yr oedd yn marchogaeth tua Llanelwy. Wrth ddod i olwg yr hen eglwys fe gafodd ysgytwad rhyfeddol. Yn lle'r meini gosgeiddig a'r tyrau uchel gwelai furddun wedi hen losgi. Yr oedd gweithwyr wrthi'n brysur yn chwalu hynny o do oedd ar ôl gan fod hwnnw'n sigo'n beryglus mewn rhai mannau. Cerddodd o'i hamgylch yn araf, gan gamu dros weddillion yr allor a'r llawr marmor a dduwyd gan y rwbel.

' Beth ddigwyddodd? ' gofynnodd i un o'r dynion.

' Milwyr,' oedd yr ateb swta, ac yr oedd wedi mynd cyn i Degerin allu gofyn p'un ai'r Cymry ynteu'r Saeson a wnaethai'r anfadwaith.

Yn wyrthiol yr oedd capel y canoniaid wedi'i arbed, ac yno y daeth ar draws yr Esgob Anian ar ei liniau yn gweddïo. Arhosodd yno'n llonydd nes i'r llall godi'n drafferthus ar ei draed. Fel bob amser, byr fu geiriau croeso ei hen athro, ond gyda braw, gwelai Tegerin fod yna gryndod ar ei wefusau.

' 'Rydw i wedi eu hysgymuno nhw.'

Nid oedd raid iddo ofyn pwy. Yr oedd Anian yn chwifio'i law i gyfeiriad yr adfeilion.

' Gwŷr Dafydd ap Gruffudd, mae'n debyg,' mentrodd Tegerin.

Trodd Anian ato'n ffyrnig. ' Na, na, na. Mi allwn i ddeall hynny. Gwrthodais roi fy mendith ar y gwrthryfel ffôl hwn. Na, milwyr y brenin a wnaeth hyn.'

Ac yr oedd Anian wedi meiddio ysgymuno milwyr y brenin? Bu bron i Degerin chwerthin. Yr hen Anian digymrodedd oedd hwn, yn gwrthod plygu glin i na thywysog na brenin, i neb ond i'w Dad yn yr eglwys.

' A'r archesgob . . . yntau'n fodlon? '

Fe'i synnwyd gan ateb yr esgob. 'O'i herwydd ef yr anfonais amdanat. Mae ef yma.'

'Yma? Yn Llanelwy?'

Cymerodd Anian ei fraich a chychwynnodd ar hyd y cwrt tua'r clwysdy.

'Mae'n dymuno siarad â'r Tywysog Llywelyn.'

'Ond pam?'

Ni allai feddwl am reswm da dros i'r Archesgob Peckham ddyfod yr holl ffordd o Gaergaint i fynnu sgwrs â Llywelyn.

'Fe ddaeth yma ar ôl i mi ysgymuno milwyr y brenin, ac fe ŵyr erbyn hyn faint y gefnogaeth sydd i Lywelyn yng Nghymru.' Ac yna ychwanegodd, bron yn ymffrostgar. 'Fi yw'r unig esgob sydd wedi gwrthod ysgymuno'r Cymry.'

Cyrhaeddodd y ddau y clwysdy mewn tawelwch. Gwrando oedd swydd Tegerin, nid cyflwyno ei sylwadau ef ei hun na gofyn cwestiynau, er bod digon o'r rheiny'n corddi yn ei ben. Beth oedd gan Peckham i'w ddweud wrth y tywysog? Ai'r brenin oedd wedi ei anfon? A oedd ef yn disgwyl i Lywelyn ddod yma i ganol ei elynion i gwrdd ag ef?

Ond pan gyfarfu â'r archesgob gwelodd yn fuan nad oedd hwnnw am ddiwallu ei chwilfrydedd. Y cwbl oedd arno ei eisiau, meddai ef, oedd i Degerin ei arwain at y tywysog, lle bynnag y byddai, gan fod ganddo neges bwysig iddo. Barnai Tegerin mai gwell peidio â phwyso arno i fanylu. Os oedd Peckham yn barod i fentro i'r ffau, nid oedd cwestiwn brad yn codi, a hwyrach y byddai ei neges o les i'w arglwydd.

Yn Nolbadarn yr oedd y tywysog, yn ymarfer â'i gatrodau ynghanol y mynyddoedd. Os bu iddo gael ei synnu gan ymweliad prif bendefig eglwys Loegr, ni ddangosodd hynny. Fe'i derbyniodd yn gwrtais ond heb ymgreinio. Dangosai ei ymarweddiad nad oedd yn ei ystyried ei hun yn un o ddeiliaid yr archesgob, nac yn atebol i eglwys Loegr. Dangosai hefyd nad oedd ganddo amser i ddal pen rheswm moesgar ond di-fudd.

'Ai ar ran y brenin y doi di yma, f'arglwydd archesgob?'

Os oedd gan y brenin atebion i restr gŵynion y Cymry a gyflwynwyd eisoes i'r Archesgob Peckham, yna yr oedd yn barod i wrando. Nid ei gŵynion ef a Dafydd yn unig oedd y rhain, ond cwynion pendefigion eraill o Gymry megis Rhys Fychan a'i frodyr, Llywelyn a Hywel; Gruffudd a Chynan, meibion Maredudd ab Owain a amddifadwyd o'u hetifeddiaeth yng Ngenau'r Glyn; a hyd yn oed un o ustusiaid y brenin ei hun, sef Gronw ap Heilyn. Os oedd tegwch yn y gŵr a safai o'i flaen ni allai wadu cyfiawnder eu hachos.

'Ar ran heddwch y dois i yma. Nid oedd y brenin yn fodlon i mi ddod.'

Cododd Llywelyn ei aeliau, ond gadawodd i'r archesgob fynd yn ei flaen.

'Gwn fod sail i gŵynion dy bobl, arglwydd dywysog, a dyna pam yr wyf yma.'

Ond daeth nodyn ceryddgar i'w lais. 'Ni all rhyfel a gychwynnwyd ar ddiwrnod mor sanctaidd â Sul y Blodau fyth lwyddo.'

Atebodd Llywelyn yn ddifrifol. ''Wyddwn i ddim, arglwydd archesgob, nes bod y cam cyntaf wedi'i gymryd. Ond rhyfel cyfiawn yw hwn.'

Nid oedd yr archesgob yn barod i ddadlau ynghylch hyn. Yr oedd ganddo bethau eraill ar ei feddwl.

'Yn awr yw'r amser i ti drafod amodau heddwch â'r brenin. 'Rwyt ti mewn safle cryf i gael cytundeb da.

Ond ni phery hyn. Gwyddost nad oes gobaith yn y pen draw i'r Cymry ennill yn erbyn holl rym Edwart.'

Geiriau Eleanor, cofiai Llywelyn, a'r hen saeth o alar yn codi o'i berfedd unwaith eto. Ond cennad y brenin oedd hwn, hyd yn oed os oedd yno yn groes i ddymuniad y brenin. Synhwyrodd Peckham ei ansicrwydd. Yr oedd yn ei lais melfedaidd dinc gŵr yn ymddiried cyfrinach i un arall.

'Wyddost ti ymhle mae'r Brenin Edwart ar hyn o bryd?'

Nid oedd Llywelyn am fradychu na wyddai, ac ni symudodd gewyn o'i wyneb.

'Yn Rhuddlan.' Pwysleisiodd yr archesgob y geiriau'n araf. 'Ie. Yn agos iawn. Ac mae ganddo gannoedd o filwyr a gwŷr meirch yn barod i ymwthio ymlaen ar air ganddo. Bydd y gyflafan yn echrydus. I'r Cymry.'

Er na ddangosai hynny, yr oedd y geiriau wedi creu argraff ar y tywysog. Ond os oedd Edwart mewn safle cystal â hyn, pa fath o heddwch a fyddai'n dderbyniol ganddo? A beth am Ddafydd? Ni fyddai'n bosibl iddo gytundebu heb i'w frawd, a gychwynnodd y gwrthryfel, gydsynio. Ac yr oedd Dafydd ynghanol brwydr arall ym Mhowys.

Syllai allan ar y mynyddoedd creigiog o'i amgylch, a'r dail coch-winau yn teneuo ar y coed. Byddai'r gaeaf ar eu sodlau gyda hyn, ac os oedd adnoddau Edwart mor fawr, rhagwelai orfod ail-fyw newyn '77, a chael ei drechu'n waradwyddus unwaith eto. Cafodd ei demtio i gredu fod yr archesgob yn iawn, ac mai gorau trafod o'i gryfder presennol. P'un bynnag, ni fyddai waeth iddo wybod mwy. Yn ei galon dymunai heddwch i'w wlad gythryblus.

'Beth yw'r argymhellion, f'arglwydd archesgob?'

' Yn gyfnewid am ddarostyngiad i'w ewyllys,' atebodd hwnnw, ' bydd y brenin yn barod i roddi i ti diroedd lawer, a safle pendefig yn Lloegr yn gyfnewid am Eryri.'

Rhythai Llywelyn arno'n syfrdan.

' Ydi'r brenin yn tybio am funud y derbyniwn gynnig o'r fath? Nid yw'n ddiogel. Gwaeth na hynny, nid yw'n anrhydeddus.' Chwarddodd y tywysog yn anghrediniol. ' Gwas fy mhobl ydw i, yn ogystal â thywysog. A gredi di y byddent yn barod i gytuno â thelerau a fydd yn eu gorfodi hwy i wneud gwrogaeth i arglwydd dieithr na ddeallent ei iaith, ei foesau na'i gyfraith? Na, arglwydd archesgob, 'rwy'n barod i geisio heddwch, nid gwarth.'

Ond erbyn trannoeth yr oedd pob gobaith am gytundebu wedi diflannu, p'un bynnag.

Yn groes i orchymyn y brenin a oedd yn aros i glywed canlyniad cenhadaeth Peckham, yr oedd un o'i ddeiliaid, sef ei gyn-synysgal yng Ngasgwyn, Luc de Tany, mewn ymgais i'w ogoneddu ei hun yn llygaid y brenin, wedi symud ei gatrawd ac wedi ceisio croesi'r Fenai o Fôn i Arfon pan oedd y dŵr ar ei isaf.

Ar amrantiad, goleuwyd y coelcerthi rhybuddiol gan y Cymry, o fynydd i fynydd, ac yr oedd gwŷr Llywelyn wedi heidio i lawr arnynt pan oeddynt ar fin cyrraedd iselderau'r mynyddoedd. Gan y Cymry yr oedd y fantais, a dewisodd y Saeson droi'n ôl yn hytrach na wynebu ffyrnigrwydd eu saethau oddi fry. Ond erbyn iddynt gyrraedd yr afon, yr oedd y llanw'n uchel, ac wrth blymio i'r dyfroedd oerion, fe'u pwyswyd i lawr yn drwm gan eu harfwisgoedd. Boddwyd y rhelyw ohonynt yn cynnwys Luc de Tany ei hun, ac er syndod i bawb, Cymro o'r enw Hywel ap Gruffydd o deulu Ednyfed.

Yr oedd effaith hyn ar hyder y Cymry'n anhygoel. Yr oeddynt wedi profi eu gallu unwaith eto i orchfygu gelyn nerthol. Diolchai Llywelyn yn ei galon na fu iddo ddangos gwendid. Ni fyddai neb ohonynt yn awr yn fodlon i'w harweinwyr dderbyn heddwch cyfaddawdol. Ymhen ychydig ddyddiau yr oedd yr Archesgob Peckham wedi dychwelyd i Gaergaint, ei genhadaeth yn deilchion.

Yr oedd y Tywysog Llywelyn wedi galw ar y Brawd Wiliam i ddod i Aber i'w gyfarfod. Byth er iddo glywed am dramwy Luc de Tany ym Môn bu'n anhapus ynghylch gadael Gwenllian mor agos i faes y gad. Bu'r milwyr yn aros ar eu taith mewn pentre ger Llanfaes, a gadawsent ofn a dychryn ar eu hôl. Treisiwyd gwragedd a oedd yn ddigon anffodus i groesi eu llwybr, rhedwyd gwaywffyn cyflym drwy'r gwŷr a geisiai eu hamddiffyn, a gadawyd plant i grwydro o gwmpas yn sgrechian am eu rhieni.

Cytunai Wiliam mai gwyrth na ellid disgwyl iddi barhau oedd na wyddai'r milwyr fod merch fach y Tywysog Llywelyn ei hun yn y maenordy yr ochr draw i'r afon. Cydsyniai mai priodol fyddai ei symud i fan diogelach.

Gwrandawai Mabli'n bryderus. Bron yn ddiarwybod iddi ei hun gwasgodd Wenllian ati. Rhaid ei symud i Fynachlog Cymer, dyna oedd awgrym Wiliam. Câi seintwar yno, beth bynnag a ddigwyddai.

Sylwodd y tywysog ar wyneb gwyn y wraig a safai yno'n magu ei faban, ac meddai'n gyflym:

' Lle bynnag yr aiff, rhaid i Fabli fynd hefyd.'

Ffrydiai'r rhyddhad drosti a daeth dagrau diolchgar i'w llygaid. Ni châi ei gwahanu oddi wrth ei hanwylyd fach. Yr oedd y sicrwydd hwnnw ganddi'n awr. Synhwyrodd Llywelyn fod cwmwl mawr wedi codi oddi ar ei meddwl, ac yn sydyn gwenodd arni. Dyma'r wên gyntaf iddi ei weld ar ei wyneb creigiog er marwolaeth Eleanor.

Trefnwyd iddynt fynd i Gymer yn union ar ôl i'r lleianod gael cyfle i baratoi ar eu cyfer. Gobeithiai Mabli mai Tegerin a ddeuai i'w hebrwng yno, ond yr oedd hwnnw wedi ei alw ar neges frys i eglwys Bangor. Gan nad oeddynt am dynnu gormod o sylw atynt eu hunain, penderfynwyd mai dim ond un o'r brodyr mwy di-nod na'i gilydd a fyddai'n gydymaith iddynt, ynghyd â'r famaeth, Eluned.

Yn y cyfamser yr oedd Tegerin wedi cyrraedd Bangor ac aeth ar ei union i'r eglwys i dderbyn neges yr esgob. Nid edrychai ymlaen fyth at gyfarfod â'r Anian hwn, fel y gwnâi gydag Anian Llanelwy. Gwir fod tafod Bangor yn llai miniog, a siaradai bob amser am y Tywysog Llywelyn â phob arwydd o barch a theyrngarwch. Ond y gwir oedd mai ef oedd y gŵr a ysgymunodd Llywelyn yr holl flynyddoedd hynny'n ôl, ei ysgymuno ar gais ei feistri yng Nghaergaint a San Steffan. Gwir hefyd ei fod wedi ei dderbyn yn ôl i'r eglwys, ond cofio'r pethau hyn a roes fin ar amheuaeth Tegerin wrth iddo nesáu at ddrws yr eglwys.

Ar unwaith gwelai olion tân arall. Yr oedd fel petai milwyr bob amser yn cael eu tynnu i ddifrodi'r pethau mwyaf cysegredig. Ai milwyr y brenin a fu yma hefyd? Fe fu ymladd ffyrnig yma ym Mangor.

Un rhan yn unig o'r eglwys a niweidiwyd. Safai'r

250

tŵr a'r clochdy'n gyfan, ac yno y cyfeiriwyd ef gan un o'r mynachod wedi iddo holi am yr esgob.

Clywai leisiau'n dod o'r clochdy ac yna sŵn traed dynion yn dod i lawr y grisiau troellog. Safai yno i aros iddynt gyrraedd y llawr, a gwelodd mai tri oedd yno. Ar yr un pryd gallai daeru iddo glywed sŵn traed eraill yn dringo i'r clochdy drachefn. Fe'i cyfarchwyd ef yn gynnes gan y cyntaf o'r tri, sef yr esgob ei hun. Gwelodd mai Tudur ap Goronwy a'i frawd, Goronwy Fychan o Benmynydd, oedd y ddau arall, ac fe'i synnwyd yn ddirfawr. Nid oedd wedi gweld distain etifeddol y tywysog ers rhai blynyddoedd. Daeth ei amheuon i'w dagu unwaith eto, ond yr oedd cyfarchiad Tudur yn gynnes ac yn agored.

' Tegerin ap Hywel,' meddai, a chroesi ato gan estyn ei law. ' 'Rwy'n arbennig o falch mai ti a ddaeth. Gwn dy fod mor driw i'r tywysog ag unrhyw ddyn yn y dywysogaeth.'

Syllai Tegerin arno â pheth syndod.

' Â thi mae a wnelo'r neges felly, arglwydd, nid â'r arglwydd esgob ? '

Torrodd Anian ar draws. ' Mae a wnelo'r neges â phawb sy'n dymuno llwyddiant y Tywysog Llywelyn.'

Ni allai Tegerin ymatal. ' Buost yn ddistaw iawn dy deyrngarwch, Arglwydd Tudur.'

Sylwodd ar wychder dillad y ddau frawd. Disgleiriai'r modrwyau ar fysedd Tudur fel y chwifiai ei ddwylo mewn atebiad.

' Dangosodd ein tywysog yn glir nad oedd am unrhyw gyngor y gallwn *i* ei roddi iddo. Mae gan wyrion Ednyfed eu balchder hefyd, cofia.'

Fe allai hynny fod, meddyliai Tegerin. Ond cofiai hefyd na fu'r Tudur hwn, mwy na Thudur, ei ewythr, erioed mor gadarn ei gyngor â'i dad, Goronwy, ac nid oedd yn synnu fod Llywelyn wedi ei wrthod.

'Ond nid oes a wnelo fy malchder bychan i â'm teyrngarwch cynhenid,' meddai, ac un ai yr oedd yn medru ffugio'n dda neu yr oedd tinc diffuant yn ei lais. 'Dyna pam yr wyf mor falch o'r newydd sy gennym heddiw. Tyrd i le mwy cydnaws i ni gael dweud wrthyt.'

Aed â Thegerin i siamber yr esgob, ymhell o glyw clustiau chwilfrydig. Nid oedd Goronwy Fychan wedi dweud gair eto. Yn wir, prin fod Tegerin yn ei adnabod oherwydd ychydig iawn a welwyd arno'n gyhoeddus erioed. Ni fu'n agored elyniaethus i dywysogion Gwynedd fel ei ewythr, y bradwr Gruffudd, a meibion hwnnw, Rhys a Hywel. Ond ni fu'n agored gefnogol chwaith. Ac eto, nid dyn di-liw mohono. Fel y tynnai Tudur ar ôl ei ewythr o'r un enw—braidd yn ferchetaidd, yn hoff o wisgo i dynnu sylw ato'i hun, yn flodeuog ei leferydd—tynnai Goronwy Fychan ar ôl ei dad o ran golwg, y synysgal doeth a roes ei gyfle cyntaf i'r llanc Tegerin, ac yr oedd sôn am hwn fel noddwr beirdd a cherddorion. Nid oedd dim arlliw o ddangos ei hun ynddo. Er bod ei wisg o'r defnydd meinaf, a'i fantell wedi ei brodio â'r ffwr prinnaf, yr oedd eu llinellau syml yn llawer mwy urddasol na ffriliau a rubanau llachar ei frawd. Er na ddywedai ddim, yr oedd Tegerin yn ymwybodol iawn o'i drem dreiddgar arno. Yn sydyn dyheai am i Dudur ddechrau ar ei neges.

'Pan fydd brenin yn meddu ar deyrngarwch ei ddyledogion,' ebe hwnnw o'r diwedd, 'mae'n anorchfygol. Ni all unrhyw dywysog o wlad arall wrthryfela yn ei erbyn a disgwyl ennill.'

Saethodd siom drwy Degerin. Ai ailadrodd neges Peckham oedd yma, sef annog y tywysog i gyfaddawdu?

'Ond unwaith y bydd y brenin hwnnw'n dechrau gormesu ar ei ddyledogion, bydd y sefyllfa'n newid. Manteisiodd Simon de Montfort ar hyn ers talwm, a bu ond y dim iddo lwyddo. Hwyrach nad de Montfort oedd yr arweinydd gorau, bryd hynny. Yr oedd ganddo ormod o elynion ymhlith ei bobl ef ei hun. Ond os bydd yr arweinydd o'r iawn ryw, yn abl i swyno dynion a'u symbylu i weithredodd dewr, gwyn fyd y wlad honno.'

Pam na allai Tudur roi'r gorau i siarad mewn damhegion a dweud ei neges yn eglur?

'Mae Goronwy newydd ddod yn ôl o daith ar hyd y gororau, ac y mae ei newydd yn gyffrous. Dywed wrtho, frawd.'

Trodd y tri eu sylw at Goronwy, ac o'r diwedd dechreuodd hwnnw siarad, yn araf, yn bytiog, fel pe bai'r gorchwyl yn un anarferol iddo.

'Mae yna bendefig yn Llanfair-ym-Muallt o'r enw Hywel ap Meurig, un o wŷr y brenin, aelod o gomisiwn y brenin ryw bum mlynedd yn ôl a fu'n archwilio achosion cyfreithiol yn y mers. Oherwydd hyn, mae'n dal cysylltiad agos â'r barwniaid. Ef a ddywedodd am yr aflonyddwch.'

'Aflonyddwch, arglwydd?' Ni allai Tegerin gadw'r drwgdybiaeth o'i lais. 'Ymysg pa rai?'

'Enwau mawr . . . de Says, Bohun, Corbet . . . na, enwau mwy. Bu farw'r selocaf o gefnogwyr y brenin, sef Rhosier Mortimer. Ond mae ei feibion yn wahanol. Maent yn falch o arddel eu tras Gymreig.'

'Ac mae hynny'n golygu—'

Torrodd Tudur i mewn yn gyffrous. 'Mae hynny'n golygu fod y ffrwyth yn aeddfed i'w gynaeafu, eu bod yn barod i daflu eu pwysau y tu ôl i wrthryfel tywysogion Cymru.'

' Chwedlau rhyfel. Ydych chi'n disgwyl i f'arglwydd gredu hyn?' Ond ni allai gadw nodyn cyffrous o'i lais.

' Mae Mortimer yn sylweddoli nad hawdd fydd ei ddarbwyllo. Dyna pam yr anfonodd neges drwy Hywel ap Meurig at ei synysgal.'

' Atat ti, arglwydd?' Gwenodd Tegerin braidd yn sarrug.

' Oes gennyt ti le i amau fy nheyrngarwch?'

Ni fu mor amlwg â hynny, meddyliai Tegerin, ond nid atebodd y cwestiwn. Diogelach sawru brad na theyrngarwch.

Yn y neuadd yn Nolwyddelan yr oedd y tywysog eisoes wedi'i wisgo ar gyfer ei ymgyrch i'r canolbarth. Brithid y llechweddau y tu allan i'r castell â milwyr a marchogion yn trwsio'u harfau, ac yr oedd cyffro cychwyn i frwydr i'w glywed yn yr awyr, oherwydd fe wyddai pawb fod ymgyrch fwyaf y rhyfel ar droed.

Y nod oedd castell newydd y brenin ym Muallt. Byddai'r sawl a feddai'r castell hwn yn orchfygwr yn wir, oherwydd safai mewn rhan allweddol yn wynebu'r mers, hanner y ffordd rhwng de a gogledd. Bu llawer cyrch lleol arno eisoes, ond mor gryf y'i codwyd fel na bu'r rhain fawr mwy eu heffaith na gwyfyn yn taro yn erbyn craig. Gan hynny yr oedd Llywelyn wedi galw ar ei benaethiaid o wahanol ardaloedd o Gymru i anfon catrodau i gyd-ymgynnull yn Llanganten, yn y bryniau, rhyw ddwy filltir i'r gorllewin o'r castell. Yr oedd popeth yn barod, ac yn awr nid oedd ond aros dyfodiad y Tywysog Dafydd a'i wŷr i warchod Castell Dolwyddelan.

Ar hyd ei ffordd yn ôl o Fangor bu Tegerin yn ceisio rhoi trefn ar ei feddwl cythryblus. Os oedd gwirionedd yn y si fod barwniaid y mers yn troi yn erbyn Edwart—ac yn ôl yr hanes yr oedd ganddynt ddigon o achos—yna gallai hyn fod yn ateb i weddïau'r Cymry. Oblegid yn ei galon fe ofnai rym unedig Edwart a'i arglwyddi rheibus a chyfoethog.

' 'Roedd tad Rhosier Mortimer yn noddwr i Abaty Cwm Hir, ac ni fyddai neb yn gwadu nad ar ochr Llywelyn Fawr yr oedd y mynachod gwynion yno hanner canrif yn ôl.'

' Gall teyrngarwch newid ugain gwaith mewn llai na hanner canrif,' oedd sylw sych Llywelyn.

' Newydd ddod i'w stad y mae Edmund,' ebe Tegerin, ' ac yn ôl Goronwy Fychan y mae'n ymhyfrydu ei fod yn hanu o'r un tras â Llywelyn Fawr. Bydd amgylchiadau personol yn newid teyrngarwch dynion, arglwydd.'

' Byddant,' cytunodd Llywelyn, braidd yn chwerw o gofio am frad ar ôl brad y bu raid iddo ef ei hun ei ddioddef ar hyd y blynyddoedd.

' Hywel ap Meurig . . .' synfyfyriai. ' Un o gomisiynwyr y brenin. Mae'n anodd gennyf gredu . . .'

' Bu Goronwy ap Heilyn yntau'n un o wasanaethwyr y brenin, ond y mae ef gyda'r mwyaf pybyr ar ein hochr ni erbyn hyn. Mae'n rhesymol i gredu fod anghyfiawnderau'r brenin yn agor llygaid yr uchelwyr. Clyw, arglwydd, bu peth hirlwm ar y rhyfel ers tro. Dichon na fyddai'n werth taflu'r dis a allai ddod â phopeth i ben yn fuan.'

Sylweddolodd yn sydyn ei fod yn ceisio darbwyllo Llywelyn i dderbyn dilysrwydd y gwŷr ym Mangor. Ond peth annoeth oedd hyn, ac yn wahanol i'w bwyll araf arferol. Penderfynodd beidio â dweud rhagor.

Yr oedd gan y Tywysog Dafydd, fodd bynnag, lawer i'w ddweud pan gyrhaeddodd.

'Yr Esgob Anian o Fangor yn cynllwynio brad? 'Choelia'i fawr. Mae ganddo ei feiau, ond nid yw hynny'n un.'

Ar unwaith treiodd brwdfrydedd Tegerin. Os oedd Dafydd dros rywbeth neu'i gilydd, ei adwaith cyntaf bob tro fyddai amau.

''Waeth i ni gael gwybod beth sydd ganddynt i'w ddweud. Os digwydd mai twyll ydyw, pa wahaniaeth? Bydd gennym fyddin gref o amgylch Buallt p'un bynnag.'

Gwrandawodd Llywelyn ar ei frawd mewn distawrwydd. Ni ddatgelodd ei feddyliau ymhellach. Y peth pwysicaf ar hyn o bryd oedd cychwyn ar y daith i lawr i'r canolbarth, oblegid clywsai fod y brwdfrydedd drosto yn wenfflam yn y fan honno.

Nid oedd eira'r gaeaf wedi dechrau disgyn eto ond yr oedd y rhewynt yn greulon a golau dydd yn brin. Er hynny, mynnodd i'w wŷr ddal ymlaen yn ddiorffwys nes cyrraedd Abaty Cymer. Yno cafodd pawb luniaeth a gorffwys. Ond y peth cyntaf a wnaeth y tywysog oedd ymgilio i'r capel gydag offeiriad ei lys, y Tad Meilyr, a gadawodd y lleill hwy i'w gweddïau cyfrin.

Yr oedd Tegerin wrth ei fodd yn cael bod unwaith eto yn ei hen gynefin. Yma o hyd yr oedd rhai mynachod a fu'n llanciau gydag ef. Synnai mor hen yr edrychent. Bywyd caled oedd bywyd y Sistersiaid. Ac yna fe'i hatgoffodd ei hun ei fod yntau, hefyd, yn ddeugain erbyn hyn. Aeth dros chwarter canrif heibio ers iddo ganu'n iach i Gymer a throi ei wyneb tua Chastell y Bere, a'r Brawd Sulien yn fawr ei ofal drosto. Daethai pererindod ddaearol Sulien i ben ers blynyddoedd lawer.

Gafaelodd hiraeth sydyn ynddo wrth feddwl am ei hen athro.

Gwelodd Mabli ef yn dod o bell, a llamodd ei chalon. Yr oedd hi a'r plentyn ac Eluned, y famaeth, wedi cyrraedd ddeuddydd ynghynt, ac eisoes yr oedd hi wedi dechrau teimlo'r anesmwythyd o gael ei chau i mewn. Bu'r mynachod yn garedig, yn falch o gael y baban brenhinol o dan eu cronglwyd, ond oherwydd eu cyfrifoldeb, nid oeddent yn fodlon i'r gwragedd grwydro gyda'r plentyn y tu allan i ffiniau'r fynachlog.

Yr oedd hi newydd gipio Gwenllian yn ôl i'w chôl o freichiau rhy eiddgar Eluned. Sylwodd Tegerin ar y wên feddiannus ar ei hwyneb, ac yn sydyn fflachiodd darlun o'i flaen ohoni'n cofleidio doli bren ungoes ar lan yr afon flynyddoedd lawer yn ôl. Tagodd rhywbeth yn ei wddf. Yr oedd hi wedi cael ei dymuniad. Câi wasanaethu ei harglwydd drwy fagu ei faban.

' 'Rwyt ti'n hapus, Mabli.'

' Hapus? Onid peth cymharol yw hapusrwydd? '

Ond teimlai fod ei hateb gofalus yn ernes rhag dialedd angylion. Yr oedd y serenedd yn ei hwyneb wrth edrych i lawr ar y baban yn ddigon huawdl.

Tra siaradai'r ddau yn y clwysdy, daeth y tywysog allan o'r capel. Oedodd am ennyd wrth eu gweld, yna croesodd atynt. Heb ddweud gair, agorodd ei freichiau i dderbyn y plentyn. Am y tro cyntaf erioed, cymerodd ei ferch ato a'i chusanu. Yr oedd mwynder a thristwch yn gymysg yn ei wyneb.

Yn sydyn daeth rhyw ofn mawr dros Mabli nes bu bron iddi lewygu. Rhoddodd y tywysog y plentyn yn ôl iddi a phlygodd i gusanu Mabli ar ei thalcen.

' Duw a'r Forwyn fyddo gyda thi, Mabli. Gwarchoda hi.'

' Gyda'm bywyd, arglwydd,' sibrydodd hithau.

Yna yr oedd wedi mynd, heb droi'n ôl, ei wyneb yn fwy rhychiog nag erioed.

Yr oedd ysbryd y milwyr yn uchel. Gwyddent fod eu tywysog wedi eu gosod mewn lle manteisiol uwchben afon Irfon, ac ysent am gael bwrw eu hegni mewn ysgarmes, bwrw eu dial ar elyn trahaus. Bu llawer ohonynt gyda Llywelyn ymhob un o'i ymgyrchoedd, ac yr oedd rhywbeth yn y dyn hwn a barai iddynt wynebu unrhyw berygl yn hyderus a llawen. Yr oedd y milwyr hynny a berthynai i benaethiaid lleol, ac a roddwyd iddo ar gyfer y frwydr allweddol hon, yr oedd rheiny, hyd yn oed, wedi eu cyfareddu ganddo.

Siaradai â hwy fel dynion, nid eu trin fel gwystlon mewn gêm wyddbwyll. Siaradai â hwy am anrhydedd, a thras, a chanai ei feirdd gerddi iddynt am hen hanes, hen arwyr a hen ddaroganau. Pan soniai am genedl, nid am lwyth a thywysogaeth gul y siaradai, ond am Gymru, a'i freuddwyd am ei gweld yn un.

Gwrandawai Tegerin, a chywilyddiai oherwydd iddo fod mor wan-galon a thybio nad oedd gobaith gan y Cymry i ennill. Gyda hwn, a'i sicrwydd o gyfiawnder ei achos, gallent wynebu unrhyw elyn. Nid rheibwyr oedd y Cymry, nid trachwant am diroedd pobl eraill oedd yn eu gyrru ymlaen, eithr amddiffynwyr oeddynt yn ymladd am eu treftadaeth. Byddai Duw yn sicr o fod gyda phobl felly.

Yr oedd yr eira wedi dechrau disgyn ers rhyw awr, ond heb wynt, a syrthiodd y tawelwch rhyfedd hwnnw sy'n dod yn ei sgîl dros y wlad. Ar ôl noson dywyll o ddwyn cwsg gerfydd munudau gwelai'r milwyr y ffurf yn graddol ddod yn ôl i'r bryniau a'r coed di-ddail o gylch yr afon islaw. Symudent o gwmpas mewn distaw-rwydd oherwydd gwyddent fel y cariai lleisiau ar draws eira.

Yn ei babell ystwythai Tegerin aelodau a oedd wedi cyffio yn yr oerni, a sylweddolodd fod un o weision Llywelyn yn ei alw wrth ei enw.

'Mae'r gŵr hwn am weld y tywysog, arglwydd. Beth wnaf i?'

Deffrôdd Tegerin yn llwyr ar unwaith, a gwelodd ŵr dieithr yn sefyll y tu ôl i'r gwas. Nid milwr mohono, canys gwisgai wisg ustus o dan ei fantell.

'Gyda'r tywysog yn unig y mae fy neges,' ebe'r dyn, 'ac y mae brys.'

'Pwy wyt ti, arglwydd?' gofynnodd Tegerin.

'Hywel ap Meurig o Lanfair-ym-Muallt.'

Ond nid oedd y tywysog yn ei babell. Dywedodd ei was ei fod ef a'r Tad Meilyr, offeiriad y llys, wedi mynd i'r Offeren yn eglwys Llanganten. Bu raid i Hywel ap Meurig aros yn ddiamynedd nes iddo ddychwelyd. Pan ddaeth Llywelyn yr oedd serenedd ei wedd yn wrthgyferbyniad trawiadol â'r tyndra ar wyneb y llall. Siaradai hwnnw'n isel ac yn frysiog.

'Mae gennyf lythyr i ti, arglwydd dywysog.'

'Felly? Oddi wrth bwy?'

Yr oedd llais Llywelyn yn gwrtais ond fe wnaeth yn amlwg nad oedd ganddo amser i'w wastraffu.

Petrusodd Hywel ac edrychodd yn ymholgar ar Degerin ac ar yr ysgrifennydd a safai yn ei ymyl. Ond ni chymerodd Llywelyn sylw o'i anhawster. Daliodd ei law allan i dderbyn y llythyr. Tynnodd Hywel ef o'i logell a'i roi yn y llaw agored heb egluro mwy.

Gwelodd Tegerin y crych cyfarwydd yn dod rhwng

aeliau'r tywysog wrth iddo ddarllen. Tybiai iddo weld y gwefusau'n ffurfio'r enw ' Mortimer . . .'

Wedi hir ddarllen cododd ei ben a rhythu ar y cennad nes peri i hwnnw ostwng ei amrannau.

' Prŷd mae hyn i fod i ddigwydd? '

' Ar unwaith, arglwydd. Cyn i'r fyddin gyrraedd o'r Amwythig.'

' A gadael fy ngwŷr yma'n ddiarweiniad? ' Yr oedd chwerthiniad bach byr ynghlwm wrth anghrediniaeth y cwestiwn.

Mae gan y Saeson bellter i ddod eto cyn cyrraedd Buallt, ac mae f'arglwydd yn dweud fod brys i gyddrafod ar unwaith.'

Cododd Llywelyn ei aeliau. ' Ymhle? '

' Bydd yn aros amdanat yr ochr hon i Lanfair-ym-Muallt, arglwydd. Mi af â thi yno.'

Rhoddodd Llywelyn y llythyr yn llipa ar y bwrdd o'i flaen. Daeth chwa sydyn o wynt drwy agen y babell a'i chwythu ar lawr. Plygodd y cennad yn frysiog i'w adfer, a'i roi'n ôl yn ansicr ar y bwrdd.

' Os yw mor agos â hynny, wrda, beth sydd i'w rwystro rhag dod yma i'm cyfarfod? '

Atebodd y llall yn gyflym. ' Mae ysbïwyr ymhobman. Nid yw am i'r penaethiaid o Saeson gael unrhyw achos i'w amau nes bydd y frwydr wedi dechrau.'

Gwenodd Llywelyn ond yr oedd ei lygaid yn oer. Aeth y gŵr ymlaen.

' Fe wnest gynghreirio â'i dad, arglwydd, er bod hwnnw'n ddiamheuol ar ochr y brenin. Pam na chynghreiri â'r mab a hwnnw o'th blaid? Bydd yn gaffaeliad mawr i'th achos.'

Y tu allan i'r babell gweryrodd march, a chlywid mwmian isel y milwyr yn ceisio cadw eu lleisiau'n dawel.

Eisteddai Llywelyn yn ei gadair yn fyfyrgar. Hwyrach, meddyliai Tegerin, ei fod yn rhy ddrwgdybus o ddilys-rwydd Mortimer. Nid penderfyniad sydyn ar ran Mortimer oedd yr awydd yma i gefnogi'r tywysog. Yr oedd y neges o Fangor yn profi hynny. O'r diwedd meddai gyda'r un cwrteisi yn ei lais:

'Dywed wrth dy arglwydd y byddaf yn barod i'w groesawu unrhyw amser.' Oedodd am eiliad cyn ychwanegu â phwyslais diamheuol: 'Yma.'

Gollyngodd Tegerin ei anadl yn rhydd. Wrth gwrs fod y tywysog yn iawn i wrthod mynd i mewn i sefyllfa beryglus.

Safai Hywel wrth yr agen yn betrus. 'Arglwydd, a gaf fi bwyso arnat—'

Ond yr oedd Llywelyn wedi troi ei sylw at femrwn ar y bwrdd o'i flaen ac wedi galw ar ei ysgrifennydd. Amlygai hyn yn huawdl nad oedd yn barod mwyach i ddal pen rheswm â chennad Mortimer. Yr oedd ei ateb ganddo.

Gadawodd Hywel y babell. Ar ôl iddo fynd, cododd Llywelyn y llythyr o'r bwrdd a syllodd arno'n hir. Yna fe'i plygodd yn ofalus a'i roi yn ei diwnig. Gresynai Tegerin na welsai'n dda i ddangos ei gynnwys iddo.

Gwyddai'r Cymry fod y Saeson yn nesáu. Clywsant fod y fyddin ar ei ffordd o'r Amwythig a'i bod eisoes wedi cyrraedd Clawdd Offa ger Colunwy. Dyfalodd Llywelyn mai eu bwriad oedd creu cylch allanol eang i amgylchynu'r milwyr Cymreig wrth iddynt ymosod ar Gastell Buallt. Ond yr oedd yn filwr rhy graff i syrthio i'r fagl honno. Yr oedd ganddo ei gefnogwyr yn barod i ymosod o gyfeiriad Aberhonddu, a mintai arall yn aros y tu draw i'r castell. Ond y cam cyntaf oedd atal y

Saeson wrth bont Irfon cyn iddynt fedru nesáu at y castell.

Trwy'r dydd bu'n paratoi, yn ymweld â'i wŷr, yn gosod ei bicellwyr ar y man uchaf mewn lle manteisiol i wanu'r gelyn a fyddai'n rhwym o groesi'r bont islaw, ac yn trefnu llinellau'r milwyr traed a'r gwŷr meirch. Pan fyddai'r Saeson wedi eu goresgyn byddai'r ffordd yn rhydd iddynt ymuno â'r minteioedd eraill o amgylch castell Buallt. Erbyn nos, yr oedd pawb yn gwybod yn union beth i'w wneud ar archiad y tywysog. Y cwbl y gellid ei wneud yn awr oedd aros a gwylio, a'r noson hir o'u blaen.

Ni allai Tegerin gysgu. Gorweddai o dan y croen dafad a orchuddiai ei wely gwellt a cheisiai gadw'n gynnes, ond treiddiai'r barrug drwy bob dilledyn. Clywai anadlu tawel y Tad Meilyr yn ei ymyl. Gallai hwnnw fod wedi dewis lletya gydag offeiriad Llanganten, ond ni fynnai adael ei dywysog. Unig breswylydd arall y babell hon oedd Dafydd Fychan yr ysgrifennydd, ac yr oedd hwnnw'n chwyrnu'n ysgafn. Arweiniai agorfa yn y cefn i babell y tywysog. Ai ar ddi-hun yr oedd yntau hefyd? Faint o demtasiwn oedd iddo fynd i gwrdd ag Edmund Mortimer? Ond ar ôl yr holl frad a brofasai yn ei oes, gallai arogli cynllwyn yn reddfol erbyn hyn.

Nid milwr mo Tegerin, ond fe deimlai heno fod Llywelyn yn anorchfygol. Pa angen cefnogaeth gwrthgiliwr o unrhyw fath? Yr oedd ei wŷr ef ei hun yn driw ac yn deyrngar ac yn barod i farw drosto. O'r diwedd yr oedd y freuddwyd fawr ar gael ei gwireddu, a Chymru ranedig yn cael ei gwau'n un. Fe glymid doluriau'r genedl hon ac fe roddid gobaith ac urddas newydd i'w phobl.

Dechreuodd y gwaed lifo'n ôl i'w aelodau oerion, ac o'r diwedd, syrthiodd i gysgu. Deffrôdd yn y bore bach i ganfod y tywysog a'r Tad Meilyr yn cychwyn i'r Offeren. Cododd yn frysiog a phrysuro ar eu holau i eglwys Llanganten.

Yr oedd y tywysog ar dderbyn y cwpan i'w wefusau pan agorwyd porth yr eglwys. Rhuthrodd un o'i benaethiaid i mewn.

'Arglwydd—!' Yna arhosodd. Nid oedd hyd yn oed ofynion taeraf rhyfel i ddarfu ar sagrafen gysegredicaf dyn â Duw.

Yn araf, cododd Llywelyn oddi ar ei liniau a throdd at y pennaeth.

'A ddaeth y gelyn?'

'Ddim eto, arglwydd, ond y mae anghydfod wedi codi rhwng pennaeth milwyr Aberhonddu a phennaeth gwŷr Buallt.'

'Sut y gwyddost ti?'

Yr oedd y cwestiwn yn amlygu amheuaeth o frad newydd yn hytrach na gofid am fân gweryla.

'Mae cennad newydd gyrraedd oddi wrth Rodri o Fuallt. Fe gafodd neges gan bennaeth Aberhonddu sy'n croesddweud dy archiad di iddo gynnau.'

'Pa archiad?'

'Ŵyr y cennad ddim yn iawn. Mae Rhodri'n erfyn arnat i fynd i gwrdd ag ef i ddatod y dryswch.'

Daeth cwmwl digofus dros wyneb Llywelyn. 'Dyma amser da i gamddeall fy ngorchmynion.'

Ond nid un i wastraffu amser yn bytheirio mo'r tywysog. Brysiodd yn ôl i'r gwersyll a galwodd ar ei wastrodion i baratoi'r meirch.

'Wyt ti'n amau cynllwyn eto, arglwydd?' ebe Tegerin.

'Byddaf yn amau cynllwyn bob amser, Tegerin. Ond mae cyd-ddealltwriaeth y ddau hyn yn hanfodol. Mi af â rhyw ddau neu dri o filwyr gyda mi.'

Beth am arfwisg, arglwydd?'

Chwarddodd Llywelyn. 'Dynwared y Norman a chael fy lluddias gan fetel? Nid dyna ffordd y Cymro, fe wyddost o'r gorau. Mae fy march yn chwim ac mae min ar fy nghledd.'

Galwodd ar ei ddirprwyon a rhoddodd gyfarwyddiadau byr iddynt. Ni ddisgwyliai fod o'r gwersyll yn hir. Dilynodd gennad Rhodri i lawr tua'r dyffryn.

Gwyliodd Tegerin ef yn mynd a rhyw dyndra rhyfeddol wedi'i feddiannu. Yr oedd yr eira wedi peidio dros dro ond yr oedd golwg am ragor i ddod. Curai ei draed a chwifiai ei freichiau i gael y gwaed i redeg yn rhydd unwaith eto, a gwelodd fod eraill yn gwneud yr un modd. Croesodd un o'r penaethiaid ato.

'Newydd glywed eu bod wedi tynnu at afon Gwy neithiwr. Gallwn eu disgwyl unrhyw awr. Gobeithio na fydd y tywysog yn hir.'

Dyna oedd gobaith Tegerin hefyd. Ni allai gael gwared â rhyw oerni mewnol nad oedd a wnelo ddim â'r tywydd. Rhyfeddai fel yr oedd pawb yn dibynnu ar y tywysog hwn.

Ac yna fe ddigwyddodd. Prin ddeng munud ar ôl i'r tywysog gychwyn, rhwygwyd y distawrwydd gan sŵn metalaidd tarian yn erbyn tarian, a sgrechiadau wrth i waywffyn wanu cnawd a chleddyf hollti gwddf. Nid arhosodd Tegerin. Yr oedd wedi neidio ar ei farch a charlamu i lawr i'r dyffryn i'r un cyfeiriad â'r tywysog a'r cennad.

Gwyddai'n awr mai ystryw oedd y neges, ystryw i gael Llywelyn o'r neilltu ac yna i'w ladd. Hebddo ef ni wyddai'r milwyr beth i'w wneud, oblegid yr oedd y fyddin Gymreig yn cynnwys cynifer o wahanol gatrodau. Ni allai neb ond y tywysog eu clymu ynghyd. Ni wyddai'n union i ble yr oedd yn anelu, ond llamodd ei galon wrth weld olion carnau meirch yn y gwynder. Dilynodd hwy gan ryfeddu fel y daliai sŵn y frwydr i gyrraedd ei glustiau. Hwyrach fod y tywysog eisoes wedi ei glywed hefyd, a'i rybuddio. Yr oedd yn awr yn gyrru drwy goedwig a'r canghennau'n gwegian dan bwysau eira. Aeth gwynt ei farch yn fyr o hir garlamu, ond ymlaen y gyrrai ef er bod ei galon ef ei hun yn curo yn ei glustiau. O'r diwedd yr oedd allan o'r goedwig ac yn edrych i lawr ar yr afon. Oddi tano ar lain o dir, fe'i gwelodd. Yr oedd y tywysog wedi aros fel pe'n gwrando ar rywbeth. Ar draws y dyffryn o gyfeiriad Irfon yr oedd dadwrdd y frwydr wedi eu cyrraedd. Gwelodd y tywysog yn troi'n ôl yn sydyn a dechrau carlamu i gyfeiriad y sŵn gan weiddi ar ei wŷr.

Yna digwyddodd popeth yn gyflym. Parlyswyd Tegerin wrth weld saethwr yn codi o dan geulan yr afon a saethu'r tri milwr yn gelain. Ond yr oedd Llywelyn yn rhy bell i ffwrdd i sylwi. Carlamodd Tegerin i lawr tua'r afon, ond yr oedd yn rhy hwyr. Neidiodd milwr arall yng ngwisg arfog Norman o'i guddfan a gwanodd ei waywffon drwy gefn Llywelyn. Syrthiodd oddi ar ei farch a gorwedd yn llonydd ar y llawr. O fewn ychydig eiliadau yr oedd Tegerin wedi ei gyrraedd. Penliniodd yn ei ymyl a chofleidiodd ei ben. Agorodd Llywelyn ei lygaid a ffurfiodd ei wefusau y gair:

' Offeiriad . . .'

Yr oedd marchog yn nesáu atynt ac yn cyfarch y saethwr.

' Dydd da o waith de Frankton. Ti wyddost pwy yw dy ysbail, wrth gwrs? '

Ysgydwodd hwnnw ei ben. ' Ufuddhau i orchmynion yw fy swydd, Arglwydd Giffard, nid holi.'

Trodd Tegerin lygaid llawn ing at y marchog.

' Er mwyn trugaredd, arglwydd, gad i mi nôl offeiriad ato.'

Cododd Giffard ei helm a gwenodd.

' Dim arfau? Dewr ond ffôl, fel y Cymry i gyd. Na, gad iddo,' fel y symudai'r milwyr i ddal Tegerin. ' Caiff ofalu am y corff.'

Daeth rhugl isel o wddf y tywysog.

' Yn sicr, frawd, mi fyddi am ei weld allan o'i boen.'

Disgynnodd oddi ar ei farch a gwthiodd ei gleddyf rhwng Tegerin a'r tywysog. ' Cwyd.'

Yna gydag un ystum rhwysgfawr yr oedd wedi torri pen Llywelyn â'i gleddyf.

' Ffarwel, Dywysog Cymru! '

Daliodd y pen fry wrth y gwallt trwchus a'r gwaed yn dal i ddiferu ar yr eira.

' Anrheg i'r Brenin Edwart! ' bloeddiodd.

Neidiodd yn orfoleddus ar ei farch ac i ffwrdd ag ef â'i droffi arswydus, gan adael gweddill corff Tywysog Cymru i galedu yn y rhewynt.

15

Uwchben Irfon yr oedd y Cymry wedi ymladd yn ddewr, ond heb arweinydd, nid oedd ganddynt obaith yn erbyn y gelyn disgybledig. Bu gorchmynion y dirprwyon yn gwrthddweud ei gilydd yn wyneb yr ymosodiad annisgwyl oddi fry a'r canlyniad oedd chwalfa.

Gofid i Degerin oedd gorfod gadael corff ei dywysog heb neb i'w warchod tra aeth i ymofyn help, ond nid oedd dewis ganddo. Erbyn iddo gyrraedd y gwersyll yr oedd y Saeson buddugoliaethus wedi mynd rhagddynt gan adael ar ôl bebyll a wagenni i fud-losgi, a chyrff a chlwyfedigion yn gorwedd yn yr eira.

Chwiliai am y Tad Meilyr, er ei bod hi'n rhy hwyr yn awr i roi'r sacrament olaf i'r tywysog. Fe'i gwelai ef wrthi'n gwneud y gorchwyl hwnnw i'r rhai a oedd yn dal rhwng deufyd. Yr oedd dau neu dri o filwyr yn araf godi ar eu traed, a galwodd arnynt i chwilio am rywbeth a allai wasanaethu fel elor. Rhyfeddai at ei lais ei hun, yn oer, yn ddiangerdd, yn brathu allan ei orchmynion. Yna aeth i ddweud wrth y Tad Meilyr.

Rhyngddynt, yn boenus o araf, yr oeddynt wedi gosod y tywysog ar elor arw o ganghennau deri. Mwmiodd y Tad Meilyr ei baderau, a gweddïodd Tegerin na ddaethent yn rhy hwyr i achub ei enaid yn y purdan. Yna cychwynasant ar y daith hir a phoenus i Abaty Cwm Hir.

Ar ôl iddynt fynd ychydig ffordd, cofiodd Tegerin am y llythyr. Cofiai weld y tywysog yn ei roi yn ei diwnig. Yr oedd yn amharod i aflonyddu ar y corff, ond efallai mai'r llythyr hwn oedd wedi arwain yn y pen draw at dranc Llywelyn. Rhaid iddo ei feddiannu er mwyn gallu dial ar y bradwyr. Eglurodd yn frysiog wrth y

Tad Meilyr, ac aeth i archwilio'r grysbais waedlyd. Ond nid oedd golwg am y llythyr yn unman. A fu'r llythyr ganddo heddiw? Ac os bu, a fu rhywun yn ysbeilio'r corff tra bu ef i ffwrdd?

Yr oedd y gwynt wedi codi'n gryf gan ychwanegu at erwinder y dasg o'u blaen. Ond ar hyd y daith i Dŷ'r Sistersiaid ychwanegid o bryd i'w gilydd at eu nifer gan finteioedd bach o weddillion carpiog byddin Llywelyn, fel pe bai rhyw reddf wedi eu harwain at ei osgordd olaf. Erbyn iddynt gyrraedd yr abaty yr oedd cwmni sylweddol ohonynt yno i gyflwyno'r corff i'r Brodyr Gwynion.

> *Rhewydd fel crinwydd y sy'n crinaw.*
> *Poni welwch chwi hynt y gwynt a'r glaw?*
> *Poni welwch chwi'r deri'n ymdaraw . . .?*

Yn y nos, ar ôl iddynt roddi corff Tywysog Cymru mewn daeargell yn yr abaty, yr oeddynt yn gwrando ar nodau angerddol Gruffudd ab yr Ynad Coch, un o uchelwyr llys Llywelyn, yn rhoi mynegiant i'w galar. Nid canu defodol bardd llys i'w arglwydd oedd yma, eithr gwir wae cyfaill. Unwyd marchog a gwas, mynach a gwastrawd yn eu tristwch. Codai'r nodau drwy ganghennau noeth y gaeaf uwchben yr afon fechan a chael eu cludo ar y gwynt i bellafoedd Cymru ac i lawr yr oesoedd.

Ac o'r diwedd toddodd yr iâ ym mynwes Tegerin ac ymollyngodd i wylo. Ffarwel, Dywysog Cymru, llefai ei galon. Ond yr oedd llais dirmygus Giffard eisoes wedi llygru'r geiriau. Gadawodd i ddolef y bardd ddweud y cwbl.

Yna'r daith yn ôl i'r gogledd, a chwestiynau'n dechrau ymwthio i mewn i'w alar. A fu'r llythyr gan Lywelyn pan iaddwyd ef, ac os oedd, pwy oedd wedi ei ddwyn oddi ar ei gorff? Pwy anfonodd y neges ynglŷn â lleth o Fuallt? Oblegid gwyddent erbyn hyn nad oedd Rhodri wedi anfon dim. Ni allai beidio â chredu'n awr mai ym Mangor y bu'r brad mwyaf, a hynny o du teulu a ddylasai fod gyda'r ffyddlonaf i'r tywysog. Cofiai glywed sŵn traed yn dringo grisiau'r clochdy. Bu eraill yno y diwrnod hwnnw. Ai aelodau eraill o'r teulu bradwrus? Diau y caent diroedd a chyfoeth lawer am eu gwasanaeth i'r Brenin Edwart y dwthwn hwnnw.

Tybed a oedd y Tywysog Dafydd wedi derbyn y newydd eto? Ac ar unwaith yr oedd yn rhaid iddo wynebu amheuaeth arall a fu'n ceisio ei wenwyno ers tro. Bu Dafydd yn euog ddwywaith o'r blaen o geisio llofruddio ei frawd. Ef oedd wedi pwyso . . . ond yr oedd y syniad yn rhy ffiaidd, ac fe'i gwthiodd ymaith yn ddiamynedd, a throi ei feddwl at orchwyl arall a fu'n ei boeni. Rhaid oedd galw yn Abaty Cymer.

Daliodd Mabli'r dilledyn i fyny i'r golau a syllodd arno'n feirniadol. Yna gwenodd yn fodlon. Bu'n ofni fod ei golwg yn methu, ond yr oedd y pwythau mân yn wastad. Cydiodd yn y nodwydd frodio unwaith eto a chwblhaodd lygad y dydd arall ar odre'r wlanen fain. Dim ond chwech i'w wneud eto, a rhes o ddail ar odre'r llewys hir, ac fe gâi Gwenllian wisg gynnes arall deilwng o dywysoges.

Yr oedd storm y noson cynt wedi gostegu a heulwen wan wedi ymwthio drwy'r cymylau. O bell deuai i'w chlyw sŵn clychau'r Awr Anterth. Yr oedd Gwenllian wedi deffro o'i chwsg ac yn sïo'n hapus yn ei chrud, ei llygaid yn dilyn cysgod deilen grin a siglai'n ôl ac ymlaen yn yr heulwen. Popeth yn dawel, dangnefeddus. Pam, felly, fod y trymder affwysol yma wedi gafael ynddi? Cydiodd drachefn yn ei gwaith gwnïo, ond yr oedd rhyw gwmwl wedi dod dros ei llygaid a bu raid iddi roi'r dilledyn heibio. Yn sydyn sylweddolodd fod ansawdd y clychau wedi newid i gnul ddolefus.

Yr oedd rhywun yn curo'n ysgafn ar y drws a saethodd rhyw ofn rhyfedd drwyddi. Ond dim ond Eluned oedd yno, ei gwisg ar agor yn barod i roi llaeth i'r baban. Syllai arni, yn ddiamynedd ddisgwyl iddi orffen y gorchwyl angenrheidiol. Dyheai am amser diddyfnu, a'r fechan yn eiddo iddi hi a hi'n unig. Dros dro 'roedd y cyfnod hwn, ond fe fyddai oes gyfan gyda Mabli i ofalu amdani, neu o leiaf hyd oni fyddai'r tywysog yn dewis eu gwahanu.

Yn ystod y dyddiau y bu yn yr abaty ni chlywsai gloch fel hon o'r blaen. Cnul marwolaeth rhywun . . .

Pan ddaeth yr abad i mewn ati, fe wyddai. Ffurfiodd ei gwefusau y geiriau ' Y tywysog . . .' ond derbyn ffaith oedd hyn yn hytrach na gofyn cwestiwn. Amneidiodd yr abad ei ben ac ymgroesodd.

' Duw fyddo'n drugarog i'w enaid. Cafodd farw heb ei sacrament olaf.'

' Ble mae o? '

Dyna i gyd oedd yn bwysig iddi. Dyheai am fod gyda'i gorff lle bynnag yr oedd.

' Mae ei gorff wedi'i gladdu yn Abaty Cwm Hir. Ond mae ei ben gan y Brenin Edwart yn Rhuddlan.'

Ni ddaeth gwaedd na sgrech na dagrau. Yr oedd amser wedi rhewi ac yn hongian yn rhywle yn y gwagle. Syllodd mor hir ar wyneb yr hen abad, fel y trodd hwnnw ei ben o'r neilltu a chroesi at y baban ar fron Eluned.

Aeth ar ei liniau a dechreuodd fwmian ei baderau. Yr oedd Gwenllian wedi syrthio i gysgu yn ei llawnder. Cyn gynted ag y cododd yr abad ar ei draed, cymerodd Mabli'r plentyn yn ôl i'w chôl gan roi arwydd ar i Eluned ymadael â'r ystafell.

Ysgydwodd yr abad ei ben yn drist. ' Paid â phryderu, fy merch. 'Ddaw dim drwg iddi tra bydd hi yma.' Tra bydd hi yma? Ond am ba hyd yn awr? Pwy fyddai'n penderfynu? Fel pe bai wedi clywed y cwestiwn dywedodd yr abad: ' Ei ewythredd yw ei pherthnasau agosaf, mae'n debyg. Hwy fydd yn penderfynu ei thynged.'

Ni fwriadai fod yn greulon, ac edifarhaodd am ddweud y geiriau ar unwaith wrth weld ei hwyneb. Gwraig ryfedd oedd hon, ac yr oedd yntau'n anghyfarwydd â ffyrdd merched. Ni fyddai gwraig yn yr abaty oni bai am ofynion rhyfel a diogelwch merch y tywysog. Ond yr oedd yn rhaid iddo wneud ei feddyliau'n glir iddi.

' Ni wn i ddim am hynt y ddau dywysog arall, ond bu'r Tywysog Dafydd yn agos iawn at . . .' Pallodd ei eiriau ac ymgroesodd ' . . . at ein diweddar dywysog, Duw gadwo'i enaid. Rhaid i ni anfon at y Tywysog Dafydd am gyngor.'

Yr oedd Mabli am weiddi arno i gau ei geg, i fynd i'w grogi . . . deuai'r holl eiriau anllad a glywsai gan wragedd golchi y Bere i fyddaru ei hymennydd. Ond yr oedd y rhew yn dal ei thafod. Eithr yn y munud hwnnw fe wnaeth ei phenderfyniad.

Pan alwodd Tegerin yn Abaty Cymer ar ei ffordd i Ddolwyddelan, fe gafodd fod Mabli wedi diflannu gan fynd â'r Dywysoges Gwenllian a'i mamaeth gyda hi.

Yr oedd y gwastrawd wedi edrych yn amheus arni pan ofynnodd iddo am ferlen i Eluned, ond nid hawdd oedd nacáu cais awdurdodol y wraig hon. Byddai mamaeth ar droed wedi ei llesteirio'n enbyd, ac yr oedd brys yn awr i roddi pellter rhyngddi hi a'r fynachlog. Yr oeddynt wedi croesi pont afon Mawddach ac yn wynebu gwaith dringo i fyny'r Ffordd Ddu.

Ni fu ganddi amheuaeth o gwbl ble i fynd â'r plentyn am loches. Clywsai ef yn dweud, dro ar ôl tro, fod Castell y Bere'n ddisyfl, ei gaer gadarnaf yng Nghymru. Gallai'r Sais oresgyn hyd yn oed Abaty Cymer a'i losgi'n ulw, seintwar neu beidio, fel y gwnaethai eisoes ag amryw o dai Dduw. Ond yn y Bere byddai Gwenllian yn ddiogel, yn ddiogel oddi wrth geraint bradwrus, boed frenin yn Lloegr neu dywysog yng Nghymru. Nid oedd hi erioed wedi hoffi'r Tywysog Dafydd, llai fyth ymddiried ynddo. Byddai'n rhaid cuddio Gwenllian oddi wrtho ef lawn cymaint ag oddi wrth y brenin.

Bu castellydd newydd y Bere, Madog ap Llywelyn, yn un o wŷr ei thad, ac yn un o linach teulu Cynan. Fe'i hadwaenai ef yn dda a gallai ymddiried ynddo.

Bore disglair oedd hi, a gwynder yr eira'n dallu ei llygaid. Ond hofrai rhai cymylau ar gopa Cadair Idris, a chynyddu yr oeddynt tra edrychai arnynt. Ond âi'r ffordd â hi heibio i droed Cadair Idris. Dyna oedd ei nod. Tra gallai ymlwybro ymlaen medrai gau allan y darlun hunllefus hwnnw o'r pen ar bicell ar fur Tŵr Llundain, a'r dorf yn ei watwar wrth fynd heibio.

Wrth iddynt ddringo, suddai carnau'r meirch yn is i'r eira. Gwaethygu ac nid gwella y byddai'r trwch wrth iddynt fynd ymlaen, ac am y tro cyntaf sylweddolodd mor beryglus fyddai'r daith y ffordd hon. Yr oedd Eluned wedi dechrau crio gan ofn wrth i'w merlen suddo i'r fawnog, ond nid amdani hi y gofidiai Mabli, nac amdani hi ei hun. Y baban yn ei chôl yn unig oedd yn bwysig. Ni allai beryglu einioes hon. Rhaid troi'n ôl ac ailgychwyn ar hyd y ffordd hir o gylch yr arfordir.

Erbyn canol dydd yr oeddynt wedi cyrraedd y môr agored, a Gwenllian angen bwyd. Cenfigennai'r ddwy wraig wrthi, yn sugno'n fodlon. Yr adeg hon o'r gaeaf, pa siawns iddynt ddod o hyd i lysieuyn neu ffrwyth? Ac ofnai Mabli guro ar ddrws neb rhag ofn cael ei holi. Yr oedd Duw'n gofalu am yr adar yn y gaeaf, siawns na ofalai am ddwy wraig a phlentyn brenhinol.

Ond nid oedd Duw wedi gofalu amdano ef. Cododd yr hen sgrech unwaith eto o'i pherfedd. Ysai am gael rhwygo'r llen honno rhwng y ddaear a'r purdan, a chwilio amdano hyd yn oed pe bai gofyn iddi ddisgyn i Annwn.

Clywai Wenllian yn anadlu'n ddwfn yn ei breichiau. Tra oedd hon ganddi ni fyddai raid iddi wynebu unigrwydd. Yr oedd unigrwydd yn hollti'r ymennydd. *O, f'anwylyd, f'anwylyd . . .*

Yr oedd yr eira wedi dechrau pluo'n awr, a chwipiai o'r môr i wynebau'r ddwy, mor greulon â channoedd o nodwyddau. Gwingai Mabli yn sydyn wrth glywed rhyw boen anarferol yn ei mynwes. Teimlai mor flinedig fel mai ei hawydd cryfaf oedd disgyn oddi ar ei march, suddo i'r dyfnder a gadael i'r eira wneud ei waethaf. Ond gwyddai mai dyna ffordd yr ellyllon o hudo teithwyr i'w tranc, ac yr oedd ganddi rywun llawer mwy gwerthfawr na hi ei hun i ofalu amdani.

'Alla' i ddim cofio dy wyneb . . . 'rwy'n medru gweld dy lygaid, dy drwyn, dy geg, ond maen nhw i gyd ar wahân. Gad dy wyneb i mi, o leiaf . . .

Clywai Eluned yn gweiddi arni, ond yr oedd ei llais yn gymysg â lleisiau eraill yn ei phen. Ni allai gadw ei llygaid ar agor, ond yr oedd y fraich a gofleidiai Wenllian mor gryf ag erioed. Dim ond sŵn y plentyn yn crio a'i darbwyllodd o'r diwedd i ollwng ei gafael a throsglwyddo ei thrysor i Eluned. Ar unwaith, syrthiodd ymlaen ar fwng ei march. Ni welodd gaban y coedwigwr o'i blaen na'i deimlo yn ei chario i mewn at y tân.

Pan alwodd Tegerin yn Abaty Cymer yr oedd y lleill, y rhai hynny a lwyddodd i ddal gafael yn eu meirch, wedi dal ymlaen i gyfeiriad Dolwyddelan. Dangosai'r Tad Meilyr awydd i aros gydag ef, ond ni fynnai Tegerin hyn. Pwysodd arno fod angen cynhaliaeth ysbrydol ar weddillion truenus gosgordd Llywelyn. Y gwir oedd ei fod am wynebu Mabli ar ei ben ei hun pe bai modd yn y byd.

Gwyddai fod newyddion drwg yn hedfan yn anhygoel o gyflym, ac ni synnai glywed fod yr hanes wedi cyrraedd o'i flaen. Pan ddywedwyd wrtho am ddiflaniad Mabli a'r plentyn, sylweddolodd nad oedd hyn, chwaith, yn peri fawr o syndod iddo, ond daeth pryder dirfawr drosto. Nid oedd diben holi gormod ar y mynachod. Yr oedd yn adnabod Mabli'n ddigon da i wybod na fyddai hi'n debyg o rannu cyfrinach gyda'r un ohonynt.

Gofid pennaf yr hen abad oedd gorfod cyfaddef wrth y Tywysog Dafydd eu bod wedi colli'r dywysoges, ac wrth glywed hyn, fe ddeallodd Tegerin.

Ymhle y byddai hi wedi ceisio cuddio Gwenllian oddi wrth ei hewythr? Dim ond un ateb oedd. Yn ei chynefin yr ochr draw i'r mynydd. Meddyliodd amdani'n croesi'r mynydd yn yr eira ac oerodd ei galon. Gweddïai nad oedd hi wedi mentro dros y Ffordd Ddu, nad oedd heddiw'n ddiogel i na dyn nac anifail. Yn sicr byddai wedi gweld yn ddigon buan mor amhosibl fyddai'r daith honno. Penderfynodd yntau hefyd ddilyn ffordd yr arfordir.

Sŵn crio Gwenllian a'i galwodd i fyny o'r dyfnder. Yr oedd hi'n brwydro â throbwll a fygythiai ei sugno i lawr. Bu bron iddi fodloni suddo, gan ei bod mor flinedig, nes iddi glywed y llefain. Yr oedd ar rywun ei heisiau. Na, nid ef. Fe'i collodd ef i wraig o Ffrainc ers talwm. Ond yr oedd rhywbeth arall . . .

Clywai lais gwraig yn mwmian geiriau anwes wrth blentyn. Pam yr oedd dynes ddieithr yn cysuro ei phlentyn hi? Agorodd eiddigedd ei llygaid o'r diwedd, a gwelai Eluned yn pwyso drosti. Safai gŵr garw ei olwg y tu ôl iddi.

' Y baban . . .' Nid oedd hi'n fodlon dweud ei henw rhag ofn i hwnnw ddyfalu.

' Yn ddiogel.'

Rhoddodd Eluned fwndel cynnes ym mreichiau Mabli. Daeth gwên dros ei hwyneb. Suodd y baban am ychydig, yna cofiodd, a'r boen yn llifo'n ôl.

Yn sydyn yr oedd breichiau Eluned amdani hi a'r plentyn, ac o'r diwedd rhyddhawyd ei dagrau. Gwrandawai'r coedwigwr mewn syndod ar yr igian torcalonnus a âi ymlaen ac ymlaen. Ond daw diwedd ar ddagrau'n hwyr neu hwyrach ac yr oedd cysur ym mynwes helaeth Eluned. Yn araf fe ddaeth llonyddwch.

Llanwodd y coedwigwr ddysglaid bob un o gawl iddynt o'r crochan a grogai uwchben y tân. Os oedd yn chwilfrydig ynghylch y ddwy wraig a'r baban, ni fradychai hynny ac ni holodd hwy. Yn y wlad gythryblus hon,

275

y dyddiau hyn, doethach oedd cadw'n ddistaw a chynnig help pan welai angen.

Wedi bwyta a chynhesu, teimlai Mabli ei nerth yn dychwelyd, ac ysai am gael bod ar y ffordd unwaith eto. Tynnodd y freichled a wisgai am ei harddwrn a'i rhoi i'r coedwigwr, er mawr syndod iddo, ac yna yr oeddynt wedi ei adael ac yn dilyn y llwybr heibio i eglwys Llangelynnin. Cyn bo hir byddent yng ngolwg afon Dysynni a gwlad gyfarwydd.

'Merch yr hen gastellydd? Na, arglwydd, 'ddaeth hi ddim yma.'

Yr oedd Tegerin wedi cyrraedd Castell y Bere ac yn holi un o'r gweision wrth y porth. Ar unwaith daeth pryder i'w gorddi. Fe'i ceryddai ei hun yn arw am beidio â mentro'r Ffordd Ddu. Gwelai ei ddychymyg Fabli a'r dywysoges yn gorwedd yn gelain, a'r eira'n cyflym orchuddio eu cyrff. Tybed a allai ef sôn am ei bryderon wrth y castellydd ifanc heb eu bradychu? Ffolineb fyddai iddi gredu y gallai ddal i guddio'r plentyn o olwg Dafydd. Yr oedd Mabli, fel arfer, wedi gweithredu'n ôl ei chyneddfau byrbwyll.

Bu raid iddo benderfynu ar amrantiad, oblegid yr oedd Madog ap Llywelyn yn dod ar draws y beili i'w gyfarfod a golwg syn arno. Cyfarchodd y ddau ei gilydd yn ddwys.

'Dydd du, arglwydd.'

'Y duaf yn ein hanes.'

Syllai'r ddau ar ei gilydd a'u galar noeth yn creu cwlwm rhyngddynt.

'Y Tywysog Dafydd? A all gadw teyrngarwch y bobl?'

Yr oedd nodyn ansicr yn llais Madog.

'Oni all, bydd ffordd y brenin yn glir. Mae mwy na digon o'n gwŷr mawr yn aros eu tro i fanteisio ar ei addewidion hael.'

'Meistr cyfrwys yw hunan-les.'

Sylweddolodd Tegerin fod hanner ei feddwl yn dymuno na châi Dafydd y teyrngarwch angenrheidiol. Nid oedd yn ei haeddu. Ac eto, dyna unig obaith Cymru'n awr. Difodiant hynny o annibyniaeth a feddent oedd y dewis arall.

'Y mae golwg luddedig arnat, Arglwydd Tegerin. Rhaid i ti fwyta a gorffwys.'

Nid oedd wedi meddwl am ei flinder tan y munud hwnnw. Sylweddolodd yn awr ei fod wedi ymlâdd. Ond ni allai orffwys a Mabli ar goll. Penderfynodd ddweud wrth y castellydd.

'Ond 'ddaeth hi ddim yma,' ebe Madog yn ofidus wedi iddo orffen.

'Mae hi ar ei ffordd yn rhywle, os nac ydi—' Ni allai Tegerin roi geiriau i'r posibilrwydd erchyll. ''Alla' i ddim meddwl amdani'n anelu at unrhyw fan arall ond y Bere.'

'Os wyt ti'n sicr, arglwydd, mae gennyf filwyr yma gaiff fynd i chwilio amdani.'

Yr oeddynt wedi dringo'r tŵr deheuol er mwyn cael golwg ar y wlad oddi amgylch. I'r dwyrain codai mynyddoedd Cadair Idris eu pennau gwynion yn fygythiol i'r awyr. I'r gorllewin yr oed hi'n oleuach, a'r eira eisoes yn dechrau meirioli ar lannau Dysynni. A draw yn y pellter gwelsant y march a'r ferlen yn dynesu. Caeodd Tegerin ei lygaid mewn diolch, yna rhedodd i lawr i'r beili lle 'roedd ei farch yn aros.

Yn Nolwyddelan gerbron y Tywysog Dafydd yr oedd wedi ei hamddiffyn. Ceisio sicrhau diogelwch y dywysoges y bu Mabli, pwysleisiai. Gwyddai fel y gallai mynachlog gael ei distrywio gan y gelyn, a gwyddai o brofiad am gadernid Castell y Bere.

Yr oedd wedi cael cryn drafferth i'w darbwyllo i adael iddo fynd at Ddafydd. Daethai arswyd i'w llygaid, yna anghrediniaeth.

'Na . . . na . . .'

'Clyw . . . mi fydd yn well felly. Rhaid i ti ymddiried ynof. 'Chei di ddim colli Gwenllian. Mi rof fy ngair cysegredig i ti. 'Chaiff y Tywysog Dafydd ddim mynd â Gwenllian oddi arnat.'

Yr oedd rhyw bendantrwydd yn ei lais a barodd iddi ymdawelu. Tegerin oedd hwn. Pa raid iddi ofni?

Ymddangosai Dafydd yn fodlon ar yr eglurhad. P'un bynnag nid oedd ganddo amser i boeni ynghylch plentyn Llywelyn, a honno'n ferch, na allai fyth fod yn yr olyniaeth, ac felly'n ddiberygl i'w feibion ef ei hun. Yr oedd ganddo bethau eraill ar ei feddwl.

Clywsai fod y Brenin Edwart wedi cyrraedd Rhuddlan, yn rhy agos at Gastell Dolwyddelan i fod yn gysurus, a bod y Siryf Springhouse eisoes wedi cychwyn o Groesoswallt gyda dau lu, un trwm ac un ysgafn, trigain o wŷr traed, heblaw nifer o filwyr cyflog o Gasgwyn.

Nid oedd wedi wylo ar ôl ei frawd, sylwai Tegerin. Ond a oedd hynny'n rhywbeth i ryfeddu ato? Heb gael gwaed ar ei ddwylo'i hun, yr oedd wedi cael yr hyn a geisiai ym Mryn Derwin flynyddoedd lawer yn ôl—ac o leiaf un tro wedyn yn ddiweddarach.

Heb gael gwaed ar ei ddwylo . . . ? Hoffai Tegerin fod yn sicr.

Erbyn y trydydd wythnos yn Ionawr yr oedd Richard de Boys, William de Ryther a Hugh de Turberville wedi chwyddo nifer y brenin yn bum mil. Adroddai ysbïwyr Dafydd fod enwau pwerus eraill ar y ffordd. Yr Ieirll Armagnac a Bijorre, Arglwydd Bergerac, y Vicomte de Tarcazin . . . Yr oedd hi mor amlwg fod Edwart yn bwriadu taflu holl bwysau ei ddeiliaid i'r frwydr yng Nghymru.

Yn Chwefror, daeth y newydd fod y cyrch wedi dechrau. Gwyddai Dafydd mai ffolineb fyddai aros i wynebu'r fath luoedd. Pan glywodd eu bod wedi cyrraedd Maenan, ffôdd dros y mynyddoedd i Ddolbadarn. Yno eisoes yr oedd ei wraig Elisabeth a'u plant. Yn Nolbadarn ceisiai ddal ei afael ar ryw fath o lys, ond ar ddisberod yr oedd y rhan fwyaf o'i gyn-osgordd. Ar wahân i'w offeiriad, nid oedd ar ôl ond rhyw hanner dwsin o farchogion ynghyd â gwastrodion, hebogwr, meddyg, ysgrifennydd a bragwr medd. Am y rhai uwch eu safle megis ustus a stiward, y rhai a chanddynt eiddo personol i'w warchod, bu callineb yn drech na theyrngarwch, ac aethant bob un i'w ffordd ei hun.

Nid oedd Tegerin yn awyddus i wasanaethu'r Tywysog Dafydd. Parchai ei ddewrder, ond ni ellid gwadu nad ei falchder a'i fyrbwylledd ef oedd yn gyfrifol am y gyflafan bresennol. Yr hyn a yrrai Tegerin i Ddolbadarn oedd ei awydd i sicrhau'r Dywysoges Elisabeth fod ei nith, Gwenllian, mewn dwylo diogel. Clywsai ei bod hi wedi dechrau sôn am gael y plentyn o dan ei chronglwyd ei hun, ac yr oedd si ei bod hi'n bwriadu ei dyweddïo hi ag un o'i meibion hi ei hun. Ei addewid i Fabli oedd yn ei yrru yma.

Ond ar wahân i hynny ni allai fynd adre'n dawel i Abereiddon fel pe bai'r rhyfel eisoes ar ben. Yr un achos ag achos Llywelyn, ei frawd, oedd i Ddafydd yn awr, beth bynnag oedd ei farn ef amdano. Ffieiddiai at y Cymry hynny oedd mor barod i newid ochr. Rhaid bod yn driw i weledigaeth ei dywysog pe costiai hynny ei fywyd iddo.

Meddyliai'n awr am un o'r gwŷr mwyaf unplyg a adnabu erioed, yr Esgob Anian o Lanelwy. Oherwydd iddo ysgymuno'r milwyr o Saeson yn hytrach na'r Cymry, mawr fu dial y brenin arno. Fe'i gyrrwyd o'i esgobaeth ac yr oedd sôn ei fod yn byw mewn tlodi rywle ym mryniau Meirionnydd. Yn wahanol iawn i Anian o Fangor, a ddangosai'n agored yn awr ei fod yn mwynhau nawdd y brenin. A bob tro y meddyliai am yr Anian hwnnw deuai'r cwestiwn anorfod yn ei sgîl. Beth oedd y gwirionedd am y llythyr tyngedfennol? Ni châi wybod fyth. Fe wyddai hynny'n awr. Yr oedd olion llaw'r brenin ei hun yn rhy ddwfn ar yr holl gynllwyn.

Pan gyrhaeddodd Dolbadarn yr oedd y lle'n bendramwnwgl. Yr oedd Edwart wedi gyrru rhai o'i luoedd i Gaernarfon, ac eraill ymlaen ar hyd yr arfordir o gylch penrhyn Llŷn, mor bell â Harlech. Yr oedd Eryri'n cyflym gael ei amgylchynu. Mor ffyddiog y teimlai'r brenin yn awr fel y gyrrodd y Gasgwyniaid costus yn ôl i Ffrainc.

Ond nid oedd Dafydd wedi ei drechu eto. Haerai'n ddygn fod ganddo wŷr teyrngar yn y de. Erbyn diwedd Mehefin, meddai, byddai Siôn ap Dafydd wedi llwyddo i ddod â byddin yn cynnwys milwyr o'r Buallt, Maeliennydd, Elfael, Gwerthrynion a Cheri. Ac er bod ei gefnder, Rhys Fychan, ar ffo o'r hen ddaliadaeth yng Ngenau'r Glyn, yr oedd gan hwnnw adnoddau lawer, yn wŷr ac arfau, yn Ne Meirionnydd. Fe gâi gantref Penweddig pe deuai i'r adwy ym Mehefin. Anfonodd lythyrau at y ddau a'u harwyddo, ' Dafydd, Tywysog Cymru '.

Er hynny, deuai lluoedd enfawr Edwart yn nes o hyd, ac oni symudai i fan diogelach byddai cyrch Mehefin yn rhy hwyr. Cofiai eiriau Tegerin. Yr oedd Llywelyn wedi credu bob amser mai'r man diogelaf yng Nghymru oedd Castell y Bere.

Y diwrnod y cyrhaeddodd Dafydd a'i lys, yr oedd hi wedi mynd â Gwenllian am dro at yr afon. Anaml iawn y gwnâi hynny rhag ofn i elyn cudd gipio'r dywysoges, ond ambell waith byddai ei hawydd am grwydro'n rhydd yn drech na'i gofal.

Deuddyn ffeind oedd y castellydd newydd a'i arglwyddes, a pharchent ei dymuniad i fod gyda'r plentyn yn wastadol. Gwyddai y gallai ymddiried ynddynt, ac yr oedd rhyw fath o lonyddwch wedi dod i'w bywyd. Yr oedd Gwenllian yn prifio, a rhyw gastiau bach newydd i'w gweld ynddi bron bob dydd.

Heddiw yr oedd haul prin y gwanwyn wedi ei denu allan. Llenwid y wlad ag arwyddion tyfiant, ac yr oedd pob man wedi ei sgubo'n lân gan y gwynt. Am y tro cyntaf teimlai mai dydd o edrych ymlaen ydoedd, nid edrych yn ôl.

Yn araf daeth yn ymwybodol nad oedd ar ei phen ei hun. Yr oedd dynion wrthi'n gosod pebyll ar y dolydd o dan y castell—llawer o ddynion. Edrychai arnynt yn chwilfrydig, ond heb fawr o ddiddordeb. Byddai Madog yn hoffi ymarfer ar y gwastadeddau cyn symud i'r mynyddoedd.

Ond nid o'r castell y deuent. Yn awr gwelai eraill yn dod i ymuno â hwynt, rhai o gyfeiriad Tarren y Gesail, eraill o gyfeiriad Craig yr Aderyn. Ac yna yr oedd baner yn cael ei chodi. Pan welodd honno, ni allai syflyd gewyn. Baner y Tywysog Dafydd!

Fe'i gwelai hwy'n awr yn dod i lawr o'r mynydd, y meirch a'r wagenni a'r holl offer rhyfel yn rholio y tu ôl iddynt. Crebachodd rhywbeth ynddi. Wedi dod i nôl Gwenllian yr oeddynt. Ni allai ei meddwl gwmpasu unrhyw reswm arall. Yr oedd Tegerin wedi ei bradychu . . .

Âi hi ddim yn ôl i'r castell. 'Roedd hynny yn sicr. Lapiodd y plentyn yn dynn yn y siôl fawr o amgylch ei chorff. I ble'r âi? Bron yn ddiarwybod iddi ei hun yr oedd hi wedi cychwyn dros y bont. Pe câi hi gyrraedd Llanegryn, yr oedd rhywun yno a allai ei helpu, ei chuddio . . .

Dechreuodd redeg, er nad oedd neb wedi sylwi arni eto, ond yr oedd pwysau'r plentyn yn rhy fawr i wraig ymhell dros ei deugain oed, ac fe deimlai'r boen ryfedd eto o gwmpas ei chalon. Pan oedd allan o olwg y gwersyll ymlaciodd ychydig, ac arafodd. Ond ni allai aros i orffwys. Ymlaen ac ymlaen yr âi, ac o'r diwedd dechreuodd ddringo i fyny'r allt uwchben yr afon.

Gwelodd hen ŵr yn hau ceirch, a mentrodd alw arno.

' Ble mae tŷ y Dâm Geinor, wrda? '

' Dacw fo, wrth yr eglwys.'

Yr oedd hi yno. Ochneidiodd mewn rhyddhad fod y daith ar ben, a daeth yr egni'n ôl i'w thraed.

Agorodd gwas y drws i'w churo taer. Syllai hwnnw mewn syndod ar y wraig flinedig yn sefyll o'i flaen a baban yn ei chôl. Ond ni chaeodd y drws yn ei hwyneb oblegid yr oedd yn ei hadnabod.

' Ydi'r Dâm Geinor oddi mewn? '

Safodd y gwas o'r neilltu i adael iddi ddyfod i mewn i'r tŷ, ac yna aeth i nôl ei feistres.

Yr oedd hi wedi heneiddio yn ystod y flwyddyn y bu Mabli i ffwrdd, ond ni bydd gwraig ag esgyrn mor gywrain i'w hwyneb fyth yn colli ei harddwch. Rhythai'r ddwy ar ei gilydd, ac am ennyd, 'roedd marwor yr hen elyniaeth rhyngddynt yn bygwth cynnau'n fflam unwaith eto. Bygwth, ond methu. Gwyddai fod Mabli wedi dod ati i ofyn cymorth, ac yr oedd gwybod hynny'n cynhesu ei chalon. Gwyddai hithau erbyn hyn beth oedd unigrwydd. Disgynnodd ei llygaid ar y plentyn, ac yr oedd tinc o dynerwch anarferol yn ei llais wrth iddi ddal ei breichiau allan.

' Rho'r baban i mi, i ti gael gorffwys.'

Er syndod iddi hi ei hun, yr oedd Mabli wedi bodloni. Hwyrach mai blinder llwyr a adawodd iddi ollwng gafael yn ei thrysor. Yn sicr yr oedd y boen o amgylch ei chalon yn gwaethygu.

Heb aros i ofyn cwestiynau yr oedd y Dâm Geinor wedi gorchymyn i'r morynion baratoi gwely iddi. Fe'i cludwyd hi yno a'i rhoi i orwedd.

Ceisiai ddweud rhywbeth, ond ni allai gofio'r geiriau. Yr oedd Geinor yno wrth erchwyn y gwely yn dal Gwenllian yn ei breichiau.

' Paid â phryderu. Mi fydd hi'n ddiogel yma.'

Rywsut, yn wyrthiol, yr oedd hi'n ei chredu, a gallai ollwng gafael ynddi hi ei hun o'r diwedd a suddo i gysgu.

Am wythnos gron bu'n gorwedd rhwng byw a marw. Bob rhyw hyn a hyn deuai'r Dâm Geinor â Gwenllian at ei gwely ac arwain ei dwylo i afael yn y plentyn, a byddai'n ymdawelu am ychydig. O'r diwedd gallodd agor ei llygaid, yn ymwybodol o bopeth o'i chwmpas. Ni allai siarad fawr gan gymaint ei gwendid, ond dilynai ei llygaid symudiadau ei mam wen o gwmpas yr ystafell. Treuliai honno y rhan fwyaf o'i hamser yn siamber

Mabli, lle 'roedd hi wedi dodi crud i Wenllian. Dim ond un forwyn a gâi ddod yno i'w helpu, un y teimlai y gallai ymddiried ynddi.

Gwyddai o'r gorau na fyddai'n bosibl celu presenoldeb y plentyn am byth ac, yn wir, na fyddai hynny'n ddymunol. Ond credai fod rhyw fyrbwylltra ym Mabli a ymylai ar orffwylledd, ac ofnai yr hyn a allai ddigwydd pe cymerid Gwenllian oddi arni.

Nid oedd hi erioed wedi deall y wraig ryfedd hon a oedd yn llysferch iddi, ond yn ystod y dyddiau dilynol, fe dyfodd rhywbeth rhyngddynt a aeth yn ddyfnach na'r angen i ddeall ei gilydd, sef, yn syml, eu hangen y naill am y llall. Yr oedd heneiddio wedi dod â gwacter affwysol yn ei sgîl i Geinor. Gyda marwolaeth y castellydd flwyddyn ynghynt yr oedd hi wedi colli'r lleuad olaf i ymdroi o gwmpas ei haul. Nid oedd hi'n perthyn i neb yma. Ond dyma Fabli a'r plentyn wedi dod yn awr, yn ddibynnol arni, a hithau'n cael cyfle i roi yn lle cymryd.

Maes o law, ar ôl i'r sibrydion gyrraedd i glustiau Dafydd fod baban yn nhŷ'r Dâm Geinor, ac ar ôl iddo yntau anfon ei wŷr ar unwaith i chwilio am y dywysoges goll, yr oedd hi wedi mynnu ei chadw, nes byddai Mabli'n ddigon cryf i fynd â hi'n ôl i'r Bere ei hunan.

Ni phwysodd Dafydd arni. Yr oedd newydd glywed fod William de Valence wedi cychwyn o Lanbadarn a'i fyddin ar gyrraedd Meirionnydd, byddin gyda'n agos i fil a hanner o wŷr traed.

Barnai mai'r peth callaf fyddai iddo ddychwelyd i Eryri i geisio hel byddin newydd at ei gilydd. Ond y tro hwn bu raid iddo fynd yn ddirgel, a dim ond rhyw hanner dwsin o'i wŷr gorau gydag ef. Gan hynny, gadawodd Elisabeth a'i blant ar ôl yng ngofal Madog ap Llywelyn.

Ceisiai gysuro ei wraig ddagreuol. ' Dyma'r lle diogelaf yng Nghymru. Dim ond newyn all ei drechu, ac y mae yma ddigon o fwyd i oresgyn gwarchae hir. Gyda chymorth Duw byddaf yn ôl ymhell cyn hynny.'

Ond nid oedd ysbïwyr Dafydd wedi llwyddo i fesur maint y grym a bentyrrid yn ei erbyn. Coedwyr a ddeuai'n gyntaf, i dorri drwy'r fforestydd er mwyn rhwyddhau ffordd i'r wagenni a'r troliau. Dull Edwart oedd cyfuno'r gwŷr traed a'r gwŷr meirch drwy ddodi saethydd neu filwr bwa croes rhwng dau farchog. Gyrrid cawod o saethau at y gelyn, yna rhuthrai'r marchogion arno.

Yr oedd y fyddin wedi cyrraedd y mynyddoedd o amgylch Castell y Bere cyn i'r castellydd a'i wŷr sylweddoli beth oedd yn digwydd. Ar yr un pryd defnyddiai Edwart ei hen dacteg o anfon ei longau i rwystro unrhyw fynd a dod ar hyd yr arfordir. Erbyn y pymthegfed dydd o Ebrill yr oedd yn agos i bymtheg cant o wŷr traed William de Valence yn gwersyllu ar y dolydd o dan y Bere. Bob dydd wedyn deuai mwy a mwy i chwyddo eu rhengoedd.

Nid oedd na phont godi na rhagfur na ffos yn ddigon o amddiffynfa yn erbyn y fath lu. Dylifai gwŷr de Valence i mewn i'r beili, ac er i'r tŵr deheuol brofi'n rymusach, yr oedd hwnnw hefyd yn eu dwylo cyn bo hir.

Ddeg diwrnod yn ddiweddarach yr oedd caer olaf y Cymry wedi syrthio i ddwylo'r Brenin Edwart. Ymhlith y carcharorion yr oedd gwraig a phlant y Tywysog Dafydd; ond yr oedd ef ei hun ar ffo ym mynyddoedd Eryri.

Cyflym a chreulon oedd dial y Saeson. Pan wrthododd y castellydd ddatgelu cuddfan y tywysog, torrwyd tafod un o'i filwyr, yn rhybudd iddo am a allai ddigwydd iddo yntau. Ac am iddo ddal i wrthod, clymwyd ei arddyrnau â llyffetheiriau haearn, a chrogi'r gadwyn a'u cysylltai ar hoelen uchel yn y mur, gan adael i'w gorff hongian i lawr yn ddiymadferth.

'Roedd gwylio hyn yn ddigon i beri i Einion ab Ifor a Dafydd ap Goronwy addo mynd i chwilio am ffau y tywysog a'i ddal, yn dâl am eu rhyddid.

Ac er mwyn gwneud yn sicr, yr oeddynt hefyd wedi datgelu cuddfan y Dywysoges Gwenllian.

16

Gartref yn Abereiddon wrth wely angau ei dad yr oedd Tegerin pan glywodd y newydd. Yr oedd y Tywysog Dafydd wedi cael ei ddal. Aed ag ef i'r Amwythig lle cyfarfu senedd o dan lywyddiaeth prif ustus Lloegr. Yno, llusgwyd ef ynghlwm wrth gynffonnau ceffylau drwy strydoedd y dref at y grocbren; tynnwyd ei goluddion i'w llosgi a chwalwyd ei aelodau i'r pedwar gwynt. Cosb haeddiannol, yn ôl yr ustus, am fod yn fradwr i'r brenin.

O leiaf bu marwolaeth Llywelyn yn weddol gyflym meddyliai Tegerin. Syllai ar Eifion, ei blentyn ieuengaf, yn cropian yn hapus wrth y drws. Gweddïai y câi hwnnw farw'n dawel yn ei wely pan ddeuai'r amser. Yr oedd wedi syrffedu ar greulondeb a rhyfel.

Daeth Sioned i mewn i nôl y plentyn, a gwenodd y ddau yn dawel ar ei gilydd. Dyna'r cwbl a ddymunai o hyn allan, llonyddwch i ofalu am ei wraig a'i deulu. Ar ôl i'w dad farw, ni welai ei hun yn symud o Abereiddon. Yr oedd mwy na digon i'w wneud yma, yn enwedig ar ôl i'w unig frawd farw.

Yr oedd yn heneiddio. Ei blant oedd yn bwysig yn awr. Hwy oedd y dyfodol. Byddai bywyd yn ansicr iddynt, a neb yn gwybod beth yn union oedd bwriadau Edwart ar gyfer eu gwlad. Hwyrach y codai rhyw Lywelyn arall, maes o law. Ond, ebe'r blinder ynddo, cyn sicred ag y cwyd arwr, bydd bradwr o blith ei bobl ef ei hun hefyd yn codi, a hunan-les yn sarnu'r freuddwyd. Felly i ba ddiben yr holl ladd a'r dioddef?

Ac eto . . .

Gwyddai, pe codai Llywelyn newydd, y byddai am i hwn, a chwaraeai wrth ei draed, ei wasanaethu fel y gwasanaethodd ef Lywelyn ap Gruffudd. Nid geiriau gwag mo rhyddid, anrhydedd, urddas. Er iddo farw, yr oedd fflam breuddwyd Tywysog Cymru yn dal i losgi, fflam a daniwyd gan wirionedd. Mor dlawd y wlad nad oes gan ei dynion ifainc eu gweledigaethau, meddyliodd. Eifion, ei frodyr a'i chwiorydd, hwy oedd wedi etifeddu'r darn hwn o'r Cread, ac am hwn y byddent yn gyfrifol yn Nydd y Farn.

O bryd i'w gilydd, a chyda thipyn o euogrwydd, byddai'n meddwl am Fabli. Ond yr oedd gwylio wrth wely ei dad wedi ei rwystro rhag mynd i chwilio amdani ar ôl i Wenllian gael ei chipio gan wŷr Edwart. Yr oedd yn rhaid iddo gyfaddef iddo'i hun, yn ddirgel, fod y llon-yddwch a geisiai wedi chwarae ei ran hefyd. Yr oedd yn rhy hen i'r emosiynau a gorddai Mabli ynddo. Clywsai ei bod hi'n ddiogel ac yn byw gyda'r Dâm Geinor, ac fe leddfai hynny ei gydwybod. O leiaf nid oedd hi'n unig.

Deuai i'w feddwl ambell waith ryw syndod fod y ddwy a fu mor chwannog i gasáu ei gilydd wedi cymodi.

Ond fel y gwyddai'n iawn, wrth fynd yn hŷn, meirioli y byddai pob nwyd, boed serch, boed gasineb. Trodd i edrych ar ei dad, yn anadlu'n boenus ar ei wely. Yng nghwmni marwolaeth, mor bitw oedd ymrafaelion bach y byd.

Daeth Sioned i mewn unwaith eto, ond y tro hwn yr oedd llythyr yn ei llaw. Negesydd, ebe hi, wedi dod ag ef o Lanegryn, ac yr oedd yn aros am ateb.

Agorodd y llythyr yn betrus. Cyflymai curiadau ei galon pan welodd ei fod oddi wrth y Dâm Geinor.

' Gwn dy fod ynghanol pryderon,' ebe'r llythyr, ' ond yr wyf finnau'n gofidio'n ddybryd am Fabli. Ar ôl i'r plentyn gael ei chymryd gan y Saeson, yr oeddwn yn synnu at ei llonyddwch, ac yn diolch i'r Forwyn amdano. Ond yn raddol deuthum i sylweddoli mai llonyddwch ffug ydoedd, ac yn awr yr wyf yn dechrau ofni am ei rheswm. O wybod am y cwlwm o gariad sydd rhyngoch chwi a hi, Arglwydd Degerin, yr wyf yn erfyn arnoch i ddod yma i ymddiddan â hi, gan fy mod yn ffyddiog y byddai hyn o'r lles mwyaf iddi . . .'

Trodd Tegerin at Sioned. ' Mae f'angen yn Llan-egryn.'

Yr oedd fflam fechan wedi ei hailgynnau yn y marwor. Mor ffôl y bu i feddwl y gallai serch farw.

' Ond dy dad— '

' Gall fyw am ddyddiau. Ni fyddaf yn hir, anwylyd.'

Ceisiai anwybyddu'r dicter ar ei hwyneb, a dywedodd wrthi'n frysiog gynnwys y llythyr. Gwyddai hithau'n well nag i ddadlau â'i harglwydd. Ymhen yr awr yr oedd ar ei ffordd.

' I ble'r ei di, Mabli? '

Yr oedd hi wedi dwyn march o stablau'r Dâm Geinor. Na, nid ei ddwyn, dim ond ei fenthyg. Byddai Geinor wedi ei roi iddi pe bai wedi gofyn, ond yna fe fyddai wedi holi. Holi fel y gwnâi yn awr. Pam yr oedd Geinor yn ei dilyn o hyd? Beth oedd hi'n ei ofni? Ond bu'r Geinor hon yn garedig. Yn wahanol iawn i'r hen un. 'Allai hi ddim dweud celwydd wrth hon.

' Os dywedaf, wnei di mo fy rhwystro? '

Ar ôl ennyd o oedi, ' Na wnaf.'

Edrychai Mabli i lawr arni o'r cyfrwy, yna pwysodd ymlaen yn gyfrinachol a sibrydodd:

' Mae Lwl ar goll.'

' Lwl? ' Yr oedd dychryn yn llygaid y Dâm Geinor.

' Ie. Wyt ti'n cofio Lwl? Rhaid i mi fynd i ddweud wrtho.'

' Dweud, Mabli? Dweud wrth bwy? '

' Dweud wrth ei thad.'

Dim ond cyffesu ei diofalwch a fyddai'n cael gwared â'r baich yma ar ei chefn. Yr oedd y daith yn hir, fe wyddai. Byddai'n rhaid iddi farchogaeth. Ni allai gerdded yno. Oni welai Geinor hyn?

' Mabli, 'rwyt ti'n sâl. Tyrd yn ôl i'r tŷ.'

' Ond fe addewaist beidio â'm rhwystro.' Yr oedd ei llais yn llawn edliw.

' Tyrd i'r tŷ gyntaf.'

Ond yr oedd Mabli'n ei hamau yn awr. Gyda phlwc sydyn sbardunodd y ceffyl ymlaen a dechreuodd garlamu. Clywai Geinor yn gweiddi'n ddagreuol:

' Dywed i ble 'rwyt ti'n mynd! '

Cododd ei llaw arni a gwaeddodd yn ôl: ' I Abaty Cwm Hir, wrth gwrs! '

Golchwyd y meysydd gan gawod Mehefin, ac yn yr

heulwen a ddisgleiriai wedyn, safai pob glaswelltyn yn syth ym malchder ei fywyd.

' Mi gei di wledda dy lygaid ar bob deilen a blodyn yn tyfu,' ebe'r llais yn ei phen, ' ond 'chei di mo'i gweld *hi*'n tyfu. Byth! '

Rhaid iddi ddweud wrtho. Wrth ei gŵr.

' Ond 'chlywith o monot ti,' ebe'r llais. ' Mae ei glustiau'n hongian wrth fur twr yn Llundain.'

Byddai'n rhaid iddi ladd y llais yna cyn bo hir, ond yn gyntaf rhaid iddi ei gyrraedd. Yr oedd y llais yn byw mewn ogof, ac yr oedd aroglau llaith a drewllyd yno. Ryw ddydd fe fyddai'n dod allan a'i thagu, oni châi hi ei hun ei ladd ef yn gyntaf.

Edrychai'r dyn a weithiai yn y caeau yn syn ar y wraig a dynnai afwynau ei march i ofyn ymhle yr oedd yr abaty.

' 'Does dim abaty yma, arglwyddes.'

Crychodd ei thalcen yn ddiamynedd. ' Abaty Cwm Hir? '

Ysgydwodd ei ben yn araf, heb ddeall.

Yr un oedd yr ymateb gan weithwyr eraill ar y ffordd. Trodd rhai i watwar y wraig orffwyll ei golwg. Rhythai eraill yn chwilfrydig arni, ac ar ôl iddi fynd, ymgroesent. Y tu allan i dreflan holodd offeiriad ar gefn merlen.

' Fel yr hêd y frân,' ebe hwnnw gan gyfeirio i'r de-ddwyrain, ' y ffordd yna. Mae hi'n ffordd beryglus, fy merch. Oes gennyt ti gwmni? '

Ond yr oedd hi wedi gyrru ei march yn ei flaen heb aros i wrando ar ei gyngor. O'i blaen yr oedd mynydd a llwybr defaid yn ei gwahodd. Cyn bo hir gwelodd fugail yn cyrchu ei braidd.

' Dros y mynydd,' meddai hwnnw. ' Ond mae'r daith yn hir ac yn arw.'

Rhythai arno. Onid oedd pobl yn deall? Nid oedd ganddi ddewis. Yr oedd hi wedi colli'r plentyn. Rhaid iddi wneud ei chyffes. Pam fod pawb yn edrych mor wirion arni?

Erbyn iddi gyrraedd pen y mynydd yr oedd y glaw wedi dechrau disgyn eto, dafnau mawr a'i gwlychai at ei chroen. Ond prin ei bod hi'n ymwybodol o hyn. Yr oedd yr hen boen fel bogelyn haearn ar draws ei bron wedi diddymu pob teimlad arall.

Unwaith, bu bron i'w march suddo i gors, ac yr oedd hi'n rhy wan i dynnu yn yr afwynau. Llwyddodd y ceffyl i ddringo'n rhydd, ond yr oedd wedi dychryn. Ac yna dechreuodd y daith i lawr i'r cwm tywyll lle codai coed yn fygythiol i'w llyncu.

Yr oedd y lleisiau yn ei phen unwaith eto, ond nid oedd llais ei dieflyn yn eu plith. Clywai chwerthin byrlymus baban, a llonnodd ei chalon. Yr oedd yn iawn bod y fechan yno.

Ac yna, fe'i gwelodd yn dod tuag ati. Yr oedd ei farch yn disgleirio fel haul, ac yntau ei hun mor danbaid ei olwg fel na allai ei weld yn eglur. Ond fe wyddai'n iawn pwy ydoedd. Daliodd ei breichiau allan i'w gyfarch a theimlai'r llygaid glas yn treiddio drwyddi. Daeth y fath hapusrwydd drosti, fel bod arni awydd gweiddi o orfoledd.

Neidiodd i lawr oddi ar ei march, a rhedodd i'w gyfarfod.

' Arglwydd Dywysog . . .! '

Yr oedd y mynach wedi gweld y wraig yn rhedeg ato a'i breichiau ar led. Disgynnodd oddi ar ei ferlen, ond yr oedd hi wedi cwympo. Rhedodd i'w chodi, ond gwelodd na fyddai codi iddi byth mwy. Yr oedd ei dillad yn wlyb diferol a'r gwallt coch yn stribedi llaith. Ond yr oedd gwên ryfeddol ar yr wyneb marw.

Aeth ar ei liniau. Cyflwynodd ei hysbryd i Dduw, a gwnaeth arwydd y groes uwch ei phen. Yna fe'i cariodd yn ei freichiau i'r abaty oedd yn gartref iddo, gerllaw.

Pan ddaeth Tegerin, ychydig yn ddiweddarach, yr oedd y mynach wrthi'n gosod y canhwyllau a fyddai'n gwarchod ei henaid.

DIWEDD

A'r dywedeic Wenlliant, gwedy marw y that, a ducpwyt yng keith y Loeger; a chynn amser oet y gwnaethpwyt yn vynaches o'e hanuod.

BRUT Y TYWYSOGION

NODIAD YR AWDUR

Tua dechrau'r ganrif ddiwethaf darganfuwyd hen arch o garreg oddi mewn i Eglwys Plwyf Abaty Cwm Hir. Ar y caead fe gerfiwyd y geiriau: HIC JACET MABLI, CUJUS ANIMAE PROPITIETUR DEUS, yr hyn o'i gyfieithu yw 'Yma y gorwedd Mabli, ar enaid ba un bydded Duw'n drugarog.' Y mae'r garreg i'w gweld yno heddiw.